Ullstein

ÜBER DAS BUCH:

Wieder einmal treibt das Schicksal ein falsches Spiel: Endlich hat Ramage nach der Unterzeichnung des Friedens von Amiens Zeit gefunden, zu heiraten und seine Flitterwochen auf dem französischen Schloß seines Freundes, des Grafen von Rennes, zu genießen. Da ruft Napoleon seine Männer erneut zu den Waffen und interniert alle Royalisten und Ausländer, um sie anschließend auf die Teufelsinsel zu verbannen.
Während sich Ramage vor der Geheimpolizei versteckt, kommt ihm zu Ohren, daß eine meuternde englische Brigg den Hafen von Brest angelaufen hat. Sich dieses Falles anzunehmen könnte die Freiheit bedeuten – auch für seinen Freund, den Grafen –, wenn das Unternehmen auch einen Umweg bis zu den Westindischen Inseln zur Folge hat...
Der dreizehnte Roman über die Abenteuer von Kapitän Ramage und seiner Männer auf der Fregatte *Calypso*.

DER AUTOR:

Dudley Pope entstammt einer alten Waliser Familie und hat sich in England als Marinehistoriker einen Namen gemacht. Sein Hauptinteresse gilt der Seekriegsgeschichte der Nelson-Zeit, und seine Fachkenntnisse – er ist selbst aktiver Hochseesegler und diente bei der Royal Navy – bildet die Grundlagen seiner farbigen, faszinierenden Ramage-Serie, die bei Ullstein wieder aufgelegt wird.

Dudley Pope

Ramage und der Teufel

Roman

Ullstein

Ullstein Buchverlage GmbH & Co. KG,
Berlin
Taschenbuchnummer: 24411
Originaltitel: Ramage's Devil
Aus dem Englischen von Eckhard Kiehl

Deutsche Erstausgabe
September 1998

Umschlaggestaltung:
Hansbernd Lindemann
Illustration:
Captain William Elliot/The Bridgeman
Art Library

Karten: Erika Baßler

Printed in Germany 1998
Gesamtherstellung:
Clausen & Bosse, Leck
ISBN 3 548 24411 4

Gedruckt auf alterungs-
beständigem Papier mit chlorfrei
gebleichtem Zellstoff.

Vom selben Autor in der Reihe
der Ullstein Bücher:
Die Kollision (24172)
Gezeiten der Nacht I: Schlacht ohne
Sieger (23663)
Gezeiten der Nacht II: Ein nasses Grab
(23664)
Leutnant Ramage (23924)
Die Trommel schlug zum Streite (22308)
Ramage und die Freibeuter (22496)
Kommandant Ramage (23933)
Ramage in geheimer Mission (24056)
Ramage – Lord Nelsons Spion (22794)
Ramage und das Diamantenriff (22861)
Ramage und die Meuterei (22917)
Ramage und die Rebellen (23788)
Ramage gegen Napoleon (23794)
Ramage und der feindliche Konvoi
(24063)
Ramage und die Abtrünnigen (24179)
Leutnant Ramage – Die Trommel schlug
zum Streite (23533)

Die Deutsche Bibliothek –
CIP-Einheitsaufnahme

Pope, Dudley:
Ramage und der Teufel: Roman /
Dudley Pope.
[Aus dem Engl. von Eckhard Kiehl]. –
Dt. Erstausg. – Berlin: Ullstein, 1998
(Ullstein-Buch; 24411)
ISBN 3-548-24411-4

Für den verstorbenen Frank Casper,
Segler, Navigator und Freund

1

Sie lagen beide, auf den Ellbogen gestützt, auf dem borstigen Teppich des kurzen, groben Grases, das sich mühsam auf der Klippe behauptete, die Wurzeln verzweifelt in die dünne Erdschicht gekrallt und in kleinen Spalten im darunterliegenden Fels verankert. Die braun werdenden Halme kämpften mit einem Wind, der, obwohl an diesem Nachmittag kaum mehr als eine frische Brise, doch immer noch stark genug war, um eine feine, salzige Gischt von der unten gegen die Felsen anrennenden Dünung hochzuschleudern und sie, wie einen unsichtbaren Rauch, hoch über die Pointe St.Mathieu zu wehen.

Aus dieser Höhe sah die atlantische Dünung aus wie eine Folge sich langsam kräuselnder Falten, die träge aus dem Westen herangetragen wurden und zunächst auf die Barriere aus kleinen Inseln und felsigen Untiefen trafen, die sich ein Dutzend Meilen von Ushant, zu ihrer Rechten, bis zu den »Pierres Noires« erstreckte, den Schwarzen Felsen, die fünf bis sechs Meilen seewärts vor ihnen lagen. Nachdem sie jeden Felsen und jedes kleine Inselchen mit einem adretten weißen Schaumkragen umgeben hatte, rollte die Dünung weiter auf die Küste zu und schlug mit einem seltsam entfernten Donnern, das sie eher fühlten als hörten und das an die schwachen Erschütterungen durch ein weit entferntes Erdbeben erinnerte, gegen den sechzig Fuß unter ihnen liegenden Fuß der Klippe.

Der Himmel über ihnen war mit kleinen weißen Wolken bedeckt, die aussahen wie Baumwollbäuschchen und die auf die Wellen und Klippen herabzublicken schienen, als wären sie erfreut, nach einer langen, langweiligen Atlantiküberquerung endlich wieder an Land zu kommen. Aber für die beiden, seit langem an die leuchtende, ja fast schreiende Klarheit tropischer Farben gewöhnten Augenpaare schien das Panorama von See und Himmel verwaschen, ausgebleicht und irgendwie kraftlos.

Möwen schwebten wie Papierdrachen in den Windströmungen, die an der Kliffwand emporstiegen, und zogen manchmal direkt über ihnen ihre Kreise, als wären sie neugierig und wollten sehen, warum dieser dunkelhaarige Mann und diese junge Frau mit den goldbraunen Haaren sich ganz alleine hier draußen aufhielten, weder Kühe noch Schafe hüteten und einfach nur auf die See hinaussahen; die Zügel ihrer Pferde hatten sie über zwei Felsnasen geworfen, die wie spitze Zähne aus dem Boden ragten. Ein Stück weiter landeinwärts grasten zwei braunweiße Kühe, die sich mit großem Gleichmut vorwärtsbewegten, als sollten sie bis zum Abend ein bestimmtes Stück abweiden und wüßten, daß sie es ganz behaglich schaffen würden; sie bewegten sich so langsam, daß die Glocken an ihrem Hals nur gelegentlich ein gedämpftes Läuten vernehmen ließen, als wollten sie das leise Heulen des Windes und das entfernte Donnern der Wellen nicht unterbrechen.

Ein gelegentlicher zufriedener Seufzer, ein plötzliches Luftholen, die sanfte Berührung eines Fingers, die Art, wie die Frau gelegentlich ihren Kopf zurückwarf und ihr goldbraunes Haar zurückstrich, das der Wind ihr ins Gesicht geweht hatte, verriet eine erotische Spannung (wiewohl keiner von beiden an dieses Wort dachte), die nicht allein auf die herrliche Einsamkeit der Pointe St.Mathieu zurückzuführen war, die, mit einer Ausnahme, zu sagen schien, daß die Natur hier oben, an einem sonnigen Nachmittag, kurz in der zweiten

Phase des großen Zyklus von Geburt, Liebe und Tod, verweilte und lächelte.

Die Ausnahme befand sich in ihrem Rücken – grau, nackt, lange Schatten werfend, aber nicht bedrohlich. Die Ruine der alten Abtei St.Mathieu war immer noch solide, die Wände bildeten geometrisch präzise Winkel mit den Strebebögen. Sie sah aus, als wäre sie noch bewohnt gewesen, bis ein unberechenbarer Riese oder ein unvermuteter Sturm das Dach abgehoben und davongetragen hatte.

Zwei Batterien, eine zur Linken und eine zur Rechten, deren Geschütze sich noch an Ort und Stelle befanden, waren die einzigen anderen Anzeichen, daß sich jemals Menschen hierher verirrt hatten.

»Les Pierres Noires«, bemerkte Ramage, während er auf die Handvoll schwarzer Gebilde deutete, die unten in der See verstreut lagen wie Schafe, die sich auf einem fernen Hochmoor geduckt gegen den Wind stemmen, »bei der britischen Marine werden sie die ›Black Rocks‹ genannt. Merkwürdig, sie jetzt von oben zu sehen, vom französischen Festland aus. Aus der Perspektive der Franzosen ... Befänden wir uns in normalen Zeiten – oder, jedenfalls, in Kriegszeiten, denn das sind die einzigen, an die ich mich erinnern kann –, würden die hier oben postierten französischen Wachtposten Ushant dort drüben beobachten«, er deutete auf die gerade noch sichtbare, felsige Insel, die letzte in einer Reihe kleinerer, die wie riesige Trittsteine zu ihr hinführten, wie um sich davon zu überzeugen, daß keine englischen Schiffe heimlich den durch die große Untiefe führenden Chenal du Four hinaufkämen oder um das südliche Ende herum in den Fluß Iroise gelangten.

»Wie völlig anders das alles aussieht, wenn man an Deck einer britischen Fregatte steht!« fügte er hinzu, wobei die Verträumtheit aus seiner Stimme wich. »Da wären die Black Rocks, die wie alte Zähne aus dem Wasser ragen, und dahinter würdest du diese Klippenlinie sehen mit den Überresten der Abtei. Und natürlich Le Conquet«, er deutete nach rechts, »und die anderen, weiter nördlich liegenden Dörfer, obwohl man vom Deck einer Fregatte wegen der Klippen nur die Spitzen der Kirchtürme sehen kann. Die hohe, offene Kirchtumspitze von Le Conquet: Ich erinnere mich ganz deutlich, ein kegelförmiges Skelett.

Und die Franzosen sowie die Engländer sind hier, nur um den Gullet, den Schlund, zu beobachten. Das ist die Mündung des Flusses, der nach Brest führt«, er zeigte über den Klippenrand nach links, »sozusagen da unten um die Ecke.«

Sie machte eine Kopfbewegung zur anderen Seite des Gullet. »Was ist das da drüben für ein Landvorsprung?«

»Das ist die Halbinsel Camaret, die die südliche Seite des Gullet bildet; sie ist mit vielen Geschützen bestückt, um unerwünschte Eindringlinge aus dem Lande der ›rosbif‹-Esser fernzuhalten. Die kleine Stadt Camaret liegt ein Stück weiter landeinwärts. Ich erinnere mich, daß wir einmal die Mühle von Camaret zu Gesicht bekamen, aber wir waren ziemlich dicht unter Land und bekamen es mit der Angst zu tun, als die Flut einsetzte und der Wind plötzlich nachließ.«

»Dies alles muß dich doch an Cornwall erinnern«, meinte Sarah.

In Gedanken verloren schwieg er einen Augenblick. »Ja, weil, abgesehen von den Klippen und Hügeln, auch die Namen der Ortschaften schwer zu unterscheiden sein würden. Delabole, Perranzabuloe, Scorrier, Lanner, Lansallos, Trelill, Lanivet, Lelant, St.Levan – allesamt gute bretonische Namen: könnten hier im Umkreis von 25 Meilen liegen!«

Sie nickte, und er fügte hinzu: »Und in Cornwall – Portsall, Lesneven, Lanion, Lannilis, Crozon, Plabennec, Kerlouan ...«

»Erstaunlich«, bemerkte sie. »Dennoch glaube ich, daß man die kornischen Namen heraushören könnte.«

»Könntest du?« fragte er lächelnd, die Augenbrauen leicht emporgezogen.

Sie nickte. »O ja, wenn ich auch selbst nicht aus Cornwall komme.«

Er lachte, beugte sich über sie und küßte sie. »Sei bitte nicht ärgerlich mit deinem frisch angetrauten Mann, weil er dich auf den Arm genommen hat. Die Namen, die ich zuerst nannte, sind kornisch – und nicht, wie du meintest bretonisch. Die in der zweiten Gruppe sind alle hier in der Bretagne!«

»Aber ...«

»Hör dir nur mal diese Namen an: St.Levan und Lesneven, Lanivet und Lannilis, Perranzabuloe und Plabennec ... der erste von jedem Paar ist kornisch, der zweite bretonisch. Es ist durchaus verzeihlich, wenn man sie durcheinanderbringt! Und Botusfleming, Lansallos, Lesnewth, Lezant, Trelill – sie hören sich kaum sehr kornisch an, aber sie sind es doch.«

Sarah glättete den olivgrünen Stoff ihres Kleides und ließ dem Wind mit ihren Haaren freie Hand. »Brest ... die Blokkade von Brest ... ich habe gehört, wie du dich mit deinem Vater darüber unterhalten hast«, sagte sie in Gedanken. Ihre Stimme war tief; es kam ihm vor, als nähme er sie mit seinen Lenden wahr, als Liebkosung, nicht als Klang. Sie beobachtete eine Biene, die frustriert um eine Butterblume kreiste, weil der Wind die goldene Glocke immer wieder nach unten drückte. »Den Hafen können wir von hier aus nicht sehen, oder?«

Er schüttelte den Kopf. »Bonapartes wichtigster Flottenstützpunkt an der atlantischen Küste liegt ein ganzes Stück oberhalb des Gullet. Man muß dicht unter den Klippen hereinsegeln (wobei man von diesen und anderen Batterien unter Feuer genommen wird, wenn Krieg herrscht und man britisch ist), und gewöhnlich hat man günstigen Wind, um hereinzukommen. Auf dem Weg nach Brest verengt sich der Gullet wie ein Trichter, und an Backbordseite befinden sich drei Festungswerke – wenn ich mich recht erinnere, sind es Toulbroch, Mengam und de Delec; wir werden sie auf dem

Rückweg sehen können; darüber hinaus gibt es noch ein Fort auf der anderen Seite und diverse Batterien.«

Er drehte sich etwas herum, auf einen Ellbogen gestützt, und sah hinüber zu den Hügeln jenseits von Brest und zu der verfallenen Abtei im Vordergrund. Sie war vor vielen Jahrhunderten gebaut worden und offensichtlich schon seit mindestens einhundert Jahren verlassen, aber er versuchte sich vorzustellen, was für Männer den Felsen gebrochen und die Blöcke mit Hammer und Meißel bearbeitet hatten, um ein Kloster an einem Fleck zu errichten, der zu den rauhesten und trostlosesten in ganz Europa zählt. Während der Winterstürme mußte man hier den Eindruck gewinnen, der Atlantik versuche, den ganzen Kontinent hinwegzuspülen. Wollten diese Mönche des Mittelalters (oder einer noch früheren Zeit?) sich selbst strafen, indem sie ihr Zuhause an einem der windigsten, am meisten von Stürmen geplagten Orte errichteten, den sie finden konnten? Glaubten sie, dieses harte Leben brächte sie Gott näher? Suchten sie die Absolution von unbestimmten Schuldgefühlen?

»Dies ist sicher der Ort in Frankreich, der Kanada und Amerika am nächsten ist«, sagte Sarah.

Er schüttelte den Kopf. »Beinahe, aber der westlichste Punkt ist Pointe de Corsen.« Er zeigte die Küste hinauf nach Norden. »Da drüben ist es, ungefähr fünf Meilen entfernt, hinter Le Conquet. Hunderte, ja Tausende von englischen Seeleuten kennen dieses Kap, weil es ein guter Ansteuerungspunkt ist, wenn man durch den Chenal du Four segelt und sich innerhalb von Ushant und den ganzen Untiefen halten muß ...«

Er verstummte und sah lange nach Westen auf das Meer hinaus, bis Sarah schließlich seine Wange berührte. »Wo bist du mit deinen Gedanken?«

Er lachte etwas verlegen. »Ich segelte die *Calypso* gerade bei Südwestwind in den Hafen von Brest. Zuvor kreuzte ich gegen einen Nordoster herein, wobei alle Forts auf mich feuerten. Ich hatte fürchterliche Angst, daß ich nicht durch den Wind kommen und an die Küste treiben würde.«

»Southwick würde dir das nicht erlauben«, sagte sie nekkend.

Wie Ramage auch, erinnerte sie sich an den weißhaarigen alten Navigator mit großer Zuneigung. »Ich frage mich, was er jetzt wohl macht.«

Er schüttelte den Kopf, als wolle er den Gedanken verscheuchen. »Inzwischen werden er und die anderen Offiziere der *Calypso* das Schiff soweit klar gemacht haben, daß es in Chatham außer Dienst gestellt werden kann.«

»Was bedeutet dieses ›außer Dienst stellen‹ nun wirklich? Ich dachte immer, es handelte sich um das Schiff, aber dieses Wort ›pay off‹, das ja auch noch die Bedeutung ›auszahlen‹ hat, hört sich an, als ginge es um die Besatzung.«

Nur mit Mühe konnte er eine bittere Antwort vermeiden: »Offiziell heißt das, daß alle Geschütze und Segel, der gesamte Proviant, das Tauwerk und alle Kanonenkugeln von Bord gegeben werden (das Pulver wird man schon in der Themse, vor dem Einlaufen in den Medway, auf Lastkähne umgeladen haben) und daß das Schiff dann, nur mit einem Schiffswächter an Bord, vor Anker oder an einer Muring liegenbleibt. Vielleicht entfernen sie noch den Kupferbeschlag.«

»Warum ›vielleicht‹?« fragte sie neugierig.

»Das Unterwasserschiff ist mit Kupferblech beschlagen, um den Rumpf vor dem Schiffsbohrwurm zu schützen.

Zwischen den Metallen findet aber ein eigenartiger Prozeß statt, in dessen Verlauf die Eisenteile, wie zum Beispiel am Ruder, zerfressen werden. Und nicht nur das; nach einem Jahr oder so beginnt sich auch das Kupfer aufzulösen, besonders am Vorschiff; es wird einfach dünner. Wenn also ein Schiff außer Dienst gestellt wird, bringt man es gewöhnlich zu allererst ins Trockendock, wo der Kupferbeschlag entfernt wird.«

»Du hast mir immer noch nicht das ›vielleicht‹ erklärt – und außerdem hast du so einen merkwürdigen Ausdruck im Gesicht?«

Er seufzte und wandte sich ihr zu. »Nun, du weißt ja, wie ich über den Friedensvertrag denke, den wir mit Bonaparte abgeschlossen haben, und daß weder mein Vater noch ich – noch die meisten unserer Freunde – glauben, daß Bonaparte wirklich Frieden will. Als Folge des Vertrags kann er seine Waffenlager schon seit über einem Jahr wieder ungestört auffüllen und sich über die Ostsee Masthölzer und Tauwerk liefern lassen, was wir durch unsere Blockade von Häfen wie Brest jahrelang verhindern konnten. Jetzt ist er jedenfalls eifrig dabei, seine Flotte neu auszurüsten: neue Segel, neue Masten, neue Rahen. Auch neue Schiffe. Jetzt – oder in allernächster Zukunft – kann er den Krieg wiederaufnehmen!«

»Aber alle Franzosen, denen wir in den letzten Wochen begegnet sind, scheinen doch sehr froh über den Frieden«, widersprach Sarah.

»Wir haben nur mit zwei Sorten zu tun gehabt – mit Gastwirten, die bereitwillig lächeln, wenn sie unser Geld einstekken, und mit Monarchisten, die aus dem Exil nach Frankreich zurückgekehrt sind und versucht haben, einige ihrer Besitzungen wiederzubekommen. Sie müssen einfach glauben, daß Bonaparte einen dauerhaften Frieden anstrebt; sonst müßten sie sich eingestehen, daß sie in Kürze wieder im Exil in England leben werden – diesmal wahrscheinlich für den Rest ihres Lebens.«

»Du sagst immer wieder, daß Bonaparte wieder Krieg anfangen wird, mein Liebling, aber hast du Beweise? Schließlich sind die Minister in London doch keine Dummköpfe!«

»Wirklich nicht? Hast du mal Addington oder einen anderen aus seinem Kabinett kennengelernt? Und Lord Whitworth, der britische Gesandte in Paris, hat wahrscheinlich nie einen Blick aus den Fenstern des Botschaftsgebäudes geworfen – oder man schenkt seinen Berichten in London keine Beachtung.«

»Vielleicht sind die Mitglieder der britischen Regierung dumm und die französischen Gastwirte geldgierig, aber das beweist noch lange nicht, daß Bonaparte wieder in den Krieg ziehen will.«

»Vielleicht nicht, aber wir werden es genau wissen, wenn wir durch den Hafen von Brest zurückreiten. Wenn wir dort eine Menge Kriegsschiffe sehen, die neu ausgerüstet werden, wird dich das überzeugen?«

»Nicholas, warum hast du vorgeschlagen, daß wir den Rest unserer Flitterwochen in der Bretagne verbringen?« fragte sie argwöhnisch.

»Gefällt es dir hier nicht?« Er schien plötzlich besorgt, ganz der beunruhigte Bräutigam, der auf das Wohlergehen seiner Angetrauten bedacht ist. »Das Wetter ist schön. Beim Essen gibt es keine große Auswahl, das muß ich zugeben, aber die Gasthäuser sind wenigstens nicht voll von unseren Landsleuten – sie fahren ja fast alle direkt nach Paris!«

»Du hast meine Frage noch nicht beantwortet!«

Ihre Augen, grün mit Gold gefleckt, hatten keinen ärgerlichen Ausdruck; sie sagten nicht, daß sie sich betrogen oder düpiert fühlte. Ihm war klar, daß sie es akzeptieren würde, wenn er ihr die wahren Gründe nannte. Nur Ausflüchte oder Halbwahrheiten brachten sie außer Fassung, wenn auch ein gutes Gericht selten verdorben wurde, wenn man es auf schönem Porzellan servierte. Er beugte sich über sie und gab ihr einen Kuß. »Ich habe noch eine andere Frau«, gestand er mit ernster Miene. »Ich habe dich bigamistisch geheiratet.«

Sie öffnete die zwei obersten Knöpfe ihres Kleides, das sie erst kürzlich von einem französischen Damenschneider abgeholt hatte und für das sie das Material aus England mitgebracht hatte. »Die Sonne wärmt schon etwas, wenn man lange genug wartet, aber es reicht nicht, um braun zu werden. Ja«, sagte sie sachlich, »ich wußte das schon, als du mir einen Heiratsantrag machtest. Deine Mutter hat mich jedenfalls gewarnt. Sie gebrauchte fast die gleichen Worte. Sie sagte, was es für sie als Neuvermählte für ein Schock gewesen sei, als ihr klar wurde, daß ihr Mann eine andere Frau habe. Sie war sehr erleichtert, daß ich bereits alles über dich und deine erste Braut, die Marine, wußte.«

»Wir sind uns eben unter ungewöhnlichen Umständen begegnet.«

Sie errötete, als er den Arm ausstreckte, die nächsten beiden Knöpfe ihres Kleides aufmachte und den weichen Stoff zurückschob, so daß er ihre Brüste sehen konnte.

»Ein Gutes hat Bonaparte für uns getan – die französische Mode kommt den Liebenden entgegen«, sagte er und küßte die eine Brustwarze, wobei er sie leicht mit der Zunge berührte, so daß sie sich aufrichtete.

Es ist seltsam, dachte sie, da umarmt man seinen Mann nackt im Bett; man geht sogar nackt vor ihm im Schlafzimmer herum, und es scheint alles ganz natürlich. Aber hier draußen in der Sonne, mit nacktem Busen im Grase liegend, fühlte sie eine gewissse Scheu, als wäre das das erste Mal, daß Nicholas einen Knopf an ihrem Gewand öffnete. Doch wie recht hatte er, was die französische Mode anging! Ganz anders als in London waren nackte Arme hier in den Salons gang und gäbe, und nur sehr wenige modebewußte Französinnen trugen Schnürleiber, wenn auch einige, die sich etwas zu füllig vorkamen, ein schmales Korsett anlegten. Und erst die dünnen Stoffe! Oft waren sie nahezu durchsichtig, und wenn auch die meisten ehrbaren Frauen Unterröcke trugen, so hatte sie doch mehrere als ehrbar geltende Frauen in Kleidern gesehen, die ihren ganzen Körper erkennen ließen, wenn man sie gegen das Licht betrachtete, und es war ganz erstaunlich, wie oft sie wie zufällig vor einem hellen Fenster standen. Aber alles, was die Frauen vom Zwang des Korsetts erlöste, war eine Wohltat; warum sollten Frauen auch um der Mode willen leben müssen, als wären sie in eine Weinpresse gequetscht? Andererseits stellte sie sich einige Frauen vor, die sie kannte, und malte sich aus, wie sie wohl ohne Korsett aussehen würden. Es wäre wohl nicht viel anders, als schlitzte man einen Getreidesack auf!

Sie fühlte, wie sich ihre Brustwarzen versteiften, während er sie betrachtete, als sähe er sie zum erstenmal, und Bemerkungen über ihre Farbe und Größe machte. Hatte er wirklich etwas für große Brustwarzen übrig?

»Na schön«, sagte sie, sich mühsam zur Sachlichkeit zwingend, »die Marine ist also deine erste Frau, und du flitterst jetzt in der Bretagne mit deiner zweiten, wobei du in geheimen Geschäften unterwegs bist. Was sind das für Geschäfte?«

»Von geheim kann da gar nicht die Rede sein«, protestierte er. »Unsere Pässe sind in Ordnung; die französischen Behörden haben uns ins Land gelassen – ja, sie haben uns fast willkommen geheißen, entzückt, daß wir uns in den Flitterwochen befinden, und wenn ich daneben noch die Gelegenheit wahrnehme, die Anzahl und die Typen der Schiffe festzustellen, die in Brest und vielleicht noch in La Rochelle und L'Orient ausgerüstet werden ... nun, dann wäre das nur die natürliche Neugier eines Paares, das sich für Schiffe und die See im allgemeinen interessiert. Schließlich hast du ja gerade eine Reise nach Indien und zurück hinter dir, und du siehst dir doch gerne Schiffe an – nicht wahr?«

»Natürlich, Liebster«, sagte sie lächelnd. »Und wenn du mit der genauen Inspektion meiner Brüste fertig bist, mir die Jungfernschaft genommen hast, alle Schiffe gezählt und am Ende unserer Flitterwochen nach London zurückgekehrt bist, was meldest du dann an wen – und warum? Sicherlich weiß doch die Admiralität, was in den französischen Häfen vor sich geht?«

»Wenn sie auch nicht weiß, was auf den nahegelegenen Klippen passiert... Nein, die Admiralität als solche ist nicht das Problem. Der Mann, den Bonaparte völlig hinters Licht geführt zu haben scheint, ist der Erste Lord der Admiralität, Lord St. Vincent. Er läßt einen Großteil der Linienschiffe und Fregatten auflegen. Das allein wäre noch nicht so schlimm, weil sie innerhalb weniger Wochen wieder in Dienst gestellt werden könnten, aber er läßt auch alle erfahrenen Seeleute gehen; sie werden einfach entlassen und verschwinden auf der Suche nach Arbeit wie Spreu im Wind. Man könnte im Prinzip alle Schiffe innerhalb eines Monats wieder in Dienst stellen und seeklar machen – vorausgesetzt, man bekommt die Besatzungen zusammen.«

»Aber, Liebster, ein Admiral wie Lord Vincent ist sich doch sicherlich über diese Dinge im klaren?«

»Natürlich weiß er, daß er ausgebildete Seeleute braucht. Sein Fehler ist, daß er glaubt, das alles sei nicht notwendig. Er glaubt einfach nicht, daß es innerhalb der nächsten fünf Jahre erneut zum Krieg mit Bonaparte kommt.«

»Fünf Jahre? Warum nicht sieben oder neun – oder drei?«

»Er versucht alle Werften vollständig neu zu organisieren – um Diebstahl, Korruption und Inkompetenz zu beseitigen, und das geht vom Werftdirektor bis zum einfachen Arbeiter. Fünf Jahre nimmt das mindestens in Anspruch.«

»Du meinst also, daß deine Flitterwochen in der Bretagne dazu führen werden, daß Lord St. Vincent seine Meinung ändert?«

Ihr launiger Tonfall nahm der Frage die Schärfe, und er furchte die Stirn, während er nach den passenden Worten suchte. Es war eine durchaus berechtigte Frage, und es war nicht leicht, sie zufriedenstellend zu beantworten. »Es ist fast schon zu spät, wenn man St. Vincent aufhalten will, Schiffe außer Dienst zu stellen; die meisten sind schon aufgelegt. Wir hatten die *Calypso* ja kaum in den Hafen gebracht, als ich (wie du sehr wohl weißt) den Befehl bekam, nach Chatham zu gehen und sie aufzulegen. Das bedeutet, daß alle Männer, die ich über die Jahre an Bord genommen und zu meiner Besatzung gemacht habe – schon seit meinem ersten Kommando, der *Kathleen*, im Mittelmeer – die Marine in dem Augenblick verlassen werden, in dem die *Calypso* aufgelegt ist.«

»Und die Offiziere und Deckoffiziere – Southwick, Aitken und die anderen, ja und der junge Paolo – was geschieht mit ihnen?«

»Nun, sie werden versuchen auf einem anderen Schiff unterzukommen, wenn dort ein Dienstposten frei ist, aber Hunderte von Leutnants und Deckoffizieren werden sich um ein paar Dutzend Stellen bemühen. Paolo wird wahrscheinlich ein neues Schiff finden, weil mein Vater genug Einfluß hat, um ihm eine Fähnrichsstelle zu verschaffen. Die Zahl der Fähnriche auf einem Schiff ist nämlich nicht vorgeschrieben; wie viele er an Bord nehmen möchte, steht im Ermessen des Kommandanten.«

Sie setzte sich aufrecht hin, weil die Sonne sie blendete, und fragte sich, ob diese wohl wirklich stark genug wäre, ihren Busen ein wenig zu bräunen. Ihre Brustwarzen waren so groß und braun. Ob es Nicholas nicht doch vielleicht lieber hätte, wenn sie klein und rosa wären, fragte sie sich erneut. Er schien jedoch mit dem, was sie hatte, mehr als zufrieden, wenn ihr auch klar war, daß kritische Bemerkungen aus dem Munde eines frisch angetrauten Ehemannes nicht sehr wahrscheinlich waren.

»Du verlierst also jeden deiner Männer, sobald das Schiff aufgelegt ist«, sagte sie. »Angenommen, der Admiral stellt die *Calypso* einen Monat später wieder in Dienst – einen Monat, nachdem du wieder in London bist – und gibt dir dein Kommando wieder ...«

»Ich kann darum bitten, mir meine alten Offiziere und auch Southwick wiederzugeben, und falls sie noch keine neue Anstellung haben, würde man dem wohl auch stattgeben. Aber von der Mannschaft – keinen einzigen (es sei denn, sie bekämen Wind davon und meldeten sich freiwillig), denn sie wären inzwischen im ganzen Land verstreut oder hätten auf einem Handelsschiff angeheuert.«

»Und wenn es wieder Krieg gäbe?«

»Dann würde ich sie immer noch nicht wiederbekommen. Sie würden sich entweder freiwillig melden oder ›gepreßt‹ und auf das Schiff gebracht werden, das am dringendsten Leute braucht. Ich müßte ganz von vorn anfangen. Mein Name ist bekannt genug, um Freiwillige anzulocken, die auf Prisengeld hoffen. Aber das ist nicht das gleiche. Du hast ja miterlebt, daß ich fast alles über jedes Besatzungsmitglied der *Calypso* wußte.«

»Du kamst mir vor wie ein Beichtvater für Männer, die oft doppelt so alt waren wie du. Immerhin, wir befinden uns wenigstens nicht im Krieg«, sagte sie und berührte seinen Arm. »Du bist zumindest nicht auf See, und ich muß mir nicht den Kopf schwer machen bei dem Gedanken, du könntest verwundet worden sein. Oder sogar getötet.«

»Das ist wirklich ein heiterer Gedanke für einen friedlichen Sommertag«, bemerkte er trocken.

»Jedesmal, wenn ich dich im Bett umarme, fühle ich eine Narbe«, erwiderte sie. »Wie Knorren in einem Baumstamm. Bislang hast du Glück gehabt, die Kugeln oder die Säbelhiebe haben kein lebenswichtiges Organ verletzt. Du hast wirklich mehr als genug geleistet, um deinen Abschied nehmen zu können und dich ganz der Bewirtschaftung von St.Kew zu widmen.«

»Meine Mutter hat also mit dir gesprochen!«

»Nicht wirklich. Aber sie sähe deinen Abschied von der Marine sicher gern und dein Vater auch.«

»Er hat kein Vertrauen zur Admiralität oder zu den Politikern.«

»Das ist kaum verwunderlich, wenn man bedenkt, was sie ihm angetan haben. Hätten sie ihn nicht vor so vielen Jahren zum Sündenbock gemacht, wäre wahrscheinlich er jetzt der Erste Lord und nicht St.Vincent.«

Ramage zuckte mit den Schultern. »Vielleicht – aber ich wäre nicht so schnell befördert worden.«

»Warum nicht?«

»Mein Vater wäre sicher so darauf bedacht gewesen, sich nicht dem Vorwurf auszusetzen, er habe seinen Sohn begünstigt, daß ich wahrscheinlich immer noch als Leutnant einen Kutter befehligen würde. Wahrscheinlich auf Fischerei-Patrouille vor der Küste Neufundlands.«

»Ich verstehe. Wenn du vielleicht auch Grund hast, dich über Lord St.Vincents Politik zu beklagen, so hast du ihm doch für eine schnelle Karriere zu danken.« Sarah war sich nicht sicher, warum sie für St.Vincent eine Lanze brach, einen Mann, der ihr bei ihren seltenen Begegnungen immer wortkarg, ja nachgerade ungehobelt vorgekommen war.

»Die verdanke ich eher seinem Vorgänger, Lord Spencer. Er gab mir anfangs die ersten Chancen – die Chance, mir sozusagen meine Sporen zu verdienen.«

»Du hast also eine Aufgabe für die Flitterwochen – nämlich genug Informationen zu sammeln, um den Ersten Lord und das Kabinett zu überzeugen, die Politik unseres Landes gegenüber Bonaparte zu ändern?«

»Nicht ganz«, sagte er sarkastisch. »Nur, um den Ersten Lord zu überzeugen, eine ausreichende Zahl von Schiffen im Dienst zu belassen. Ich oder vielmehr wir wünschen uns keinen Krieg; wir wollen nur bereit sein, weil wir glauben, daß er kommt.«

Sie knöpfte ihr Kleid zu. »Laß uns gehen. Möglicherweise wird ein Krieg kommen. Sicher aber ist nur, daß unsere Flitterwochen allmählich zu Ende gehen, und Jean-Jaques erwartet uns zu einem frühen Abendessen.«

Der Anblick der im Damensitz reitenden Sarah brachte die Bevölkerung in jedem Dorf auf die Straße; angelockt durch die Rufe ihrer Kinder, traten die Frauen vor die Türen ihrer Häuser und Läden oder eilten den Pfad zur Gartenpforte hinab an die Straße.

»Wir sind wahrscheinlich die ersten Fremden, die sie seit Beginn der Revolution gesehen haben«, bemerkte Ramage, der sein Pferd, das wegen der schrillen Schreie der herumlaufenden Kinder nervös wurde, fest am Zügel hielt.

»Sie fragen sich sicher, welche Nationalität wir haben«, sagte Sarah. »Bestimmt wären sie weniger freundlich, wenn sie wüßten, daß wir Engländer sind.«

»Ja, die ›rosbifs‹ werden sie hier nicht besonders mögen. Aber wir könnten ja auch Spanier sein oder sogar Franzosen. Hier in der Bretagne ist jeder, der nur aus einer anderen Provinz kommt, schon eine Art Ausländer!«

»Aber wir sind so offensichtlich ›aristos‹«, sagte Sarah ruhig. »Wahrscheinlich denken die Leute, daß wir während der Revolution der Guillotine entkommen und nach dem Friedensschluß aus dem Exil zurückgekehrt sind ...«

Ramage zuckte die Schultern. »Das beunruhigt mich im Moment nicht sonderlich! Viel bedeutsamer ist die Tatsache, daß das Fort de Toulbroch, das Fort de Mengam und die Lion Batterie voll bemannt sind, als wäre immer noch Krieg und als könnte jeden Augenblick ein britisches Geschwader den Gullet heraufgesegelt kommen.«

»Direkt vor uns kann ich ein weiteres Festungswerk sehen, da, ein Stück rechts von dem Kirchturm.«

»Die Kirche gehört zu St.Pierre, und die Festung ist das Fort de Delec, eine knappe Meile vor Brest. Dem auf dieser Seite gelegenen Teil jedenfalls.«

»Wie viele Seiten gibt es denn?«

Er lachte und erläuterte: »Der Hafen liegt zu beiden Seiten der Mündung des Penfeld, genau dort, wo er in den Gullet hineinfließt. Nach dem, was ich von den Seekarten und aus Jaques' Erzählungen letzte Nacht behalten habe, befindet sich das Arsenal auf dieser Seite, an der Mündung des Flusses. Weiter flußaufwärts liegen die Reparaturpier, ein paar Trockendocks und noch ein Arsenal. Auf der anderen Seite, nach Osten zu, liegt die von hohen Mauern umgebene Burg: eine enorme Festung mit einem gesicherten Tor und Türmen. Weiter landeinwärts liegen Kasernen. Das Haus des Oberbefehlshabers ist in der Stadmitte, das ›Hotel du Commandant de la Marine‹ in der Rue de Siam, obwohl ich nicht weiß, ob das von Bedeutung ist. In der Nähe befindet sich eine Marineschule. Weitere Kaianlagen für ein Arsenal, das wahrscheinlich zur Lagerung von Geschützen und Lafetten dient, ziehen sich auf dieser Seite den Fluß entlang. An der Straße nach Paris, nahe dem Haupttor, der Porte de Landerneau am Nordende der Stadt, befindet sich das Hospital. Ich erinnere mich, daß die Stadtkarte, die ich in der Seekartenstelle der Admiralität zu Gesicht bekam und die ungefähr vor zehn bis fünfzehn Jahren angefertigt wurde, den Vermerk trug, der Abfall des Hospitals verschmutze das Wasser des Flusses. Der Kartograph hieß St.Nicolin. Seltsam, daß man sich immer wieder solche unwichtigen Einzelheiten merkt!«

»Sieh mal«, sagte Sarah, »da hinten kann ich Masten erkennen. Wie Bäume, die ihre Blätter verloren haben.«

»Wir müssen nur noch durch ein Dorf, Laninon, bevor wir den Hafen erreichen. Ah, dort drüben, rechter Hand, kann man jetzt die vor dem Hafen auf Reede liegenden Schiffe sehen. Die Rahen sind gekreuzt, die Segel angeschlagen – es sieht wirklich so aus, als ob Bonaparte eine Flotte einsatzbereit macht. Und wohin soll sie wohl gehen? Nach Indien, zu den Westindischen Inseln, dem Kap ...? Acht – neun – elf Linienschiffe. Dreizehn – fünfzehn – sechzehn Fregatten. Vier Transportschiffe. Und verschiedene andere – Korvetten, Fregatten ›en flute‹ ...«

»Was bedeutet das?« unterbrach sie ihn.

»Fregatten, von denen man die meisten Geschütze entfernt hat, um sie als Transporter zu benutzen. Und«, sagte er, seine Beobachtungen fortsetzend, »sie sind draußen auf Reede verankert, klar zum Auslaufen. Ich frage mich, was wir an den Kais zu sehen bekommen werden, wenn wir erst mal im Hafen sind ...«

Ein Frösteln überlief sie. »Das gefällt mir nicht, Nicholas. Angenommen, sie halten uns im Hafen an und wollen deine

Papiere sehen? Du hast so viele französische Schiffe versenkt, daß ihnen dein Name nur allzu geläufig ist. Sie könnten dich wegen Spionage anklagen.«

»Wegen Spionage wohl kaum«, protestierte er. »In meinen Papieren steht mein voller Name. An unserem Besuch ist nichts Geheimnisvolles, wir sind auf unserer Hochzeitsreise. Ich stelle keine Schiffslisten zusammen – und im übrigen, nichts hindert einen französischen Marineoffizier daran, Portsmouth oder Plymouth zu besuchen oder irgendeinen anderen Ort, den er in England sehen möchte. Wahrscheinlich könnte er sogar eine Staffelei vor dem Southsea Castle aufbauen und alle Schiffe malen, die auf der Reede von Spithead vor Anker liegen, wobei ihm ein Dutzend kleiner Jungen und womöglich ein Sergeant der Füsiliere bewundernd zusehen würden.«

»Ja, aber erinnere dich daran, was Jean-Jaques gesagt hat«, erinnerte ihn Sarah.

»Liebste, der arme Jean-Jaques ist ein Fremder in seinem eigenen Land. Er lebte seit 1793 im Exil in England. Neun Jahre sind eine lange Zeit.«

»Das ist ihm schon klar. Man stelle sich nur vor, ein Schloß neun Jahre lang leerstehen zu lassen, mutwilliger Zerstörung und Plünderern ausgeliefert ... Dennoch, ich muß sagen, er hat alles unternommen, um es uns behaglich zu machen. Gott sei Dank hat er genug Bettwäsche, Geschirr und Bestecke aus England mitgebracht. Das Chateau ist vielleicht spärlich möbliert, aber es ist immer noch komfortabler als der Rücken dieses Pferdes!«

Als sie den Küstenweg entlangritten und durch das Dorf Laninon kamen, fiel Ramage auf, in welch schlechtem Zustand die Straße war. Von der Breite einmal abgesehen, war sie nur wenig besser als ein abgelegener Landweg und alle paar Yards von großen Schlaglöchern durchbrochen. Und doch handelte es sich offensichtlich um die wichtigste Straße für die Verteidigung von Brest, weil sie die einzige Verbindung zu den drei Festungen und der Lion Batterie darstellte (es sei denn, man marschierte erst meilenweit landeinwärts und kehrte dann in einem großen Bogen zur Küste zurück). Die Verteidigungseinrichtungen von Brest lagen zwischen dem Hafen und dem ›Pointe St.Mathieu‹, aber es kam ihm sehr unwahrscheinlich vor, daß eine Kompanie Soldaten hier in einer dunklen Nacht im Eilmarsch entlangkommen konnte, ohne daß sich ein Viertel von ihnen die Füße verstauchte – von der Überführung einer Feldartillerie- oder Kavallerieeinheit ganz zu schweigen. Allerdings war der Sommer auch die Jahreszeit, um diese Schlaglöcher zu füllen, damit die Erde anschließend durch die Wagenräder und Pferdehufe wieder fest wurde.

Als sie schließlich im Chateau ankamen und von Jean-Jaques begrüßt wurden, waren sie todmüde und fühlten sich wie betäubt vom monotonen Dahintrotten der Pferde. Jean-Jaques' Diener, Gilbert, begann sofort Wassereimer zu schleppen und das einzige Bad im Hause zu füllen. Dieses Bad, ein großes, rundes Becken, das ungefähr zwölf Zoll tief war, hatte man außerhalb des Schlosses wiedergefunden – die Revolutionäre hatten es als Pferdetränke verwendet. Jetzt stand die Wanne auf einer dicken Badematte im Ankleidezimmer, und Gilbert trug immer wieder Eimer und Krüge mit heißem Wasser aus der Küche herbei. Als sie schließlich sechs Zoll hoch mit heißem Wasser gefüllt war und er noch einige Krüge mit kaltem Wasser neben dem Becken abgestellt hatte, meldete er, daß alles bereit sei, und verließ den Raum.

Diese Knöpfe! Jetzt, da Ramage sich dauernd in der Gesellschaft einer Frau befand, die einen wunderschönen Körper besaß (einen Körper, der auch den französischen Damenschneider entzückt hatte, der stolz die Stoffe so zuschnitt und vernähte, daß die weiblichen Vorzüge bestmöglichst zur Geltung kamen), gewannen Knöpfe für ihn eine völlig neue Bedeutung. Vorher hatte er sie nur als Vorrichtungen betrachtet, die irgendwelche Stoffteile zusammenhielten; jetzt konnten sie das Tor zu höchsten Wonnen sein.

Langsam öffnete Sarah einen nach dem anderen, wobei sie unten anfing, so daß sie das ganze Kleid schließlich abschütteln und auf den Boden fallen lassen konnte; als er sich daraufhin aus seinem Sessel erhob, sagte sie: »Nein, Liebster; der arme Gilbert hat den ganzen Nachmittag damit zugebracht, dieses Wasser zu kochen – verwenden wir es, solange es heiß ist.«

Noch mehr Knöpfe, noch ein paar schlängelnde Bewegungen ihres Körpers und sie stand nackt da, sehr angetan von dem offensichtlichen Vergnügen, mit dem er sie beobachtete. Ja, ihre Brüste waren fest; ja, ihre Hüften waren schön geschwungen, ohne allzu üppig zu sein; ja, ihr Hinterteil hatte diese gefällige Rundung und Fülle, die er schätzte ... Viele Französinnen, das war ihr aufgefallen, sahen von hinten so flach aus, wie junge Burschen.

Sie drehte sich langsam um und ergriff das Handtuch. »Bring die Seife mit«, sagte sie, und er stand auf und begann sich ebenfalls auszuziehen, froh darüber, daß es ihm nicht schwerfiel, in Frankreich auf die Kniehosen zu verzichten, welche die Franzosen als Kleidungsstück der Aristokratie ansahen, sondern die langen Hosen anzog, die von den ›Sansculottes‹, den proletarischen Revolutionären, wie ein Stück Weltanschauung getragen wurden.

Als sie gebadet und sich angezogen hatten – Sarah hatte ein blaßgelbes, nach der neuesten Mode tief ausgeschnittenes Kleid angelegt –, war sich Ramage fast sicher, daß er während des Abendessens einschlafen würde. In dem hohen Speiseraum, der nur dürftig mit einem Tisch und fünf Stühlen möbliert war, fanden sie jedoch Jean-Jaques in glänzender Stimmung vor. Es wäre ihm heute gelungen, verkündete er, einige der Möbel wieder aufzutreiben, die er hatte zurücklassen müssen und die von Plünderern gestohlen worden waren, nachdem er außer Landes gehen mußte.

Jean-Jaques war untersetzt, mit krausem schwarzen Haar, einer Nase, die so krumm war, daß er unter bestimmten Lichtverhältnissen aussah wie ein zufriedener Papageitaucher, und so gekleidet, als säße Louis XVI. noch immer auf seinem Thron und wäre nicht schon vor geraumer Zeit durch den revolutionären Mob hingerichtet worden. Zufrieden wischte er sich den Mund mit einer Serviette. »In Landerneau, an der Straße nach Paris, habe ich sie gefunden«, sagte er, »einen Eßtisch, zwölf Stühle, die Anrichte und den Weinkühler.«

»Wer hatte denn die Sachen?«

»Der Bürgermeister. Er benutzte den Tisch und vier Stühle; das übrige hatte er im Stall untergestellt. Glücklicherweise war seine Frau sehr stolz auf den Tisch und sorgte dafür, daß er immer gut gepflegt wurde.«

»Was geschieht jetzt weiter?« fragte Sarah.

»Morgen schicke ich meinen Verwalter mit zwei Karren los, um alles einzusammeln. Mit reichlich Stroh, um das Holz zu schützen.«

»Der Bürgermeister behauptet nicht, daß die Möbel ihm gehören?« fragte Ramage.

»Doch, natürlich; aber er bestreitet nicht, daß ich der frühere Eigentümer war. Er behauptet, die Revolution hätte jeglichen Privatbesitz abgeschafft.«

»Darauf hattest du doch bestimmt eine gute Antwort«, Ramage konnte sich die Unterhaltung genau vorstellen.

»O ja. Er hatte ein halbes Dutzend silberner Krüge auf der Anrichte stehen, die alle irgendein Wappen trugen; also sagte ich, daß ich mir drei davon mitnehmen würde, da er ja keinen Anspruch darauf hätte. Seine Frau bekam fast einen hysterischen Anfall!«

»Damit hast du dir bestimmt keinen Freund gemacht, und ein Bürgermeister kann ein gefährlicher Gegner sein«, meinte Sarah.

»Der Graf von Rennes hat nach der Revolution kaum noch

Freunde in der Bretagne«, sagte Jean-Jaques grimmig. »Mein wirklicher Feind ist Bonaparte, daher brauche ich mir um den Bürgermeister irgendeines kleinen Nestes kaum Gedanken zu machen. Und da Heloise – nun ja – zurückblieb, als ich nach England ging, habe ich keine Söhne, die den Titel oder dieses Chateau erben könnten. Rennes«, sagte er leise, als redete er mit sich selbst, während er durch die Jahrhunderte zurück in die Vergangenheit blickte, »die alte Hauptstadt der Bretagne. Vor zweihundert Jahren gehörten wir zu dem halben Dutzend der einflußreichsten Familien im Lande. Jetzt ist es mit dem letzten Überlebenden soweit gekommen, daß er sich ein paar lumpige Möbelstücke von den diebischen Nachbarn zurückholen muß. Wo sind alle meine Gemälde geblieben, mein Silber, meine prächtigen Teppiche, die Gobelins, welche die ganze Wand dort bedeckten«, er deutete auf eine Seite des langen Eßzimmers, »die venezianischen Gläser, die seit Generationen vom Vater auf den Sohn vererbt worden sind? Sie werden von Banausen benutzt. Ich mißgönne den Banausen ihre Besitztümer nicht, aber sie wären genauso zufrieden, wenn sie ihren sauren Wein aus Tonbechern saufen müßten. Sie empfinden kein Vergnügen, wenn sie einen venezianischen Pokal betrachten oder aus ihm trinken; sicherlich würden sie sich nur beklagen, daß nicht genug hineingeht. Für sie ist ein Gobelin ein Stück Stoff, den man vor eine zugige Tür hängen kann oder der als Plane zur Sicherung eines Heuhaufens dient. Ich könnte mich damit abfinden, daß die hiesigen Leute das Schloß nach der Revolution leerzuräumen begannen, wenn ich überzeugt wäre, sie wüßten die Schätze, die sie stahlen, zu würdigen. Aber ...«

Ramage wollte das Thema wechseln, um den Grafen, dessen Großvater einst die Familienfreundschaft mit den Blazeys begründet hatte, wieder etwas fröhlicher zu stimmen, aber ihm lag noch eine schwierige Frage auf der Zunge, und die Zeit schien reif für eine Antwort. »Apropos, Heloise – hast du sie inzwischen gesehen?«

»Die Gräfin von Rennes, in den Augen der Kirche immer noch meine Frau, wenn auch zweifellos aufgrund eines neuen Gesetzes der Revolutionsregierung von mir geschieden? Nein, ich sprach mit ihr zuletzt vor zehn Jahren, als sie sich weigerte, mit mir zu fliehen.«

Sarah wußte nur, daß der Graf allein ins Exil nach England gegangen war, und konnte sich nicht enthalten zu fragen: »Warum blieb die Gräfin denn hier?« Im nächsten Augenblick hätte sie sich die Zunge abbeißen können.

Die Haut von Jean-Jaques' Gesicht spannte sich über den Knochen, als wäre sie plötzlich zu eng geworden, aber er bemühte sich, ein unbeteiligtes Lächeln aufzusetzen. »Sie war mit den Zielen der Revolution einverstanden, oder zumindest behauptete sie das. Sie war damals noch sehr jung. Für eine Erklärung muß man in die Vergangenheit zurückgehen: Sie haßte ihren Vater, der natürlich einer der Favoriten des Königs war, und sie bildete sich ein, der König habe sie einmal in Versailles brüskiert. Das reicht nicht, um jemanden zum Revolutionär zu machen, sollte man annehmen, aber anscheinend arbeitete es in ihr, so daß sie, als der Mob von Brest, Nantes und Angers lärmend durch das Tor gerannt kam und ›Tod dem König‹ – und dem Grafen von Rennes – brüllte, ihnen in alten Kleidern entgegentrat, sie hineinbat und ihnen meinen besten Wein servierte. Währenddessen floh ich mit meinem Diener und kam mit dem Leben davon. Sie war sehr schön und ist es immer noch, vermute ich. Sie ist die Geliebte eines Generals von Bonaparte, glaube ich, eines früheren Unteroffiziers, der es durchaus mit seinem Stolz vereinbaren kann, eine Bürgerin in seinem Bett zu haben, die selbst aus altem Adel stammt und durch ihre Heirat noch einen zweiten Titel erworben hat.« Er gab einem der Diener ein Zeichen, die Gläser neu zu füllen. »Mit den Kerzen geht es auch zu Ende«, sagte er entschuldigend zu seinen Gästen. »Es wird nicht mehr lange dauern, und wir werden uns mit Binsenlichtern behelfen müssen.«

»Dieser Ausritt hat mich so müde gemacht ... Vielleicht spielt Nicholas ja noch die abendliche Partie Backgammon mit dir.«

Der Graf erhob sich sofort und sagte entschuldigend: »Natürlich, ihr beide müßt ja erschöpft sein; wie gedankenlos von mir, euch mit so traurigen Geschichten aus vergangenen Tagen wachzuhalten. Das heißt, es sind ja eher Geschichten aus vergangenen Jahren. Aber morgen speisen wir vielleicht an einem geeigneteren Tisch – ich bin sicherlich der erste Graf von Rennes, der seine Gäste in seinem eigenen Speisezimmer an einem blankgescheuerten Küchentisch bewirtet.«

Ramage lachte und wandte sich Sarah zu. »Zu Jean-Jaques' Entlastung sollte ich wohl erwähnen, daß das Haus, welches er in England kaufte, mit den schönsten englischen Möbeln ausgestattet war, die er nur finden konnte!«

»Ah, das Haus in Ruckinge. Bist du mit der Grafschaft Kent vertraut, meine Liebe? Du kennst Ruckinge nicht? Glücklicherweise war ich in der Lage, Juwelen mitzunehmen, als ich nach England ging, und indem ich einige von ihnen verkauft hatte, konnte ich dieses Haus in Kent erwerben. Obwohl ich das Haus liebe, hängt mein Herz doch mehr an diesem Schloß hier, wenn es auch nahezu leer ist. Hier habe ich meine Kindheit verbracht. Mein Urgroßvater – wie viele meiner Vorfahren – wuchs hier auf und starb hier in hohem Alter. Die Grabgewölbe in der Kapelle sind fast alle voll. Nur ich werde gerade noch Platz finden. Vielleicht sah der ursprüngliche Erbauer in die Zukunft und wußte, wie viele von uns er würde unterbringen müssen.«

»Heute abend scheinst du mir voller trübsinniger Gedanken«, sagte Ramage, während er Sarah beim Aufstehen behilflich war.

»Ja, und als euer Gastgeber bin ich entsetzt, daß ich euch in einer Suite im Ostflügel unterbringen muß, in der sich nur ein Bett, zwei Stühle, eine Kommode und ein einziger Schrank befinden. Und keine Gardinen an den Fenstern.«

»Du solltest mal die große Kajüte in einer Fregatte sehen«, sagte Ramage trocken.

Der Graf brachte sie zur Tür, und als sie außer Hörweite der Diener waren, sagte er leise: »Ich begegnete heute einem alten Freund. Er lebt in La Rochelle, kam aber zur Regelung einiger Geschäfte über L'Orient nach Rennes. Er war als Offizier in der alten Marine und ging, wie ich, ins Exil nach England. Er sagt, daß fünf Linienschiffe und sechs Fregatten in La Rochelle zum Einsatz klargemacht werden, und jeweils sechs und sieben in L'Orient. Wie sieht es in Brest aus?«

»Elf und sechzehn«, sagte Ramage grimmig. »Es werden also dreiundzwanzig Linienschiffe und dreiunddreißig Fregatten an der Atlantikküste in Dienst gestellt. Ich frage mich, was in Toulon vor sich geht?«

»Ich muß zugeben, das ist eine große Flotte für Friedenszeiten«, sagte Jean-Jaques und fügte dann hinzu, als wolle er sich selbst versichern, daß es noch eine Zukunft gäbe: »Aber ich bin sicher, Bonaparte möchte jetzt Frieden. Zumindest möchte er, wie sagt man, alles konsolidieren. Ihr habt ja selbst gesehen, daß er die meisten Soldaten nach Hause geschickt hat, damit sie die Ernte einbringen können. Hunderte von Meilen Straße müssen noch repariert werden – eigentlich Tausende. Frankreich ist heute ein Land, in dem dieses Jahr jeder Mann gebraucht wird, um die Ernte zu retten, um zu pflügen und zu sähen, wenn das Volk nicht hungern soll. Er verläßt sich bereits darauf, daß es eine gute Ernte geben wird – eine schlechte würde seinen Sturz nach sich ziehen. In Kriegszeiten sind die Leute gewillt, den Gürtel enger zu schnallen, aber im Frieden wollen sie einen vollen Magen.«

Ramage schüttelte den Kopf. »Diesen Mann, der die größte Armee und die mächtigste Polizeimacht besitzt, die die Welt je gesehen hat, werden selbst zehn schlechte Ernten nicht zu Fall bringen.«

»Trotz alledem«, fuhr der Graf unbeirrt fort, bei dem sich die Hoffnung gegenüber der Einsicht durchsetzte, »Bonaparte hat mit den Russen Frieden geschlossen, und Großbritannien ist isoliert. Die Welt befindet sich im Frieden. Ich muß dich nicht daran erinnern, daß England, aufgrund des Friedens von Amiens, die meisten seiner überseeischen Eroberungen abgetreten hat, und im Gegenzug hat Napoleon die Wüsten Ägyptens aufgegeben. Er hat alles, was er will. Du glaubst doch nicht, daß er auch noch Spanien, Portugal, die Niederlande, Skandinavien braucht ...?«

»Doch. Aber da befinde ich mich wahrscheinlich in einer Minderheit«, sagte Ramage. »Bonaparte hat die Kontrolle über die italienischen Staaten und die Schweiz behalten.«

»Aber er weiß, daß er die Briten auf See nicht schlagen kann. Denk an die Schlacht in der Bucht von Abukir – was für eine Katastrophe für Frankreich! Er ist ein Soldat; er hat eine große Armee geschaffen. Aber er kann sie nicht einsetzen, um England anzugreifen, weil ihn der Kanal daran hindert. Das weiß er. Und aus diesem Grunde schickt er seine Soldaten nach Hause.«

»Aber warum macht er seine Marine einsatzbereit – die Marine, die, wie er weiß, die Royal Navy nicht schlagen kann, wie du mir gerade bestätigt hast?«

Jean-Jaques hob die Hände, die Handflächen nach oben gerichtet. »Vielleicht um sicherzugehen, daß sie in gutem Zustand ist, bevor er sie einlagert – oder wie ihr Seeleute das nennt.«

»Vielleicht«, sagte Sarah, indem sie Ramages Arm ergriff. »Du mußt die Braut entschuldigen, wenn sie ihren Bräutigam jetzt ins Bett zieht, aber sie ist in Gefahr, im Stehen einzuschlafen!«

2

Sarah lag auf der Seite und wandte Ramage den Rücken zu, und er mußte wieder einmal staunen, wie perfekt sich der weibliche Körper in dieser Position an den männlichen anzuschmiegen vermochte. Aber allein in einer Schlingerkoje auf See – von jetzt an würde das für ihn eine fast unerträgliche Einsamkeit bedeuten. Warum jetzt jedoch Pferde mit klingelndem Geschirr herangaloppiert kamen, war ihm unerfindlich, und er öffnete die Augen und stellte fest, daß der anbrechende Morgen dem Raum schon ein schwaches, graues Licht verlieh.

Pferde? Geschirr? Als er jetzt den Schlaf abschüttelte und sein Kopf klar wurde, hörte er laute Kommandos von der Mitte des Schloßhofes; sie kamen von den breiten Treppenstufen, die zum Haupteingang hinaufführten.

Er stand auf und ging zum Fenster hinüber, wobei er die Kälte des Marmorbodens verfluchte, wenn er auch zu ungeduldig war, um seine Hausschuhe zu suchen.

Ein Dutzend berittene Männer, verschwommene Figuren in der Dämmerung. Vielleicht waren es auch mehr. Ramage konnte nur erkennen, daß sie absaßen. Einige eilten die Stufen hinauf, wobei die Scheiden ihrer Säbel scheppernd gegen den Stein schlugen, während ein Mann alle Pferde am Zügel festhielt.

Dann trommelte einer mit den Fäusten gegen die große Doppeltür. Ramage hörte erneut Pferdegetrappel, und weitere fünf oder sechs Männer galoppierten am Fenster vorbei und ritten auf die anderen zu. Soldaten. Selbst in dem schwachen Licht war das eindeutig – und nur die Kavallerie würde im Besitz so vieler Pferde sein.

Sarah stand jetzt hinter ihm; er fühlte, wie sich ihre Brüste gegen seine Schulterblätter preßten. »Was ist da los?« flüsterte sie. »Es ist so kalt. Warum hast du keinen Morgenmantel angezogen? Du wirst dir eine Krankheit holen.«

»Französische Kavallerie«, sagte er kurz. »Schnell, zieh deine Reitsachen an. Mach aber ja kein Licht.«

Er ging schnell durch den Raum und schob ihre beiden Koffer so hinter den Schrank und die Kommode, daß man sie von der Tür aus nicht mehr sehen konnte. Dann bündelte er die Kleidung, die sie am Abend vorher getragen und vor lauter Müdigkeit nur über die Stühle gelegt hatten, und schob sie unter das Bett.

»Was machst du denn da?«

»Beeil dich, Liebling. Irgend etwas ist passiert, und diese Soldaten sind nicht gekommen, um nach Deserteuren zu suchen. Sie sehen mir mehr wie eine Eskorte für Jean-Jaques und mich aus. Die zweite Gruppe hatte ein zusätzliches Pferd dabei.«

»Du glaubst doch nicht ...?«

»Der Bürgermeister von Landerneau versucht vielleicht, seine Möbel zu retten, indem er dem Präfekten irgendeine wilde Geschichte erzählt hat. Vergiß nicht, daß Jean-Jaques sehr angreifbar ist – er ist schließlich erst kürzlich aus dem Exil zurückgekehrt.«

Sarah fröstelte, während sie sich Unterwäsche heraussuchte. »Dazu hat er den berüchtigten Captain Lord Ramage als Hausgast.«

»Das kann doch kein Verbrechen sein«, sagte Ramage, während er die Hose anzog, aber in seiner Stimme klang ein Zweifel mit, so daß das, was ursprünglich als Feststellung gemeint war, mehr wie eine Frage herauskam. »Jedenfalls kann ich mir nicht denken, daß die Soldaten etwas über uns wissen, was immer sie auch vorhaben mögen. Ein Extrapferd ... das ist bestimmt für Jean-Jaques.«

»Der verantwortliche Offizier kann ohne weiteres zwei von seinen Leuten hier zurücklassen oder zwei von Jean-Jaques' Pferden satteln lassen. Oder er läßt uns zu Fuß gehen.«

»Vertrauen wir lieber darauf, daß sie von unserer Anwesenheit nichts wissen.«

»Die Diener«, sagte Sarah, die die Versuche ihres Mannes, sie zu beruhigen, ignorierte, »kann man ihnen vertrauen? Werden sie den Soldaten verraten, daß wir hier sind?«

»Wenn du dich beeilst, werden wir nicht mehr hier sein, Liebling«, sagte Ramage und griff nach seinem Rock. »Wir werden uns in einem anderen Raum verstecken, so daß die Soldaten uns nicht finden können, wenn sie uns hier suchen sollten.«

»Liebster«, flüsterte sie, »mach mir bitte die Knöpfe zu.« Sie drehte ihm den Rücken zu, so daß er ihre Jacke zuknöpfen konnte. Es war inzwischen merklich heller geworden. Ramage hatte geglaubt, die ersten Reiter seien vor ungefähr zwei Minuten eingetroffen, aber er merkte jetzt, daß es eher fünf Minuten waren.

»So, das wär's, aber jetzt schnell, Mylady, oder ...«

Er hielt inne und lauschte, als ein leises, aber beharrliches Klopfen an der Tür vernehmbar wurde. Tock, tock, tock – und dann ein gedämpftes »Mylord ... Mylord ...«

Er erkannte die Stimme; Jean-Jaques' Diener Gilbert, ein kleiner, nahezu verhutzelter Bretone, der mit seinem Herrn ins Exil nach England gegangen und dann nach dem Vertrag von Amiens wieder mit ihm zurückgekehrt war.

Ramage eilte zur Tür, und sobald er sie geöffnet hatte, schlüpfte der Diener hindurch und schloß sie hinter sich. »Ah, Mylord – und Mylady, natürlich –, Sie sind bereits angekleidet.« Gilbert sah sich im Zimmer um, bemerkte, daß die Koffer verschwunden waren und keine Kleidungsstücke und Toilettenartikel herumlagen. »Sie haben schon alles vorbereitet, wie ich sehe; diese Suite sieht völlig unbewohnt aus – sie werden denken, daß die Engländer geflohen sind, falls sie überhaupt mitbekommen, daß man Sie hier untergebracht hat. Schnell, folgen Sie mir bitte – ich bringe Sie in einen kleinen Raum, in dem Sie sich verstecken können.«

»Aber was ...«

»Ich werde es Ihnen in ein paar Minuten erklären, Mylord; aber begeben Sie sich erst in Sicherheit!«

Der Diener schloß das Fenster (»Kein Franzose würde nachts ein Fenster aufmachen«, erklärte er), und dann folgten ihm Sarah und Ramage, gingen den Korridor entlang, der sie vom Hauptgebäude des Schlosses wegführte, stiegen eine Treppe hinunter, die so dunkel war, daß sie sich am Geländer festhalten und die nächste Stufe erfühlen mußten, bis Gilbert schließlich vor ihnen eine Tür öffnete.

»Ein alter Vorratsraum, Mylord«, erklärte er. »Niemand würde Sie hier suchen, und außerdem gibt es noch eine Seitentür in einen der Gärten.«

Er reichte Sarah die Hand. »Es führt eine kleine Treppe hinauf, Mylady. Ich fürchte, es gibt hier drin nur diese alten Kisten, aber wir hoffen, daß Sie nur ein bis zwei Stunden warten müssen, bis Sie wieder in Ihr Zimmer zurückkehren können.«

Ramage fühlte sich wie ein Stück Treibgut, das, von Strudeln gepackt, um eine Felsklippe gewirbelt wird, aber bevor er noch fragen konnte, sagte der Diener: »Ich habe eine Botschaft vom Grafen, Mylord, und auch einige Informationen, die ich – äh, zufällig mithören konnte. Ich nahm mir die Freiheit, an der Tür zu lauschen.

Der Graf läßt Sie wissen, daß er glaubt, Frankreich befände sich erneut mit England im Krieg, und er rät Ihnen, so schnell wie möglich zu fliehen. Das war alles, was er sagen konnte, bevor der Kavallerieoffizier und seine Männer hereinkamen, um ihn zu verhaften.«

»Aber Sie haben noch mehr gehört?«

»Jawohl, Sir, wir haben in der Tat wieder Krieg. Das Wichtigste, was der Kavallerieoffizier sagte, als er den Grafen – auf direkten Befehl aus Paris – festnahm, war, daß Lord Whitworth, Ihr Gesandter in Paris, die Hauptstadt am zwölften des Monats verlassen habe. Er sagte, dies käme fast einer Kriegserklärung gleich. Am siebzehnten hätten dann die britischen Behörden alle französischen und niederländischen Schiffe in ihren Häfen gewaltsam zurückgehalten und Vollmachten für Kaperschiffe ausgestellt.« Er hielt einen Augenblick inne und zog an seiner Nase, als könne das sein Gedächtnis beflügeln. »Ja, und dann am nächsten Tag, dem achtzehnten, erklärten die Briten Frankreich den Krieg, und am neunzehnten kaperten Schiffe der Royal Navy einige französische Küstensegler vor Audierne – beinahe in Sichtweite von Brest und, natürlich, in französischen Hoheitsgewässern. Dann, am dreiundzwanzigsten – so sagte der Kavallerieoffizier –, erließ Bonaparte den Befehl, alle britischen Männer zwischen achtzehn und sechzig festzunehmen, die für den Dienst in der britischen Armee oder der Marine herangezogen werden könnten.«

Ramage sah Sarah an. Heute war der fünfundzwanzigste Mai. Britannien und Frankreich befanden sich seit genau einer Woche im Krieg. Doch gestern, als sie beide den größten Teil des Tages draußen am Pointe St.Mathieu verbracht hatten, war auf den Straßen keine Polizei zu sehen gewesen, auch kein Zeichen einer Blockade, und keine einzige Fregatte am Horizont.

Der Diener schien noch mehr zu sagen zu haben, aber was es auch sein mochte, es bereitete ihm offensichtlich Unbehagen.

»Nun, Gilbert, ist das alles?«

»Nein, Mylord, ich bedaure, aber da ist noch etwas. Sie halten mir hoffentlich zugute, daß ich nur aus dem Grunde an der Tür lauschte, um Ihnen Informationen weitergeben zu können ...«

»Ich bin sicher, Sie taten genau das, was der Graf von Ihnen erwartete, Gilbert, und wir sind dankbar dafür.«

»Nun, Mylord, der Kavallerieoffizier betonte, daß der Graf auf Befehl Bonapartes verhaftet würde, allerdings aufgrund von Informationen, die von der Gräfin – der früheren Gräfin, meine ich – geliefert worden seien. Sie hätte den Behörden mitgeteilt, daß er wahrscheinlich englische Gäste in seinem Schloß untergebracht habe. Aus diesem Grunde wollte ich, daß Sie Ihre Suite so schnell wie möglich verließen.«

»Aber sie werden in den Koffern nachsehen ...«

Gilbert schüttelte den Kopf. »Das bezweifle ich, Sir. Die Suite sah völlig unbewohnt aus, als ich zu Ihnen kam. Und nicht nur das, man würde in diesem Raum kaum Gäste vermuten ...« Gilberts Entsetzen über die kümmerliche Auswahl der jetzt nach der Revolution noch halbwegs bewohnbaren Räume war nicht zu verkennen. »In der Suite des Grafen stehen noch weniger Möbel. Auf jeden Fall werden die Soldaten ihre Suche in der Küche beginnen.«

»In der Küche?«

»O ja, Mylord, sie sind geradewegs in die Küche gegangen – um nach Wein zu suchen. Ich habe sofort Edouard hinterhergeschickt, um dafür zu sorgen, daß sie auch genug finden. Sobald der Offizier mit dem Grafen weggeritten ist und die Soldaten anfangen, nach Ihnen zu suchen, werden sie halb betrunken sein. Ich glaube nicht, daß es eine gründliche Suche sein wird.«

»Haben sie den Grafen sofort abgeführt?« fragte Sarah.

»Der Offizier gab ihm zehn Minuten, um sich anzukleiden und eine kleine Tasche zu packen, Mylady.«

Ramage war sich bewußt, daß alles, was er jetzt unternahm, darüber entscheiden konnte, ob er als ›détenu‹ in ein französisches Gefängnis gebracht wurde oder nicht. Aber viel mehr beunruhigte ihn, was mit Sarah geschehen könnte. Ein selbstsüchtiger Gedanke schoß ihm durch den Kopf, bevor er ihn abzuwehren vermochte: Verheiratet zu sein bedeutete in der Tat, daß man dem Schicksal eine Geisel ausgeliefert hatte. Jetzt konnte er Lord St. Vincents geflügeltes Wort verstehen, das besagte, daß ein Offizier, der heiratete, für die Marine verloren war. Einmal abgesehen von Sarahs Sicherheit in einem Fall wie diesem (der zugegebenermaßen ungewöhnlich war), würde ein glücklich verheirateter Offizier sein eigenes Leben mit der gleichen Unbekümmertheit wie ein Junggeselle riskieren, wenn ihm bewußt war, daß er jetzt etwas ganz Besonderes zu verlieren hatte? Und wenn er dann noch Kinder hatte ...

Er sah Gilbert an. »Was werden sie mit dem Grafen machen? Ihn guillotinieren?«

»Das ist möglich, Mylord, aber – wenn ich offen sprechen darf – ich glaube, die Gräfin, vielmehr die frühere Gräfin, wird dafür sorgen, daß er sein Leben nicht verliert. Ich habe immer geglaubt, sie seien glücklich verheiratet – bis zur Revolution, als sie vom allgemeinen Fieber ergriffen wurde. Wahrscheinlich wird man ihn deportieren. Ich glaube, viele Royalisten, die nicht der Guillotine zum Opfer fielen, wurden nach Cayenne geschickt – einer winzigen Insel in den Tropen, vor der Küste von Französisch-Guayana in Südamerika, aber das wissen Sie natürlich. Priester, Freimaurer, Monarchisten, in der Tat, alle, die in der Republik nicht mehr gut angeschrieben sind, werden nach Cayenne geschickt.«

»Was sollten wir Ihrer Meinung nach jetzt tun? Wir wollen natürlich so schnell wir möglich nach England zurück.«

Gilbert nickte vorsichtig. »Vor allem anderen müssen wir verhindern, daß Sie in die Hände der Republik fallen. Dann werden wir über Ihre Rückkehr nach England nachdenken. Wenn Sie mich jetzt entschuldigen wollen, ich werde mal sehen, was Edouard inzwischen für Neuigkeiten hat. Ich bin sicher, die Soldaten werden offen mit ihm geredet haben; ein guter Revolutionär nimmt von vornherein an, daß ein Diener ein unterdrücktes Wesen ist, und sympathisiert mit ihm.«

Damit schien Gisbert buchstäblich zu verschwinden, obwohl Ramage natürlich bewußt war, daß sich der Mann so gewandt und leichtfüßig bewegte, daß er eine Tür öffnen, hindurchgehen und sie wieder schließen konnte, bevor die meisten Menschen ihre Hand auch nur an den Türgriff legten.

Als sie allein waren, lächelte Sarah ihn zärtlich an und ergriff seine Hand. »Wir hätten einen Monat früher heiraten sollen, dann wären wir jetzt zu Hause«, sagte sie. »Wir hätten natürlich auch unsere Flitterwochen etwas abkürzen können. Jetzt brauchst du dir jedenfalls keine Sorgen darüber zu machen, ob du Lord St. Vincent von der Notwendigkeit überzeugen kannst, keine weiteren Schiffe außer Dienst zu stellen.«

»Nein, es sieht so aus, als wäre das Kabinett endlich mißtrauisch gegen Bonaparte geworden. Die Abberufung unseres Gesandten aus Paris muß Bonaparte verblüfft haben, der sich sicherlich viel auf seine Klugheit einbildet, weil er uns letztes Jahr dazu gebracht hat, diesen absurden Vertrag zu unterschreiben. Jetzt haben wir ihm plötzlich auf die Finger geklopft. Jedoch auch nicht mehr als das, bedenkt man die Größe seines Heeres.«

»Dann mußt du ihn eben auf See bekämpfen!« sagte Sarah gutgelaunt und hätte sich zum zweiten Mal in weniger als zwölf Stunden die Zunge abbeißen können.

»Ich sitze hier im Versteck«, sagte Ramage bitter, »und ein anderer Kapitän stellt die *Calypso* in Chatham wieder in Dienst. Wenn die Männer noch nicht entlassen wurden, ist er der größte Glückspilz in der Marine, denn er bekommt die beste Mannschaft, die man sich denken kann.«

Plötzlich kam ihr ein Gedanke. »Das bedeutet, daß du ein Glückspilz bist. Er wird die Mannschaft zusammenhalten, bis du zurückkommst und das Kommando wieder übernimmst.«

»Vorausgesetzt, mir gelingt die Flucht, und weiter vorausgesetzt, die Admiralität ist bereit, mir zuliebe einen Kommandanten von seinem Posten zu entfernen«, protestierte er. »Beides scheint im Moment wenig wahrscheinlich.«

»Wenn man dich gefangennimmt – ich bin jedoch sicher, sie werden uns nicht erwischen –, werden sie dich auf Ehrenwort wieder freilassen. Dann kannst du dich zur Küste durchschlagen und ein Boot stehlen, oder so.«

Er lachte bitter. »Meine Liebe, du gehst sehr einfach an diese Sache heran, aber die Admiralität teilt deine Ansicht nicht. In bezug auf das Ehrenwort, zum Beispiel.«

»Was ist denn das Problem?«

»Nun, wenn du dein Ehrenwort gibst, versprichst du bei deiner Ehre, nicht zu fliehen, und kannst daraufhin frei außerhalb des Gefängnisses leben. Für deine Unterkunft und die Verpflegung mußt du natürlich selbst aufkommen.«

»Irgendwo gibt es da bestimmt ein aber«, sagte sie düster.

»Sicher gibt es das. Wenn du dein Wort brichst und nach England fliehst, wird dich die Admiralität bestimmt nicht willkommen heißen. Im Gegenteil, sie könnten dich sogar zurückschicken. Auf jeden Fall werden sie dir keinen Dienstposten anbieten.«

»Und warum das nicht?«

»Weil du den Franzosen dein Ehrenwort gegeben und es gebrochen hast.«

»Aber es ist doch Krieg! Die Franzosen haben ihren König umgebracht. Sie haben Tausende unschuldiger Menschen auf die Guillotine geschickt.«

»Stimmt, und wahrscheinlich werden sie noch mehr hinrichten, aber die Admiralität ist der Ansicht, daß du dein Wort ja nicht zu geben brauchst. Falls du es aber tust, mußt du es auch halten.«

»Was um alles in der Welt kann ein gefangener Offizier denn tun?«

»Er kann sich weigern, sein Wort zu geben. Das bedeutet, er bleibt im Gefängnis, aber es bedeutet auch, daß er wirklich frei ist, wenn es ihm gelingt zu fliehen und nach England zurückzukehren. Er kann dann auch erwarten, wieder eingestellt zu werden.«

»Prüft die Admiralität das denn wirklich nach?«

»Das vermute ich. Es gibt einen französischen Bevollmächtigten in London.«

»Aber doch nicht, wenn wir uns im Krieg befinden.«

»O doch. Sein Name ist Otto, er ist Bevollmächtigter für den Austausch von Gefangenen. In gewissen Abständen tauschen wir gefangene Franzosen gegen britische Staatsangehörige aus.«

»Laß uns nicht über Gefangene reden«, sagte Sarah. »Wir werden hier schon irgendwie rauskommen. Gilbert – Gilbert können wir vertrauen. Ich habe aber Angst um Jean-Jaques.«

Er schüttelte den Kopf. »Nein, ich glaube, Gilbert hat recht; seine verdammte Frau, oder was sie auch immer ist, wird nicht wollen, daß er hingerichtet wird; es würde ihrem Ruf nicht gut tun. Sie wäre dann die Witwe eines Verräters. Deportation – ja, man könnte ihn nach Cayenne schicken, und das ist einer der ungesundesten Plätze auf der ganzen Welt. Aber selbst dort ist ihm der Tod nicht sofort gewiß. Nicht so gewiß jedenfalls wie hier unter dem Fallbeil.«

»Und was ist mit uns? Ich möchte nicht selbstsüchtig erscheinen, aber wir sind Fremde inmitten des feindlichen Lagers!«

Sie lächelte sarkastisch, und Ramage stellte mit Freude fest, daß seine frisch angetraute Frau weder Furcht zeigte noch versuchte, ihm die Schuld dafür zu geben, daß sie hier in der Falle saßen.

»Wenn Gilbert zurückkommt, werden wir erfahren, ob die französischen Behörden wissen, daß wir hier sind, und ob sie nach uns fahnden. Ich glaube nicht, daß Jean-Jaques uns irgendwo hat registrieren lassen oder den Behörden gemeldet hat, daß wir bei ihm wohnen. Eigentlich hätte er es tun müssen, glaube ich, im Büro des Polizeipräfekten vielleicht, aber er wollte sich nicht die Mühe machen, weil er meinte, es ginge den Präfekten nichts an, wen er bei sich aufnimmt.«

»Mit dieser Einstellung kommt man wohl in England durch, aber ich kann mir nicht vorstellen, daß Bonaparte und seine Spießgesellen damit einverstanden sind.«

»Nein. Doch wenn die Franzosen auch die Namen jedes Fremden kennen, der ins Land hereingekommen ist, so nützt ihnen das gar nichts, wenn sie nicht wissen, wo sich der betreffende aufhält. Vergiß nicht«, sagte er bitter, »wenn die Franzosen alle ausländischen Besucher festnehmen, so bedeutet das, daß sie ihr Wort brechen.«

»Auf welche Weise?«

»Nun, jeder, der nach Frankreich einreisen möchte, muß sich von den Behörden ein ›passeport‹ beschaffen. Das ist eine Art Garantie, ein Dokument, das dem Fremden gestattet, die Häfen von Frankreich zu passieren und durch das Land zu reisen. Nun, nachdem er diese ›passeports‹ bewilligt hat, scheint es, als wolle Bonaparte sein Wort brechen.«

Sarah nickte. »Das ist richtig, aber jeder – und das betrifft auch uns –, der einem Mann wie Bonaparte oder der Regierung von Frankreich vertraut, darf sich nicht beklagen, wenn er betrogen wird. ›Ehre‹ ist ein Wort, das die Franzosen aus ihrem Vokabular gestrichen haben, als sie ihren König hinrichteten. Jede Nation, die fröhlich eine ganze Klasse ihres Volkes exekutiert, nur weil sie in diese Klasse hineingeboren sind, ist unmoralisch und geistig krank. Ein Franzose konnte als Aristokrat geboren, aber ärmer als der örtliche Totengräber sein, und doch wurde der Aristokrat zur Guillotine geschleppt, und der Totengräber folgte dem Zug und applaudierte dem Henker.«

»Wir hätten nicht hierherkommen sollen«, sagte Ramage trocken.

»Aber wohin hätten wir sonst reisen sollen? Preußen ist nicht besonders reizvoll. Die Niederlande und Italien – Bonaparte wird alle Fremden dort verhaften. Spanien – wer weiß. Auf jeden Fall lernen wir etwas über die Franzosen.«

Sie setzte sich auf eine der Packkisten. »Was passiert, wenn die französischen Soldaten unsere Koffer in der Suite entdekken?«

»Nun, uns werden sie nicht finden. Vergiß nicht, daß sie bei Tagesanbruch kamen; sie werden also annehmen, daß wir geflohen sind.«

»Verlassen wir uns darauf lieber nicht«, sagte sie warnend.

»Aber es ist ganz logisch, wenn man darüber nachdenkt.«

»Wohin gehen wir jetzt? Dieser Lagerraum ist doch ziemlich deprimierend!«

»Zurück in unsere Suite, sobald die Luft rein ist, weil sie wahrscheinlich das sicherste Versteck in ganz Frankreich ist.«

»Unsere Suite? Aber ...«

»Sie wurde von der Kavallerie durchsucht, der ›rosbif‹ und seine Frau können also gar nicht mehr dort sein«, sagte er, die präzise Rede eines Offiziers imitierend, der seinem Vorgesetzten Meldung erstattet. »Dafür werden sie die ganze Umgebung absuchen.«

Jetzt hörten sie ein leises Klopfen an der Tür, und Ramage öffnete. Gilbert glitt lautlos herein, ein beruhigendes Lächeln im Gesicht. Er verbeugte sich vor Sarah.

»Sicherlich finden Sie diese Kiste sehr unbequem, Mylady.«

Als sie ihn über diesen Punkt beruhigt hatte, wandte er sich an Ramage und holte tief Luft.

»Edouard hielt seine Augen und Ohren offen, Mylord, und er gab sich dümmer, als er ist, damit er ein paar dumme Fragen stellen konnte – in die er geschickt einige kluge Fragen einstreute. Es sieht jedenfalls so aus: Was den Grafen betrifft, so betrachtet man ihn als Staatsfeind, weil sich Frankreich nun wieder im Krieg mit England befindet und der Graf all die Jahre in England verbracht hat. Er wurde denunziert, und die Behörden in Paris erteilten dem Chef d'administration in Rennes den Befehl, ihn zu verhaften.«

»Wo hält man ihn gefangen?«

»Ah, das ist die zweite Neuigkeit. Er wird im Chateau in Brest gefangengehalten, im Marinehauptquartier. Zusammen mit vielen anderen, die noch herbeigeschafft werden.«

»Was sind das für Leute?«

»Großgrundbesitzer wie der Graf, die aus dem Exil zurückgekehrt sind, Menschen, die sich im vergangenen Jahr die Gunst Bonapartes, des örtlichen Präfekten oder des örtlichen Polizeichefs verscherzt haben. Priester, die den Mund zu weit aufgemacht haben. Menschen, denen einige der jetzigen Machthaber Geld schulden ...«

»Warum das Chateau in Brest – wegen der Nähe zu einem geeigneten Schiff?«

Gilbert nickte. »Sie werden nach Cayenne abtransportiert, sobald ein Schiff – der Kavalleriehauptmann sagte, eine Fregatte – bereitgestellt werden kann.«

»Der Graf verbrachte also nur – wie lange war es, ein Jahr – in seiner Heimat ...«

»Elf Monate, Sir. Aber jetzt zu Ihnen. Der Offizier wußte, daß Sie hier gewohnt haben, aber Edouard – der sich natürlich als großer Befürworter der Republik ausgab – berichtete dem Offizier, daß Sie gestern gewarnt worden und unter Zurücklassung Ihres Gepäcks geflohen seien. Das wurde auch vom Grafen bestätigt, der sich noch im Raum befand. Der Graf gab sich sehr ärgerlich – er sagte, Sie reisten unter dem Schutz eines von Bonaparte unterzeichneten ›passeport‹. Der Kavallerieoffizier lachte bloß, zog eine Handvoll Papiere aus der Tasche und las sie dem Grafen vor. Ich glaube, weil er vermutete, daß die Behörden ihn für Ihre Flucht verantwortlich machen könnten.

Das erste Blatt war ein Brief vom Präfekten in Rennes, namentlich an Sie addressiert, Mylord, in dem Sie über ein Dekret informiert werden, das vor einigen Tagen erlassen wurde. Dieses Dekret, von dem eine Kopie dem Brief beigefügt war, machte Sie mit Wirkung vom zweiten Prairial im elften Jahr der Republik – und dieses Datum liegt ein paar Tage zurück – zum Kriegsgefangenen. Das Dekret war vom Ersten Konsul unterzeichnet, und neben Bonapartes Unterschrift befand sich die von M. Marot, des Ministers.«

»Und Ihre Ladyschaft?«

»Ehefrauen wurden nicht erwähnt, Mylord. Edouard hatte den Eindruck, daß es sich bei dem Brief einfach um eine Kopie eines Schreibens handelte, das an alle Ausländer männlichen Geschlechts gerichtet wurde. Er meinte, daß Frauen und Kinder davon nicht berührt seien.«

Ramage sah dem kleinen Mann direkt in die Augen. »Dies alles bedeutet, Gilbert, daß Sie und Edouard und all die anderen, Feinde der Republik beherbergen. Dafür könnte man Sie guillotinieren. Wir müssen sofort weg.«

»Ich versichere Ihnen, Mylord, Edouard und ich sind wahre Patrioten; wir beherbergen keine Feinde des Staates, weil dieses Haus bereits sorgfältig von einem Trupp Kavallerie durchsucht worden ist, die eigens zu diesem Zweck von Rennes herübergekommen waren.«

Ramage packte Gilbert bei den Schultern. »Gilbert, ich danke Ihnen. Aber das Risiko für Sie ist zu groß.«

»Sir, bitte bleiben Sie noch. Das wäre auch der Wunsch des Grafen. England gab mir, ebenso wie dem Grafen, ein Zuhause, als wir Flüchtlinge waren. Und es besteht jetzt weder für Sie noch für uns ein Risiko; das Haus ist ja durchsucht worden. Und wir stellen bereits Nachforschungen an, was sie mit dem Grafen vorhaben, und erkunden, ob es möglich ist, ein Fischerboot zu mieten, um Sie nach England oder auf die Kanalinseln zu bringen.«

»Wer stellt diese Nachforschungen an?« fragte Ramage.

»Die zweite Köchin und ihr Mann, Louis, einer der Gärtner, nehmen immer ein ›cabriolet‹ – wie heißt das noch –?«

»Eine Gig.«

»– ach ja, eine Gig. Nun, sie fahren jede Woche einmal damit nach Brest, um Fisch und andere Dinge einzukaufen. Die Posten am Landerneau-Tor – dort muß jeder seine Papiere vorzeigen, wenn er nach Brest hinein will oder Brest wieder verläßt –«

Ramage war neugierig und unterbrach ihn: »Ist es möglich, ohne Papiere nach Brest hineinzukommen? Wir wurden von niemandem angehalten.«

»Aber natürlich, Mylord. Sie sind, ohne sich dessen bewußt zu sein, über die Felder geritten. Andernfalls verlassen Sie die Straße einfach eine halbe Meile vor den Stadttoren und umgehen sie durch die Felder. Es sind wohl Tore an der Straße, aber es gibt keine Mauer um die Stadt. Das Risiko, jetzt da der Krieg wieder begonnen hat, besteht darin, daß man später, irgendwo in der Stadt, durch eine Patrouille angehalten werden könnte.«

Ramage nickte und warf Sarah einen Blick zu, einen Blick, den Gilbert bemerkte. »Ach ja, wenn wir erst einmal soweit sind, daß wir Sie zu einem Fischerboot bringen können, kleiden Sie sich am besten als ein französisches Paar, das auf den Markt geht – oder das unterwegs ist, um Verwandte zu besuchen, oder sich auf Arbeitssuche befindet. Sie werden Dokumente dabei haben –«

»Was für Dokumente?« fragte Ramage.

»Echte Dokumente, das versichere ich Ihnen, Mylord. Sie werden natürlich französische Namen haben, aber Sie müßten Ihren Pariser Akzent ablegen. Sie müßten mehr wie jemand aus dem Roussillon oder Languedoc sprechen; Sie sind ja mit beiden Gegenden vertraut. Wir müssen eine bestimmte Gegend auswählen, die weit von hier entfernt ist – so daß der Präfekt in Brest weiß, daß eine Überprüfung drei oder vier Wochen in Anspruch nehmen würde. So wird er sich wahrscheinlich nicht die Mühe machen. Nach Paris jedoch«, er zuckte ausdrucksvoll mit den Schultern, »geht jeden Tag ein Kurier.«

»Sie haben alles sehr sorgfältig bedacht.«

»Als wir aus England zurückkamen«, sagte der Diener, »teilte ich nicht den Optimismus des Grafen über unsere Zukunft in Frankreich. Der Graf glaubte, wir würden viele Jahre Frieden vor uns haben. Ich selbst betrachtete den Vertrag mehr wie eine Pause zwischen den Runden eines Boxwettkampfes. Ich riet dem Grafen, England nicht zu verlassen, aber leider siegte die Sehnsucht nach diesem Chateau über die Liebe, die er für sein Haus in Kent entwickelt hatte. Jetzt, fürchte ich, wird dem Grafen der Weg nach Cayenne nicht erspart bleiben.«

»Und was wird mit Ihnen geschehen?« fragte Sarah besorgt.

»Ich ergriff die Vorsichtsmaßnahme, mich mit den nötigen Papieren zu versorgen, und darüber hinaus ist es natürlich wohlbekannt, wie sehr ich, genauso wie Edouard, Louis und alle anderen Bediensteten des Grafen, die ›aristos‹ hasse! Wir arbeiten für sie, damit wir etwas zu essen haben!«

»Und Ihren Aufenthalt in England – wie werden Sie den erklären?«

»Der Graf drohte mir, so daß ich mit ihm gehen mußte. Die ›gendarmes‹ zeigen immer viel Verständnis mit denen, die unter den ›aristos‹ gelitten haben ... Sie beglückwünschten mich sogar dazu, daß ich den Grafen überredete, nach dem Friedensschluß nach Frankreich zurückzukehren ... Ich glaube, selbst der Präfekt wußte, daß der Graf, zusammen mit Dutzenden anderer Exilanten, in Bonapartes Falle ging.« Gilbert schlug die Handflächen gegeneinander, so wie ein Konditor sich das Mehl von den Händen abstäubt. »Wir müssen das Beste daraus machen. Ich denke, Sie können jetzt in Ihre Suite zurückkehren, und ich werde Ihnen das Frühstück servieren. Es ist besser, wenn Sie es dort zu sich nehmen – nicht alle meine Pläne sind so gelaufen, wie sie sollten.«

»Was ist denn schiefgegangen?« fragte Ramage neugierig.

»Die plötzliche Ankunft der Kavallerie. Ich hatte eine

Menge Geld bezahlt, um sicherzustellen, daß wir rechtzeitig gewarnt würden, damit dem Grafen Zeit zur Flucht bliebe.«

»Ich möchte annehmen, der Präfekt erhielt den Befehl, den Grafen festzunehmen, in der Nacht«, sagte Ramage. »Unmittelbar danach hat er die Kavallerie losgeschickt, wobei er hoffte, gleichzeitig auch uns mitnehmen zu können.«

Gilbert nickte langsam, überlegte eine Weile und stimmte Ramage schließlich zu. »Das würde die Sache erklären. Ich kann mich mit der Vorstellung nicht befreunden, daß man mich betrogen – oder hintergangen hat.

3

Sarah bemerkte wohl, daß die Mahlzeiten hervorragend zubereitet waren, und obgleich die Auswahl der Speisen nicht allzu groß war, gab es reichlich zu essen. Die Suite war groß und luftig, selbst wenn es mit der Möblierung haperte. Der Ausblick vom Fenster war atemberaubend, wenn man die bretonische Landschaft mochte; englischen Augen, die an die satten Grüns gewöhnt waren und nicht an die großen, zackigen Felsbrocken, die wie verformte Heumieten überall herumlagen, erschien sie rauh. Sarah beklagte sich nur darüber, daß sie den Raum schon seit drei Tagen nicht mehr verlassen hatten.

Ramage wies sie darauf hin, daß es ihnen im Vergleich zu Jean-Jaques hervorragend ging. Dieser befand sich vermutlich in einer Zelle im Chateau in Brest, einer riesigen Zitadelle, die sie beide als kalt und trostlos empfunden hatten, selbst an dem sonnigen Nachmittag vor ein paar Tagen (der ihnen inzwischen eine Ewigkeit her schien). Während Jean-Jaques bestenfalls einer mehrjährigen Haft in einem der höchst ungesunden Klima in den Tropen entgegensah, war das Schlimmste, was ihnen passieren konnte, daß Nicholas nach Valenciennes gebracht wurde, wo man die Kriegsgefangenen internierte, während Sarah gezwungen wäre, den Rest des Krieges bei einer französischen Familie zu verbringen.

Sarah hatte erklärt, sie würde so nahe wie möglich bei dem Ort bleiben, an dem man ihren Mann internieren würde – sie waren übereingekommen, daß er sein Ehrenwort nicht geben würde. Ohne viel darüber zu reden setzten sie voraus, daß Nicholas, falls sie entdeckt und gefangengenommen wurden, alles versuchen würde, um nach England zu fliehen, während Sarah, notfalls, zurückblieb. Sie weigerte sich, die Möglichkeit in Erwägung zu ziehen, die Franzosen könnten sie wegen der Flucht ihres Mannes bestrafen.

Das Klopfen an der Tür war leise, aber es kam zur falschen Zeit: Gilbert hatte erst vor einer halben Stunde das Geschirr abgeräumt und hätte den ersten Gang der nächsten Mahlzeit – Ramage sah auf seine Uhr – erst in vier Stunden bringen sollen. Doch Gilbert schlüpfte herein und winkte beruhigend mit der Hand, als er die Tür schloß und den beunruhigten Ausdruck in ihren Gesichtern bemerkte.

»Die Köchin und der Gärtner sind wieder da, Mylord. Sie konnten die Pferde nicht hören, weil sie zum Dienstboteneingang kamen.«

Sarah setzte sich wieder; sie spürte, daß der plötzlichen Nervenanspanung eine gewisse Schwäche folgte und daß Gilbert sofort bemerken würde, wenn sie blaß wurde.

Ramage hob die Augenbrauen; er wollte nicht ungeduldig erscheinen, aber ihm fiel auf, daß der Franzose unter einer seltsamen Anspannung zu stehen schien.

»Ist Ihnen die Bezeichnung Brigg geläufig, Mylord?«

»Im Englischen? Ja, das ist ein Kriegsschiffstyp.«

»Ah, dann haben sie es also richtig verstanden«, sagte er. »Nun, die Nachrichten über den Grafen sind nicht gut, aber nicht schlimmer, als wir erwarteten. Er ist zur Deportation nach Cayenne verurteilt; er und dreiundfünfzig andere werden im Chateau gefangengehalten und werden in einer Fregatte hinübergebracht, die jetzt seeklar gemacht wird. Das Schiff läuft in einer Woche aus, meint der Gärtner. Einige der Kanonen sowie Pulver und Kugeln werden gerade entladen, um Platz für die Gefangenen zu schaffen.«

»Wie heißt die Fregatte?« fragte Ramage.

»*L'Espoir*, wenn es der Gärtner richtig verstanden hat. Man hat sie ihm gezeigt. Boote bringen Verpflegung an Bord, und man sagt, daß Zimmerleute besondere Gefängniskammern einbauen. Nicht, um die Deportierten die ganze Zeit einzusperren, sondern nur, falls sie bestraft werden sollen.«

Ramage fiel dieses »falls« sehr wohl auf; Gilbert kannte die Republikaner gut genug, um zu wissen, daß kein Monarchist in Cayenne ankommen würde, ohne für irgendeine Verfehlung bestraft zu werden, wie geringfügig sie auch sein mochte. Für einen treuen Republikaner war es wichtig zu zeigen, daß man ein treuer Anti-Royalist war, und das ließ sich am wirkungsvollsten bewerkstelligen, wenn man jemanden verriet – eine bequeme Methode, seine Schulden loszuwerden, bestand in den frühen Tagen der Revolution darin, den Gläubiger als geheimen Royalisten zu denunzieren; die Guillotine sorgte dann dafür, das das Konto schnell ausgeglichen wurde – und jedesmal lauthals Beifall spendete, wenn das Fallbeil herabsauste. Eine Frau in Paris erlangte eine gewisse Berühmtheit, weil sie tagein tagaus neben der Guillotine saß und strickte. Es dauerte gewöhnlich nicht mehr als drei Minuten, bis der Kopf des auf der Plattform stehenden Opfers in den Korb rollte.

»Wir sollten herausfinden, wann genau die *L'Espoir* beabsichtigt auszulaufen«, sagte Ramage.

»Sie hoffen, daß wir einen Versuch unternehmen können, den Grafen zu befreien?« fragte Gilbert hoffnungsvoll.

Ramage schüttelte den Kopf. »Sie, Edouard, der Gärtner und ich sollen eine Fregatte kapern? Vier gegen mindestens einhundert Mann, und dazu noch die Garnison des Chateau, wenn wir es in Brest versuchten?«

Gilbert nickte. »Ich greife nach jedem Strohhalm, Mylord.«

»Das ist auch alles, wonach wir greifen können«, sagte Ramage. »Ich dachte nur daran, daß ich vielleicht die Admiralität in Kenntnis setzen könnte – gesetzt den Fall, es gelingt mir nach England zu fliehen, bevor die *L'Espoir* ausläuft, und wir das Schiff abfangen können. Aber, Gilbert, Sie haben eine Brigg erwähnt. Was ist das für eine Brigg?«

»Ach, das ist so eine Klatschgeschichte, welche die Frau des Gärtners gehört hatte. Nicht der Gärtner selbst«, sagte Gilbert taktvoll, als wolle er die Intelligenz der Frauen in Sarahs Gegenwart nicht in Zweifel ziehen, »er war auf dem Fleischmarkt, und sie hörte die Geschichte auf dem Fischmarkt.«

Gilbert ist ein prächtiger Bursche, sagte sich Ramage, sein einziger Fehler ist nur, daß für ihn die kürzeste Entfernung zwischen zwei Punkten eine schön ausgeschmückte Geschichte ist. Seine Zuhörer brauchten Geduld, und von dieser Charaktereigenschaft, das gestand Ramage sich ein, hatte er nur wenig oder nichts mitbekommen.

»Die Frau des Gärtners – nebenbei, ihr Name ist Estelle – hörte zufällig das Gespräch zweier Fischverkäufer mit an, die über eine Brigg sprachen, welche am Abend zuvor, eskortiert von einer französischen Korvette, in Le Goulet, der Hafeneinfahrt, erschienen ist.«

»Warum ›eskortiert‹?« fragte Ramage.

»Oh, weil die Brigg englisch ist, Mylord, und man, jetzt da der Krieg wieder ausgebrochen ist, eine Eskorte erwarten kann, nicht wahr?«

Ramage nickte, wobei es ihm gelang, Sarah nicht anzusehen; er wußte, daß sie an sich halten mußte, um nicht in Gelächter auszubrechen, während sie ihn so mit sich ringen sah, Gilbert nicht über den Mund zu fahren und die Geschichte aus ihm herauszuholen, so wie ein Fischhändler einen Fisch filettierte.

»Jedenfalls, die Brigg hat einen Namen, der so klingt wie *Murex*. Das scheint mir ein seltsamer Name, aber Estelle war sich da ganz sicher, weil einer der Fischhändler es dem anderen vorbuchstabierte.«

»*Murex* ist schon richtig«, sagte Ramage und dachte an

eine andere 10-Kanonen Brigg der gleichen Klasse, die *Triton*, die ebenfalls nach einer Seeschnecke benannt war (und nicht nach dem Meeresgott, wie viele annahmen). Sie war sein zweites Kommando gewesen und hatte einen Hurrikan bei den Westindischen Inseln überstanden, war dann aber, entmastet, an die Insel Culebra getrieben worden. Inzwischen würde nur noch wenig von ihr übrig sein; der Schiffsbohrwurm würde ihre Planken und Spanten zerfressen haben, und auf den eisernen Beschlägen würden Korallen wachsen, während bunte tropische Fische in dem herumschwammen, was von ihrem Gerippe noch standhielt.

»Gab es viele Tote und Verwundetete, als die *Murex* gekapert wurde?« fragte Sarah.

»Tote und Verwundete, Mylady?« fragte Gilbert etwas verwirrt zurück. »Ich glaube nicht, daß irgend jemandem etwas passiert ist. Dem Kapitän und den Offizieren vielleicht, aber das bezweifle ich.«

Ramage hatte das seltsame Gefühl, als träume er diese ganze Unterhaltung; daß er ein Märchen träume, welches ›Die beiden Fischhändler‹ hieß. Die Zeit schien ihm gekommen, Gilbert etwas energischer anzupacken.

»Beginnen Sie ganz am Anfang und erzählen Sie uns, was Estelle gehört hat. Sie ist jetzt also auf dem Fischmarkt und hört, wie sich zwei Fischhändler unterhalten.«

»Nun, sie sollte in Fässern gesalzenen Kabeljau kaufen. Davon gab es reichlich. Dann wollte sie etwas Heilbutt – konnte aber keinen finden. Was, fragte sie sich, könnte den fehlenden Heilbutt ersetzen? Sie dürfen nicht vergessen, daß sie selbst ihn würde zubereiten müssen. Die erste Köchin, Mirabelle, weigert sich, Fisch zu kochen; sie sagt, daß man eine Frau, die so delikates Feingebäck herstelle wie sie, keinesfalls auffordern dürfe, sich mit schuppigen Reptilien abzugeben – so nennt Mirabelle sie, Mylord, ›Reptilien‹.«

»Die Fischhändler«, sagte Ramage geduldig.

»Ah ja, Estelle besprach mit ihnen, was sie an Stelle des

Heilbutts nehmen könnte. Sie dachte an die Sauce, wissen Sie. Nun, der zweite Fischhändler mischte sich in das Gespräch ein und fragte den ersten, während Estelle sich noch fragte, ob er gehört habe, daß eine englische Brigg angekommen sei.

»Der erste Fischhändler wußte von nichts, und der zweite – sein Name ist Henri, ein Gascogner, und er hat Schwierigkeiten damit, daß ihm die Leute seine Geschichten glauben; nicht umsonst haben wir in unserer Sprache das Wort ›gasconade‹, unter dem man soviel wie Aufschneiderei versteht.«

»Und dann ...«, drängte ihn Ramage.

»Henri erzählte dann, wie diese Brigg im Chenal du Four von Beobachtungsposten oben auf dem Pointe St.Mathieu gesichtet worden sei. Dann bemerkten sie die merkwürdige Sache mit der Flagge.«

Erneut hielt Gilbert inne, wie eine *Murex* – oder wie eine Strandschnecke, dachte Ramage mürrisch, die sich immer wieder in ihr Haus zurückzieht, nachdem sie ein paar Zoll vorwärtsgekrochen ist. Pflichtbewußt lockte Ramage ihn wieder heraus. »Was war mit der Flagge, Gilbert?«

»Sie hatten eine weiße Flagge über der Nationalflagge gesetzt. Die Posten fragten, ob man sie gekapert hatte. Aber warum dann eine weiße Flagge – man würde doch eher erwarten, daß sie die Trikolore über der englischen Flagge gesetzt hätten.

Jedenfalls übermittelten sie eine Nachricht an das Chateau, und eine Korvette, die in der Nähe vor Anker lag, wurde hingeschickt, um die Angelegenheit zu untersuchen. Sie kam mit der Brigg im Gefolge zurück, nur war jetzt die weiße Flagge durch die Trikolore ersetzt worden.

Wenn Sie meine Meinung hören wollen, Mylord«, er machte eine höfliche Pause, bis Ramage ihm bedeutete fortzufahren, »die Brigg hatte sich bereits ergeben, aber die Korvette traf mit ihr zusammen, bevor sie die Hafeneinfahrt erreichte, schickte ein paar Leute an Bord und behauptete dann, daß sie sie gekapert hätten. In dem Falle bekommen sie nämlich eine Belohnung.«

Das müssen Optimisten sein, dachte Ramage. Die britischen Admiralitätsgerichte waren für ihre Pingeligkeit bekannt und die Agenten für ihre Korruptheit bei Gewährung des Prisengeldes, und er bezweifelte, ob Bonapartes Marine sich überhaupt mit Prisengerichten abgab. Die Korvette war hinausgeschickt worden, um ein Schiff zu überprüfen, das bereits eine weiße Flagge führte, was traditionsgemäß Kapitulation oder Waffenruhe bedeutete. Er hob die Augenbrauen, eine neue Variante, um Gilbert zur Fortsetzung seines Berichts zu veranlassen.

»Die britische Brigg, die jetzt die Trikolore über ihrer Nationalflagge gesetzt hat, und deren Kanonen, wie sagt man, zurückgezogen, nicht an der Stelle zum Abfeuern sind ...«

»Nicht ausgerannt sind.«

»Ah ja. Diese Brigg hat vor dem Chateau geankert, und viele wichtige Leute – darunter der Préfet maritime und Admiral Bruix, der Commandant de L'Armee navale – werden zum Schiff hinausgerudert. Sie bleiben ungefähr eine Stunde, und dann, nachdem sie zurück sind, wird die Besatzung der *Murex* – man kann ihren Namen jetzt vom Ufer aus erkennen – an Land geschafft und im Chateau untergebracht, während französische Seeleute an Bord gehen, um den Rest zu bewachen.«

»Den Rest von was?«

»Nun, die Offiziere und einige Seeleute«, sagte Gilbert, der sich von Ramages Frage deutlich überrascht zeigte.

»Aber warum läßt man die Offiziere und ein paar Seeleute an Bord? Wer waren denn die Männer, die man an Land holte und im Chateau unterbrachte?«

»Nun, das waren natürlich die Meuterer!« sagte Gilbert. »Die Offiziere und die Männer, die nicht gemeutert haben, werden als Kriegsgefangene an Bord festgehalten. So hat das

Estelle jedenfalls von Henri verstanden«, berichtigte er vorsichtshalber.

Die Besatzung der Brigg *Murex* hatte also wenige Tage – eigentlich eher Stunden – nach Wiederausbruch des Krieges gemeutert und das Schiff nach Brest gesegelt, um es dort den Franzosen zu übergeben? Ramage sah Sarah an, als bitte er sie, ihm zu versichern, daß er sich verhört habe. Sie starrte auf den Boden, offensichtlich fassungslos.

Wer führte auf der Brigg das Kommando? Es könnte ein Kapitänleutnant sein, das war ziemlich sicher. Die *Murex* mußte Plymouth oder Portsmouth vor Ausbruch des Krieges verlassen haben. Höchstwahrscheinlich war sie auf den Kanalinseln stationiert.

Aber was war die Ursache für die Meuterei? Die Meutereien bei Spithead und der Nore hatte für die Marine bessere Bedingungen geschaffen, und Ramage hatte seither keine Äußerungen der Unzufriedenheit mehr gehört. Gelegentlich gab es Gerede über einige Unzufriedene unter den irischen Seeleuten; einige Kapitäne beklagten sich auch über die Aktivitäten der London Corresponding Society, die von manchen für die Meutereien bei der Nore und Spithead verantwortlich gemacht wurden, aber die nachfolgende Untersuchung hatte dafür keinen Beweis erbracht.

Eine Meuterei auf einem einzelnen Schiff, das fühlte Ramage instinktiv, war die Schuld des Kommandanten. Entweder war er zu streng – wie der inzwischen verstorbene und unbetrauerte Hugh Pigot, Kommandant der *Hermione* –, oder er war unfähig, Unruhestifter zu entdecken. Diese Unruhestifter brauchten keine Revolutionäre zu sein, ganz und gar nicht. Es gab immer Männer, die echte Freude dabei empfanden, ohne jeglichen Grund und ohne Zweck Unruhe zu stiften, und sie wurden in der Regel Seeleute oder Parlamentsabgeordnete, je nach ihrer Herkunft. Wie auch immer, sie redeten mit schriller Stimme, ohne jegliches Verantwortungsgefühl, wie gehässige Huren am Fenster.

Die *Murex*. Ramage ging vieles durch den Kopf, so wie Schneeflocken an einem Fenster vorbeidriften – und, das mußte er sich mürrisch eingestehen, seine Gedanken waren kaum gewichtiger als diese. Er sah Gilbert an und lächelte. »Sehen Sie nicht so traurig drein; jetzt ist es an der Zeit, Pläne zu schmieden, nicht zu verzweifeln!«

Der Franzose schüttelte betrübt den Kopf. »Wir brauchen eine Kompanie von ›chasseurs‹ oder ein englisches Linienschiff, Mylord«, sagte er. »Drei oder vier von uns gegen Bonaparte ...«

»Vergessen Sie nicht, daß Bonaparte ebenfalls allein war, als er das Direktorium davonjagte! Vom jungen korsischen Kadetten an der Artillerieschule stieg er zum Herrscher über den größten Teil Europas auf. Verzweifeln Sie nicht, Gilbert; kommen Sie in einer halben Stunde zurück, und wir werden uns weiter unterhalten. Aber zuerst sagen Sie mir, auf wen wir unter den Bediensteten zählen können.«

»Alle sind loyal, Sir. Das heißt, niemand wird uns verraten. Was die aktive Hilfe betrifft: nun, Edouard, Estelle und ihr Mann Louis – der Fischer war und dann, als die Behörden sein Boot beschlagnahmten, hier Gärtner wurde – werden aktive Hilfe leisten. Die anderen werden vielleicht ihr Leben nicht aufs Spiel setzen wollen.«

»Aber diese beiden Männer und die Frau würden das tun?«

»Ja, weil sie alle das neue Regime hassen. Nicht, daß es jetzt noch so neu wäre, aber sie haben alle unter ihm gelitten. Estelle und Louis verloren ihr Fischerboot und mußten dann ihr kleines Landhaus in Douarnenez verkaufen. Edourds Vater sollte eigentlich im Friedhof in Landerneau, an der Straße nach Paris, zur Ruhe gebettet werden, statt dessen liegt er in einem Massengrab nahe der Guillotine, die man in Brest aufgestellt hat.«

»Und was hat der Vater gemacht?«

»Ein schreckliches Verbrechen«, Gilbert flüsterte fast. »Er

war der Butler des Grafen. Er beschloß, hier in Frankreich zu bleiben, als der Graf nach England floh, weil er nicht glaubte, daß seine eigenen Leute einem Butler etwas Böses antun würden. Aber er wurde beim Komitee für die Öffentliche Sicherheit als Royalist denunziert.«

»Aufgrund welcher Tatbestände? Daß er für den Grafen arbeitete?«

»Mylord, Sie verstehen nicht. Wenn man denunziert wird, wird man nicht vor ein Gericht gebracht, wie Sie das in England kennen. Man wird zunächst eingesperrt und dann, am nächsten Tag, in der nächsten Woche, im nächsten Monat – sogar erst im nächsten Jahr – wird man vor ein Tribunal gebracht, die Denunzierung wird verlesen und das Urteil gesprochen. Vielleicht werden Sie nach einer Erklärung gefragt, aber niemand wird Ihnen zuhören. Was Sie auch immer sagen, der Urteilsspruch ist derselbe: die Guillotine.«

»Weiß Edouard, wer seinen Vater denunziert hat?«

»Nein, aber er kennt die Namen des Tribunals.«

»Was hat er vor?«

»Wir Bretonen sind ähnlich wie Ihre Leute aus Cornwall, Mylord; wir haben ein langes Gedächtnis und viel Geduld. Edouard ist bereit, auf seine Rache zu warten. Und er ist nicht allein: In den letzten beiden Jahren hat es viele unerklärliche Unfälle gegeben, wie ich höre. Bauernhöfe gehen in Flammen auf, ein Rad löst sich von einer Kutsche und der Kutscher kommt um oder ist schwer verletzt ... es scheint, als zöge gelegentlich eine Mörderbande über das Land. Erst seit sechs Monaten haben die Mitglieder des Tribunals keine bewaffneten Posten mehr vor ihren Häusern. Aber nun, Mylord, muß ich Sie für eine halbe Stunde verlassen.«

Als Gilbert die Tür hinter sich geschlossen hatte, klopfte Sarah neben sich auf das Bett: »Komm, setz dich neben mich – ich fühle mich plötzlich so einsam.« Sie beugte sich herüber und küßte ihn. »Wenn ich dir sage, was ich mir jetzt wünsche, wirst du erröten.«

»Ich würde gerne erröten. In den letzten Stunden habe ich mich bleich und matt gefühlt.«

»Wenn du Gilbert gesagt hättest, er möge in zwei Stunden zurückkommen, würde ich dich zu anderen Dingen verlokken.«

»Daran hatte ich auch schon gedacht, aber Gilbert erwartet bestimmt einen Plan, der des Kapitäns Lord Ramage würdig ist – ein Plan, der die Befreiung von Jean-Jaques vorsieht und uns alle heil nach England zurückbringt.«

Sie sah ihn prüfend an, als betrachte sie ein Vollblutpferd auf einer Auktion. »Eine leichte Aufwärtsdrehung der Mundwinkel, ein Leuchten in zumindest einem Auge, eine gewisse Munterkeit um die Ohren herum … Oder täusche ich mich?«

»Du bist verliebt«, sagte er ernst. »Ich kann Pläne entwikkeln, so wie eine Kuh Milch gibt, aber sie gerinnen, sobald man sie näher betrachtet.«

»Wie stehen die Chancen, Jean-Jaques zu befreien?«

»Darauf kennst du die Antwort genausogut wie ich.«

»Ja, das stimmt sicher. Wie gut sind unsere Chancen außer Landes zu kommen?«

Er überlegte eine Weile. »Besser als bisher, denke ich. Es hängt davon ab, was für eine Haltung die französischen Behörden gegenüber den Meuterern von der *Murex* einnehmen. Und was sie mit den Offizieren und den Mannschaftsmitgliedern vorhaben, die nicht an der Meuterei teilgenommen haben und sich immer noch als Kriegsgefangene an Bord befinden.«

»Warum ist das alles so wichtig?«

Er zuckte die Schultern. »Das weiß ich nicht. Das ist das Schlimmste bei allen Plänen. Meistens sind es nur irgendwelche Ideen. Gelegentlich, wenn man Glück hat, kann man eine Idee gewissermaßen auf ein Problem werfen und dieses damit lösen. Nach diesem Prinzip bauen Schwalben ihre Schlammnester an den seltsamsten Stellen.«

»Und war es das, was Captain Ramage in der Marine wegen seiner Fähigkeit und seiner Kühnheit berühmt machte?«

»Captain Ramage ist bei der Admiralität dafür berühmt, daß er Befehle mißachtet!«

»Es heißt«, sagte Sarah, »daß allzu große Bescheidenheit nur eine andere Art der Prahlerei ist.«

»Nun, seine Fähigkeiten und seine Kühnheit haben Captain Ramage zusammen mit seiner Frau in ein nur wenige Meilen von Brest entferntes Chateau gebracht, während sein Schiff in Chatham liegt, das nur einen Krieg weit entfernt ist.«

»Das klingt ja so, als täte es dir leid, daß du mich geheiratet hast.«

Er nahm sie in die Arme. »Nein, Liebste, ich mache mir Vorwürfe, daß ich dich nicht schon früher geheiratet habe. Dann könnte ich die *Calypso* aus dem Medway heraussegeln, während du sicher in London oder St.Kew sitzt und mir einen leidenschaftlichen Brief schreibst, in dem du mir sagst, wie sehr du mich vermißt.«

Sarah setzte sich auf und strich sich die Haare zurecht, als es leise an die Tür klopfte. Mit einem gewissen Schuldbewußtsein wurde Ramage klar, daß er Gilbert nichts zu sagen hatte. Nun, vielleicht könnte er ja laut nachdenken, aber das schien ihm wie Betrug an einem Mann, der ihm vertraute.

4

Sarah band sich ein dreieckiges, rotes Kopftuch um und knotete die Enden unter ihrem Kinn zusammen. Dann drehte sie sich kokett zweimal im Kreis, so daß ihr schwerer, schwarzer Rock hochflog und ihre bis zum Knie reichenden, mit Spitze besetzten weißen Baumwollunterhosen zeigte.

Ramage runzelte die Stirn und sagte dann mit Bedacht: »Ja, ich sehe einen gewissen rustikalen Charm, trotz des an die Revolution gemahnenden Kopftuchs. Deine Gesichtsfarbe ist gerade richtig. Du hast die Farbe eines Landmädchens, das bei der Ernte hilft.«

»Du bist ein Biest! Du weißt sehr wohl, daß dies der Rest meiner tropischen Bräune ist!«

»Ja, ich weiß«, neckte sie Ramage, »aber ich dachte an die ›gendarmes‹, die du möglicherweise betören mußt.«

»Glaubst du, daß mein Akzent angemessen ist?«

»O ja – dank Gilberts Nachhilfeunterricht klingst du wie eine echte Normannin aus Falaise. Vergiß nur nicht, falls man dich befragt, daß Wilhelm der Eroberer dort im Schloß geboren wurde, daß seine Frau Matilda hieß und daß der Teppich von Bayeux sehr lang ist!«

Sie ging um ihn herum und betrachtete ihn kritisch. »Irgendwie wirkst du noch nicht so ganz, wie du solltest, Nicholas. Diese Hakennase sieht viel zu aristokratisch aus, als daß du damit die Guillotine hättest überleben können, wenn ich auch zugeben muß, daß deine Haare für einen Gärtner unordentlich genug sind. Diese langen Hosen! Ich bin so daran gewöhnt, dich in Kniehosen zu sehen. Ist es nicht seltsam, wie sehr die Revolutionäre Kniebundhosen mit den Monarchisten in Verbindung gebracht haben? Ich persönlich meine, daß lange Hosen viel bequemer sind als ›culottes‹. Wenn ich ein Mann wäre, dann gehörten meine Sympathien sicher den ›sans-culottes‹. Ich würde rufen ›vive les pantalons!‹. Auf den Scheiterhaufen mit den ›culottes!‹.«

Sie betrachtete seine Hände. »Du hast genug Erde in die Haut gerieben, Liebster, aber sie sehen immer noch nicht aus, als hätten sie auch nur einmal einen ganzen Tag lang mit einer Hacke oder einem Spaten gearbeitet. Und irgend etwas fehlt noch .. Ah, jetzt hab' ich es! Laß die Schultern etwas hängen und steh nicht so steif da! Wenn du so gerade stehst und unter deinen grimmigen Augenbrauen hervorschaust, siehst du aus wie ein Marineoffizier, der sich für eine bäuerliche Feier verkleidet hat. Ah, so ist es besser.«

»Jetzt sehe ich sicherlich aus, als stünde ich unter dem Pantoffel einer normannischen Xantippe.«

»Ja«, stimmte sie zu, »es wäre gut, wenn du das beherzigen würdest. Denk einfach, ich wäre eine Megäre. Ich muß sagen, mit diesem roten Tuch um den Kopf fühle ich mich auch so!«

Nach dem üblichen diskreten Klopfen trat Gilbert ins Zimmer. Er bat um Entschuldigung und sah sich dann Sarah genau an. Schließlich sagte er: »Die Schuhe, Mylady ... sie sind sehr wichtig.«

Sarah deutete auf die neben ihr stehenden Holzschuhe. »Und sie sind auch sehr unbequem!«

»Ja, Mylady, aber Sie müssen sie tragen, als wären Sie daran gewöhnt. Wir haben Glück, daß Estelle ein Paar hatte, das Ihnen paßt, selbst wenn die Schuhe, die Louis für Ihren Gatten fand ...«

»... so groß sind, daß ich das Gefühl habe, ich hätte zwei Boote an den Füßen«, grummelte Ramage.

»Ja, Sir, helfen die Socken nicht?«

»Doch«, gab er zu. »Aber ich mußte drei Paar übereinanderziehen.«

»Aber der Rock und die Hose – perfekt. Sie haben meisterlich die, wie sagt man, die Haltung eines Feldarbeiters angenommen.«

Ramage starrte Sarah an, als wolle er sagen: Jetzt bitte keine witzige Bemerkung!

Gilbert selbst war schwarz gekleidet. Das Material der Hose war grob, eine Art Serge; der Rock hatte den rostigen Glanz, den das Alter und die häufige Anwendung eines Bügeleisens mit sich bringen. Gilbert war perfekt in der Rolle, die er spielen sollte: den Arbeitgeber eines jungen Paares, das er zum Markt mitgenommen hatte.

Er hatte eine flache Segeltuchtasche dabei, die er aufknöpfte, während er zum Tisch hinüberging. »Wollen Sie bitte die Dokumente einmal mit mir durchsehen, Sir? Nach dem, was Louis erzählt, ist es gut möglich, daß wir sie ein halbes Dutzend mal vorzeigen müssen, bevor wir wieder zu Hause sind.«

Damit zog er drei Päckchen Papiere hervor und legte eins davon auf den Tisch, als wolle er die Karten für ein Patiencespiel ausgeben.

»Die ›passeports‹«, erklärte er. »Ausländer benötigen eine Sorte, und jeder Franzose, der eine andere Stadt besuchen will, eine andere; er bekommt sie vom örtlichen Komitee für Öffentliche Sicherheit, und jede Erlaubnis gilt nur für die Hin- und Rückfahrt. Nun, Mylady, würden Sie bitte Ihr ›passeport‹ ansehen.«

Sarah nahm es in die Hand. Das Papier war grob und grau und trug oben das Wappen der Republik. Darunter ein vorgedrucktes Schema, in dem die leeren Felder mit Tinte und Feder ausgefüllt waren. Sie hieß jetzt Janine Ribère, née Thénaud, geboren in Falaise, Frau des Charles R., keine Kinder, Haar: blond, Hautfarbe: ›jaunatre‹. (Jaunatre? Sie dachte einen Augenblick nach und ging in Gedanken ihren französischen Vokabelschatz durch. Ah ja, gelblich, bläßlich. Nun, Gilbert war sicher nicht darauf ausgewesen, ihr zu schmeicheln!) Zweck der Reise: mehrmalige Besuche von Brest, um auf dem Markt einzukaufen. Sie nickte und legte das Papier wieder zurück.

Gilbert gab ihr jetzt ein anderes, das mit einem Siegel und einem großen Tintenschnörkel versehen war, der eine unleserliche Unterschrift darstellte. Es war kleiner, hatte oben ein Wappen, das Sarah nicht erkannte, das aber darunter den Namen des Departements trug.

»Dies, Madame, ist eine Urkunde, die in Falaise ausgestellt ist und besagt, wie Sie sehen können, daß Sie dort geboren sind und wann. Unter der Unterschrift des Präfekten ist eine Eintragung, daß Sie nach Ihrer Heirat in die Provinz Bretagne gezogen sind. Darunter befindet sich die Unterschrift des Präfekten der Bretagne.«

»Alle diese Unterschriften!« rief Sarah aus. »Angenommen, jemand vergleicht sie mit den Originalen?«

Gilbert lächelte und nahm das Papier an sich. »Wenn er das tut, wird er merken, daß sie echt sind. Präfekten unterschreiben solche Papiere dutzendweise und überlassen es dann ihren Untergebenen, sie auszufüllen.«

»Aber wie sind Sie in ihren Besitz gekommen?«

»Das soll uns nicht kümmern«, sagte Ramage. »Doch woher haben wir sie offiziell bekommen?«

»Madame hat dieses Dokument von der Bürgermeisterei in Falaise, und es wurde dann in Caen unterzeichnet. Der Zusatz wurde auf der Präfektur hier gemacht. Auch der ›passeport‹ stammt aus der Präfektur von Brest. Ich werde es Ihnen zeigen.« Dann ergriff er einen zweiten Satz Papiere. »Dies hier sind Ihre, Mylord. Die gleichen Dokumente, aber Sie sehen, daß da noch ein zusätzliches ist – Ihre Entlassungsurkunde aus der französischen Marine. Datiert, wie Sie sehen, einen Monat vor Ihrer Heirat. Das hier genannte Schiff wurde in einem Sturm im Hafen von Grace beschädigt und befindet sich immer noch dort. Sie wurden entlassen und waren auf dem Weg nach Hause, als Sie in Caen eine junge Dame kennenlernten und sie beide sich ineinander verliebten …«

Gilbert klopfte mit dem Finger auf das Papier mit dem Ankersymbol und der Überschrift ›Ministerium der Marine und der Kolonien‹, welches, genau wie die anderen, ein mit Tinte ausgefüllter Vordruck war. »Sie sind im dienstfähigen Alter, daher müssen Sie das überall vorzeigen.«

»Und Sie selbst? Haben Sie auch die richtigen Dokumente?« fragte Ramage. »Sie gehen doch hoffentlich kein zusätzliches Risiko ein, wenn Sie mit uns kommen?«

Gilbert schüttelte den Kopf. »Nein, denn ich habe alle Papiere, die nötig sind, um in Brest einkaufen zu können. Ich bin an den Kontrollpunkten wohlbekannt. Sie haben Madame über die unterschiedliche Behandlung von Ausländern und Franzosen beim Passieren der Kontrollen aufgeklärt?«

»Nein. Wir waren damit beschäftigt, diese Kleidungsstücke anzupassen, und ich hätte es lieber, wenn Sie uns die Einzelheiten erklären würden. Meine Erfahrungen in bezug auf das republikanische Frankreich liegen schon einige Jahre zurück, und ich bin sicher, daß sich viel verändert hat.«

Gilbert seufzte. »Wenn man das Ancien régime verläßt und nach England geht und dann in das republikanische Frankreich zurückkehrt … Jetzt haben wir die Guillotine, den ›Baum der Freiheit‹, ›gendarmes‹ auf Schritt und Tritt, Dokumente, die unterschrieben und gegengezeichnet sein müssen … kein Mann kann einfach in die nächste Stadt gehen oder reiten, um ein Glas Wein mit seinem Bruder zu trinken, ohne im Besitz eines ›passeport‹ zu sein … Wenige wagen es, Streit mit einem Nachbarn anzufangen, aus Angst, man könne sie aus Gehässigkeit denunzieren, denn hier hören die Gerichte auf die Anklage, nicht auf die Verteidigung.«

»Die Kontrollen«, erinnerte ihn Ramage.

»Ach ja, Sir. Nun, erst einmal gibt es das Ausgehverbot, das von Sonnenuntergang bis Sonnenaufgang dauert. Während der Dunkelheit muß jeder in seinen eigenen vier Wänden sein. Um zu reisen – nun, dazu braucht man die Dokumente, die Sie gerade gesehen haben. Sie benötigen viel Wechselgeld – an jeder Kontrolle ist auch eine Wegezollstation. Der Betrag ist unterschiedlich und hängt von der Entfernung zur letzten Kontrolle ab, denn sie befinden sich nicht in regelmäßigen Abständen.«

»Ein hoher Wegezoll?« fragte Ramage.

»Nein, gewöhnlich zwischen zwei und zwanzig Sous. Es würde keine Rolle spielen, wenn man das Geld für die Reparatur der Straßen verwendete, wofür der Zoll ja eigentlich gedacht ist, aber niemand schüttet auch nur einen Eimer Erde in ein Schlagloch. Glücklicherweise haben wir unsere eigene Gig, denn das Reisen mit der Postkutsche ist sehr teuer. Vor der Revolution kostete die Fahrt von hier nach Paris 250 Livres; jetzt sind es 500. Allerdings gibt es keine Straßenräuber mehr; das ist ein Triumph der Revolution.«

»Straßenräuber!« rief Sarah aus. »Sie wollen sagen, es gibt in Frankreich jetzt keine mehr?«

»Nur sehr wenige, Madame, und der Grund dafür bringt uns keine besonderen Vorteile. Wir haben jetzt viel mehr berittene Polizei auf den Straßen, die ehrbare Reisende aufhalten, wenn sie auch statt Geld und Juwelen nur Dokumente sehen wollen. Wirklich, das alte »Geld oder Leben« ist jetzt zum »Geld oder Dokumente« geworden. Zusätzlich zu den ›gendarmes‹ an den Kontrollpunkten gibt es jetzt also noch diejenigen, die unerwartet auf der Straße zu Pferde erscheinen, so daß niemand mehr ohne Papiere aus dem Hause zu gehen wagt. Aber«, fügte er hinzu, während er sich mit dem Zeigefinger leicht an die Nase klopfte, »es gibt so viele verschiedene Dokumente und so viele Unterschriften, daß es nicht schwer ist, sie zu fälschen, und es kaum wahrscheinlich ist, daß falsche Papiere entdeckt werden.«

»Wie viele Kontrollpunkte gibt es von hier bis Brest?« fragte Ramage.

»Drei an der Straße und dann noch eine an der Porte de Landerneau, dem Stadttor an der Straße nach Paris. Wir könnten sie vermeiden, indem wir durch die Seitenstraßen hineingehen, aber das ist riskant; wenn man uns dabei erwischt, werden wir sofort verhaftet.«

»Wohingegen unsere Dokumente gut genug sind, um damit anstandslos durch die Stadttore zu kommen?«

»So ist es, Sir. Wenn ich Sie jetzt noch an einige Dinge erinnern darf: Wie Sie wissen, ist die übliche Form der Anrede ›Bürger‹ oder ›Bürgerin‹. Alle sind gleich – zumindest was ihren Mangel an guten Manieren betrifft. Die Wörter ›bitte‹ und ›danke‹ sind jetzt Relikte des Ancien régime. Durch Grobheit zeigen Männer (oder auch Frauen), daß sie ebenbürtig sind – wobei sie aber eigentlich meinen, daß sie überlegen sind. Viele ›gendarmes‹ können nicht lesen; sie kennen nur bestimmte Unterschriften, von denen sie Kopien auf einem Blatt Papier bei sich tragen, um sie notfalls vergleichen zu können. Werden Sie aber nicht ungeduldig, wenn ein ›gendarme‹ ein Papier verkehrt herum hält und es fünf Minuten lang ›liest‹, als sei es von enormer Wichtigkeit. Sie sind ›gendarmes‹ geworden, weil sie bei irgendeiner einflußreichen Persönlichkeit gut angeschrieben sind. Weder das Komitee für Öffentliche Sicherheit noch die Präfekten legen Wert auf Analphabeten, aber oft wird so ein Mann für diese Arbeit eingestellt, weil man damit eine politische Schuld aus den Tagen der Revolution abgelten möchte.« Gilbert hielt inne und sagte dann entschuldigend:« Ich fürchte, ich rede zuviel ...«

»Nein, nein«, sagte Ramage schnell. »Und Sie müssen sich daran gewöhnen, ›Charles‹ und ›Janine‹ Befehle zu geben. Werden Sie ruhig manchmal etwas wütend auf mich, ich bin nämlich etwas schwer von Begriff. Der arme Charles Ribère, er kann zwar einigermaßen, wenn auch langsam, lesen und schreiben, aber selbst seine Frau verliert manchmal die Geduld mit ihm.«

Gilbert nickte lächelnd. Es war ihm unmöglich, die natürliche Höflichkeit abzulegen, die er sein Leben lang praktiziert hatte. Seit er wieder in Frankreich war, hatten einige seiner Landsleute das als Servilität bezeichnet: Warum bist du so servil, hatten sie gehöhnt; alle Menschen sind frei geboren und gleich. Ja, das war sicher richtig, aber ein Mensch mußte auch essen, was bedeutete, daß er arbeiten mußte (wenn er nicht ein Dieb wurde oder in die Politik ging). Für den Grafen zu arbeiten bedeutete ein sehr gleichförmiges Leben; er war behaglich untergebracht, aß das gleiche Essen wie der Graf und seine Gäste, jedoch in seinem eigenen Zimmer, ohne die Notwendigkeit (zu der der Graf oft gezwungen war), das Essen kalt werden zu lassen, während er sich hohles Geschwätz anhören mußte. Wenn diese revolutionären Dummköpfe nicht gewesen wären, hätte er einem behaglichen Alter mit einer guten Pension vom Grafen entgegensehen können und dazu wahrscheinlich noch ein kleines Landhaus auf den gräflichen Ländereien bekommen, entweder hier oder in England.

Servilität – ja, so nannten es diese republikanischen Dummköpfe. Woanders, besonders in England, nannte man das gute Manieren. Bitte, danke, guten Morgen, guten Abend – nach Meinung der Republikaner waren das ›servile Phrasen‹. Ein echter Republikaner sagte niemals bitte oder danke. Der hatte aber auch nie ein Vorbild wie den Grafen gehabt. Der Graf sagte immer bitte und danke und verwendete die angemessene Begrüßung, jedesmal wenn er mit einem seiner Leute sprach. Tatsächlich würde ein Blinder nur deswegen erkennen, wer Herr und wer Diener war, weil der Graf die Stimme eines gebildeten Mannes hatte; auch Wortwahl und Grammatik verrieten, daß er über gute Kenntnisse in Latein und Griechisch, Englisch und Italienisch verfügte. Gilbert hatte einmal gehört, wie er mit einem Bischof scherzhafte Reden auf Lateinisch führte, offensichtlich so gekonnt, daß der Bischof in ein Riesengelächter ausbrach und sich kaum mehr zu beruhigen vermochte. Kein Komitee der Öffentlichen Sicherheit würde je verstehen, daß ganz normale gute Manieren wie Fett auf einer Wagenachse waren – sie trugen dazu bei, daß alles etwas reibungsloser lief.

»Ich glaube, Edouard wird jetzt die Gig für uns bereit haben«, sagte Gilbert, wobei er sich bewußt bemühte, jedes Sir oder Mylord zu vermeiden. »Wir werden Obst einkaufen – unsere Äpfel sind gestohlen worden – und dazu noch Gemüse; die Kartoffeln sind in der Scheune verfault. Und das stimmt wirklich. Wir brauchen einen Sack Mehl, einen Sack Reis, falls es ihn gibt, und alles an Gemüse, das Ihnen zusagt. Kohl und Pastinak, das einzige, was wir hier anzubauen scheinen, habe ich redlich satt. Das viele Salz in der Luft, die vom Meer kommt, macht das Land unfruchtbar, sagt Louis, aber ich denke, es ist eher die Faulheit in der Luft, die von der Gutmütigkeit des Grafen kommt.«

Als sie zum Hinterausgang kamen, deutete Gilbert auf zwei Weidenkörbe. »Die benutzen wir für unsere Einkäufe – nehmen Sie sie auf den Schoß. Ich habe alle Dokumente bei mir und werde kutschieren, weil Sie ja die Hände voll haben.« Er zwinkerte und sah im nächsten Moment fast etwas bestürzt aus, weil er die Kühnheit besessen hatte, einem Lord und einer Lady zuzuzwinkern. Ramage jedoch zwinkerte zurück, und Sarah grinste; es war das Grinsen – so kam es Ramage in einer plötzlichen Aufwallung von Zuneigung vor – eines lebenslustigen und koketten Dienstmädchens, das ein wenig zur Frechheit neigte. Unverschämt. Entzückend. Und was für Flitterwochen! Hier machten sie sich auf den Weg (in einer Gig!) zu einem Abenteuer, daß für sie alle unter der Guillotine enden konnte. Bislang könnte das Komitee für Öffentliche Sicherheit Captain Ramage anklagen (wenn sich auch vielleicht das Marineministerium einmischte, obwohl es wahrscheinlicher war, daß Bonapartes Geheimpolizei unter diesem Fouché den Fall übernehmen würde), den Befehl mißachtet zu haben, sich beim örtlichen Präfekten als ›otage‹ zu melden, denn sie Bürger und nicht Häftlinge oder Geiseln zu nennen, war nur höfliche Augenwischerei. Dazu kam natürlich, daß er falsche Papiere bei sich hatte und als Gärtner verkleidet war – ein eindeutiger Beweis, daß es sich bei ihm um einen Spion handelte. Und dann trieb er sich noch in Frankreichs größtem Flottenstützpunkt an der Atlantikküste herum ... Ein Tribunal brauchte die Anklagepunkte nur zu hören, um zu einem Urteilsspruch zu kommen. Und Sarah? Ebenfalls eine Spionin. Hatte sie nicht auch falsche Papiere? War sie nicht die Komplizin ihres Mannes? War sie nicht ebenfalls ein ›aristo‹ durch ihre Geburt und dazu noch durch ihre Heirat? Sie würde im gleichen Karren zur Guillotine fahren, und der Diener auch, der außer einem Spion auch noch ein Verräter war.

Als er Sarah beim Einsteigen half und daraufhin ein mißbilligendes Grunzen von Gilbert hörte (Ehemänner mochten ihren Frauen einen beiläufigen Schubs nach oben geben, aber sie halfen ihnen nicht!), überkam ihn das bittere Gefühl, daß sie unglaubliches Pech gehabt hatten. Der Krieg war gerade in dem Augenblick wieder ausgebrochen, als sie sich auf der Hochzeitsreise befanden – schließlich hatte der Frieden eineinhalb Jahre gedauert. Dazu kam, daß sie Gäste von Jean-Jaques waren. Sicherlich hätte man sie auch verhaftet, wenn sie in irgendeinem Gasthof übernachtet hätten, aber jetzt waren sie mit dem Problem der *L'Espoir* beschäftigt und versuchten, einen Weg zur Rettung des Grafen von Rennes zu finden. ›Noblesse oblige.‹ Dieser Spruch ging ihm langsam auf die Nerven. Seine erste Liebe, die Marchesa di Volterra, war deswegen wieder nach Italien zurückgegangen und wahrscheinlich auch schon eine von Bonapartes Geiseln. Falls man sie inzwischen nicht schon ermordet hatte.

Und so war es jetzt, da er alle Hände voll zu tun hatte, damit er und Sarah nicht in die Hände des Örtlichen Komitees für Öffentliche Sicherheit fielen, da er sich bemühte, Jean-Jaques zu befreien und sie dann alle (einschließlich des treuen und tatkräftigen Gilbert) nach England zurückzubringen, nicht nur Pech, das sie verfolgte, es war ein ganz verdammtes Pech, daß die *Murex* mit einer meuternden Besatzung an Bord durch den Chenal du Four nach Brest gekommen war.

Warum ließen die Meuterer die Offiziere und die loyalen Matrosen nicht in ein Boot steigen, so daß sie nach England zurücksegeln konnten? Warum hielten sie sie an Bord fest und schickten sie nach Brest, wo die Franzosen, das Schiff vor Anker gelegt, die Meuterer an Land verbracht und die Offiziere und loyalen Mannschaftsmitglieder unter einer anscheinend nur kleinen französischen Bewachung an Bord der Brigg zurückgelassen hatten? Jetzt würde jeder ›gendarme‹ im Hafen wie ein Schießhund aufpassen, daß auch ja keiner der loyalen Männer von der *Murex* flüchtete; jedes Fischerboot würde bewacht werden – vielleicht von Soldaten –, so daß die Chance, eines von ihnen zu stehlen und damit nach England zu segeln, praktisch gleich Null war. Zum Henker mit den Meuterern – und ihrem Kommandanten, der die Meuterei nicht verhindert hatte! Ramage war nicht fair, und er merkte, daß er gar nicht fair sein wollte; er wollte nur jemanden finden, den er für dieses Durcheinander verantwortlich machen konnte.

Lord St. Vincent! Der Name kam ihm plötzlich in den Sinn, als Gilbert die Zügel aufnahm und sie gegen die Flanken des Pferdes schlug, damit es sich in Bewegung setzte. Ja, wenn Lord St. Vincent ihm nicht, als ersten Auftrag im Frieden, die Aufgabe übertragen hätte, eine winzige Insel vor der brasilianischen Küste zu finden und zu vermessen, wäre er Sarah nie begegnet. Wenn sie sich nie begegnet wären, hätten sie sich auch nicht ineinander verlieben können, und daraus folgte wieder, daß sie nie geheiratet oder eine ausgedehnte Hochzeitsreise durch Frankreich gemacht haben würden. Und das, mußte er sich eingestehen, war ein so schändlicher

Gedanke, wie ihn jemand so kurz nach dem Frühstück überhaupt nur haben konnte.

Die Landstraße, die um das Chateau herumführte, war öde; oder vielmehr, sie war von wilder Kargheit. Sie hatte die rauhe Wildheit, wie sie einigen Gegenden Cornwalls eigen ist, eine dünn über den Fels gestreute Erdschicht, zerklüftete Felsbrocken, die aus dem Boden ragten, als habe sie ein unordentlicher Riese achtlos fallen lassen. Die kleinen Häuser aus grauem Stein, einige schon vor langer Zeit weiß gekalkt, mit Schieferplatten gedeckt, eine kleine Schutzhütte für ein Pferd oder einen Esel, eine niedrige Mauer, die den Misthaufen umschloß. Das Leben hier war ein Kampf gegen die Natur; Feldfrüchte wuchsen hier nicht mit der ungebändigten Fülle und Kraft, wie Ramage sie aus den Tropen kannte – und an die er sich in den letzten Jahren gewöhnt hatte –, sondern nur, weil Männer und Frauen den Boden von früh bis spät hackten und umgruben und pflügten und jäteten.

Gilbert begann die Geduld mit dem Pferd zu verlieren, einem Braunen, der aussah, als wäre er nicht genug bewegt worden, und der offensichtlich nichts davon hielt, in der Deichsel zu gehen. Vielleicht, dachte Ramage verdrießlich, fühlte der Gaul sich ja als Republikaner und ärgerte sich, daß er für Monarchisten arbeiten mußte, wenn man dieses müde Dahertrotten denn Arbeit nennen mochte.

»Tun Sie so, als ob Sie schlafen – oder zumindest schläfrig sind«, sagte Gilbert, als sie sich dem ersten Dorf näherten. Ramage betrachtete es durch halbgeschlossene Augen und war für einen Moment überrascht, wie verschieden es von allen Dörfern war, die er bisher gesehen hatte. Kurz darauf merkte er, daß das Dorf wohl den anderen glich, die er schon kannte, daß sich aber seine Einstellung geändert hatte. Er war ein freier Besucher gewesen, als er all die Dörfer auf dem Weg von Calais nach Paris gesehen hatte; und natürlich auch auf seinen Fahrten südwärts durch Orléans und das Bourbonnais, die Hügel der Auvergne und den Nordwesten in

Richtung Finisterre durch Poitou und Anjou ... Städte und Dörfer – Limoges, berühmt durch sein prächtiges Porzellan und die herrlichen Emaillearbeiten, die aus dem vierten Jahrhundert stammende Taufkapelle der Kirche bei Poitiers, die Frankreichs ältestes christliches Gebäude ist ... Clermont-Ferrand, wo Papst Urban (der Zweite?) im Jahre 1095 zum ersten Kreuzzug aufrief (warum war ihm ausgerechnet dieses Datum im Gedächtnis geblieben?), die Schlösser und Paläste im Tal der Loire ... Angers, dessen Schloß mit den siebzehn Türmen früher einmal dem Herzog von Anjou gehört hatte und wo niemand willens war, über den Verbleib der Gobelins zu reden, insbesondere desjenigen aus dem vierzehnten Jahrhundert, der 430 Fuß lang war. Und Chinon, an den Ufern der Vienne, wo Jeanne d'Arc den Dauphin zum Krieg anstachelte. Nein, alle diese Städte waren eindrucksvoll gewesen, und die Dörfer an den langen Straßen dazwischen waren ihm interessant vorgekommen (oder auf jeden Fall andersartig), aber das war ja auch im Frieden gewesen – mit England jedenfalls.

Mit England: Dies, so kam ihm plötzlich zu Bewußtsein, war von Bedeutung, und er wünschte, er könnte sich mit Sarah darüber unterhalten, aber man mußte in Englisch darüber reden, nicht in Französisch, und es war zu riskant, Englisch zu sprechen, während man von einem verborgenen Heckengärtner und Grabenmacher belauscht werden konnte.

Die Franzosen hatten zwar mit England Frieden geschlossen, aber mit sich selbst noch nicht. Er hatte voller Überraschung gesehen, daß der Feind für die Menschen in den Dörfern und Städten Frankreichs jetzt die eigenen Landsleute waren: die Mitglieder des Komitees für Öffentliche Sicherheit an der Spitze der Pyramide, bis hinunter zu den ›gendarmes‹, die das Ausgangsverbot überwachten und an den Kontrollpunkten Papiere verlangten; die alten Feinde, die sich insgeheim gegenseitig denunzierten, mit der Folge von donnernden Faustschlägen an die Türen in der Dunkelheit, wenn kein Nachbar nachzusehen wagte, wen die ›gendames‹ jetzt wegschleppten.

›Liberté‹, ›égalité‹, ›fraternité‹ – schöne Wörter. Sie hatten Frankreichs Grenzen viele Meilen nach Norden, Osten, Westen und Süden ausgedehnt, aber was hatten sie im französischen Volk angerichtet? Jetzt würde jeder gesunde junge Mann wieder in der Armee oder in der Marine dienen müssen, und das wäre auch nicht weiter schlimm, wenn man sie nur brauchte, um Frankreich zu verteidigen. Aber Frankreich würde andere Länder angreifen: das frühere Frankreich war überall der Aggressor, selbst in den Wüsten Ägyptens.

Aber das Bild, das diese drei Wörter aufsteigen ließen, war einfach und eines, das auf jeden Marktplatz in jeder Stadt und in jedem größeren Dorf Frankreichs paßte.

Das Bild war von elementarer Einfachheit: zwei verwitterte Holzbalken, angeordnet in einem vertikalen und parallelen Rahmen, und ein schweres, abgewinkeltes Eisenstück, auf der Unterseite messerscharf geschliffen, das, in zwei Nuten geführt, nach unten fiel. Eine Bank, auf die das Opfer gelegt wurde, so daß sein Nacken genau unter dem Fallbeil lag, davor ein Weidenkorb, um den abgetrennten Kopf aufzufangen. Weinende Angehörige und laut applaudierende Zuschauer – jene schreckliche Mischung aus Blut und Hysterie. Von diesen drei Wörtern konnte die Guillotine sicher nur ›fraternité‹ und ›égalité‹ für sich beanspruchen, weil ›liberté‹ von dem anderen Teil des Bildes repräsentiert wurde. Das war die aus rostigem Metall bestehende Darstellung des Baumes der Freiheit. Gewöhnlich war diese Plastik nichts weiter als das Produkt eines eiligen Grobschmieds, und sie war immer verrostet. Manchmal war dieser Baum von der roten Kappe der Freiheit gekrönt, die meistens verblaßt und halb verrottet und kaum noch als Kopie der alten phrygischen Mütze zu erkennen war.

Die Gig hatte angehalten, und Gilbert stieg ab und sagte etwas in einem mürrischen Tonfall, den Ramage noch nie zuvor von ihm gehört hatte. Sie hatten einen der Kontrollpunkte erreicht. Eigentlich waren es nur drei Stühle und ein einfacher Tisch, die im Schatten einer Platane auf einer Seite der Straße standen. Drei ›gendarmes‹ saßen auf den Stühlen, und einer hatte Gilbert zugerufen, ihm die Dokumente hinüberzubringen. Gilbert hatte nicht nur die Segeltuchtasche dabei, sondern auch noch eine Flasche Wein.

Ramage, der den Hut tief ins Gesicht gezogen hatte und so tat, als ob er schliefe, beobachtete die Szene gespannt. Nachdem er die Flasche auf dem Tisch abgestellt hatte, wie um die Hände für seine eigentliche Aufgabe frei zu haben, nahm Gilbert die Papiere aus der Tasche und überreichte sie dem ›gendarme‹, der immer noch zurückgelehnt auf seinem Stuhl saß und eine ärgerliche Geste machte, während Gilbert die Papiere zunächst vor ihm auf den Tisch legte. Daraufhin gab Gilbert sie dem Mann in die Hand, der sie durchsah und offensichtlich auch zählte. Dann warf er einen Blick auf die Gig und gab die Papiere zurück, während er gleichzeitig die Hand nach der Flasche ausstreckte.

Gilbert kam zurück, nahm seinen Sitz wieder ein, ließ die Zügel mit einer schnellen Handbewegung auf den Rücken des Pferdes niederklatschen, und die Gig setzte ihre gemächliche Fahrt nach Brest fort. Die anderen beiden ›gendarmes‹ hatten während der ganzen Zeit nicht einmal die Augen aufgemacht.

Als sie das Dorf hinter sich hatten, drehte sich Gilbert um. »Sie haben alles mitangesehen; offensichtlich hält man nicht nach irgendwelchen Ausbrechern Ausschau. Das ist jedoch die übliche Routine: zwei schlafen, während der dritte die Hand aufhält.«

»Unsere Papiere sind also nicht...«

Plötzlich ertönte Pferdegetrappel hinter ihnen, und Gilbert zischte ihnen zu: »Sehen Sie sich nicht um – berittene ›gendarmes‹. Stellen Sie sich schlafend!«

Einen Augenblick später schnitten ihnen zwei Reiter auf der linken Seite den Weg ab, dann folgten zwei weitere auf der rechten Seite, zügelten ihre Pferde und versperrten die enge Straße.

»Papiere!« befahl einer der Männer und streckte fordernd seine Hand aus.

»Papiere, Papiere, Papiere«, brummte Gilbert. »Da hinten im Dorf haben wir sie eben gerade vorgezeigt, jetzt wollen die Vier Reiter der Apokalypse sie noch einmal sehen ...«

Einer der ›gendarmes‹ grinste und zwinkerte Sarah zu. »Schöne Mädchen an einem sonnigen Morgen zu kontrollieren macht uns Spaß – wohin fahren Sie, Mademoiselle?«

»Madame«, verbesserte ihn Sarah schläfrig. »Nach Brest, mit meinem Mann.«

Ihr Akzent und ihr Tonfall sind perfekt, dachte Ramage. Der ›gendarme‹ versuchte einen kleinen Flirt; sie spielte die tugendhafte Ehefrau.

Der ›gendarme‹ blätterte die Papiere durch. »Ah, Bürgerin Ribère, vor zweiundzwanzig Jahren in Falaise geboren. Sie sehen jünger aus – die Ehe tut Ihnen gut.« Er warf einen Blick auf Ramage. »Bürger Ribère? Auf dem Weg nach Brest, um Ihrer Frau ein paar hübsche Bänder zu kaufen, eh?«

»Kartoffeln und Kohl – und Reis, wenn welcher da ist«, sagte Ramage mit verdrossener Ernsthaftigkeit. »Keine Bänder.«

Der ›gendarme‹ lachte, warf einen Blick auf Gilberts ›passeport‹ und gab ihm dann die Papiere zurück. »Dann kaufen Sie ihr eben ein paar Bänder«, sagte er und gab seinem Pferd die Sporen; die drei anderen folgten ihm.

»War das normal?« fragte Ramage.

»Ja – aber wenn, äh, Janine, nicht dabeigewesen wäre, hätten sie sich sicher nicht die Mühe gemacht, uns anzuhalten, denke ich.«

Die nächsten beiden Kontrollen passierten sie ohne besondere Vorkommnisse, wenn bei der zweiten auch zwei der

›gendarmes‹ sich mehr um ihren Kollegen kümmerten, der bereits sturzbetrunken war, aber nicht gewillt schien, seinen Rausch unter der Hecke auszuschlafen. Er hatte die Flasche in der Hand des nichtsahnenden Gilbert entdeckt, als dieser von der Gig herunterstieg, und wahrscheinlich ein Dutzend gesehen. Schließlich, während Gilbert geduldig am Tisch wartete, hatten die beiden den dritten Mann weggeschleppt und kamen fünf Minuten später ohne Entschuldigung oder Erklärung zurück, um die Papiere zu inspizieren.

Als sie auf der Pariser Straße nach Brest hineintrotteten, entdeckte Ramage die Masten vieler Schiffe im Hafen. Einige waren offensichtlich Linienschiffe, und die meisten hatten ihre Rahen gekreuzt und die Segel angeschlagen. Die französischen Seeleute waren sehr geschäftig gewesen, seit Ramage und Sarah von ihrem Ausflug zum Pointe St. Mathieu zurückgekehrt waren.

An der Porte de Landerneau, dem Tor zum Hafen, lungerten fünf ›gendarmes‹ herum, aber sie waren zu sehr damit beschäftigt, einen hageren, auf einem Esel daherkommenden Priester aufzuziehen, um drei respektablen Bürgern in einer Gig große Aufmerksamkeit zu schenken, die offensichtlich zum Markt wollten.

Die vor ihnen liegende Straße verlief in gerader Richtung, die Gebäude zu beiden Seiten waren vernachlässigt. Keine Tür, kein Fenster war in den letzten Jahren mit einem Farbpinsel in Berührung gekommen; die wenigen Gebäude, die vor Jahren weiß gekalkt worden waren, schienen jetzt von einem seltsamen Aussatz befallen.

»Diese Straße führt geradewegs auf den Place de la Liberté und zum Rathaus«, hatte ihnen Gilbert auf Französisch erklärt. »Genau dahinter befindet sich das Hotel du Commandant de la Marine. Wir fahren daran vorbei und auf der Rue de Siam bis zum Fluß hinunter. Während wir auf dem Boulevard de la Marine entlangfahren, haben Sie einen guten Blick auf den Fluß und seine Einmündung in ›Le Goulet‹ und auch auf das gegenüberliegende Arsenal. Dann geht es zum Esplanade de Chateau. Dort werden wir anhalten und unter den Bäumen einen Schluck Wein trinken, und Sie können sich das Chateau ansehen.«

Er lachte leise vor sich hin und fügte dann hinzu: »Von der Esplanade sind es nur zwei Minuten zu Fuß zur Rue du Bois d'Amour; abends bummeln die jungen Leute dort unter den Bäumen entlang, sehen auf ›Le Goulet‹ und die Schiffe hinunter und träumen vielleicht davon, den geheimnisvollen Orient zu besuchen.«

»Aber jetzt müssen die jungen Leute aufpassen, daß sie nicht von Preßgangs geschnappt und auf ein Kriegsschiff gebracht werden«, sagte Ramage trocken.

»Ja, ich vergesse immer wieder, daß wir ja wieder Krieg haben. Sehen Sie«, sagte er abwesend, »wir kommen gerade am Friedhof vorbei. Der größte, den ich je gesehen habe.«

»Ich werde es nicht vergessen«, sagte Ramage in gespielt ernstem Tonfall. »Im Augenblick habe ich allerdings noch nicht den Wunsch, ihn zu besuchen.«

Schließlich bog Gilbert auf den offenen Markt ab, einen gepflasterten Platz, und bat Ramage und Sarah, hier auszusteigen. Sarah betrachtete die Verkaufsstände, während Gilbert das Pferd festband und stöhnte. »Kartoffeln ... ein paar Kohlköpfe ... noch mehr Kartoffeln ... ein paar Dutzend Pastinakwurzeln ... Louis hat vielleicht recht mit seiner Bemerkung über den Boden bei Finisterre!«

Es gab ungefähr zwanzig Verkaufsstände, Holzbuden mit Tischen davor, auf denen die Verkäufer ihre Waren ausbreiteten.

Gilbert sagte: »Wir gehen zum letzten Stand; der gehört einem Freund von mir.«

Trotz des wenig abwechslungsreichen Warenangebots waren die Verkäufer guter Dinge, schrien alle möglichen Bemerkungen von einem Stand zum anderen und handelten lautstark mit dem rund ein Dutzend Kunden, die an den Tischen entlanggingen. Der Mann am letzten Stand war jemand, dem Ramage normalerweise ohne zu zögern aus dem Wege gegangen wäre. Sein Gesicht war schmal, und eine breite Narbe zog sich über seine linke Wange, ein weißer Strich auf sonnengebräunter Haut. Entgegen der Mode hatte er lange Haare, die hinten zu einem Zopf zusammengebunden waren. Er hatte einen Kittel an, wie ihn die Fischer tragen, der durch die vielen Anstriche mit rotem Ocker völlig steif geworden zu sein schien, wenn er dadurch sicherlich auch wasserdicht und, wie Ramage ironisch vermutete, vermutlich auch kugelsicher geworden war.

Als er Gilbert die Hand schüttelte, sagte dieser leise: »Ich stelle dich meinen Freunden nicht vor, weil es so aussehen soll, als kennten wir uns alle gut.«

Der Franzose ergriff sofort Ramages Hand und schüttelte sie auf die lässige Art, wie sich Freunde überall auf dem Markt begrüßten, und verbeugte sich flüchtig vor Sarah, wobei er ihr zuflüsterte: »Die Revolution gestattet mir leider nicht, Ihnen die Hand zu küssen, was ich sehr bedaure.«

»Jetzt«, sagte Gilbert, »werde ich mir deine Kartoffeln ansehen, die klein, alt und verschrumpelt sind und die nur ein ausgemachter Narr kaufen würde, und frage dich, was da draußen auf der Reede los ist.«

»Ah, da ist man sehr geschäftig. Die Kartoffeln, die ich hier auf dem Tisch habe, sind klein und alt, weil ich schon zwanzig Sack an die Männer vom Hotel du Commandant de la Marine verkauft habe, die schon ganz früh hier waren. Gegen Barzahlung. Sie haben es zwar zuerst mit Kreditnoten probiert, aber plötzlich waren auf dem ganzen Markt keine Kartoffeln mehr vorhanden, außer denen, die auf den Tischen lagen.«

»Wozu braucht die Marine denn plötzlich so viele Kartoffeln?«

»Du hast von den englischen Meuterern gehört? Na, du weißt ja, daß sich die Engländer von Kartoffeln ernähren.

Alle Meuterer sind jetzt im Chateau untergebracht und wollen unbedingt Kartoffeln haben. An Bord der Brigg sind noch Gefangene und ihre Wächter, und die verlangen ebenfalls Kartoffeln – der Rest, den sie noch haben, ist anscheinend verschimmelt. Und die Fregatte dort drüben, *L'Espoir*, geht mit Verbannten nach Cayenne, und sie brauchen noch mehr Kartoffeln ...«

»Wer hat Ihre Säcke bekommen?« fragte Ramage.

»Bisher noch niemand. Sie haben noch etwas draufgezahlt, um sie geliefert zu bekommen – es scheint, daß sie wegen der vielen Schiffe, die jetzt, da der Krieg wieder losgeht, seeklar gemacht werden müssen, nicht genug Boote verfügbar haben. Also zahle ich einem Freund ein paar Livres für die Benutzung seines Bootes, und die Marine zahlt mir viele Livres!«

Ramage dachte einen Augenblick nach. »Wollen Sie alle Säcke alleine schleppen?«

»Ich hoffte, daß mir mein Neffe helfen würde, wenn er mit dem Melken fertig ist.«

Ramage sah erst Gilbert und dann den Kartoffelverkäufer an. »Zwei von uns könnten Ihnen jetzt helfen.«

Der Franzose zupfte an seiner Nase. »Wie viel?«

Ramage lächelte und sagte: »Unsere Dienste würden Sie nichts kosten.« Zustimmung heischend sah er Gilbert an. »Wir könnten die Säcke mit der Gig an die Pier bringen.«

Gilbert nickte begeistert. »Janine kann dann auf die Gig aufpassen, während wir zur *Murex* hinübersegeln.«

»Die loyalen Männer, die als Kriegsgefangene an Bord sind, sprechen kein Französisch«, sagte der Mann betont.

»Wenn ich mit ihnen sprechen müßte, würde das im Flüsterton geschehen.«

Der Mann nickte. »Das wäre auch nötig«, sagte er. »Wir müssen sehr vorsichtig sein.«

Gilbert ließ die Pinne gehen und griff nach der Leine, die ihm vom Deck der *Murex* zugeworfen wurde. Während er sie um die große Kreuzklampe nahm, rief er dem vorne stehenden Ramage in gut gespieltem Ärger zu: »Beeil dich! Nicht so fest – du rammst ja unseren Bug in den Engländer hinein. Wir wollen uns längsseit legen und ihn nicht wie einen Ziegenbock auf die Hörner nehmen!«

»Ja, Bürger«, rief Ramage mit reumütiger Stimme zurück. »Diese Schiffe! Ich bin an eine Karre mit Rädern gewöhnt ...«

Mehrere Franzosen, die über die Reling der *Murex* hingen, brüllten vor Lachen, und Ramage warf einen kurzen Blick nach oben und zählte sie. Sieben, dazu noch der Bursche da ganz hinten; wahrscheinlich der Bootsmann, denn er hatte die Befehle gegeben. War das alles, was an französischen Bewachern an Bord war, sieben Männer? Wahrscheinlich war es so, aber bald würde er es genau wissen.

»Hier«, rief jemand auf französisch, und der Tampen einer weiteren Leine flog an Deck. »Macht das irgendwo als Spring fest.«

Er sah, daß Gilbert bereits dabei war, noch eine Leine als Spring zu scheren, so daß das Fischerboot binnen kurzem längsseit der Brigg festgemacht war. Ein Blick nach oben zeigte ihm, daß einige britische Seeleute langsam und offensichtlich widerwillig die Befehle eines schreienden und wild gestikulierenden französischen Bootsmanns befolgten, der versuchte, sie dazu zu bringen, eine Stagtakel zu riggen, um die Kartoffelsäcke an Bord zu hieven, und der offensichtlich immer aufgebrachter wurde, weil er sich nicht verständlich machen konnte.

Wieder begann Ramage zu zählen. Über ein Dutzend Gefangene, wenn auch einige der Männer, die da die Leine durch die Blöcke schoren, Offiziere waren. Es sah so aus, als praktizierten die französischen Bewacher ›égalité‹.

Ein weiterer Zuruf vom Deck der *Murex* entlockte Gilbert und dem Kartoffelverkäufer (Ramage hatte inzwischen herausgefunden, daß sein Name Auguste war) einen Schwall von Flüchen, und dann schlug etwas mit einem dumpfen Klatschen neben ihm auf dem Deck auf. Es war ein Ladenetz.

»Breitet es flach an Deck aus und legt dann zwei Sack Kartoffeln in die Mitte«, schrie der Bootsmann. »Beeilt euch, oder dieses Schiff wird nie unter Segel gehen!«

Ramage machte sich ans Werk, hatte aber keine Schwierigkeiten, die Arbeit doppelt so lange hinauszuziehen als nötig; während er sich scheinbar wie ein Wilder abmühte, das dicke Netz zu entwirren, betrachtete er die *Murex* sorgfältig.

Sie war erst vor einigen Wochen aus der Werft gekommen. Das war deutlich zu sehen gewesen, als sie sich der Brigg genähert hatten, denn sie rollte vor Anker etwas und ließ erkennen, daß ihr Kupferbeschlag ganz neu war, wobei jede überlappende Kante einer Platte ein schimmerndes und leicht welliges Mosaik bildete, wo das Metall durch die Hämmer, die die flachköpfigen Kupferhautnägel hineingetrieben hatten, etwas eingebeult war.

Ihr Rumpf, dunkelgrau mit einem weißen Strak, zeigte, daß ihr Kommandant ein wohlhabender Mann sein mußte. Er war bereit gewesen, die Kosten für die Farbe selbst zu übernehmen, denn die knappe Zuteilung der Werften bestand nur aus schwarzer Farbe. Einige Kapitäne, die auf ein besonders schmuckes Schiff Wert legten, bezahlten auch die Goldfolie, mit der man den Schiffsnamen am Heckspiegel auslegte oder mit der Verzierungen am Spillkopf hervorgehoben wurden. Zu ihnen gehörte auch der Kommandant der *Murex*.

Nachdem er das Netz auf der einzig ebenen Fläche des Decks, der winzigen Back, ausgebreitet hatte, stieg Ramage in den kleinen Fischladeraum hinab und schleppte zwei Säcke Kartoffeln an das Lukensüll. Der Gestank dort unten war entsetzlich; wer immer diese Kartoffeln essen mußte, würde glauben, sie wären auf dem Fischmarkt in Billingsgate angebaut worden.

Das etwas schiefe Gesicht von Auguste erschien jetzt über dem Süll. »Das machen Sie sehr gut«, murmelte er. »Ein ungeschickterer Dummkopf vom Lande hat noch nie seinen Fuß auf ein Fischerboot gesetzt.«

»Wie viele Bewacher sind es, glauben Sie?«

»Sieben, aber wir werden es genau wissen, wenn wir erst einmal an Bord sind.«

»Wird uns das gelingen?« fragte Ramage.

»Der Knoten, den ich für den Stagtaljenhaken machen werde, ist fast unmöglich zu lösen – und ich bin ein ungeduldiger Mann!« Und dann laut werdend: »Los, gib mal den Sack rauf!«

Gilbert kam hinzu, um die ersten beiden Säcke in das Netz zu legen, und dann nahmen die beiden Franzosen die vier Ecken zusammen. Auguste zog einen Tampen hervor, um sie zusammenzubinden, während Ramage den Einfaltspinsel spielte und an der Stagtalje hin und her schaukelte, bis einer der französischen Bewacher an Deck plötzlich Lose auf die Talje gab, so daß Ramage mit einem Schreckensschrei an Deck fiel. Damit war er für die französischen Wachen abgestempelt; er war der Hanswurst, der Mann, der in Ladeluken stürzte und dem Kartoffelsäcke auf den Kopf fallen würden.

Auguste knotete die Ecken des Netzes zusammen, hakte die Stagtalje an und rief den Leuten an Deck der *Murex* zu, sie könnten jetzt anfangen, die Last aufzuholen. Es gab eine Verzögerung; die Franzosen waren offensichtlich nicht bereit, selbst die Kartoffeln an Deck zu hieven, aber Ramage sah auch, daß ihre britischen Gefangenen, die jetzt an der Talje zu holen begannen, den Bootsmann nahezu um den Verstand gebracht haben würden, wenn der letzte Sack an Deck gehievt war.

»Bleibt nicht unter dem Netz stehen«, warnte er Auguste und Gilbert, und prompt plumpste kurz darauf das Netz mit den beiden Säcken wieder an Deck, wobei das ganze Fischerboot bebte, als das Netz das Vorstag streifte und den Mast erzittern ließ.

Auguste ließ einen Strom von Verwünschungen gegen die Leute an Deck los und warnte den französischen Bootsmann, daß er, der Hafenkommandant, die Marine und der Marineminister selbst für jeden Schaden an seinem Boot verantwortlich gemacht werden würden. Einen Moment später verfluchte der Bootsmann die britischen Seeleute auf französisch, die es ihm jedoch im Akzent Londons, Westenglands und Schottlands zurückgaben. Ein Mann, so protestierten sie, wäre gefallen und hätte die anderen mitgerissen, aber der französische Bootsmann, der kein Wort verstand, drohte ihnen mit der Peitsche, dem Strang, der Guillotine und dem Gefängnis, und als ihm nichts weiter einfiel, rief ihm Auguste erneut seine Warnung zu, wobei er diesmal noch hinzufügte, daß er sein Fischerboot nicht wegen ein paar Säcken Kartoffeln aufs Spiel setzen wolle.

Schließlich wurden die Säcke, unter mehr Gebrüll, als es Ramage bei so wenigen Leuten für möglich gehalten hätte, wieder hochgehievt und an Bord der *Murex* geholt. Ein amoklaufender Chor, gut mit Rum abgefüllt, könnte es kaum besser machen, dachte Ramage.

Auguste gab Ramage ein Zeichen, und die beiden Männer kletterten die Seite der Brigg hinauf, gefolgt von Gilbert. Der Bootsmann und zwei französische Seeleute standen gebückt über dem Netz und bemühten sich, Augustes Knoten zu lösen. Ramage und Gilbert befanden sich zufällig vier oder fünf Fuß von den britischen Seeleuten entfernt.

Da alle französischen Bewacher zum Netz liefen, um dem Bootsmann zu helfen, der vor Wut einem Schlaganfall nahe schien, ergriff Ramage die Gelegenheit, dem ihm am nächsten stehenden Mann, der seiner Uniform nach einer der Leutnants der Brigg war, zuzuzischen: »Schnell – zeigen Sie keine Überraschung und sprechen Sie leise; ich bin Captain Ramage. Wie viele loyale Männer befinden sich an Bord?«

Der Leutnant zögerte einen Moment und kniete sich dann hin, als wolle er eine Schnalle an seinem Schuh richten. »Kommandant, zwei Leutnants, Navigator, elf Seeleute.«

»Und die französischen Bewacher?«

»Sieben. Sie haben der Hälfte von uns Fußeisen angelegt, die andere Hälfte ist frei.«

»Wer hat das Kommando?«

»Lieutenant Rumsie.«

»Wo werden Sie gefangengehalten?«

»Nachts werden wir alle vor dem Ankerspill in Eisen gelegt.«

»Die Wachen?«

»Zwei sitzen mit Musketen bei uns, der Rest schläft in unseren Kammern und benutzt die Kadettenmesse.«

Gilbert rief plötzlich zu Auguste hinüber und fragte, ob er Hilfe mit dem Knoten brauche, und Ramage merkte, daß ein französischer Seemann mit einer Muskete über der Schulter auf sie zukam, nicht argwöhnisch, sondern einfach nur auf seinem üblichen Patrouillengang.

Ramage fand, die Zeit reiche noch für eine letzte Frage.

»Kommen die Meuterer wieder an Bord zurück?«

»Nein, und die Franzosen fragen in Paris an, was sie mit uns Gefangenen machen sollen, und behalten uns hier an Bord, bis sie Bescheid bekommen.«

In diesem Augenblick ging das Netz auf, die beiden Säcke wurden herausgehoben, und der schwitzende Bootsmann gab den Briten ein Zeichen, wieder an die Talje zu gehen.

Auguste kletterte schnell wieder auf das Fischerboot zurück, gefolgt von Gilbert und Ramage, der sofort in den Laderaum hinabstieg, während die beiden Franzosen das Netz vom Haken nahmen und es an Deck ausbreiteten.

Als sie ans Süll kamen, um die Säcke entgegenzunehmen, murmelte Auguste: »Haben Sie etwas herausgefunden?«

»Von den Engländern, ja.«

»Was möchten Sie vom Bootsmann erfahren?«

»Nehmen sie ihren Wachdienst sehr ernst?«

»Das kann ich Ihnen auch so sagen. Heute ist ein Feiertag – sie haben Krüge mit Rum in der Kadettenmesse, und einer von ihnen prahlte damit, daß die meisten den ganzen Tag betrunken seien und in der Nacht ihren Rausch ausschliefen. Der Bootsmann ist jetzt so betrunken, daß er sicher zwei Netze, vier Knoten und acht Säcke sieht, jedesmal, wenn die Last an Deck kommt.«

»Gut, dann finden Sie doch heraus, wie lange – hier, ziehen Sie mal diesen Sack hoch, während ich den anderen hole.«

Als der Kopf von Auguste wieder am Süll auftauchte, beendete Ramage seine Frage: »... wie lange sie glauben, daß sie die Männer hier noch bewachen müssen und was die französische Marine mit der *Murex* vorhat.«

»Gut. Wahrscheinlich wird uns der Bootsmann sowieso zu einem Drink unter Deck einladen, wenn wir mit dem Laden fertig sind.«

Es war offenkundig, daß niemand es eilig hatte; Auguste band das Netz mit seinem Spezialknoten zusammen und kletterte an Deck, um beim Lösen des Knotens zu helfen, sobald die Säcke an Bord gehievt waren.

Gilbert und Ramage begleiteten ihn jedesmal und setzten sich in der Nähe der Gefangenen auf eine Kanone, so daß Ramage weiter mit dem Leutnant reden konnte, der sich von seiner Überraschung inzwischen soweit erholt hatte, um seinerseits einige Fragen zu stellen.

»Warum sind Sie hier, Sir?«

»Ich war zufällig in Frankreich, als der Krieg wieder ausbrach. Versuche einer Gefangennahme zu entgehen. Sind die an Bord befindlichen Männer loyal?«

»Sie wollen nicht Gefangene der Franzosen sein«, sagte der Leutnant vorsichtig.

»Wo befindet sich der Kommandant?«

»Unter Bewachung in der Kammer des Navigators. Es geht ihm nicht gut, glaube ich.«

»Was fehlt ihm?«

»Rheumatisches Fieber. Er kann sich kaum rühren.«

Jetzt wurde das Netz über die Seite gehievt, und alle drei kletterten wieder in das Fischerboot hinunter.

Auguste lehnte sich über das Lukensüll, um einen weiteren Sack entgegenzunehmen, und sagte: »Ärger mit dem englischen Kapitän.«

»Das habe ich auch gehört.«

»Rheumatische Schmerzen. Macht ihn übellaunig. Schikaniert die Leute und die meisten meuterten.«

»Wie lange bleiben die Gefangenen noch an Bord?«

»Wer weiß? Kartoffeln haben sie jedenfalls genug«, sagte Auguste.

Sobald die letzten Säcke an Bord gehievt waren, wischte sich der französische Bootsmann die Stirn mit einem schmutzigen Lappen und murmelte: »Englischer Rum – wir haben ihn alle verdient. Folgt mir.« Er stolperte nach achtern und ging vorsichtig den Niedergang zur Kadettenmesse hinunter.

Ramage hatte das Gefühl, er ginge in die Vergangenheit zurück; die *Murex* war fast identisch mit seinem zweiten Kommando, der Brigg *Triton*. Alle Handläufe waren mit Fancywork verschönert, – Zierknoten und dergleichen, die sicher noch bis vor ein paar Tagen sorgfältig geschrubbt worden waren; besonders der Türkische Bund mußte es dem Kommandanten angetan haben. Die Knoten waren sorgfältig geschlagen, aber es fand sich einer an jeder Speiche des Steuerrads, während üblicherweise nur die Speiche mit einem Türkischen Bund verziert wurde, die bei mittschiffs liegendem Ruder senkrecht nach oben zeigte.

Die Messingteile waren jetzt dabei, ihren Glanz zu verlieren, weil sie schon mehrere Tage, wahrscheinlich seit der Meuterei, nicht mehr mit Ziegelstaub geputzt worden waren. Das Deck war leidlich sauber, wenn auch ungeschrubbt, denn hie und da fanden sich Flecke, welche die tabakkauenden französischen Seeleute hinterlassen hatten.

Er folgte den anderen den Niedergang hinunter. Die Kadettenmesse war stickig, weil die Franzosen nichts davon hielten, die Oberlichter offen zu halten. Warum benutzten sie nicht die Kajüte des Kapitäns? Wahrscheinlich gab es dort nicht genügend Stühle; Briggs waren nur sparsam eingerichtet, und die Messe eignete sich besser zur Einnahme der Mahlzeiten und zum Kartenspielen. Sie war einfach ein offenes Rechteck, das durch eine Reihe von Kammern auf jeder Längsseite begrenzt wurde. Die Kammern waren wenig mehr als größere Kisten aus mit Segeltuch bespannten Holzrahmen, und das einzig Solide daran waren die Türen. Über den Türen war mit Farbe der Dienstgrad des betreffenden Bewohners aufgemalt – den Leutnants, dem Offizier der Seesoldaten, dem Navigator und dem Schiffsarzt.

Der Tisch in der Mitte der Kadettenmesse war schmutzig, verschmiert mit angetrockneten Suppenresten, Brotkrumen und Krusten und dunklen Weinflecken. In den Ablagen über einigen der Türen hatten sich einmal die Fernrohre und Degen der jeweiligen Bewohner befunden, aber jetzt waren sie leer – die ersten Franzosen, die an Bord gekommen waren, hatten bestimmt reiche Beute gemacht, indem sie den Meuterern ihre ganze Beute abnahmen, bevor sie sie an Land brachten.

Der Bootsmann bedeutete ihnen allen, auf den beiden Bänken am Tisch Platz zu nehmen, auf dem eine große, mit Weidenruten umflochtene Karaffe mit Rum stand, dessen Geruch den ganzen Raum erfüllte.

Der Bootsmann und drei Wächter. Insgesamt vier, und Ramage hatte sieben gezählt, eine Zahl, die ihm auch von dem Leutnant bestätigt worden war. Drei Franzosen bewachten jetzt also die Gefangenen. Aus einer der Kammern kam jetzt ein gedämpftes Stöhnen, und Auguste, Gilbert und Ramage sahen den Bootsmann fragend an.

Dieser sagte grinsend: »Der englische Kommandant. Sein Rheumatismus ist schlimm. Deshalb brauchen wir ihn auch nicht zu bewachen, weil er sich nicht bewegen kann.«

Gilbert griff nach einem zerbeulten Metallbecher, und der Bootsmann verstand die Aufforderung und begann den Rum in eine jämmerliche Ansammlung von Bechern auszuschenken.

Ein französischer Seemann sagte: »Einer der Meuterer sprach etwas Französisch, und bevor man ihn zum Chateau brachte, erzählte er mir, daß sich der Kapitän schon einen Tag nach dem Auslaufen in die Koje gelegt habe und nicht mehr aufgestanden sei.«

»Warum haben sie gemeutert?«

»Der Rheumatismus machte den Kapitän übellaunig, sagte dieser ›rosbif‹. Er hat viele Auspeitschungen befohlen. Andere Leute zu quälen scheint seine eigenen Schmerzen gelindert zu haben. Er hätte lieber dieses hier versuchen sollen«, sagte der Seemann und hielt seinen Becher mit Rum in die Höhe. »Aber sie sagten alle, er habe überhaupt nicht getrunken. Er habe allerdings viel gebetet, obwohl ihm das nichts geholfen zu haben scheint.« Der Mann gab ein trockenes Lachen von sich. »In der Tat war es eher so, daß ihm das Beten viele Probleme verursacht hat!«

»Die Meuterer – das sind doch jetzt Franzosen, eh?« fragte Gilbert, während er seinen Becher hob, um dem Bootsmann zuzuprosten.

»Franzosen?« Der Bootsmann war schockiert. Er dachte einen Moment über diese Frage nach, wobei er kräftige Schlucke von seinem Rum nahm. »Nein, keine Franzosen. Schließlich haben sie ja gegen ihre eigenen Offiziere gemeutert, dann könnten sie auch gegen uns meutern. Wahrscheinlich sind sie gegen niemand loyal, diese Hanswurste.«

Ramage war überrascht, von diesem Mann eine so vernünftige Ansicht zu hören. Die Meuterer waren also in Brest nicht willkommen.

»Aber Sie sind froh, daß Sie das Schiff haben!« sagte er.

Der Bootsmann zuckte die Schultern. »Für mich ist das ohne Bedeutung. Wir haben jetzt genügend Schiffe – Sie sehen ja, was für eine Flotte wir ausrüsten. Diese Brigg mag ich nicht. Sie geht mir zu langsam an den Wind.«

»Aber die Meuterer werden doch sicher eine Belohnung bekommen?« fragte Ramage weiter.

»Oh, sicher. Im Chateau werden sie ihnen ein paar Livres geben und ihnen danken. Wer weiß, wenn die englische Marine hört, daß sie in Brest gut empfangen worden sind, kommen vielleicht einige mit ein paar Fregatten oder sogar mit Linienschiffen!

Wir werden ihnen dann für ihre Schiffe danken«, fuhr der Bootsmann fort, während er sein Glas aus dem Krug nachfüllte, »aber ich denke, wir werden dafür sorgen, daß die Männer auf neutralen Schiffen anheuern und das Land verlassen. Die Amerikaner werden sie gerne übernehmen – sie sprechen ja die gleiche Sprache. Und die Niederländer und die Dänen sind immer froh, wenn sie gute Seeleute kriegen können.«

»Also die Leute, die sich geweigert haben, bei der Meuterei mitzumachen«, fragte Ramage unbeirrt weiter, wobei es ihm gelang, seiner Stimme einen klagenden, jammernden Tonfall zu verleihen, »sie werden nicht bestraft? Nicht hingerichtet oder ausgepeitscht?«

»Natürlich nicht«, sagte der Bootsmann ungeduldig. »Man wird sie ins Gefängnis nach Valenciennes oder Verdun schaffen oder wo immer man Leute wie sie einsperrt. Die ersten Gefangenen des neuen Krieges«, fügte er hinzu. »Kommt, trinken wir darauf, daß es noch viele Tausende mehr werden!«

5

Das Café des Pêcheurs, ungefähr in der Mitte des Quai de la Douane gelegen und eine gute Aussicht auf den ganzen Ankerplatz bietend, war treffend benannt: Mindestens zwanzig Fischer, die meisten von ihnen in Kitteln, die genau so freigebig mit rotem Ocker getränkt waren wie der von Auguste, spielten Karten, würfelten oder tranken Wein an den im Freien aufgestellten Tischen. Und sie führten lebhafte Diskussionen. Ramage verfolgte einige Gespräche und amüsierte sich über die Heftigkeit, welche die harmlosesten Themen bei diesen bärtigen und ungehobelten Männern auslösen konnten.

Sie warfen Sarah neugierige Blicke zu; abgesehen von den Huren betraten nur wenige Frauen jemals ein derartiges Café, aber weil sie in Begleitung von Auguste war, akzeptierte man sie und verschonte sie mit herausfordernden oder groben Bemerkungen.

Im Augenblick saßen Sarah und die drei Männer schweigend am Tisch und betrachteten die *Murex* zu ihrer Rechten und die *L'Espoir* zu ihrer Linken. Boote gingen zur Fregatte hinaus, luden Fässer und kehrten leer zum Quai de Recouvrance, auf der gegenüberliegenden Seite des Penfeld, zurück. Von dort aus, erzählte Auguste, würden die Schiffe mit Frischwasser, Salzfleisch und Fisch versorgt.

Das Café der Fischer war ein guter Ort, um miteinander zu reden. Die wenigen Leute, die nicht kartenspielen oder würfeln wollten, setzten sich an die nahe am Kai stehenden Tische, und Ramage hatte bereits festgestellt, daß sich niemand ihrem Tisch bis auf ein Dutzend Fuß nähern konnte, ohne gesehen zu werden; daher konnte niemand ihr Gespräch mitanhören. Und das, dachte Ramage, war auch besser so.

»Alors, Charles«, sagte Gilbert, der bei dem Namen etwas zögerte, weil er ja in Wirklichkeit eine formale Frage an Captain Lord Ramage von der Royal Navy richtete. »Was halten Sie von Augustes Vorschlag?«

Während Ramage zu Sarah in die Gig gestiegen war und ihr berichtet hatte, was er bei seinem Besuch der *Murex* alles erfahren hatte, waren Auguste und Gilbert ein Stück die Straße entlanggegangen, und der Fischer hatte die Gelegenheit benutzt, um Gilbert zu erzählen, daß er nach England zu fliehen gedächte; daß er und sein Bruder Albert von der Revolution völlig enttäuscht seien und die Erzählungen Gilberts ihn in seiner Überzeugung bestärkt hätten, daß das Leben in England dem in Frankreich vorzuziehen sei. Aber, hatte er gefragt – da er ja nichts von ihren Plänen, Hoffnungen und Befürchtungen wußte –, wie sollte er dort hinkommen?

Ramage war sich darüber im klaren, daß alles auf eine einzige Frage hinauslief: Traute er Auguste oder traute er ihm nicht? Schließlich kannte er ihn ja erst zwei, drei Stunden.

Gilbert tat das offenbar – er kannte den Mann seit seiner Kinderzeit, lange vor der Revolution. Aber Gilbert war mehrere Jahre in England gewesen. Wußte er, was Auguste und sein Bruder in all den blutigen Jahren nach der Revolution hier in Brest gemacht hatten?

»Sagen Sie, Auguste, haben Sie während der Revolution als Fischer gearbeitet?«

Auguste erzählte ihm, was er und sein Bruder gemacht hatten: Sie hatten Royalisten außer Landes geschmuggelt, jeweils ein halbes Dutzend auf einmal, versteckt in ihrem Fischerboot, und hatten sie nach Portugal in Sicherheit gebracht. Das hatten sie bis wenige Monate vor dem Friedensschluß getan, aber dann gerieten sie in ein laufendes Gefecht mit einem Kutter der französischen Marine, bei dem sie aber schließlich davonkamen. »Dabei habe ich mir dies geholt«, sagte Auguste und zeigte auf die Narbe in seinem Gesicht.

»Unser Boot war durch das Geschützfeuer so stark beschädigt, daß wir befürchteten, diese Tatsache würde uns sofort verraten, wenn wir in einen französischen Hafen einliefen. Daher brachten wir die Flüchtlinge erst einmal in Sicherheit, versenkten dann unser Boot und ruderten in unserem kleinen Beiboot an Land. Ein paar Wochen später kamen wir nach Brest zurück, und niemand stellte uns irgendwelche unangenehmen Fragen. Aber wir konnten jetzt nicht mehr fischen; statt dessen bauten wir Gemüse auf dem Stückchen Land an, das uns unser Vater hinterlassen hatte.«

Ramage nickte. Die Geschichte klang glaubhaft und geradeheraus.

Plötzlich fragte Sarah: »Warum wenden Sie sich an meinen Mann, wenn Sie und Ihr Bruder nach England wollen? Bonapartes Leute sind hinter uns her, während Sie beide echte Papiere als französische Bürger haben? Sie könnten doch sicher leichter an ein Fischerboot kommen als wir.«

Auguste sah zuerst Ramage an, er war es nicht gewohnt, daß sich eine Frau auf diese Weise in ein Gespräch einmischte, und sagte dann nach einem Nicken von Ramage: »Ich weiß natürlich, daß Sie Engländer sind, und wenn man Sie erwischt, M'sieu, wird man Sie als Kriegsgefangenen behandeln. Aber Sie scheinen mir nicht die Sorte Mensch – und auch Sie nicht, Madame –, die sich leicht gefangennehmen läßt. Ich denke, sie planen, auf irgendeine Weise nach England zurückzukehren. Gilbert hat nichts gesagt, und sein Schweigen«, fügte er mit einem Grinsen hinzu, »bestätigt nur, was ich denke.«

Der Mann sah aus wie ein Schurke, wie ein früher einmal gutaussehender Gauner. Ein Mensch von der Sorte, der man ohne eine gründliche Überprüfung kein Vertrauen schenkte.

Auguste hatte ihm und Gilbert vertraut und sie mit hinaus zur *Murex* genommen; Auguste hatte gemerkt, worauf die Erkundigungen von Ramage und Gilbert hinausliefen und selbst einige Fragen in dieser Richtung gestellt.

Wenn ein Mann einem vertraut, ohne eine Frage zu stellen, dann kann man ihm auch vertrauen. Ramage kam dieser Gedanke mit der gleichen Klarheit, als lese er ihn aus einem Buch ab. Auguste hatte sie sicher zum Liegeplatz der *Murex* und wieder zurück gebracht; offensichtlich war er ein Mann mit Ideen. In diesem Augenblick war es Ramage nur zu deutlich bewußt, daß er die Hilfe eines einfallsreichen Mannes brauchte, der sich in Brest auskannte.

Es war zu riskant, Auguste und seinen Bruder zu Jean-Jaques' Chateau zu bestellen. Die ›gendarmes‹ könnten Verdacht schöpfen und sich später daran erinnern, daß sie die Kontrollen passiert hatten. Auf jeden Fall war dieses Café ein guter, sicherer Ort, um gewisse Dinge zu erörtern, wenn es sich auch nur um ein Vorgespräch handeln konnte.

»Ich habe im Moment noch keine konkreten Pläne«, gab Ramage zu. »Ich bin nur nach Brest gefahren, um mich einmal umzusehen, in der Hoffnung, ich würde eine – nun, sagen wir – Inspiration haben.«

»Sie können frei heraus reden, ich werde Sie nicht verraten«, sagte Auguste ruhig.

Ramage lächelte. »Ich würde ganz ungezwungen reden, wenn ich etwas zu sagen hätte. Sie könnten uns in wenigen Sekunden verraten, wenn Sie den beiden ›gendarmes‹ winkten, die dort unter dem Baum stehen.«

»Das könnte ich wohl«, sagte Auguste. »Nun, fangen wir damit an, daß Sie mir sagen, was Sie tun wollen. Über die Details können wir später reden.«

»Das ist einfach. Zuerst möchte ich den Grafen befreien, dann möchte ich mit ihm und Gilbert nach England zurückkehren.«

Auguste rieb sich die Nase und warf Ramage einen langen

Blick zu. »Das kann ich mir gut vorstellen. Aber mit einer Streitmacht, die aus Ihnen selbst, Ihrer Frau, Gilbert, Louis und jetzt noch aus mir und meinem Bruder Albert besteht, hätten Sie gewisse Schwierigkeiten, wenn Sie gegen dreihundert Mann antreten wollten.«

»Oh, nur gegen zweihundertfünfzig«, sagte Ramage trokken. »Aber ich habe einfach nur Ihre Frage beantwortet.«

»Ja, und ich habe Sie nur ein bißchen aufgezogen. Aber, um ernsthaft zu sprechen: Ihre Loyalität gegenüber dem Grafen ist bewunderungswürdig und etwas, was ich von einem englischen ›aristo‹ und auch Gilbert erwarten würde. Allerdings gibt es da gar keine Chance. Der Graf und noch fünfzig weitere Gefangene (die sich wahrscheinlich alle darüber im klaren sind, daß sie Glück hatten, der Guillotine zu entgehen, und die die Deportation nach Cayenne als akzeptable Alternative ansehen) werden an Bord der *L'Espoir* schwer bewacht. Das kann ich Ihnen versichern. In der Tat, auch auf die Gefahr hin, Sie zu beunruhigen, kann ich Ihnen mitteilen, daß man sie alle in Eisen gelegt hat und daß sie in diesem Zustand bleiben werden, bis die *L'Espoir* in ein paar Tagen ausläuft. Wie Sie wahrscheinlich schon vermutet haben, ist die französische Regierung bei dieser ersten Reise nach Cayenne im neuen Krieg besonders vorsichtig.«

»Ist das der Grund, weswegen Wasser und Proviant in Booten zum Liegeplatz gebracht werden? Es wäre doch schneller und einfacher, wenn die *L'Espoir* am Quai de Recouvrance festgemacht hätte, so daß sie alle Vorräte direkt von den Wagen übernehmen könnte«, sagte Ramage.

»Der Hafenkommandant hat Befehl von Paris, mit den Deportierten kein Risiko einzugehen, daher bleibt er draußen auf Reede liegen, inmitten weiterer Fregatten. Ich glaube, er träumt davon, daß alle Verbannten plötzlich über die Seite springen und an Land schwimmen oder in Richtung auf eine britische Flotte, die zu ihrer Rettung in der Hafeneinfahrt erscheint.«

Ramage sah Gilbert an. »Ich glaube, Sie wußten, daß es keine Chance gab«, sagte er ruhig. »Selbst mit fünfzig Mann nicht.«

Der Franzose nickte. »Ja, aber man hofft ja immer auf ein Wunder. Nach allem, was ich von Ihnen weiß, Bürger«, sagte er, wobei er das Wort Bürger leicht betonte, um anzudeuten, daß er in Wirklichkeit Ramages Titel meinte, »wenn irgend jemand es hätte schaffen können, wären Sie das gewesen.«

»Wen haben wir denn hier?« fragte Auguste seinen Freund Gilbert, der daraufhin Ramage fragend ansah; als dieser nickte, lehnte er sich zu Auguste hinüber und flüsterte ihm den Namen ins Ohr.

Auguste wandte sich um und sah Ramage an; seine Augen funkelten, und sein hageres Gesicht verzog sich zu einem Lächeln. »Captain, Sie sind berühmt in Brest. Wenn das Bonaparte wüßte ... er würde mir zur Belohnung die ganze Provinz schenken, wenn ich Sie verriete.«

»Sie schmeicheln mir«, sagte Ramage.

»Der Gedanke scheint Sie aber nicht zu schrecken«, meinte Auguste.

»Sie brauchen nur nach den ›gendarmes‹ zu rufen«, sagte Ramage. »Allerdings würde dann Ihr Bruder das Land erben und nicht Sie.«

Auguste hob die Augenbrauen. »Mein Bruder?«

»Ja, weil ich vermute, daß er Ihr Erbe ist. Sie könnten rufen – aber zum Atemholen bliebe Ihnen keine Zeit mehr. In meinem rechten Stiefel steckt ein schweres Küchenmesser.«

Auguste brach in Gelächter aus und schlug sich mit der Hand auf das Knie. »Abgemacht!« sagte er, als habe er gerade ein Geschäft besiegelt, und Ramage wußte, daß diese Vorführung für etwaige, neugierige Zuschauer gedacht war; das »abgemacht« jedoch bedeutete, daß Ramage sein Wort habe und bei seinen Plänen auf ihn zählen könne.

»Ihr Interesse an dem – ahem, dem Kartoffelschiff. Haben Sie dort nach Ideen gesucht, und sind Sie fündig geworden?«

»Auf der Suche war ich wohl, aber eine definitive Idee habe ich noch nicht. Allerdings schwebt irgendeine Vorstellung über meinem Kopf, wie ein hoch über mir kreisender Sperber.«

»Fünfzehn Gefangene sind an Bord, wenn man das rheumatische Wrack eines Kapitäns dazurechnet. Sieben französische Wächter. Fünf von uns, es sei denn, Sie rechnen noch Madame dazu.«

»Rechnen Sie Madame ruhig dazu, und streichen Sie dafür den Kapitän«, sagte Ramage. »Fünf klingt mir nicht wie eine Glückszahl.«

Die *Murex*, ebenso wie die *Triton* und die anderen 10-Kanonen Briggs, war ein schmuckes kleines Schiff, wenn auch zu klein, um den eleganten Sprung der Fregatten zu haben. Ohnehin zeichneten die Franzosen immer sehr schöne Schiffe, so daß es nicht ganz fair war, die *Murex* mit den anderen auf Reede liegenden Schiffen zu vergleichen. Er dachte an die *Calypso*, eine ursprünglich französische Fregatte, die er gekapert hatte und, durch einen Glücksfall, als Kommandant hatte übernehmen können. Auf jedem Ankerplatz war sie immer eins der schönsten Schiffe gewesen.

Ob Bonaparte wohl jemals über den Widerspruch nachgedacht hatte, daß die Franzosen die besten Schiffe bauten, aber sie im Gefecht nicht richtig einzusetzen verstanden? Und wie irritierend mußte es für den kleinen Korsen sein, daß die Briten gewöhnlich die ursprünglichen französischen Namen der Schiffe beibehielten, die sie erobert hatten und dann in die Flotte eingliederten! Eines der größten Schiffe in der heutigen Royal Navy war die *Ville de Paris*! Man konnte sich schwerlich vorstellen, daß die Franzosen eines ihrer Flaggschiffe die *City of London* nennen würden. Und einige der besten Schiffe, die sich gegenwärtig im Dienst befanden, hatte man von den Franzosen erobert und ihre ursprünglichen Namen beibehalten: die Fregatten *Perle*, *Aréthuse*, *Aurore*, *Lutine*, *Melpomène*, *Minerve* zum Beispiel. Und das

80-Kanonen Schiff *Tonnant* und die *Franklin* (die man in *Canopus* umbenannt hatte) sowie die 74er *Spartiate*, *Conquerant* und *Aquilon* (die jetzt, zu Ehren der Schlacht, in der Konteradmiral Nelson sie eroberte, *Aboukir* hieß). Mit dem Namen der *Le Hoche*, 80 Kanonen, konnten Ihre Lordschaften der Admiralität nicht so recht etwas anfangen, daher gaben sie ihr den Namen *Donegal* , aber *Le Bellone*, 36 Kanonen, wurde nur deswegen in *Proserphine* umbenannt, um eine Verwechslung mit der 74 Kanonen tragenden *Bellona* zu vermeiden. *La Pallas*, 40 Kanonen, war in *La Pique* umbenannt worden, und diese Tatsache zeigte, daß Ihre Lordschaften kein Vorurteil gegen französische Namen hegten! Es gab noch Dutzende mehr. Und dann waren da noch die Spanier und die Niederländer ...

Plötzlich merkte er, daß die beiden Männer und Sarah ihn ansahen. Offensichtlich glaubten sie, er wäre dabei, sich verwegene Pläne auszudenken, wie er sie alle nach England bringen könnte, während er in Wirklichkeit in Tagträume über Schiffsnamen versunken war.

»Null«, sagte er etwas lahm, »gehen wir von vierzehn Gefangenen an Bord der *Murex* aus, von denen die Hälfte während des Tages in Eisen liegt. Nachts werden alle in Eisen gelegt, so daß die Wachen beruhigt schlafen können.«

Sarah hüstelte, als ob sie um Erlaubnis bäte, sich ebenfalls an der Planung zu beteiligen, aber sie wartete nicht darauf, daß jemand ihr ermutigend zunickte. »Kann M'sieu Auguste nicht ein Fischerboot auftreiben, eins das groß genug ist, um damit nach England zu segeln?«

»Nein, Madame, ich bedaure, aber das kann ich nicht. Wenn es ginge, würden wir noch heute nacht aufbrechen. Aber der Hafenkommandant hat neue Befehle erlassen. Alle Fischerboote mit einem Deck – selbst wenn es nur ein kleines Vordeck ist –, mit anderen Worten, alle mit Ausnahme der offenen Boote, müssen von zwei bewaffneten Soldaten bewacht werden, wenn sie sich nachts im Hafen befinden. Der

Befehl kommt anscheinend aus Paris und ist eine Folge des wieder ausgebrochenen Krieges.«

»Bonaparte ist sich darüber im klaren«, sagte Gilbert, »daß es Hunderte von Menschen gibt, wie beispielsweise den Grafen und Charles, die versuchen werden aus dem Land zu fliehen, wenn man sie nicht bereits eingesperrt hat.«

»Aber Sie könnten doch wohl ein Ruderboot beschaffen?« fragte Ramage.

»Ja«, erwiderte Auguste vorsichtig. »Aber ich möchte nicht nach England hinüberrudern müssen!«

»Nein, aber das bedeutet, daß wir in Le Goulet angeln gehen können. Ich gehe gerne angeln, und ich bin überzeugt, Gilbert auch.«

»Aber der Hafenkommandant hält nicht viel davon«, sagte Auguste. »Er hat es bislang zwar noch nicht verboten, aber die Posten auf den Kriegsschiffen feuern gelegentlich einen Musketenschuß ab, wenn sie glauben, ein Fischer käme zu nahe heran. Nur als Warnung.«

»Ist dabei schon jemand zu Schaden gekommen?«

»Noch nicht.«

Ramage nickte. »Nachts ist ein in Fahrt befindliches Boot schwierig zu treffen, und wenn die Fischer einen genügend großen Abstand einhalten ...«

»Ja, die Posten geben wirklich nur Warnschüsse ab. Und ich habe auch gehört, daß viele Kommandanten es nicht gerne haben, wenn ihr Schlaf durch wahllose Musketenschüsse gestört wird!«

Ramage nickte erneut. Auf einem vor Anker liegenden Schiff Musketen abzufeuern, würde die Ruhe des Kommandanten ganz sicher stören, und es würde nahezu eine halbe Stunde vergehen, bis er dafür eine Erklärung erhalten hätte und wieder eingeschlafen wäre.

»Gilbert, wenn Sie jetzt unseren Wein zahlen würden; wir sollten dann losgehen und etwas Obst und Gemüse kaufen, um die Neugier der ›gendarmes‹ an den Kontrollpunkten zu befriedigen, und unserem Freund hier auf Wiedersehen sagen.«

Im Chateau empfing sie Louis mit der Nachricht, daß ein freundlicher Nachbar der Eltern seiner Frau ihnen erzählt habe, die *L'Espoir* würde in drei bis vier Tagen nach Cayenne auslaufen. Der Chef der Marineverwaltung in Brest, Bürger Moreau, machte offensichtlich Druck, weil die britische Kriegserklärung Paris überrascht hatte und der Erste Consul darauf bedacht war, diese Gruppe von Royalisten und Priestern auf den Weg nach Cayenne zu bringen, bevor die Royal Navy die Blockade von Brest wiederaufnahm. Man redete auch davon, daß die *L'Espoir* beabsichtige, direkt auf einen südwestlichen Kurs zu gehen, gleich nachdem sie Brest und die Pointe St. Mathieu hinter sich gelassen habe, in der Hoffnung, in den Weiten des Atlantik zu verschwinden.

Ramage dankte Louis für die Information. Da sie hinsichtlich der *L'Espoir* und ihrer traurigen menschlichen Fracht im Augenblick nichts unternehmen konnten, blieb ihm nur die Feststellung, daß der Kommandant der Fregatte das zu tun beabsichtigte, was Ramage in der gleichen Situation selbst auch getan haben würde. Tatsächlich lief die *L'Espoir* nur wenig Gefahr aufgebracht zu werden, weil Cayenne so weit südlich lag, daß britische Kriegsschiffe und Kaperer, die nach den Westindischen Inseln unterwegs waren, den Atlantik weit zu Nord ihres Kurses überqueren würden. Wenn sie auf einem sehr südlichen Kurs bliebe, könnte die *L'Espoir* zwar Gefahr laufen, aus dem Passatwindgürtel herauszukommen und in starke ozeanische Strömungen zu geraten, aber sie führte zusätzliche Lebensmittel und Wasservorräte mit, vermutlich um auch für eine längere Reise gerüstet zu sein. Soweit er sich erinnern konnte, lag die Ile de Diable, die in England Devil's Island hieß und von den Franzosen, nach der nächsten Stadt auf dem Festland, meist Cayenne genannt wurde, genau auf dem fünften Breitengrad, nur 300 Meilen vom Äquator entfernt, eine heiße und feuchte Hölle auf Erden.

Als fiele es ihm erst jetzt ein, fügte Louis hinzu, daß zwei ›gendarmes‹ dagewesen seien und nach dem Engländer gefragt hätten, aber sie hatten ihnen die vorher verabredete Geschichte erzählt: Er sei Gast des Grafen gewesen, als dieser sich noch auf freiem Fuß befand, aber schon nach ein paar Tagen weitergereist; soweit sie wüßten, um Freunde in der Provence zu besuchen. Warum hatte denn der Graf nicht gemeldet, wie in der staatlichen Verordnung Nummer 532 vom 1. Vendémiaire, Jahr VI, festgelegt, daß er Fremde im Hause beherberge? Louis hatte traurig den Kopf geschüttelt und den Männern gesagt, daß der Graf, wiewohl ein sehr gesetzestreuer Mann, nicht in Frankreich gewesen sei, als die Verordnung erlassen wurde und sie wahrscheinlich gar nicht kannte. Aber Louis war beinahe Opfer seiner eigenen Erfindungsgabe geworden: Hatte der Graf denn andere Gäste gehabt – nicht notwendigerweise Ausländer, sondern Leute, die »normalerweise nicht in seinem Hause lebten« – die er der Präfektur nicht gemeldet habe, wurde er gefragt. Louis sagte, er hätte keine Ahnung, was der Graf gemeldet habe. Die ›gendarmes‹ selbst hätten ja gesagt, daß er den Engländer nicht gemeldet habe, aber soweit er, Louis, wüßte, hatte der Graf das getan, und die ›gendarmes‹ hätten die Meldung vermutlich verloren. Die Polizei wäre daraufhin sehr verlegen gewesen, berichtete Louis mit einer gewissen Schadenfreude, weil derartige Verluste offenbar gar nicht selten vorkämen.

Gilberts Kommentar war kurz und scharfsinnig: Zweifellos wären die Behörden über den Engländer nicht allzu beunruhigt und hätten akzeptiert, daß er inzwischen weitergereist sei. Was jedoch noch wichtiger wäre: Sie hätten keine Ahnung, daß es sich um Captain Ramage handelte, der im vorigen Krieg so heftig unter ihren Schiffen aufgeräumt hatte. Wenn sie der Meinung gewesen wären, daß er der Gast des Grafen gewesen sei, hätte man sicher strenge Sicherheitskontrollen in Brest verhängt. Davon hätte man an den Kontrollpunkten jedoch nichts gemerkt, sagte er mit einem Grinsen.

Ramage war momentan etwas überrascht, als er Gilbert vom vorigen Krieg sprechen hörte, aber er hatte natürlich recht. Der letzte Krieg hatte im Februar 1793 begonnen und war offiziell mit Unterzeichnung des Friedensvertrages im April letzten Jahres, also 1801, beendet worden. Nach achtzehn Monaten Frieden hatte Britannien jetzt, offensichtlich aufgeschreckt durch die französischen Vorbereitungen auf eine erneute Auseinandersetzung, den Krieg erklärt, aber es war ein neuer Krieg. Wie würde man ihn nennen? Der letzte hatte lange genug gedauert, aber angesichts der Tatsache, daß Bonaparte eine so riesige Armee besaß – man sagte, er könne eine Million Mann mobilisieren –, wie, zum Teufel, sollte Britannien (den größten Teil des letzten Krieges hatte es allein gegen die Franzosen kämpfen müssen) ihn denn schlagen können? Die Royal Navy konnte nur kämpfen, wo sie genügend Wasser unter dem Kiel hatte.

Ramage verfluchte seine Tagträumerei; wieder einmal sahen ihn Gilbert, Louis und Sarah an und warteten, als hofften sie auf brillante Einfälle, die ihm entströmten, wie Wasser aus einem Feuerlöschschlauch, sobald die Männer an die Pumpen gingen. Er schüttelte den Kopf, ergriff Sarahs Hand und geleitete sie in ihre Räume. Nachdem sie die Tür geschlossen hatte, ging sie zum Waschtisch und goß Wasser aus dem großen Krug in das Porzellanbecken.

»Ich fühle mich schmutzig von den Haaren bis zu den Zehen«, sagte sie, hängte ihre Jacke an einen Haken und begann ihr Kleid aufzuknöpfen.

Ramage ließ sich auf das Bett nieder und wünschte, es wäre ein Armsessel im Zimmer gewesen. »Ich bin auch müde. Ich werde also nur hier sitzen und zusehen, wie du dich ausziehst und dich dann von Kopf bis Fuß wäschst. Von allen Freuden, dein Ehemann zu sein, ist das eine der größten. Es tut mir leid, daß ich zu müde bin, um dich auszuziehen.«

Sie ließ das Kleid zu Boden gleiten und trat mit einem Schritt aus ihm heraus, während Ramage erneut staunte, wie schön und natürlich sie in der groben Unterwäsche aussah, die ihr Louis' Frau geliehen hatte. Als nächstes löste sie das weiße Band – eigentlich handelte es sich um sorgfältig genähte Leinenstreifen – des Unterhemds, das mehr wie eine lange Schürze war, und wickelte es los.

Sie lächelte ihm zu und sah ihm in die Augen, als sie das Mieder aufknöpfte und es langsam auszog und ihre Brüste mit einer Bewegung enthüllte, die Ramage den Atem verschlug. Die Brüste schienen ein eigenes Leben zu haben; die Brustwarzen, hoch und groß, waren dunkel, wie verführerische Augen.

Ihm immer noch in die Augen blickend, schob sie die mit Rüschen besetzten Schlüpfer nach unten und stand ihm jetzt ohne Verlegenheit nackt gegenüber. Nackt vor seinem Ehemann zu stehen, damit er sich an ihrem Anblick weiden konnte, so schien sie zu sagen, war der natürliche Abschluß einer Tagesfahrt mitten in das feindliche Lager.

»Gefällt dir, was du siehst?

Sie wußte genau, daß das der Fall war, aber sie wollte es aus seinem Mund hören.

»Die linke Brust ... ist sie nicht eine winzige Spur tiefer als die rechte?«

Ein beunruhigter Ausdruck überflog ihr Gesicht, während sie schnell zum Toilettentisch hinüberging. Der große Spiegel, der ursprünglich dort hing, war nicht mehr vorhanden, und das einzige, was sie finden konnte, war der kleine Handspiegel aus ihrer Reisetasche.

Sie hielt ihn mit gestrecktem Arm von sich weg, drehte und wendete sich und sah erst die eine, dann die andere Brust an. Dann hielt sie den Spiegel zur Seite und versuchte, ob sie die Brustwarzen in eine Linie bringen könnte. Schließlich ließ sie den Spiegel verärgert sinken.

»Ich kann sie nicht richtig sehen!«

Nur mühsam ein ernstes Gesicht wahrend, sagte Ramage: »Es schien mir, daß es beim Gehen eher die rechte Brust war, die etwas tiefer stand. Komm doch mal her und laß mich einen genauen Blick darauf werfen.«

In dem Moment merkte sie, daß er sie nur auf den Arm nahm. »Bist du zu müde, um dich selbst auszuziehen?« flüsterte sie.

Ramage nickte. »Ich fürchte, ich muß die Hilfe meiner Frau in Anspruch nehmen.«

Am nächsten Tag fuhr Gilbert nach Brest, um die nötigen Vorkehrungen mit Auguste zu treffen, und berichtete nach seiner Rückkehr, daß der Fischer und sein Bruder sich bereit halten würden und inzwischen begonnen hätten, Waffen zusammenzutragen. Bis jetzt hatten sie sechs Pistolen samt der nötigen Munition, zwei Donnerbüchsen, drei schwere Dolche, einen Kavalleriesäbel und zwei Entermesser. Als Ramage sich über diese Sammlung wunderte, hatte Gilbert gegrinst. Die Behörden in Paris waren in der Bretagne nicht besonders populär, sagte er, so daß ein Soldat, der betrunken in einem Graben einschlief, oder ein Kavallerist, der vom Pferd stürzte und bewußtlos auf dem Boden liegenblieb, zwar gewöhnlich lebend in die Kaserne zurückgebracht wurde, doch immer ohne seine Waffen. Gelegentliche Überfälle auf Waffenlager, plötzliche und unerwartete Aktionen, bedeuteten, daß viele von denen, die nicht unbedingt mit dem Regime des Ersten Consuls einverstanden waren, Waffen in den Dachbalken alter Scheunen oder in Kornsäcken versteckt hielten.

Am zweiten Tag, als Ramage und Sarah durch das große Haus wanderten, die Architektur bewunderten und sich etwas schuldig fühlten, weil sie Jean-Jaques beneideten, der doch jetzt in so mißlicher Lage war, fuhr Louis nach Brest. Es bestand keine Notwendigkeit, hatte Ramage entschieden, unnötige Risiken einzugehen und Verdacht zu erregen, und wenn Louis und seine Frau einmal die Kontrollen passierten, so würde das völlig normal erscheinen, wenn aber Gilbert einmal pro Tag allein in der Gig den Weg entlang kam, so könnte das doch einen ›gendarme‹ zu Fragen veranlassen.

Viele der Räume in Chateau waren völlig leer, von Plünderern nicht nur jeglichen Mobiliars, sondern auch aller Teppiche, Wandbehänge, Vorhänge und gelegentlich auch der Türen beraubt. Beschädigte Decken markierten die Stellen, wo ganze Kronleuchter heruntergerissen worden waren; an einigen Treppen fehlten die Geländer.

Und doch wahrte dieses fast leergeräumte Haus seine Würde. Es hatte nichts von der Eleganz und dem feinen Maßwerk, den sorgfältig ausgewogenen Linien und den imposanten Auffahrten wie so viele Schlösser der Loire und der Dordogne. Es war viereckig und verbarg seine Ursprünge nicht – es war der zur Verteidigung angelegte Sitz der Grafen von Rennes. Die Brustwehren waren mit Zinnen versehen, so daß Männer mit Armbrüsten, später mit Musketen, sich dahinter verbergen und auf Angreifer feuern konnten. Die riesige Eingangstür (noch das Original), die mit Eisenbolzen beschlagen war, um den Axthieben etwaiger Angreifer ihre Wirkung zu nehmen, war so wuchtig, daß man später eine sehr viel kleinere Tür seitlich eingebaut hatte.

Ramage starrte aus einem der vielen Fenster, das verschmutzt war und von dessen Rahmen die Farbe abzublättern begann – ein diskreter Hinweis, daß das Holz darunter anfing zu faulen –, als Sarah ihn am Arm faßte und ihn leise fragte: »Wo bist du jetzt?«

Er schreckte auf und lächelte dann, ohne sich umzusehen. »Ich dachte gerade, daß wir heute nacht Springhochwasser haben.«

Sie seufzte und schüttelte den Kopf. »Springzeit und Nippzeit – ich weiß, daß sie etwas mit dem Mond und den Gezeiten zu tun haben, aber …«

»Die Frau eines Seemannes und versteht die Gezeiten nicht!«

»Die Frau eines Seemanns, die zugibt, daß sie nichts davon

versteht, und erwartet, daß ihr kluger und sie anbetender Mann es ihr erklärt.«

»Beide, Sonne und Mond, üben eine Anziehungskraft auf die See aus. Befinden sie sich in einer Linie, entweder auf einer Seite der Erde oder auf der entgegengesetzten, dann ist ihre Anziehungskraft am stärksten, und dann bekommen wir auch die höchsten Fluten und die niedrigsten Niedrigwasser. Sie werden Springzeiten genannt. Sie fallen zusammen mit dem Neumond – der Mond befindet sich dann auf der gleichen Seite der Erde wie die Sonne – und dem Vollmond – wenn er sich auf der entgegengesetzten Seite befindet. Wenn Sonne und Mond im rechten Winkel zueinander stehen, in Relation zur Erde, dann ist ihre Anziehungskraft am schwächsten, und wir haben die weniger ausgeprägten Gezeiten mit geringeren Hochwasserhöhen und höheren Niedrigwasserhöhen. Diese Gezeiten werden Nippzeiten genannt. Die Springzeiten sind also die höchsten und kräftigsten Gezeiten und treten während des Neumonds und des Vollmonds auf, und die Nippzeiten, während des ersten und dritten Viertel des Mondes, sind die kleinsten und schwächsten.«

»Mit den Jahreszeiten hat das also nichts zu tun?«

»Überhaupt nichts. Heute nacht haben wir Vollmond, also Springzeiten. Die höchsten Gezeiten, soweit es den Wasserstand betrifft, aber auch die stärksten in bezug auf die Strömung. Wenn die Flut abläuft, dann fließt sie sehr schnell durch die enge Hafeneinfahrt hinaus.«

»Und ist das wichtig?«

»Wenn man mit einem kleinen Boot zum Angeln draußen ist schon. Sollte einem nämlich ein Riemen verlorengehen, könnte man glatt bis nach Amerika treiben!«

»Dann muß man schon aufpassen, daß man genügend Köder mitnimmt«, sagte sie. »Bin ich denn so eine dumme Frau, daß ich nicht erfahren darf, was du vorhast?«

»Ich würde es dir sagen, wenn ich es nur selber wüßte. Ich

würde es gerne mit dir besprechen, wenn ich dächte, daß du mir zu einer Idee verhelfen könntest. Tatsache ist, daß die *L'Espoir* morgen oder übermorgen mit Jean-Jaques an Bord nach Cayenne ausläuft und ich hier durch sein leeres Haus wandere und hilflos und ohne Hoffnung bin.«

»Ach Liebster, wie kannst du nur erwarten, einen Mann unter diesen Umständen von einer Fregatte zu retten?«

Ramage zuckte die Schultern. »Meine Leute auf der *Kathleen*, der *Triton* und der *Calypso* haben Dinge getan, die für unmöglich gehalten wurden, und wir haben es eben nur deswegen geschafft, weil die anderen es für unmöglich hielten.«

»Aber deine Leute – der großartige Southwick und Aitken, Jackson und Stafford und noch Dutzende andere – befinden sich alle in Chatham an Bord der *Calypso*. Du hingegen bist«, sie lächelte ironisch, »in den Flitterwochen in Frankreich, und die Franzosen sind hinter dir her.«

»Nicht alle, nur Bonapartes Leute.«

»Nur einer von zehntausend gehört nicht zu Bonapartes Leuten. Du wirst in der Bretagne keine große Armee sammeln können, um ihn zu stürzen.«

»Nein«, mußte er zugeben. »Aber ich brauche nur ein paar. Ich gebe zu, wir können Jean-Jaques nicht retten, also müssen wir versuchen, wenigstens uns selbst zu retten: das wären du und ich, Gilbert und Louis und seine Frau, wenn sie mit will, und nun noch Auguste und sein Bruder. Fünf Männer und eine, vielleicht auch zwei Frauen.«

»Wir sind ein ganzes Stück von England entfernt. Am Eingang zum Kanal scheint immer schlechtes Wetter zu herrschen. Warum reisen wir nicht über Land nach Calais? Von dort aus hätten wir nur zwanzig Meilen oder so nach England zu rudern oder zu segeln, im Vergleich zu – wie viele Meilen sind es bis Plymouth, einhundertfünfzig?«

Ramage wandte sich um, zog sie an sich und küßte sie sanft. »In einer Hinsicht hast du recht, Liebling, der Weg über die See ist von Calais aus sehr viel kürzer. Aber diese

Tatsache macht das Unternehmen auch gefährlich. Die Franzosen erwarten bestimmt, daß Flüchtlinge von dort aus versuchen werden hinüberzukommen. Jedes Ruderboot wird nachts an die Kette gelegt. Außerdem werden große Belohnungen ausgesetzt – groß genug, um die Skrupel der meisten Leute zu überwinden. Brest hingegen ist so weit von England entfernt, daß die Franzosen bei der Bewachung der Boote etwas lässiger sind.«

»Aber sie schicken doch nachts Soldaten auf die Fischerboote!« sagte sie protestierend.

»Ja, aber nur auf die großen, die auch gedeckte Laderäume haben und seetüchtig genug sind, um bei nahezu jedem Wetter sicher nach England zu segeln.«

»Hast du denn vor, daß wir alle in einem offenen Boot nach England rudern?« Die Vorstellung machte ihr keine Angst, aber offensichtlich war sie überrascht und etwas bestürzt.

»Nein. Im Augenblick habe ich noch gar nichts vor, außer daß wir abends ein, zwei Stunden in der Hafeneinfahrt angeln gehen. Auguste wird uns ein Boot beschaffen.«

»Warum angeln? Du hast doch für Fische und die Angelei gar nichts übrig. Warum also dieses plötzliche Interesse?« fragte sie argwöhnisch.

»Eine romantische Ruderpartie im Mondlicht, so daß du all die hübschen vor Anker liegenden Schiffe bewundern kannst.«

»Wirklich sehr romantisch«, sagte sie mit einem etwas wehmütigen Lächeln. »Wir werden vier Männer als Anstandswauwaus dabei haben. Können wir nicht ein Orchester engagieren oder vielleicht eine Truppe herumziehender Spielleute?«

6

Auguste seufzte in der Dunkelheit und meinte: »Der Preis ist im Augenblick wirklich gut, aber, um die Wahrheit zu sagen, ich hasse den Kartoffelgeruch.« Er zog gereizt an zwei Kartoffelsäcken und versuchte, eine etwas bequemere Sitzposition in der kleinen Hütte zu finden. »Und Sie, Madame, finden es sicher sehr unbequem?«

»Ich hatte mir nicht vorgestellt, daß Kartoffeln so hart sein könnten«, gab Sarah zu, »aber wenn man meinem Mann Glauben schenken darf, so werden wir bald auf den harten Holzbänken eines Bootes sitzen und uns wahrscheinlich mit Sehnsucht an die Kartoffelsäcke erinnern...«

Wie lange würde es noch dauern, bis Nicholas zurückkam? Er hatte eine halbe Stunde lang mit Gilbert, Louis, Auguste und dessen Bruder Albert gesprochen, und jetzt war er zu einem Spaziergang am Kai aufgebrochen. Ihr wurde klar, daß er sehr geschickt vorgegangen war. Obwohl er ihr noch im Chateau erzählt hatte, daß er keine Pläne für ihre Flucht habe, hatte er doch eine Idee. Sicherlich hatte er sich sehr zurückhaltend angehört, während er sie den Männern im Dunkel von Augustes Hütte auf dem Obst- und Gemüsemarkt mit leiser Stimme erklärt hatte. Nicht nervös, aber fast etwas schüchtern, so daß zuerst Auguste und anschließend auch Gilbert versucht hatten, ihm sein eigenes Vorhaben schmackhaft zu machen. Dann, als er seine Idee Stück für Stück erklärte, so wie man eine Artischocke entblättert, hatten sie alles diskutiert und sich dabei immer wieder über seine Folgerichtigkeit ausgelassen, wie Antiquitätenhändler, die altes Porzellan oder die frühe Ausgabe eines Buches untersuchen und einander versichern, daß es sich zweifellos um echte Stücke handele.

Je länger sie sich positiv dazu geäußert hatten, um so zurückhaltender war Nicholas geworden, hatte Gründe ins Feld geführt, warum diese Idee nie funktionieren würde, und erklärt, daß er niemand dazu anstiften wolle, sein Leben bei so einem stupiden Unternehmen aufs Spiel zu setzen. Der Begriff »stupides Unternehmen«, eine Formulierung, die sich sehr gut ins Französische übersetzen ließ, brachte die entscheidende Wende. Von da an bildeten die vier Franzosen sozusagen eine Front, um Nicholas davon zu überzeugen, daß der Plan – denn aus der Idee war inzwischen ein Plan geworden – nicht nur möglich, sondern ganz sicher auch erfolgreich sein würde, und Sarah spürte, daß sie ihn inzwischen als ihr eigenes Werk ansahen, von dem Captain Ramage jetzt überzeugt werden mußte.

Dann wurde ihr jedoch klar, daß es sich, soweit es Nicholas betraf, immer um einen richtigen Plan gehandelt hatte. Aber dieser Plan hatte so viel von einem Glücksspiel an sich, daß er nur gelingen konnte, wenn er von Männern ausgeführt wurde, die den Erfolg wollten. Wie lautete noch der Satz, den Nicholas mehrfach geäußert hatte? »Besser ein einziger Freiwilliger als drei zwangsweise verpflichtete Männer.« Mit vier Freiwilligen verfügte er jetzt also über das Äquivalent von einem Dutzend Männern. Und dazu natürlich noch seine Frau! Louis schien es mit Fassung zu tragen, daß seine Frau beschlossen hatte, nicht mitzukommen. Louis sagte, sie würde zu ihren Eltern zurückgehen, sobald sie sicher wäre, daß ihm die Flucht gelungen sei. Sie hatten sich eine glaubwürdige Geschichte ausgedacht, der zufolge Louis sie aus dem Hause geworfen hatte – oder vielmehr aus den Dienstbotenräumen von Jean-Jaques' Haus.

Sarah hatte das Gefühl, daß Louis und seine Frau das Stadium erreicht hatten, daß sie einander langweilten. In einem weiteren Jahr würde daraus Abneigung werden, und daraus würde schließlich Haß entstehen. Die Frau vermißte das Leben auf dem Bauernhof, auf dem sie groß geworden war, und zog es offensichtlich vor, die Schweine zu füttern und die Viehställe auszumisten, statt Menschen mit Nahrung zu versorgen und Betten zu machen, und da sie das einzige Kind war, würde sie beim Tode der Eltern den Bauernhof erben. Zweifellos meinte jeder der beiden, daß die Trennung in aller Freundschaft und zur rechten Zeit stattgefunden habe. Auch alle anderen Diener hatten beschlossen, im Lande zu bleiben, was nicht weiter überraschend war.

Wo war Nicholas? Dies hier war schlimmer als darauf zu warten, endlich erwachsen zu werden oder als werdende Mutter der Stunde der Geburt entgegenzusehen. Oder, dachte Sarah bitter, eine Seemannsfrau zu sein, die auf die Rückkehr ihres Mannes wartet ...

In der Dunkelheit sah Ramage zur Reede von Brest hinüber. Reede – das war ein seltsamer Name, mit dem man normalerweise den Ankerplatz vor einem Hafen bezeichnete. Nun, selbst wenn es eine dunkle, wenn auch klare Nacht war und die Sterne so die Möglichkeit hatten, ihre Leuchtkraft zu zeigen, bevor der Mond aufging, war noch viel Betrieb auf der Reede. Sie schien so belebt wie Piccadilly nach den Newmarket Rennen, wenn die Gewinner feiern und die Verlierer ihren Kummer ertränken wollten und die Herzogin von Manston immer einen Ball veranstaltete, auf dem es verboten war, über Rennpferde zu sprechen.

Auf der Pointe des Espagnols, die die Südseite von Le Goulet bildete, erhob sich die Burg schwarz und drohend, ihre Wälle waren jetzt scharfgezeichnete Schatten. Irgendwo da hinten auf der Reede lag die *L'Espoir* vor Anker, und Jean-Jaques würde sich als Gefangener an Bord befinden, lag wahrscheinlich noch wach und dachte an sein Zuhause oder seine Zukunft in der tropischen Hitze und krankmachenden Atmosphäre der Teufelsinsel. Boote gingen hinaus zu den Fregatten und Linienschiffen, mehr Boote, als normalerweise für die Beförderung der Offiziere nötig gewesen wären. Es bestand kein Zweifel, daß die Schiffe in großer Eile zum Auslaufen klargemacht wurden.

Er lehnte sich gegen den Stamm einer riesigen Platane, verborgen vor den scharfen Augen patrouillierender ›gendarmes‹. Die Masten der auf Reede liegenden Schiffe waren wie blattlose Sträucher, die kurvenreiche Pfade säumten. Die Linienschiffe waren leicht herauszukennen, während zwei, drei Fregatten und mehr rechter Hand lagen, in der Nähe der Pointe des Espagnols. Weiter zur Linken, teilweise verborgen durch die Klippen, die sich von der Presqu'île de Plougastel erhoben, lagen noch weitere Fregatten. Wo war die *L'Espoir*?

Ah, da lag die Brigg *Murex*, leicht auszumachen, weil sie nur zwei Masten hatte und sich viel dichter unter Land befand. Und jetzt hatte die Tide fast ihren Höchststand erreicht; es herrschte beinahe Stillwasser, und die Ebbe würde etwa in einer halben Stunde einsetzen.

Vor Anker liegende Schiffe verhielten sich beinahe wie Wetterfahnen auf Kirchtürmen. War der Wind stark und die Strömung schwach, gaben sie die Windrichtung an, war aber die Strömung stark (wie das in Springzeiten der Fall war) und der Wind schwach, dann zeigten sie in die Richtung, aus der die Strömung kam.

In einer ruhigen Nacht, bei Stillwasser, wenn die Strömung aufhörte hereinzukommen und unentschlossen stehenblieb, wie ein verwirrter Mann auf dem Parkett eines Ballsaals, zeigten die Schiffe in verschiedene Richtungen, und diejenigen, die nachlässig verankert worden waren und gewöhnlich nur vor einem Anker lagen, würden anfangen zu treiben und mit ihren Nachbarschiffen unklar kommen.

Er fluchte leise vor sich hin, weil die Entfernungen bei

Nacht schwer zu schätzen waren, obwohl die *Murex* glücklicherweise über eine halbe Meile entfernt von dem nächsten Schiff, einer Fregatte, vor Anker gelegt worden war. Und sie war seinem augenblicklichen Standort nahe genug, um erkennen zu können, daß nur ein Boot mit der Vorleine achtern festgemacht war. Entweder hatte man die übrigen Boote an Bord genommen oder sie in der Werft gelassen. Mit anderen Worten, es war ziemlich unwahrscheinlich, daß man die französische Wachmannschaft verstärkt hatte. Noch wichtiger war: Falls sie keine Besucher in Gestalt höherer Offiziere erwarteten, würden sie kräftig dem Rum zusprechen, da ja alle Gefangenen in Eisen gelegt waren.

Ein Frösteln überlief ihn, aber er war sich nicht sicher, ob die Kühle der Nacht daran schuld war oder das Wissen, daß er es nun nicht länger aufschieben konnte, zur Hütte zurückzukehren und sich mit den anderen auf den Weg zu machen. Das Problem war Sarah: Mit ihr hatte er dem Schicksal eine Geisel überantwortet, wobei ihr das nie bewußt werden durfte. Wenn die *Calypso* ins Gefecht ging, hatte er sich früher Sorgen um Paolo gemacht, der Giannas Neffe und Erbe war; jetzt war es Sarah, um die er sich Gedanken machte. Würde er je wieder ohne derartige Belastungen in den Kampf gehen und in einer Lage sein, in der nichts ihn beunruhigte als der Kampf selbst? Nun gab es immer etwas, was ihn daran hinderte, all seine Gedanken auf das bevorstehende Unternehmen zu richten. Er zuckte die Schultern und lächelte gleich darauf über die Dummheit einer solchen Geste – allein in der Dunkelheit.

Wahrscheinlich befanden sich die meisten Kommandanten auf den Schiffen des Königs in der gleichen mißlichen Lage – besonders, wenn sie verheiratet waren. Denn wenn man eine Frau und vielleicht auch Kinder hatte, dann dachte man an sie, ob sie sich nun in einem Haus auf dem Land oder neben einem im Ruderboot befanden; in einem Augenblick machte man sich Sorgen, daß die Gattin zur Witwe würde und die

Kinder keinen Vater mehr hätten, im nächsten machte man sich Gedanken um ihre Sicherheit. In beiden Fällen machte man sich Sorgen; in beiden Fällen hatte man seine Gedanken woanders. Also hatte Earl St. Vincent vielleicht doch recht, wenn er sagte, daß ein Offizier für die Marine verloren sei, wenn er heiratete.

Sarah und die vier Männer, die in der Hütte warteten, rechneten offensichtlich damit, daß es sofort losgehen würde. Er zog seine Uhr heraus. Ja, inzwischen würden die französischen Bewacher sicher genug Rum zu sich genommen haben, um benebelt zu sein, wenn sie nicht sogar schon in einen dumpfen Schlaf gefallen waren.

Er deutete auf die Laterne und sagte zu Gilbert: »Nehmen Sie sie mit; wir erregen sonst wahrscheinlich Verdacht, wenn wir in der Dunkelheit ohne Licht herumstolpern. Und haben wir die Angelleinen? Ah«, er nickte, als Auguste und sein Bruder die Rollen dünner Leine in die Höhe hielten. »Und Köder?« Sarah schüttelte den Eimer, den sie in der Hand hielt.

Auf dem Weg zum Anleger kamen ihnen zwei ›gendarmes‹ entgegen, und einer sagte freundlich: »Petri Heil. Es ist eine ruhige Nacht!«

»Zu ruhig«, erwiderte Auguste mürrisch. »Fische haben es lieber, wenn die Oberfläche vom Wind etwas bewegt ist.«

Sobald die ›gendarmes‹ vorbei waren, erklärte Auguste: »Fischer haben immer etwas auszusetzen. Ich selbst glaube nicht, daß den Fischen an Wellen etwas liegt; sie sind verständig genug, um sich unter ihnen aufzuhalten.«

»Es sei denn, sie schnappen nach einem Haken«, sagte Louis.

»O nein, sie schnappen nach dem Köder, nicht nach dem Haken.«

»Viel Verstand können sie aber nicht haben; ein Mahl, das an einer Leine hängt, ist doch offensichtlich ein Köder.«

»Stimmt«, sagte Auguste sarkastisch, »daher essen vernunftbegabte Fische auch nur vom Teller.«

Ramage führte sie bis zur Platanenallee, die am Kai entlanglief, sagte dann aber Auguste, er möge sie jetzt weiter zum Boot bringen; ein Posten könnte Verdacht schöpfen, wenn der Anführer einer Gruppe von Fischern nicht wußte, welches sein Boot war.

Er ging nach hinten zu Sarah, die den Männern als Schlußlicht folgte, sorgfältig darauf bedacht, die Rolle einer gehorsamen Fischersfrau zu spielen.

»Nervös?«

»Nein, ich bin nicht nervös. Im Augenblick bin ich nur dankbar, daß ich keine Kartoffeln mehr riechen muß, aber ich bin mir nicht sicher«, damit schüttelte sie den Eimer, »ob in Stücke geschnittene Fische viel erfreulicher sind. Machst du dir eigentlich etwas aus der Angelei?«

»Bis heute habe ich es noch nie versucht«, gab Ramage zu. »Ich erlaube den Männern gewöhnlich, eine Schleppangel auszuwerfen, weil Fisch eine willkommene Abwechslung zum Salzfleisch darstellt. Aber eine Leine hinter einem Ruderboot herzuschleppen oder den Haken mit einer Angelrute an einem Flußufer auszuwerfen – nein.«

»Du hast keine Geduld, das ist der Grund«, sagte sie.

Es blieb ihm erspart, diese Tatsache zuzugeben, weil Auguste jetzt vor einem mit dem Heck zum Kai festgemachten Boot stehenblieb und laut verkündete: »Hier wären wir, meine Freunde; ich hoffe, ihr seid gut in Form. Hol mal einer die Heckleine dicht, so daß ich hineinspringen und Lose auf die Ankerleine geben kann; dann können wir es längsseit holen und unsere Sachen verstauen.«

Das Heck des Bootes befand sich vier oder fünf Fuß vom Kai entfernt, und Louis ging die engen Steinstufen hinunter, um die Heckleine von dem Ring loszunehmen, der an einer in die Kaimauer eingelassenen Metallstange auf und niederfuhr und so das Steigen und Fallen des Wasserstandes mitmachen konnte. Er fluchte, als er auf dem grünen Algenbewuchs beinahe ausrutschte.

»Bauern«, bemerkte Augustes Bruder unerwartet. »Das ist es, was wir sind, Bauern, die auf eine nächtliche Angeltour gehen.«

Niemand antwortete, als er jetzt hinunterging, um Louis zu helfen; schließlich rief er zu Auguste hinauf: »Alles klar; die wirklichen Fischer können jetzt an Bord kommen.«

Es dauerte fast fünf Minuten, bis die vier Franzosen unter scherzhaften Reden und viel Hin und Her endlich im Boot waren und es dann an der Treppe festhielten, so daß Sarah und Ramage einsteigen konnten. Die auf einer der Duchten abgestellte Laterne zeigte ein Bootsinneres, das mit getrockneten Fischschuppen bedeckt und mit den sonnengedörrten Köpfen und Flossen früherer Fänge dekoriert war. Der Geruch wurde im Moment überdeckt von dem Gestank des Abwassers, das durch eine große, nur wenige Fuß flußaufwärts befindliche Röhre in den Penfeld hineinfloß.

Während Sarah auf einer Ducht saß, die hölzerne Pütz mit Köderfisch auf ihren Knien, zählten Ramage und Auguste die Riemen. Es waren vier, zusammengehalten durch eine Kette, die mit einem Vorhängeschloß gesichert war.

»Ich habe den Schlüssel hier«, sagte Auguste, eine unausgesprochene Frage beantwortend. »Ich möchte jetzt, daß ihr, Louis und Albert, euch vor die Laterne stellt, so daß der Bug im Schatten liegt.«

Ramage sah, daß dort vorne alle möglichen Leinen aufgehäuft waren, die von Auguste beiseite geschoben wurden, sobald die Schatten der beiden Männer darauf fielen. Einen Moment lang wurde das Licht eines hellen Sterns von einem Stück Stahl reflektiert.

»Hier sind sie«, murmelte Auguste. »Sechs Entermesser ... zwei, drei große Dolche ... fünf Pistolen, nein sechs ... ein Säckchen mit Kugeln ... eine Pulverflasche und noch eine Flasche mit Zündpulver. Sie wollten ja keine Musketen.«

Die letzte Bemerkung klang wie ein Vorwurf.

»Glauben Sie mir«, sagte Ramage, »wenn man ein Schiff

entern will, sind Musketen zu unhandlich. Sind sie geladen, besteht immer die Gefahr, daß sich das Schloß irgendwo verhakt und sich ein Schuß löst, gerade wenn man versucht, besonders ruhig zu sein. Eine Pistole, die man in den Hosenbund steckt – das ist genug. Auf jeden Fall beschränken wir uns heute nacht auf Entermesser oder Dolche; keine Schüsse dürfen fallen, außer es handelt sich um einen Notfall.«

»Aber Pistolen dürfen wir doch dabeihaben?« fragte Auguste besorgt.

»Ja, natürlich«, beruhigte ihn Ramage. »Sehen wir, daß wir jetzt hier wegkommen und in der Nähe der *Murex* unser Angelgerät auswerfen. Flaschen fischen – davon haben Sie noch nie etwas gehört, was?«

Auguste und Gilbert wiederholten den Ausdruck, der in der Übersetzung etwas verlor. »Nein, Flaschen fischen habe ich noch nie gehört«, mußte Auguste schließlich zugeben. »Was für Fische fängt man auf diese Weise?«

Ramage lachte und erklärte: »Auf den Westindischen Inseln ist die Schmuggelei noch weiter verbreitet als im Kanal, nur wird sie dort Flaschen fischen genannt, wenn es sich um Alkohol handelt.«

»Wie nennt man es, wenn es sich um Seide für die Damen handelt?« fragte Auguste verschmitzt.

»Seide zu schmuggeln hat man dort nicht nötig, darauf braucht man keinen Zoll oder andere Abgaben zu zahlen«, sagte Ramage.

Auguste öffnete das Vorhängeschloß und wickelte die Kette ab, welche die Riemen zusammenhielt. »Wir sind bereit«, sagte er, »die Fische warten auf uns.«

Die Männer nahmen ihre Plätze auf den Ruderduchten ein und ließen Sarah auf der achtersten sitzen. Sie würden eine Ruderpinne benutzen, um den Männern an den Riemen keine Befehle geben zu müssen.

Auguste nahm den Riemen ein, ging nach vorn und begann, die algenbewachsene Leine mit dem Anker einzuholen, während sein Bruder die Heckleine loswarf und sie an ihrem Ring von der Kaimauer ins Wasser hängen ließ. Würde das Boot je wieder dort festmachen? Ramage glaubte es nicht.

Gilbert begann vorsichtig zu pullen und fiel beinahe von der Ducht, weil das Blatt durch die Luft strich statt durch das Wasser.

»Halt ja den Riemen fest«, fauchte Auguste. »Tauch das Blatt tief ein und versuch dann, im Takt mit uns zu pullen.«

»Ich weiß ja, wie es geht.« Gilberts Stimme hatte einen entschlossenen Klang. »Ich bin nur außer Übung.«

»Und deine Handflächen werden bald wund sein«, fügte Auguste ohne großes Mitgefühl hinzu.

»Ich kann die *Murex* sehen«, murmelte Sarah. »Sie befindet sich auf einer Linie mit dem westlichen Ende der Festung.«

»Ah, eine Frau, die sich mit den Kompaßrichtungen auskennt«, sagte Albert.

Die Riemen knarrten, die Duchten knarrten unter dem Gewicht der Männer und ihren Anstrengungen, und Ramage, der in geduckter Haltung dasaß, war überzeugt, daß sein Rückgrat ebenfalls zu knarren anfing. Der Geruch der Fische der letzten Woche war jetzt nahezu überwältigend und schien alle Kleider zu durchdringen. Dann erkannte Ramage die westliche Ecke der Festung, eine harte schwarze Silhouette vor den tiefer stehenden Sternen. Die einzigen Lichter dort drüben kamen aus einem hochgelegenen Fenster und ein paar Schießscharten, vertikalen Schlitzen, die, wegen der Dicke der Mauer und der sich verändernden Peilung, schnell das Licht der innen aufgestellten Laternen verdeckten.

Sarah setzte den Eimer neben der Laterne ab, als Ramage sagte: »Wir sind jetzt an dem Punkt, wo sich der Penfeld in die Hafeneinfahrt Le Goulet ergießt.«

»Hört auf zu rudern, Leute«, sagte Auguste und verkündete dann in förmlichen Ton: »Euer Fischerkapitän übergibt das Kommando jetzt an euren Gefechtskapitän.«

Ramage lachte mit den anderen und sah zur Brigg *Murex* hinüber. Sie war noch gut eine halbe Meile entfernt, und es herrschte immer noch Stillwasser, so daß die Schiffe in verschiedene Richtungen zeigten. Es war wie die Sicht auf Schiffsmodelle in einem Teich aus der Perspektive eines Frosches. Einige Augenblicke lang ließen die vertrauten Linien der Brigg noch einmal Erinnerungen an die *Triton* aufsteigen. Am deutlichsten sah er sie in der Erinnerung in der Bucht irgendeiner westindischen Insel, wo sie in einer tropischen Nacht vor Anker lag und die Masten und Rahen scharfe Linien in einen sternenübersäten Himmel zeichneten. Hier oben in den nördlichen Breiten waren weniger Sterne zu sehen – Ramage hatte nie verstanden, warum das so war –, und sie leuchteten auch nicht annähernd so hell, als wäre die Atmosphäre hier immer etwas diesig.

Fischen oder nicht fischen? Er ließ seinen Blick über den Horizont wandern. Keine Boote folgten ihnen aus dem Penfeld hinaus; die Schiffe, die am nächsten bei der *Murex* lagen, ein Dutzend Fregatten und Linienschiffe, waren mindestens eine halbe Meile von der Brigg entfernt. Verschiedene Boote unter Rudern (und er sah auch eins unter Segeln, das wegen des leichten Windes allerdings nur wenig Fahrt machte) brachten Offiziere und Mannschaften zu den Schiffen hinaus. Keines hatte die entschlossene, postenhafte Bewegung eines Wachbootes; der Krieg war für die Franzosen wohl noch zu neu, vermutete er, als daß sie begonnen hätten, regelmäßige Patrouillen auf der Reede durchzuführen, und überdies hatten Beobachtungsposten an der Küste, am Pointe St. Mathieu zum Beispiel, vermutlich gemeldet, daß die Engländer ihre Blockade noch nicht wiederaufgenommen hatten, daß sich kein englisches Schiff vor der Küste befand.

Er hüstelte, um die Aufmerksamkeit der anderen zu erregen und um darzutun, daß er die von Auguste verkündete Übertragung der Befehlsgewalt akzeptierte. »Ich denke, daß

Madame den Köderfisch jetzt über Bord werfen kann; sie hat sicher genug von dem Fischgeruch.«

Ein Klappern verriet, daß Sarah nicht gewartet hatte, ob irgend jemand etwas dagegen einzuwenden gedachte.

»Gut, nehmen wir jetzt erst einmal die Riemen ein, bevor jemand seinen davonschwimmen läßt und wir ein Viertel unserer möglichen Geschwindigkeit einbüßen. Auguste, können Sie die Waffen ausgeben, die sie vorne versteckt haben?«

Der Franzose begab sich nach vorn, tastete eine Weile herum und erhob sich dann mit verschiedenen Gegenständen im Arm.

»Entermesser«, sagte er. »Hier, Gilbert, nimm mal zwei, bevor sie mir aus dem Arm rutschen. Ah, und eins für Sie, Captain, und eins für mich. Ich werde meins unter der Ducht verstauen. Vorsichtig mit deinen Füßen, wenn du dich wieder setzt, Gilbert.«

Dann bückte er sich und suchte wieder unter den Taurollen. »Vier Messer ...«, seine Stimme klang gedämpft, als er die Waffen hinter sich ablegte, »... und die Pistolen.«

»Sie haben sechs, glaube ich«, meinte Ramage. »Wir werden Madame auch eine geben.«

»Natürlich!« sagte Auguste. »Ich entsinne mich, daß Gilbert mir erzählte, sie wäre eine ausgezeichnete Schützin. Ich werde sie selbst für sie laden. Und jetzt«, er zog die Leinenrollen zur Seite, »... ah, die Pulverflasche ... und das Zündpulver ... und die Schachtel mit den Kugeln und Ladepfropfen. Hier, Gilbert, gib die Sachen nach achtern durch und fang mit den Messern an.«

In den nächsten fünf Minuten waren die Männer damit beschäftigt, die Feuersteine zu überprüfen und sicherzustellen, daß sie einen kräftigen Funken erzeugten; dabei schirmten sie die Pistolen allerdings mit einem Stück Stoff ab, um das unverkennbare Aufblitzen zu verbergen. Dann luden sie die Pistolen und brachten den Hahn in Vorderraststellung.

Louis und die beiden Brüder trugen hohe Fischerstiefel, in

die sie jetzt ihre Messer steckten. Ramage und Gilbert trugen Schuhe, so daß sie ihre Messer in den Hosenbund stecken mußten. Ramage war erleichtert, daß die Entermesser einen Schulterriemen hatten, entschloß sich jedoch, ihn nicht anzulegen, sondern schob das Messer unter die Ducht.

»Sie hatten recht, Captain, Musketen wären zu unhandlich gewesen«, bemerkte Auguste. »Dolch, Pistole und Entermesser – mehr wäre vom Übel.«

»Ja – aber denkt alle daran: Gebraucht die Pistole nur, um euer Leben zu retten. Schüsse könnten die Posten auf einem anderen Schiff aufmerksam machen oder ein vorbeikommendes Boot alarmieren.«

»Ist Madam mit ihrer Pistole zufrieden?« fragte Auguste.

»Ja, sie ist so ähnlich wie die englischen Marinepistolen«, erwiderte Sarah, »unhandlich und schwer!«

»Ja, aber bedenken Sie auch, wie rauh Seeleute mit ihnen umgehen«, sagte Auguste, »und wenn sie gefeuert haben, können Sie sie immer noch dem nächsten Gegner an den Kopf werfen.«

In Ramage stiegen inzwischen Zweifel auf, was seinen ursprünglichen Plan betraf. Wenn ein Posten sie anrief, könnten sie wahrscheinlich mehrere wichtige Sekunden gewinnen, wenn sie unschuldig protestierten, daß sie Fischer seien; Sekunden, die mehreren Yards entsprachen, die sie näher an ihr Ziel herankamen.

»Auguste, was würden Sie hier draußen verwenden, Waden oder Langleinen?«

Auguste überlegte einen Augenblick. »Langleinen, denke ich.«

Er erriet offenbar, was Ramage durch den Kopf ging, und fügte hinzu: »Man könnte beides verwenden, und ich bezweifle, daß ein Posten sich überhaupt damit auskennt! Und es würde auch keine Rolle spielen, daß wir keine Köder mehr haben!«

Obwohl sie nicht mehr ruderten und sehr wenig Wind

herrschte, fiel das Chateau langsam achteraus, und das westliche Ufer, wo der Penfeld in Le Goulet hineinfloß, kam jetzt näher, so daß deutlich erkennbar war, in welche Richtung das Boot trieb.

»Die Ebbe hat eingesetzt«, sagte Ramage. »Wir können wieder anfangen zu rudern, während Auguste ein paar Leinen ausbringt.« Damit nahm er den Platz von Auguste ein.

Sarah übernahm das Ruder und gab den vier Ruderern gelegentlich die Richtung an, während Auguste mit den Leinen kämpfte. »Halten Sie bitte die Laterne etwas hoch, Madame«, sagte er schließlich, »sonst bin ich der einzige Fisch, der am Haken hängt.«

»Sie brauchen nur zwei oder drei«, sagte Ramage, »niemand wird genau darauf achten.«

»Das stimmt«, sagte Auguste und steckte geschickt erst eine und dann eine zweite Leine aus. »Soll ich nach achtern gehen und so tun, als beobachte ich sie?«

»Solange Sie Entermesser und Dolch unter der Ducht bereitliegen haben«, sagte Ramage. »Am besten lösen Sie Madame als Bootssteuerer ab und sagen mir erst einmal, wie weit wir noch entfernt sind.«

Sarah zeigte dem Franzosen schnell, wo die *Murex* lag, und dieser rief überrascht aus: »Na so was, wir sind schon ziemlich nahe dran! Viel näher als ich dachte!«

»Das ist die Ebbe, die uns mitnimmt«, sagte Ramage, blickte über die Schulter und war überrascht zu sehen, daß die Brigg jetzt nur noch ungefähr fünfhundert Yards entfernt war; Masten und Rahen zeichneten sich bereits deutlich gegen den sternenklaren Himmel ab, wie Bäume im Winter mit streng geometrisch angeordneten Ästen. »Auguste, wir werden erst einmal auf Pistolenschußweite an ihr vorbeirudern und dann, wenn nichts passiert, unter dem Bug hindurchgehen und anschließend noch dichter unter dem Heck, und wenn wir dann immer noch niemand zu Gesicht bekommen, auf dieser Seite das Schiff entern.«

Sarah murmelte plötzlich auf englisch: »Nicholas, ich habe Angst. Die *Murex* kommt mir wie ein Haus vor, das voll von Geistern ist.«

»Ich ziehe Geister von französischen Matrosen vor«, sagte er sorglos, während Gilbert, der ihre Bemerkung natürlich verstanden hatte, ein beruhigendes Lachen von sich gab.

»Wie willst du denn an Bord kommen?« fragte sie, wieder ins Französische verfallend. Sie löste den Knoten ihres Kopftuchs, nahm es ab und schüttelte ihr Haar aus.

»Im Augenblick weiß ich das noch nicht«, sagte Ramage, seine Sätze im Takt des Pullens zerhackend. »Vielleicht hängt ja eine Strickleiter außenbords oder eine Leine. Sonst müssen wir über die Seite hinaufklettern.«

Sarah schwieg einen Augenblick und sagte dann leise auf englisch: »Ich sehe ein Licht an Deck. Eine Laterne, glaube ich. Es wird immer wieder durch Teile des Riggs verdeckt.«

»Sprich französisch«, sagte Ramage, während er versuchte, seine Enttäuschung zu verbergen. »Wir wollen unsere Freunde nicht glauben machen, wir hätten irgendwelche Geheimnisse.« Er wandte sich den anderen zu und wiederholte, was Sarah gesagt hatte.

»Es ist eine warme Nacht, daher trinken sie an Deck«, bemerkte Auguste. »Das scheint mir ganz natürlich. Der Raum, den wir gesehen haben – sie nannten es, glaube ich, die Kadettenmesse –, war recht klein. Es würde sehr warm werden da unten.«

Ramage sah sich in seinen Hoffnungen enttäuscht. Fünf Franzosen, die auf dem Oberdeck der *Murex* tranken, die Waffen neben sich, und zwei weitere, die die Gefangenen unter Deck bewachten, könnten mit den fünfen unten im Ruderboot ohne weiteres fertig werden; die Matrosen hätten nicht nur den Vorteil des höheren Standortes, sondern wären auch zahlenmäßig überlegen. Aber Verzweiflung, Furcht und Unruhe wirken ansteckend, und daher lachte Ramage. »An Deck wird es für sie auch bald zu warm werden!«

Sie ruderten in der Dunkelheit weiter, mit der von Auguste angegebenen Geschwindigkeit und einem gelegentlichen ›links‹ und ›rechts‹. Auguste sagte, er verwende keine seemännischen Begriffe, weil nicht alle sie verstünden und es sowieso nur Verwirrung stiften würde, da sie ja mit dem Rükken zur Fahrtrichtung säßen.

»Wir sind jetzt noch zwei Schiffslängen entfernt«, murmelte Auguste. »Wie nahe sollen wir rangehen, bevor wir abdrehen, um zu passieren?«

»Eine«, sagte Ramage. Das wären ungefähr dreißig Yards. Nahe genug für Ramage, um erkennen zu können, was an Deck los war; nahe genug auch für einen französischen Posten, um zu sehen, daß da ein Fischerboot vorbeilief. Vielleicht auch nahe genug, um zu sehen, ob der Rum die Sinne der französischen Matrosen schon so weit verwirrt hatte, daß sie auf diese Entfernung noch etwas erkennen konnten oder nicht.

»Keine Lichter achtern – was soll das bedeuten?« fragte Auguste.

»Die Kapitänskajüte wird nicht benutzt.«

Sarah sagte: »Da sitzen mehrere Männer an Deck um die Laterne herum – sehen Sie sie Auguste?«

Der Franzose grunzte und zählte dann laut, gewissermaßen als Bestätigung, warum er nicht geantwortet hatte: »... drei, vier ... fünf. Zwei fehlen. Bewachen sie die Gefangenen?«

»Sie könnten auch gegangen sein, um noch mehr Rum zu holen«, sagte Louis, »oder liegen schon betrunken an Deck. Wir sollten vielleicht eine Stunde herumrudern und mitzählen. Sobald alle sieben flach an Deck liegen, können wir das Schiff entern!«

Ramage schaffte es gerade noch zu vermeiden, seinen üblichen Witz loszulassen, daß ein Engländer so gut wäre wie drei Franzosen. Diese Männer, abgesehen davon, daß es sich nicht um ausgebildete Seeleute handelte, waren in Ordnung.

Sie hatten die richtige Einstellung, und sie haßten das Regime. Unterschätze nur nicht den Haß, sagte er sich; er bringt Männer dazu, eine Tapferkeit an den Tag zu legen, die sie nie in sich vermutet hätten, allerdings kann sie genausogut ihre Urteilskraft trüben.

»Wir werden sie gleich erreicht haben und laufen dann an ihrer Steuerbordseite vorbei«, meldete Auguste unter dem Knarren der vier Riemen, dem Klatschen der eintauchenden Blätter und dem Zischen des Wassers am Vorsteven.

»Ho! Ohé, das Boot da unten!« Der Anruf vom Deck der *Murex* klang entschieden; die Stimme war die eines nüchternen Mannes. »Antworten Sie!« sagte Ramage zu Auguste, dessen Stimme besser trug und der außerdem mit dem lokalen Akzent sprach.

»Selber Ho!« rief Auguste zurück. »Ich mag es nicht, wenn ›rosbifs‹ mich anschreien.« Er klang echt beleidigt.

»Wir sind keine ›rosbifs‹«, antwortete die Stimme indigniert. »Wir sind ehrliche Franzosen und bewachen die ›rosbifs‹.«

»Sie sprechen französisch wie ein ›rosbif‹«, sagte Auguste mürrisch.

»Hüten Sie Ihre Zunge; ich komme aus Besançon. Also, warum wollen Sie so nahe bei uns fischen?«

»Ha!« rief Auguste verächtlich zurück. »Sie glauben wohl, die See gehört Ihnen? Und überhaupt, Sie stehen auf dem Deck eines ›rosbif‹-Schiffes, nicht auf einem guten französischen Schiff.«

»Antworten Sie, warum wollen Sie so nahe bei unserem Schiff fischen?« Dieses Mal war es eine andere, härtere Stimme, Ramage glaubte, in ihr die Stimme des Bootsmanns wiederzuerkennen.

»Um Fische zu fangen!« rief Auguste aus. »Sie sind kein Seemann, wenn Sie das nicht verstehen können!«

»Was soll das heißen? Ich bin hier der Bootsmann; ich kommandiere dieses Schiff!«

»Ja, vorübergehend«, sagte Auguste verächtlich. »Aber Sie haben noch nicht gelernt, daß sich Fische immer bei einem vor Anker liegenden Schiff sammeln. Sie fressen die Algen und was da sonst noch unten am Schiffsboden wächst. Sie mögen auch den Schatten an einem sonnigen Tag.«

»Und auch den Schatten, den das Mondlicht wirft, nehme ich an. Haben wahrscheinlich Angst, daß es sie verrückt macht, eh?«

»Und sie mögen auch die Abfälle, die Sie über Bord werfen. Für Sie mag ja gepökeltes Rinder- und Schweinefleisch nicht besonders schmackhaft sein, aber für einen Fisch ist es ein Festessen.«

Inzwischen war das Boot bis auf wenige Yards an die Seite der *Murex* herangekommen.

»Um uns dieses ganze Herumrudern zu ersparen, jetzt, da mein Rücken wieder zu schmerzen beginnt«, sagte Ramage kummervoll, »können wir nicht von Ihrem Deck aus fischen? Dann kommen unsere Haken genau dahin, wo die Fische am dichtesten stehn.«

Der Bootsmann antwortete schnell. »Ja – aber ein Viertel vom Fang gehört dann uns!«

»Sie sind ein harter Mann«, beklagte sich Ramage. »Fünf Frauen und elf Kinder leben von dem, was wir fangen.«

»Daran hätten Sie denken sollen, bevor Sie geheiratet haben«, höhnte der Bootsmann. »Ein Viertel des Fangs und ich lasse Sie an Bord.

»Na ja, schön«, sagte Ramage widerstrebend, und Auguste gab den Ruderern die entsprechenden Befehle und brachte das Boot längsseit.

Ramage murmelte: »Pistolen, wenn Sie sie gut verstecken können; sonst nur Messer.«

»Legt die Pistolen in den Ködereimer«, flüsterte Sarah, »ich nehme ihn dann und lege mein Kopftuch darüber.«

Louis rief zum Bootsmann hinauf: »Ich komme mit der Vorleine an Bord, während die anderen die Angelleinen aufschießen.« Er stieß Ramage leicht an, um sich seines Einverständnisses zu versichern.

Ramage nickte ihm zu und wandte sich dann an Sarah. »Du folgst Louis an Deck und flirtest mit dem Bootsmann. Ich bring' den Ködereimer und gebe ihn dir, so bald ich kann.«

Er blickte nach oben und sah, daß keiner der französischen Bewacher an der Reling war. Schnell schob er einen Dolch mit Scheide in seinen Hosenbund und vergewisserte sich, daß der Gürtel stramm genug saß, um ihn zu halten. Es war ein Jammer, daß sie die Entermesser unter den Duchten liegenlassen mußten, aber Gilbert und Albert legten jetzt die geladenen Pistolen mit einer Geschicklichkeit in den Eimer, wie Fischpackerinnen Sprotten in einem Kasten verstauen. Sprotte – seltsamerweise, das fiel ihm in diesem Moment ein, hieß dieser Fisch sowohl auf englisch wie auf französisch ›sprat‹.

»Ihr Tuch, Madame«, flüsterte Gilbert, und Ramage sagte laut: »Na, sind wir fertig? Gilbert, kletter nur rauf, dann können du und Louis Madame nachher behilflich sein.«

Als Gilbert die Latten hinaufstieg, die wie schmale Treppenstufen an der Seite der *Murex* angebracht waren, begann Sarah zu schimpfen, wobei sie Wörter verwendete, die wohl der Frau eines Fischers geläufig waren, bei denen Ramage aber mit Überraschung feststellte, daß sie sie nicht nur kannte, sondern auch benutzte, als redete sie immer so.

»Was für eine Treppe! Warum gibt es keine Strickleiter? In diesem Rock? Kommt denn bei den ›rosbifs‹ nie eine Frau an Bord? Ein Glück, daß ich kein Korsett trage. Seht woanders hin, ihr alten Wüstlinge; ich muß jetzt meinen Rock schürzen.«

Sie packte den Saum ihres Rockes, und Ramage bekam ihre langen schlanken Beine zu Gesicht, als sie den Stoff in den Gürtel steckte. »Das wird sie auf andere Gedanken bringen!« sagte sie leise zu Ramage, während sie nach der höchsten Stufe griff, die sie erreichen konnte, und hinaufzuklettern begann.

»Verzeihen Sie mir, Captain«, flüsterte Auguste Ramage zu und rief dann mit rauher Stimme zu Louis und Gilbert hinauf, die bereits an der Reling standen: »Ihr seid zu früh hinaufgestiegen! Von hier unten sieht man die Bürgerin ganz anders!«

»Sieh nach unten, geiler Hund«, sagte Ramage erbost und im Tonfall – so hoffte er zumindest – eines gekränkten Ehemannes, fuhr aber fort, Sarah hinterherzusehen. Die Beine einer jungen Frau im Mondlicht: Der Konzentration auf andere Dinge waren sie sicher nicht förderlich. Und da der Anblick ihm selber fast die Luft nahm, konnte er sich ihre Wirkung auf Auguste durchaus vorstellen.

Ein leichter Stoß in die Rippen mit dem Eimer und ein ungezwungenes, »Sie sind dran, und sagen Sie Louis und Gilbert, sie sollen sich klar halten, um die Leinen in Empfang zu nehmen«, kam jetzt von Auguste.

Die Leinen! Er hatte die Angelleinen völlig vergessen. Die Vorstellung, daß Fischer ohne sie an Bord kamen, war kaum weniger absurd als die eines Kapitäns der Royal Navy, der in seinen Flitterwochen die Seite einer dem Feind übergebenen Brigg hinaufkletterte und dabei einen Ködereimer voll mit geladenen Pistolen trug, die notdürftig unter dem Kopftuch seiner Frau verborgen waren.

Er hängte den fettigen Tragestropp der hölzernen Pütz über seinen Arm und begann nach oben zu klettern. Gewöhnlich dienten zwei neben der Außentreppe herabhängende Reeps, die von den Fallreepsgasten gehalten und von der Bordwand weggedrückt wurden, dem an Bord kommenden Kapitän als Handlauf, und der Erste Offizier wartete an Deck, um dem Kapitän eine Ehrenbezeigung zu erweisen. Dieses Mal jedoch war es nur ein übellauniger französischer Bootsmann …

Der Eimer rutschte an seinem Arm hinunter und knallte

mit einem dumpfen Ton gegen die Bordwand. Einen Augenblick schien Ramages Herz stehenbleiben zu wollen, aber die Pistolen hatten kein metallisches Geräusch verursacht und überhaupt, dachte er, da oben ist ja keiner, der mich beobachtet. Aber als er den Stropp wieder bis zum Ellenbogen zurückschob und kurz nach oben blickte, sah er, daß jetzt doch jemand da war; nicht der Bootsmann, aber wahrscheinlich der Wachgänger.

Ramage erreichte das Deck und erblickte im Mondlicht Sarah, nur wenige Schritte entfernt, die mit dem Bootsmann redete. Mittschiffs saßen einige Seeleute auf Bänken um die Gräting herum, auf der eine Laterne und eine Korbflasche mit Rum standen, und beobachteten träge, was da vor sich ging.

Sobald der Bootsmann Ramage erblickte, verließ er Sarah und kam zu ihm hinüber. »Sie haben die Kartoffeln gebracht«, sagte er etwas undeutlich. Er schien sich schon mehrere Tage nicht mehr rasiert und sich noch länger nicht mehr gewaschen zu haben. Sein Troyer und seine Hosen sahen so fettig und verkrumpelt aus, daß unschwer zu erkennen war, daß er »all standing« schlief, wie es bei der britischen Marine hieß, ein Ausdruck, der sowohl »unter vollem Zeug« als auch »vollbekleidet« bedeuten konnte.

»Ein Viertel Ihres Fangs, eh? Abgemacht?«

»Ja, natürlich«, sagte Ramage, wobei er weiter auf Sarah zuging, so daß der Bootsmann genötigt war, hinter ihm her zu gehen. »Hoffen wir, daß wir einen guten Fang machen. Meine Liebe«, sagte er zu Sarah, »hier ist der Ködereimer, paß auf ihn auf, während wir die Leinen klarmachen.«

Er hielt den Eimer ziemlich tief, so daß sie ihn nicht unwillkürlich sacken lassen und so sein Gewicht verraten würde, wenn er ihn ihr übergab; gleichzeitig drehte sich Ramage zum Bootsmann um und sagte verdrossen: »Bei Vollmond oder Neumond macht man nie einen guten Fang, wissen Sie. Mondlicht scheint die Fische zu erschrecken oder sie vom Fressen abzuhalten.«

»Es bleibt trotzdem bei einem Viertel«, knurrte der Bootsmann, während Sarah den Eimer in Empfang nahm und nach achtern ging, nachdem sie verkündet hatte – gehorsame Ehefrau, die sie war –, daß sie helfen würde, die Köder anzustecken, sobald die Leine an Bord wäre.

Inzwischen war auch Albert an Bord erschienen und holte die Angelleinen auf, die ein fluchender Auguste, der ein lautstarkes und wirkungvolles Theater veranstaltete und schrie, die Haken würden ihm ins Fleisch fahren, unten im Boot zu entwirren suchte.

Louis und Gilbert kamen Albert zur Hilfe, und Ramage, der die Gelegenheit ergriff, um alle Männer um den Ködereimer zu versammeln, so daß sie ihre Pistolen greifen konnten, rief: »Holt alle Leinen an Deck – wir haben hier mehr Raum, um sie zu entwirren. Achtern ist eine Menge Platz.«

Ramage ging ein Stück den Gang entlang, stellte fest, daß die einzige Laterne an Deck auf der Gräting stand, wohl damit die Rumtrinker dort sehen konnten, wieviel sie in sich hineinschütteten, und rief zu Auguste hinunter: »Merde! Beeil dich, wir haben ja bald wieder Tag!«

Der Bootsmann beobachtete ihn. »Sie werden sich die Haken ins Fleisch jagen«, spottete er.

»Dann bekommen Sie auch keinen Fisch«, sagte Gilbert.

»Wir werden sehen«, sagte der Bootsmann, und Ramage versuchte, sich darüber klarzuwerden, ob er das in einem merkwürdigen Tonfall gesagt hatte oder nicht. Schließlich kam er zu dem Schluß, daß es nur der lokale Akzent des Mannes gewesen war, verbunden mit seiner üblichen höhnischen und schikanösen Art.

Sobald alle Leinen an Bord waren, brachten die vier Franzosen sie, angeführt von Ramage, dorthin, wo Sarah auf sie wartete. Das Licht war schlecht, eine diffuse Mischung von Mondlicht und einem schwachen gelben Schimmer von der Laterne auf der Gräting.

Der Bootsmann, stellte Ramage dankbar fest, war zurückgeblieben, und der Posten war zu seinen drei zechenden Kameraden gegangen, die auf den Bänken herumlümmelten. Der Posten hatte eine Muskete – er hatte sie gegen das Süll gelehnt –, und zwei weitere befanden sich in Reichweite der anderen Seeleute.

Während sich Ramage nahe der Heckreling mit den Fischleinen beschäftigte, gelang es ihm, den anderen klarzumachen, daß sie sich mit dem Rücken zum Bootsmann hinstellen sollten, damit Sarah ihnen die Pistolen geben konnte. Als die Männer sich unauffällig in Position begaben, dachte Ramage plötzlich an die vierzehn Engländer, die irgendwo unter Deck gefangengehalten wurden, und an den Kommandanten, der ein Gefangener seines Rheumatismus war. Elf Seeleute, der Navigator und zwei Leutnants – man würde sie in Eisen gelegt haben, wahrscheinlich irgendwo vorne im Unterdeck.

Heute nacht, dachte er grimmig, findet sich auf der Brigg *Murex* wahrlich eine seltsame Sammlung von Menschen, angefangen von der Tochter eines Marquis bis zu sieben französischen Seeleuten, die Parteigänger der Revolution sind, einem Vollkapitän der Royal Navy und einem rheumatischen Kapitänleutnant, dazu noch vier Franzosen, die, wenn auch nicht direkt als Royalisten zu bezeichnen, doch sicherlich gegen den Ersten Consul eingestellt waren.

Wenn man diese Bestandteile zusammenmischte, überlegte er, während er Sarah beobachtete, wie sie in den Eimer griff und Auguste eine Pistole gab, dann wäre es so, als mischte man Kohle, Schwefel und Salpeter zusammen, die für sich allein genommen harmlos waren, aber im richtigen Verhältnis gemischt Schießpulver ergaben, in das nur ein Funken –

»Weg von den Fischleinen! Zurücktreten!«

Das plötzliche Gebrüll des Bootsmanns ließ die fünf Männer erstarren.

»Frau! Komm hierher!«

Vergewaltigung, dachte Ramage; der Bootsmann und

seine Männer beabsichtigen, Sarah zu vergewaltigen. Und nur Auguste hat eine Pistole; der Bootsmann hatte geschrien, bevor Sarah Zeit hatte, auch den anderen eine zu geben.

»Oh, Leutnant!« sagte Sarah, deren Stimme scheinbar vor Furcht zitterte. »Was wollen Sie von mir?«

»Ah nein, das noch nicht«, sagte der Bootsmann dröhnend, obwohl das Bedauern über jede Verzögerung seiner Stimme anzuhören war. »Ich brauche Sie erst mal als Geisel, damit Ihr Mann und seine Freunde sich anständig benehmen.«

Ramage sah, daß der Bootsmann eine Muskete auf sie gerichtet hatte. Die anderen Männer lachten jetzt, lagen aber immer noch auf den Bänken herum, zwei noch mit Bechern in der Hand.

Ramage sagte: »Was sollen wir denn tun? Wir sind arme Fischer. Sie haben uns die Erlaubnis zum Fischen gegeben.«

»Ah ja, aber Sie haben sich nicht genau informiert, Bürger. Seit Mitternacht durchsuchen Patrouillen alle Straßen und Häuser von Brest, um noch mehr Seeleute aufzutreiben. Noch mindestens eintausend. Der Erste Consul braucht noch viel mehr Männer für all diese Schiffe hier«, damit deutete er auf den Hauptankerplatz. »Wir erhielten schon am Tag den Befehl festzustellen, ob sich von den britischen Gefangenen einige freiwillig melden würden, und dann kommen nachts plötzlich fünf Fischer vorbeigerudert ...«

»Oh, mein armer Mann!« stöhnte Sarah, aber Ramage sah, daß sie immer noch den Eimer fest an sich preßte wie eine Mutter ihr Kind.

Ramage machte zwei Schritte auf sie zu, aber der Bootsmann knurrte wütend: »Halt – noch einen Schritt weiter, und ich schieße Sie über den Haufen.« Er sah kurz über die Schulter zu seinen Leuten hinüber. »An die Gewehre, Bürger! Haltet sie mit euren Musketen in Schach.« Eine der Bänke kippte polternd um, und Ramage sah, wie die Männer ihre Musketen ergriffen und den Hahn spannten. Fünf Musketen ... Er hatte die anderen nicht bemerkt, die hinter dem Süll an Deck lagen.

Der Bootsmann geriet jetzt durch die Nähe Sarahs in Erregung. »Ah, die Frau des Fischers! Nun, sehen Sie ihn sich noch einmal gut an, meine Liebe, denn Sie werden ihn eine lange Zeit nicht mehr wiedersehen. Eine sehr lange Zeit. Vielleicht niemals, wenn die Engländer so kämpfen wie vorher.«

Ramage machte einen weiteren Schritt auf ihn zu, aber der Bootsmann schwenkte den Lauf der Muskete herum. »Stehen Sie still. Wir werden Sie alle gleich unter Deck bringen.«

Damit wandte er sich wieder Sarah zu. »Ja, sehen Sie sich Ihren Mann gut an.« Dann, mit einer plötzlichen Handbewegung, riß er ihr vorne das Kleid auf, und als ihre blanken Brüste im Mondlicht glänzten, schrie er Ramage zu: »Werfen Sie noch einen Blick darauf, Sie Fischverkäufer – Sie werden sie lange Zeit nicht mehr sehen. Aber«, er hielt inne und starrte mit aufgerissenen Augen und offenem Mund Sarah an, die mit einer Hand ihr Kleid zusammenzuraffen suchte, mit der anderen aber immer noch den Eimer festhielt, »ich werde mich um sie kümmern. Nicht wahr, meine Liebe?«

Er streckte den Arm aus und riß ihre Hand zur Seite, so daß ihr Kleid erneut den Blick auf ihre Brust freigab. »Paßt auf diese Kerle auf«, befahl der Bootsmann seinen Leuten. »Und jetzt«, sagte er zu Sarah, und die Worte kamen nahezu sabbernd aus seinem Mund, »jetzt kommen Sie mit runter in meine Kammer.«

»Nein«, sagte sie ruhig und deutlich, »und Sie legen jetzt Ihre Muskete an Deck und befehlen Ihren Männern, einzeln herzukommen und ihre Musketen daneben zu legen!«

Der Bootsmann stand einen Augenblick mit offenem Mund wie erstarrt da, dann stieß er ein hartes, häßliches Lachen aus.

»Seien Sie vorsichtig«, warnte ihn Sarah. »Ihr Leben ist in Gefahr.« Ihre Stimme war kalt, aber der Bootsmann war zu erregt, um dem größere Bedeutung zuzumessen.

»Oh, die Frau hier hat Mut!« rief er aus.

»Nein«, sagte Sarah, indem sie einen Schritt auf ihn zutrat, »eine Pistole.«

Einen Augenblick später zog der Bootsmann seinen Bauch ein, als Sarah ihm die Mündung ihrer Pistole in das hervorquellende Fleisch stieß.

»Das würden Sie nie wagen! Ho!« Er wandte sich halb zu seinen Leuten um und rief ihnen über die Schulter zu: »Seht nur, wie ich diese Henne von ihrem Nest hebe!« Er streckte den Arm aus und packte wieder Sarahs Kleid.

Ramage sah, wie sich die Männer in Bewegung setzten, da sie nicht sicher waren, was da vor sich ging, denn Sarahs Hand mit der Pistole war durch den massigen Körper des Bootsmanns verdeckt. Plötzlich gab es einen Feuerblitz und einen Knall, gefolgt von einem Schrei des Bootsmanns, der drei Schritt zurücktaumelte und dann an Deck niedersank.

»Schnappt sie! Schnappt sie!« schrie einer der Matrosen, doch dann, als Sarah eine plötzliche Bewegung machte und etwas zu dem Quartett sagte, was Ramage nicht mitbekam, rief er seinen Kameraden beschwörend zu: »Nein! Bewegt euch nicht! Die Kuh hat noch eine Pistole! Nicht schießen, Bürgerin! Es war alles nur Spaß!«

Ramage rannte inzwischen zum Eimer, ergriff eine Pistole und spannte sie, wobei er die vier Matrosen im Auge behielt. Nahezu ohne Unterbrechung lief er weiter auf sie zu, die Pistole im Anschlag. Hinter sich konnte er Getrappel von Füßen hören und dann das Klicken der Verschlüsse, als die restlichen Pistolen gespannt wurden.

»Meine Frau hat den Bootsmann erledigt. Wenn Sie nicht alle ihre Musketen niederlegen, werde ich Sie erschießen – den Mann da am Großmast. Meine Freunde – ah, hier sind sie ja – werden die übrigen erschießen.«

Im Gesprächston sagte er zu Auguste: »Ich habe den Mann zur Rechten im Visier. Der nächste ist für Sie. Die folgenden übernehmen Gilbert und Louis.«

Die vier Matrosen schienen durch die Schnelligkeit der Ereignisse wie erstarrt.

»Musketen an Deck«, erinnerte sie Ramage.

Sarah sagte im gleichen ruhigen Tonfall: »Erschieß einen von ihnen, um die anderen etwas anzutreiben!«

Die Matrosen hörten sie und legten hastig ihre Musketen an Deck.

»Gilbert und Albert, sammelt sie ein. Und Sie«, damit deutete er auf den nächststehenden Mann, »kommen Sie her.«

Als der Mann zögernd zu ihm herüberkam, deutlich erkennbar im helleren Licht der Laterne und ganz offensichtlich erwartend, erschossen zu werden, zog Ramage sein Messer aus der Scheide und hielt es in seiner linken Hand.

»Näher«, befahl er. »Kommen Sie, stellen Sie sich nahe vor mich, mein Freund!«

Der Matrose war ein etwas molliger, freundlich aussehender Mann mit einem pausbäckigen Gesicht, aber jetzt war seine Stirn schweißbedeckt, als liefe Wasser aus seinem Haar; seine Augen wanderten zwischen der Pistole und dem Messer hin und her, und er leckte sich die Lippen wie auf der Suche nach einem flüchtigen Wort.

»Noch näher«, sagte Ramage, als der Mann zwei Schritte vor ihm stehenblieb. Dann, als er noch einen Schritt näher heranschlurfte, blitzte der Stahl von Ramages Messer kurz im Licht der Laterne auf und kam blitzschnell im Bogen auf ihn zu; man hörte einige Laute des Erschreckens, und Sarah ließ den jetzt leeren Eimer mit einem dumpfen Schlag an Deck fallen und unterdrückte einen Schrei.

Der Matrose stand schwankend an Deck, einen verwunderten, leeren Ausdruck im Gesicht, und wartete auf den Beginn der Schmerzen; die anderen erwarteten das Hervorströmen des Blutes, denn ganz offensichtlich hatte Ramages Messer dem Mann gerade den Bauch aufgeschlitzt.

Statt dessen rutschten ihm die Hosen bis auf die Knöchel hinunter.

»Das nächste Mal wird es nicht ihre Hose sein«, sagte Ramage. »Also, wo sind die Schlüssel, um die Gefangenen zu befreien?«

Der Seemann stand vor ihm, sprachlos und vor Furcht wie versteinert.

Ramage stupste ihn mit der Pistole an und veranlaßte ihn, einen Schritt zurückzutreten. Der Mann war noch geistesgegenwärtig genug, aus seiner Hose herauszusteigen, und Sarah nahm sie auf, prüfte, ob sie eine Tasche hatte, und ging dann, als sie feststellte, daß das nicht der Fall war, damit zur Reling und warf sie ins Meer.

»Das ersetzt mir zwar nicht mein zerrissenes Kleid«, sagte sie zu niemand im besonderen, »aber es ist trotzdem sehr befriedigend!«

Auguste hatte das Kommando über seinen Bruder, Louis und Gilbert übernommen und ihnen Musketen gegeben, damit sie die Matrosen in Schach halten konnten. Dann ergriff er die Laterne, stellte sie jedoch gleich darauf wieder hin, als ihm ein neuer Gedanke kam. Er packte die große Rumflasche und warf sie über Bord.

»Madame hat die richtige Idee«, sagte er, »niemand wird im Suff streitlustig, wenn kein Alkohol da ist, und«, fügte er listig hinzu, »kein Mann ist ein Held ohne seine Hose.«

Damit zog er sein Messer und schnitt die Gürtel der anderen drei Matrosen durch, so daß ihnen ebenfalls die Hosen herunterrutschten. »Vergeben Sie mir, Madame«, sagte er, »aber ich folge nur dem Beispiel Ihres Mannes.«

»Ich bin schließlich eine verheiratete Frau«, sagte sie sittsam.

»Was für eine Frau«, sagte einer der Matrosen. »Sie geht mit einer Pistole um wie mit einem Filettiermesser.«

»Ich brauche noch eine Laterne«, sagte Ramage zu Gilbert. »Können Sie mal unsere aus dem Boot heraufholen? Nehmen Sie Louis mit und bringen sie auch die Entermesser mit. Diesem Mann hier«, damit klopfte er dem Seemann vor ihm mit der flachen Seite des Messers leicht auf den Kopf, »wird es schlecht ergehen, wenn seine Freunde sich nicht anständig benehmen, während Sie weg sind.«

Als Gilbert und Louis mit der Laterne und den Entermessern zurückkamen, sagte Ramage: »Die Zeit ist knapp; dieser Schuß kann neugierige Leute anlocken.« Zu dem Seemann, dessen Hose er über Bord geworfen hatte und der der älteste der Bewacher zu sein schien, sagte er: »Wir werden jetzt die britischen Gefangenen befreien. Wenn Ihnen an Ihrem Leben etwas gelegen ist, dann helfen Sie mir.«

Der Matrose erklärte stockend, daß die Eisen nur durch vier Stangen zusammengehalten würden, die mit vier Vorhängeschlössern gesichert wären; die zugehörigen vier Schlüssel befänden sich in der Kammer, die der Bootsmann benutzt habe. Plötzlich erinnerte sich Ramage an die restlichen zwei Bewacher. Wo steckten sie?

Ramage ließ Gilbert mit seiner Laterne vorangehen und folgte ihm gemeinsam mit dem Matrosen den Niedergang hinunter in die Kadettenmesse. Die Laterne beleuchtete die Stufen und zeigte deutlich die Bewegungen des Matrosen vor ihm. Seit dem Messerhieb, der seinen Gürtel durchtrennt und ihn seiner Hose beraubt hatte, war es klar, daß der Mann die Klinge mehr fürchtete als die Pistole, was Ramage etwas verwunderte. Vielleicht gaukelte ihm seine Vorstellungskraft ein weit schrecklicheres Bild von dem vor, was ein Messer bei einem Mann anrichten konnte, der nur mit einem dicken, wollenen Unterhemd bekleidet war und in Filzschuhen herumwanderte.

Der Seemann zeigte auf die Kammer des Zweiten Leutnants und folgte Gilbert hinein. Die beiden Männer nahmen fast den gesamten Raum ein, und Ramage blieb an der Tür stehen, von wo aus er dem Matrosen die Spitze seines Messers leicht gegen das untere Ende des Rückgrats drückte, so daß dieser sich langsam und mit äußerster Vorsicht bewegte und sich bewußt von Gilbert und der Laterne fernhielt.

Schließlich streckte er sehr langsam, wie ein Meßdiener beim Abendmahl, den Arm aus und reichte Ramage vier Schlüssel. »Das sind sie, Monsieur.«

»Behalten Sie sie in der Hand. Rufen Sie dann die beiden Wächter und fordern Sie sie auf, die Waffen niederzulegen, denn sonst sind Sie ein toter Mann. Jetzt werden wir diese Schlösser öffnen.«

Die nächste Kammer war leer. »Der Kapitän war hier drin«, sagte der Matrose hastig, »aber er war so krank, daß sie ihn gestern ins Krankenhaus gebracht haben.«

Ramage spürte, wie ihn eine Woge der Erleichterung überkam. Er hatte sich keineswegs auf ein Gespräch mit einem Kapitän gefreut, der seine Besatzung zur Meuterei getrieben hatte, ganz gleich, wie sein Gesundheitszustand auch sein mochte.

Die beiden Wächter waren volltrunken in sich zusammengesunken, und die Gefangenen lagen vorne im Unterdeck in Eisen. Aus dem Deck ragten eiserne Ringe hervor, so daß die durch die Fußeisen geschobenen Metallstangen nur noch ein Vorhängeschloß an einem Ende brauchten – das andere war zu dick, um den Ring zu passieren. Die Männer blickten auf und waren alle hellwach, obwohl sie im Licht der Laternen blinzelten und die Augen zusammenkniffen, denn offenbar hatte sie der Pistolenschuß aufgeschreckt.

Ramage kam zu der Überzeugung, daß es leichter wäre, sich ihrer Aufmerksamkeit zu versichern, wenn er sie noch ein paar Minuten länger in Eisen an Deck liegen ließ, daher winkte er den Matrosen zur Seite und sagte ihm, er solle sich bereithalten.

»Gentlemen«, sagte Ramage laut, »ich bin Captain Ramage. Ich habe mit einem Ihrer Leutnants gesprochen, als ich Kartoffeln an Bord brachte«, er machte eine Handbewegung, »ah, das waren Sie. Nun gut, in einigen Minuten werden Sie alle frei sein. Ich habe diesen Burschen hier und drei weitere französische Seeleute an Deck gefangengenommen, der Bootsmann ist tot – den Schuß werden Sie gehört haben. Aber hören Sie jetzt genau zu; zusätzlich zu diesem Mann hier – damit deutete er auf Gilbert – sind noch drei andere Franzosen oben an Deck, die Fischerkleidung tragen. Zwei von ihnen sprechen kein Englisch, aber alle drei haben verantwortlich an Ihrer Rettung mitgewirkt. Seien Sie also vorsichtig.

Ich werde die sechs französischen Wächter in das offene Boot lassen, in dem wir gekommen sind, und sie mit nur einem Riemen nach Brest zurückschicken, wo sie dann melden können, was geschehen ist. Das erspart uns, Gefangene zu bewachen, und außerdem braucht es nicht noch mehr Tote zu geben.«

Er hörte ein Murmeln von drei Männern, von denen er vermutete, daß es sich um die beiden Leutnants und den Navigator handelte. Na schön, er würde sich gleich mit ihnen befassen.

»Die Wächter werden melden, daß die *Murex* von den Engländern zurückerobert worden und davongesegelt ist. Diese Tatsache wird auch für jeden offenkundig sein, der am Strand steht und auf das Wasser hinaussieht. Daher möchte ich, daß dieses Schiff, zehn Minuten nachdem die Fußeisen gelöst sind, unter Toppsegeln die Hafeneinfahrt hinauskreuzt. Wir werden die Ankertrosse slippen, um Zeit zu sparen.

Noch zwei weitere Punkte. Meine Frau befindet sich an Deck.« Dann wurde seine Stimme hart. »Jeder Befehl, den ich gebe, wird ohne Widerrede befolgt. Ich habe das Kommando über dieses Schiff übernommen. Ich habe meine Bestallungsurkunde nicht dabei, aber sie datiert vom September 1797. Auch habe ich keine entsprechenden Befehle von der Admiralität, aber jeder, der meine Autorität anzweifelt, kann mit den französischen Wächtern ins Boot gehen und sich zum Kriegsgefangenen machen lassen.«

7

Die Beschreibung, wie er da im Kittel eines Fischers und in weiter Hose auf dem Achterdeck eines Schiffes des Königs stand, seine Frau neben sich, die ein zerrissenes Kleid trug, das nur notdürftig mit Segelgarn zusammengeflickt war, würde bald, sinnierte Ramage, eine weitere Geschichte unter den vielen bizarren Garnen bilden, die man sich über ihn erzählte.

Zumindest heulte kein Sturm aus Westen über die Ebbtide und warf diese scheußlichen Seen auf, für die die Reede von Brest berüchtigt ist; zumindest waren die Sterne draußen, und der Mond stand am Himmel. Und wenn kein Krieg geherrscht hätte, würde Ramage das als Beginn einer angenehmen Reise angesehen haben. Aber im nächsten Augenblick konnte alles äußerst unangenehm werden. Wenn eines dieser vor Anker liegenden französischen Schiffe das Feuer eröffnete und die drei Festungen, welche die Klippen längs der Hafeneinfahrt säumten, dem Beispiel folgten, würde die *Murex* bei diesem leichten Wind in Stücke geschossen …

Er ergriff das Megaphon, und der Geruch nach Kupfer schien die Kette von Erinnerungen, die ihn zur *Calypso*, zur *Triton* und dann zur *Kathleen* zurückführte, zu komplettieren.

»Lassen Sie die Trosse ausrauschen, Mr. Phillips. Vortoppsgasten: Vormarssegel fallenlassen. Großtoppsgasten: Achtung!«

Seltsame Befehle, aber sorgfältig formuliert, weil er so wenige Leute hatte. Die Ablieferung der Kartoffeln hatte ihm sehr geholfen; da er damit schon von vornherein wußte, wie viele Leute ihm zur Bedienung des Schiffes zur Verfügung stehen würden, konnte er eine provisorische Rollentafel für zwei Leutnants, den Navigator und elf Seeleute aufstellen.

Und was für eine Rollentafel! Sieben Segelbediener: Vier Leute zum Fallenlassen des Vormarssegels, drei zum Losmachen des Großmarssegels. Dann mußten die Vortoppsgasten schnell niederentern, um die Fallen steifzuholen, und sobald die Rah oben war, mußten sie die Vor- und Stagsegel setzen. Die Großtoppsgasten ihrerseits mußten schnell niederentern, um ihr eigenes Fall zu bedienen und dann den vier übrigen Leuten helfen, an Schoten und Brassen zu holen und die Rahen und Segel zu trimmen.

Von diesen vieren würden zwei dem Zweiten Leutnant, Bridges, helfen, die Ankertrosse ausrauschen zu lassen. Der Navigator, Phillips, würde auf der Back stehen und dafür sorgen, daß die Trosse klar durch die Klüse fuhr und daß sich die Vorsegelschoten nicht mit jener hartnäckigen Umarmung um alle möglichen Dinge wickelten, wie es laufendes Gut so gerne zu tun pflegt. Und dann fragte er sich, ob Swan, der junge Erste Leutnant, der jetzt am Ruder stand, sich daran erinnern würde, wie man den Kompaß in Viertelstriche einteilt! Sicher war das etwas, was er bei seiner Leutnantsprüfung gekonnt, hinterher aber schnell wieder vergessen hatte ...

Verdammt, der Wind war schwach. Natürlich war es besser, wenn er bei so einer kleinen Mannschaft nicht zu stark war, aber er brauchte doch so viel Wind, daß die Marssegel gut zogen und das Schiff bei der auslaufenden Tide steuerfähig blieb – wenn die *Murex* auf die Höhe der Pointe St. Mathieu kam, würde er genügend Felsen und Riffs ausgewichen sein, die eine Flotte zum Sinken bringen konnten. Das erste Riff lag auf der Höhe von Fort de Delec, dessen dunkle Mauern er bereits auf den Klippen an Steuerbord erkennen konnte.

Ah! Endlich fiel das Vormarssegel, als die Männer die letzten Zeisinge durchschnitten. Ramage hatte sich vergewissert, daß sie alle Messer dabei hatten (sie mußten dazu die Kombüse plündern), um wertvolle Zeit zu sparen. Beschlagzeisinge von Hand aufzuknoten (und bestimmt war es immer der letzte, der Schwierigkeiten machte) konnte drei oder vier Minuten kosten.

Zwei Mann kamen Hand über Hand das Vorstag herunter! Die beiden anderen enterten auf die übliche Weise über die Wanten nieder. Ein Windstoß erfaßte das Segel, so daß es anfing zu schlagen, als schwenkte eine Waschfrau ein feuchtes Bettlaken. Für Ramages Ohren, die inzwischen sehr empfindlich auf Geräusche reagierten, schien es, daß jedes Schiff auf der Reede das Schlagen des Segels hören müßte, das Ramage wie eine holprige Breitseite vorkam.

Jetzt fiel auch das Großmarssegel mit der eleganten Lässigkeit, die man bei schwachem Wind beobachten kann. Ein schnelles Trommeln, als flüchtete eine große Schlange aus einer Kiste, endete in einem lauten Platschen und dem heiteren Zuruf von Phillips: »Trosse geslippt, Sir!«

»Danke, Mr. Philipps«, rief Ramage durch das Megaphon und warnte Swan am Ruder: »Halten Sie sich bereit, mit dem Ruder aufzukommen – der Bug wird nach Steuerbord wegdrehen, aber im Moment hat der Ebbstrom uns noch im Griff!«

Die Brigg, deren Bug jetzt nach Norden zeigte, als wollte sie den Penfeld hinauf nach Brest segeln, wurde tatsächlich von der Ebbe seitlich durch die Hafeneinfahrt auf die breite Einfahrt zugetrieben, die ein Dutzend Meilen entfernt war und sich fünf Meilen oder so zwischen der Pointe St. Mathieu an Steuerbord und der Halbinsel Camaret an Backbord erstreckte.

Die Seeleute sahen aus wie Ameisen am Fuß beider Masten. Auf, auf, auf! Die schwere Vormarsrah bewegte sich Zoll für Zoll mit dem Fall nach oben, bis es seinen Platz erreicht hatte, Zug auf die Schoten kam und das Segel sich zu wölben begann.

Der Wind stand immer noch aus Westen; die Federn an den aufgereihten Korken, die als Verklicker an der Backbordseite fungierten und sich im Mondlicht hin und her bewegten, ließen daran keinen Zweifel.

»Ich fühle jetzt Druck auf das Ruder kommen, Sir«, meldete Swan, während Ramage verfolgte, wie sich jetzt die Großmarsrah langsam den Mast hinaufbewegte. Der Teufel sollte die Vortoppsgasten holen; sie mußten sich jetzt mit den Vorsegeln beeilen. Briggs waren verdammt schwer durch den Wind zu bringen, wenn Klüver- und Stagsegel nicht zogen, und die *Murex* nahm bereits Fahrt auf, als wolle sie auf die Felsen vor dem Chateau auflaufen.

Ramage hob das Megaphon. Er mußte sie auf Trab bringen, ohne sie so durcheinander zu bringen, daß sie Fehler machten.

»Vormarsschotmänner, holt die Schoten nach achtern! Brassenmänner, scharf anbrassen!« Das waren seltsam formulierte Befehle, aber er verfügte leider über keine Bootsmannsgasten.

Jetzt konnte er das Segel gegen den Sternenhimmel erkennen, und es stand tadellos, und Swan drehte das Rad vorsichtig ein paar Speichen weiter.

»Großmarsschotmänner, fertig? Zug aufnehmen, jetzt, rennt damit nach achtern! Noch sechs Fuß! Holt jetzt, holt. Gut, belegen!

Jetzt, ihr Männer an den Brassen, scharf anbrassen!«

Außenklüver, Innenklüver und Stagsegel krochen jetzt an ihren Stagen hoch – bei diesem leichten Wind, und weil sie durch das Vormarssegel abgedeckt waren, holten drei der vier Seeleute jeweils an einem Fall …

»Achtung mittschiffs! An die Vorsegelschoten. Zug aufnehmen.« Er verfolgte, wie die Aufwärtsbewegung der Segel langsamer wurde und schließlich stoppte. »Gut so, nach achtern mit den Vorsegelschoten. Vortoppsgasten, gebt weiter, was ich sage, denn ich kann von hier aus nicht den kleinsten Fetzen Segeltuch sehen!«

Fröhliche Rufe von vorn, und dann zeigte der Anblick der sich langsam rundenden Segel im Mondlicht, daß seine unorthodoxe Methode, Fahrt aufzunehmen und einer Handvoll von Seeleuten eine Menge Segelanweisungen zu geben, von denen sie alle normalerweise nur eine einzige übernehmen mußten, von Erfolg gekrönt war.

»Gehen Sie nicht zu hart an den Wind, Mr. Swan«, warnte Ramage den ersten Leutnant. »Halten Sie lieber genug Fahrt im Schiff, dann haben wir sie besser unter Kontrolle. Wir müssen einige dutzendmal wenden, bevor Sie abfallen und Kurs auf Plymouth nehmen können.«

Ramage hielt inne und wischte das Mundstück des Sprachrohrs ab, das voller Grünspan war.

»Als du das Großmarssegel setzen ließest, hättest du beinahe die Matrosen in dem Fischerboot überrannt«, sagte Sarah.

Sie waren noch nicht sehr weit vorangekommen.

»Ich habe aber nicht gehört, daß du mir das gemeldet hättest«, sagte Ramage neckend.

»Nein«, erwiderte sie kurz, »ich habe die Revolution nicht angezettelt und den Krieg auch nicht.«

»Erinnere mich daran, dir zu sagen, wie sehr ich unsere Flitterwochen genieße, aber erst müssen wir wenden.«

Und wenn die *Murex* nicht durch den Wind kommt, dachte er, werden wir auf die Felsen an der Landspitze vor dem Arsenal treiben; bei Ebbe fließt eine starke Strömung in diese Richtung.

Ein kurzer Befehl an Swan, das Steuerrad wurde gedreht, und er konnte hören, wie sich die Fingerlinge in den Ruderösen bewegten, ein Zeichen, wie ruhig die Nacht war.

Dann folgte eine Reihe von Befehlen für die Männer an den Schoten und Brassen, und langsam – allzu langsam, wie es ihm zunächst vorkam, so daß er fast überzeugt war, er hätte das Manöver zu lange hinausgezögert – begann der Bug der *Murex* nach Backbord in den Wind zu drehen ...

»Nicht zuviel Ruder geben, Mr. Swan, Sie sollen sie durch den Wind drehen, aber nicht die Fahrt aus dem Schiff nehmen ...«

Ein Erster Leutnant sollte das eigentlich wissen. Jetzt kamen die Klüver und das Stagsegel über.

»An die Vorsegelschoten!«

Die Männer wußten, was zu tun war, das war ihm schon beim Segelsetzen klargeworden. Also brauchte er jetzt nur noch kurze Befehle zum Trimmen der Segel zu geben.

»Brassen! Alle zusammen, holt weg! Jetzt die Schoten!«

Ein Blick voraus zeigte ihm, daß die Brigg inzwischen stetig auf dem neuen Kurs lag.

»Mr. Swan«, sagte Ramage leise, während er zum Ruder hinüberging, »ich denke, Sie können noch ein bis zwei Strich höher an den Wind gehen ...«

Er beobachtete die Luvkante des Großmarssegels und dann das Achterliek.

»Und noch zwei Speichen?«

Swan drehte das Rad noch zwei Speichen weiter, aber seine Bewegungen ließen die nötige Sicherheit vermissen; er war ganz eindeutig nervös.

»Los, Mr. Swan«, sagte Ramage, einen etwas schärferen Ton anschlagend. »Ich kann mir nicht vorstellen, daß ich dem Ersten Leutnant beibringen muß, wie man einen Amwindkurs steuert. Sie können die Pointe des Espagnols anliegen – das ist die Landspitze da hinten Backbord voraus.«

Damit wandte er sich ab und sagte zu Sarah: »Kannst du die *L'Espoir* dort vor Anker liegen sehen? Ich meine, sie ist nicht mehr da; wahrscheinlich sind sie unter Segel gegangen, während wir unseren Tanz mit dem Bootsmann hatten.«

Sie drehte sich um und blickte nach Backbord achteraus zu all den Schiffen hinüber, die sich im Mondlicht gegen die niedrigen schwarzen Klippen mit der Stadt Plougastel in der Ferne abhoben. Da sie es nicht gewohnt war, Veränderungen der Peilung zu berücksichtigen, brauchte sie zwei oder drei Minuten, bis sie schließlich melden konnte: »Nein, sie ist nicht mehr da. Aber sie kann erst ...«

»Ja«, stimmte Ramage zu, »eine halbe Stunde weg sein«, und stellte dabei fest, daß es wieder Zeit zum Wenden war.

Die Brigg machte gute Fahrt, und die Ebbe trug dazu bei, sie schnell seewärts zu versetzen. Er ging zu Swan hinüber und gab ihm an, welchen Kurs er steuern sollte, sobald sie durch den Wind gegangen waren.

»Folgen Sie von Brest der Klippe. Sehen Sie den Ort Portzic? Nun, gerade hinter der nächsten Landzunge, sehen Sie das Gebäude da? Das ist das Fort de Delec. Sie sollten imstande sein, es anzuliegen, aber wenn ein Bote sie schon benachrichtigt hat, werden sie das Feuer eröffnen. Und genau dahinter, oben auf der Klippe, ist die Lion Batterie. Wenn das Fort und die Batterie auf uns zu feuern beginnen, werden wir wenden und auf die andere Seite hinübersegeln.«

Es war nicht nötig, Swan zu erzählen, daß sie der andere Schlag in Richtung der Cornouaille Batterie auf der Camaret Halbinsel führen würde, und gesetzt den Fall, sie würden auch von dort so heftig unter Feuer genommen, daß sie gezwungen wären, wieder auf Nordwestkurs zu gehen, dann steuerten sie praktisch das nächste Fort an, Mengam, bei dem zusätzlich noch drei einzelne, große Felsen im Fahrwasser auf sie warteten ...

Die *Murex* wendete ohne Schwierigkeiten; die Vorsegel kamen mit einem Klatschen auf die andere Seite über, als der Bug durch den Wind ging, und wurden schnell angeholt; beide Marssegel wurden scharf angebraßt; Swan drehte das Rad drei, vier Speichen hin und her und meldete dann: »Ich kann etwas zu Luv der Lion Batterie anliegen, Sir.«

Schon fiel das Chateau schnell achteraus, und Ramage beobachtete die unregelmäßigen Umrisse des Fort de Delec. Entfernungen waren in der Dunkelheit immer schwer zu schätzen, war es nur etwa eine Meile? Nachts schien alles näher zu sein, als es tatsächlich war – also war die *Murex* für die französischen Kanoniere vermutlich knapp innerhalb der Reichweite. Knapp? Durchaus innerhalb der Reichweite – und als wäre sie seinen Gedankengängen gefolgt, murmelte Sarah in diesem Augenblick: »Ich stelle mir vor, wie Franzosen ihre Kanonenrohre auf uns richten ...«

Es erschien Ramage eine Versuchung des Schicksals, eine beruhigende Bemerkung zu machen, und Angst hatte Sarah jedenfalls nicht.

»Wenn sie das Feuer eröffnen, dann geschieht das innerhalb der nächsten zwei oder drei Minuten«, sagte er.

Sarah griff in einer unerwarteten Regung nach seinem Arm, und er merkte zu seiner Überraschung, daß sie zitterte. »Macht es einen schlechten Eindruck, wenn ich unter Deck gehe, sobald sie anfangen zu schießen?«

Er packte ihre Hand. »Natürlich nicht. Aber es wird dort unten noch furchterregender sein.«

»Noch furchterregender? Ich verstehe nicht.«

»Liebe, wenn du an Deck bleibst und siehst, wohin die Kugeln gehen, dann wirst du merken, daß keine Gefahr besteht. Bleibst du aber unter Deck, dann wartest du darauf, daß die nächste Kugel durch die Decke kommt und dir den Kopf abreißt!«

»Mir ist plötzlich kalt, und ich fühle mich wackelig auf den Beinen«, gab sie zu. »Nicht eigentlich ängstlich. Aber etwas besorgt.«

»Wenn man einen Mann mit einer Pistole erschießt, fühlt man sich hinterher gewöhnlich etwas wackelig«, sagte Ramage trocken und fügte hinzu: »Auch ich habe jedesmal solche Gefühle, wenn ich aus einem Gefecht komme. Ich glaube, das muß jeder aushalten.«

Er sah wieder zum Fort de Delec hinauf. Er hatte das Gefühl, er sähe direkt in die Mündungen der Kanonen hinein. Ja, da war die gerade Linie der Mauern; dort waren die Schießscharten. Der Mond war inzwischen hoch genug gestiegen, daß er imstande wäre, die ameisenhaften Bewegungen von Menschen zu erkennen, falls dort oben Kanonen geladen und gerichtet würden. Es war schon ein verdammtes Ärgernis, ein Schiff zu kommandieren, auf dem es weder ein Nachtglas noch ein Fernrohr gab. Auch kein Logbuch oder Stammrollenbuch – die Gläser hatte sich natürlich jemand angeeignet, und alle Schiffspapiere würden sich bei den französischen Behörden befinden. Und Karten, im Grunde nur die einzig in Frage kommende Karte, hatte er kurz vor dem Auslaufen beim Licht der Laterne studiert: »Eine Zeichnung der Reede und des Hafens von Brest samt der anschließenden Küste.« Sie war sicher einmal von einer erbeuteten französischen Karte kopiert worden, verzeichnete aber trotzdem nur eine einzige Reihe von Lotungen, die von Brest durch die trichterförmige Hafeneinfahrt bis zum ersten der drei Felsen im Fahrwasser führte, der Mengam hieß, und der Mann mit der Lotleine konnte sehr wohl mittschiffs zwanzig Faden aussingen, während der Bug auf den Felsen auftraf.

Noch zwei Minuten und sie würden erneut wenden, und dann brauchte er eine Menge Ausgucks. Wenn er Glück hatte, würde er an Mengam sicher vorbeikommen, so daß er beim nächsten Schlag nach Nordwesten den letzten der drei Felsen, der eigentlich mehr ein kleines Riff war, das den passenden Namen Les Fillettes trug, passieren konnte.

In der Cornouaille Batterie rührte sich nichts, aber das war zu erwarten; um den Alarm auszulösen, mußte ein Boot von der Halbinsel Camaret hinübergeschickt werden, wenn sie natürlich auch durch das Feuern der anderen Forts alarmiert werden konnten. Der nächste Schlag würde sie in Reichweite der Geschütze von Fort de Mengam bringen. Hatte man das

Fort nach seinem schweigsamen Bundesgenossen in der Mitte des Fahrwassers benannt, oder war es umgekehrt?

Er hob das Sprachrohr an den Mund, als Sarah murmelte: »Jeder, der in diesen Festungen und Batterien den Alarm auslöst, würde die gleiche Straße benutzen müssen, auf der wir an jenem Nachmittag vom Pointe St. Mathieu nach Hause geritten sind.«

»Jetzt, meine Liebe, kannst du vielleicht verstehen, warum ich so interessiert war zu erfahren, mit wie vielen Kanonen jedes Fort bestückt ist.«

»Du hast mir keine Erklärung gegeben.«

»Ich bin immer an französischen Festungen interessiert. Allerdings hatte ich kaum erwartet, daß wir unter diesen Bedingungen den Hafen verlassen würden!«

Sie schauderte und drehte sich um, um noch einen Blick auf die Stadt und den Hafen zu werfen. »Du hast bestimmt gehofft, eines Tages mit deinem eigenen Schiff hier hineinzusegeln, um irgendein verrücktes Unternehmen durchzuführen.«

»Ja«, gab er zu, »man darf nie eine Gelegenheit verpassen, etwas über einen Feind zu erfahren, aber ich ziehe es vor, meine Frau neben mir zu haben!«

»Du bist höflicher, als es ein frischgebackener Ehemann sein müßte. Ich bin eine lästige Plage!«

Er begann, Befehle durch das Sprachrohr zu rufen, und einmal mehr ging die *Murex* durch den Wind und segelte auf Südwestkurs weiter; erneut legten sich die Männer in die Schoten und Brassen, um die Marssegel zu trimmen. Wenn er doch auch die Untersegel setzen lassen könnte! Mit mehr als der doppelten Segelfläche würde die Brigg aus der Hafeneinfahrt hinaus und im Atlantik sein wie ein Wiesel, das hinter einem Kaninchen her ist.

Er ging zum Großmast hinüber, teils um Swan sich selbst zu überlassen und ihm dadurch zu helfen, sein Selbstvertrauen wiederzugewinnen, das durch die Meuterei sicher arg beschädigt worden war, teils auch, um zusätzliche Ausgucks aufzustellen. Er rief nach Auguste, Albert und Louis.

»Sie kennen den Mengam?« fragte er Auguste.

»Ja, Captain, ich wollte sie gerade warnen, wir sind ganz in seiner Nähe.«

»Und den nächsten Felsen und Les Fillettes?«

»Ja, ich kenne sie alle; ich habe mehrere dutzendmal in ihrer Nähe gefischt. Der Mengam liegt jetzt nahezu rechts voraus. Sie – ja, Sie können ihn sehen. Schauen Sie ...«

Er stand neben Ramage, der feststellte, daß sie gut an ihm vorbeikommen würden, und der die drei Franzosen anwies, auf weitere Felsen zu achten. Er ging wieder nach achtern, um Swan, dem es gutgetan zu haben schien, allein am Ruder zu stehen, auf den Felsen aufmerksam zu machen. Swan war lebendiger geworden und sagte – es war das erstemal, daß er von sich aus das Wort ergriff: »Ich dachte, es wären die Batterien, vor denen wir uns in acht nehmen müßten, Sir, nicht die Felsen.«

Dann erinnerte sich Ramage daran, daß die *Murex* hereingebracht worden war, als es noch Tag war. »Konnten Sie die Umgebung beobachten, als sie hereinkamen?«

»Wir hatten gar keine andere Wahl, Sir; wir – diejenigen, die nicht gemeutert hatten – waren alle auf der Back zusammengepfercht.«

»Und die Meuterer?«

Swan mußte lachen. »Nun, die Franzosen, die an Bord kamen, trieben sie alle unter Deck. Sehen Sie, Sir, ich war der einzige an Bord, der etwas französisch sprach, und als die Franzosen an Bord kamen und fragten, warum wir eine weiße Flagge gesetzt hätten, sagte ich, daß einige der Männer sich ›schlecht benommen‹ hätten. Sie nahmen daher an, daß wir – die Offiziere und die loyal gebliebenen Männer – das Schiff in den Hafen bringen und übergeben wollten und daß die Meuterer versucht hätten, uns daran zu hindern. Also wurden die Meuterer ungefähr zwei Stunden lang ziemlich unzart behandelt – bis wir auf der Reede von Brest vor Anker gingen und englisch sprechende Franzosen an Bord kamen!«

Ramage rechnete damit, daß sie die Hafeneinfahrt mit dem nächsten Schlag hinter sich lassen würden, und als er nach vorn ging, um sich das Sprachrohr zu holen, kam Sarah mit ihm. Während er die ersten Befehle erteilte, um die *Murex* auf Nordwestkurs zu legen, kam Auguste herauf und zeigte voraus.

»Les Fillettes sind genau vor uns, Captain. Wenn Sie wenden, werden Sie gut von ihnen klar bleiben.«

»Danke, Auguste. Ah ja, ich sehe sie jetzt.«

Es gab keinen Grund, Swan darauf hinzuweisen, denn dieser machte jetzt den Eindruck, als fände er Gefallen an der Sache. Das Mondlicht war hell genug, um alle Dinge an Deck ausreichend sichtbar zu machen, und die Männer waren bei den Wendemanövern schneller damit fertig, Leinen loszunehmen oder sie an Klampen, Kreuzhölzern oder Belegnägeln festzumachen.

Swan hielt jetzt das Schiff auf dem neuen Kurs, während Schoten und Brassen getrimmt wurden, und als Ramage das Sprachrohr neben einer der Kanonen ablegte und zufrieden seufzte, sagte Sarah: »Wir sind fast aus diesem abscheulichen Fluß raus. Ist das –?«

»Pointe St. Mathieu? Ja. Es scheint sehr lange her ...«

»In mancher Hinsicht. Als wir dort oben in der Sonne saßen und über das Wasser blickten und nach Ushant hinauf, hätte ich sicher nie erwartet, mitten in der Nacht aus der Iroise hinauszusegeln. Aber«, sie hielt inne, und er war sich nicht sicher, ob sie nur nach den richtigen Worten suchte oder überlegte, ob sie ihre Gedanken aussprechen sollte oder nicht, »aber die Art, wie du auf die Schwarzen Felsen und Ushant hinausgesehen und über das Mündungsgebiet des Flusses auf die Halbinsel Camaret geblickt hast, zeigte, daß du dir jedes einzelne Merkmal eingeprägt und nicht wie ein gewöhnlicher Besucher betrachtet hast. Du hast das alles in dem Handbuch in deinem Kopf registriert, um es parat zu haben, wenn der Krieg wieder ausbrechen sollte. Unser Ritt zurück zu Jean-Jaques – da warst du mehr interessiert an den Festungen und Batterien als an irgendwas anderem!«

»Nein«, protestierte er sanft, »ich sah genausoviel Schönheit wie du. Ich merkte mir nur die Dinge, die mich eines Tages töten könnten, zum Beispiel die Kanonen in den Batterien und Forts.«

»Aber hat dir das alles wirklich geholfen, jetzt, während wir hinaussegeln?«

»Natürlich. Obwohl ich mich auch darauf verlassen habe, daß der Hafenkommandant oder der Artilleriekommandeur oder der Garnisonskommandeur nicht imstande wären zu entscheiden, wer denn nun dafür verantwortlich sei, die Forts zu benachrichtigen.«

»Mußt du so ein Risiko eingehen, wenn du in den Flitterwochen bist?«

Er drückte ihren Arm. »Für das Familienvermögen ist es besser, sich auf ein Spiel mit Kanonenkugeln einzulassen als mit Würfeln!«

Sarah lachte und nickte. »Wahrscheinlich hast du recht. Wenn eine Kanonenkugel ihrem Mann den Kopf abreißt, dann hat die Witwe immer noch den Grundbesitz. Wenn er aber an den Backgammon-Tischen spielt, hat sie einen Mann, der wohl noch seinen Kopf, aber kein Bett mehr zum Schlafen hat!«

Ramage stand im Dunkel an der Heckreling der *Murex* und machte in Gedanken ein Kreuz auf eine imaginäre Karte, welches die Position der Brigg markierte. Sie ließ gerade den Golf der Iroise hinter sich, der sich von den hohen Klippen und der verfallenen Abtei auf der Pointe St. Mathieu dort drüben an Steuerbord bis hinüber zur Halbinsel Camaret an Backbord erstreckte.

Vor ihnen lag der Atlantik, und der Ärmelkanal lag in nördlicher Richtung, wenn man um Ushant herumging, das wie ein Posten vor der Nordwestspitze Frankreichs stand. Die Biskaya und dahinter Spanien und Portugal lagen im Süden. Hinter ihnen, und das war beruhigend für alle an Bord, lag Brest und ungefähr 300 Meilen östlich davon Paris.

Das war es also: Von hier aus würden sie für den Rest der Nacht auf Nordwestkurs gehen und bei Tagesanbruch dann Ushant im Nordosten zu Gesicht bekommen, so daß er dann abfallen konnte. Er hatte dann die Wahl: Entweder konnte er mit günstigen Winden versuchen, die Kanalinseln zu erreichen, um dort noch ein paar Leute aufzutreiben (was den Vorteil einer kurzen Reise bot und bei so einer kleinen Besatzung nicht zu unterschätzen war), oder er konnte mit Vollzeug am Wind nach Norden segeln (vielleicht nordnordost, er hatte noch nicht auf die Karte gesehen), um Falmouth oder Plymouth zu erreichen.

Der Vorteil der beiden Häfen bestand, daß er, nachdem er Meldung gemacht und die *Murex* übergeben hatte, mit Sarah nach London oder auf den Familiensitz bei St.Kew weiterfahren könnte, der von beiden Häfen nicht weit entfernt war. Wenn er es recht bedachte, wäre London sicher besser; Ihre Lordschaften würden bestimmt schriftliche Berichte wollen, und es würde nicht schaden, zur Stelle zu sein, wenn Lord St. Vincent sie las: alle Einzelheiten über seine Flucht und die Größe und den Bereitschaftszustand der französischen Flotte in Brest sowie die komplette *Murex*-Episode.

Die *Murex* lief jetzt jedenfalls sechs oder sieben Knoten; die Untersegel waren gesetzt worden, sobald das Schiff heil aus dem Flußmündungsgebiet heraus war, und sie zogen gut. Zwei Seeleute am Ruder sorgten dafür, daß das Schiff weiterhin gute Fahrt machte, während Swan, dessen Selbstvertrauen tatsächlich wiederhergestellt war, gelegentlich einen Blick auf die schwach beleuchteten Kompasse im Kompaßhaus warf.

Sarah schlief unten in der Kapitänskajüte. Ramage selbst war müde, aber ihm war zumindest nicht mehr kalt, dank Sarah, die einen schweren Mantel in der Kajüte gefunden und ihm gebracht hatte. Der Morgen war nicht mehr fern; der Himmel war klar, und der Mond schien hell, wenn sich auch jetzt ein kaltes Grau ausbreitete, das die Schwärze der Nacht zu verdrängen suchte. Die *Murex* rannte jetzt mit ihrem Luvbug nicht nur gegen Windseen an, die sie in Gischt verwandelte, der wie ein schottischer Nebel über Deck driftete, die Lippen salzig machte und die Augen rötete, sie stieg nun über eine atlantische Dünung, die irgenwo mitten im Ozean ihren Ursprung hatte.

Nun gut, sagte sich Ramage, die Zeit ist gekommen, eine Entscheidung zu treffen, so daß ich sofort, wenn Ushant im ersten Licht der Morgenröte am Horizont sichtbar wird, Swan den neuen Kurs angeben kann: nach Falmouth, Plymouth oder zu den Kanalinseln.

Oder nach Südwesten, um – ohne ausdrückliche Befehle und ohne große Aussicht auf Erfolg – eine 4000 Meilen lange Reise nach Cayenne anzutreten und den Versuch zu machen, Jean-Jaques und die rund fünfzig anderen Menschen zu retten, die man zu Feinden der Republik erklärt hatte?

Er ging eine Weile an der Heckreling auf und ab, blieb dann stehen und starrte auf die sich kräuselnde Heckwelle der *Murex*. Eine Sache gab es, die für die Brigg sprach; die für ihn selbst sprach, korrigierte er sich schnell (es hatte keinen Zweck, der armen *Murex* die Verantwortung aufladen zu wollen): Ramage wußte, daß er nur wenige Stunden hinter der *L'Espoir* lag. Da es sich um eine Fregatte handelte, war sie natürlich viel größer, aber was noch wichtiger war, sie hatte fünfzig zusätzliche Leute an Bord, die alle bewacht werden mußten. Die Fregatte würde also zusätzliche Männer, Seeleute oder Soldaten, als Wachpersonal mitführen müssen.

Fünfundzwanzig vielleicht? Sie war ›en flute‹ bewaffnet; sie würde also nur Geschütze am Oberdeck haben, sagen wir, ein halbes Dutzend 12-Pfünder. Und das bedeutete, sie benötigte nur wenige Männer, um sechs oder acht Geschütze zu bedienen, nicht die dreißig oder so, die man entfernt hatte, um Platz für die Gefangenen zu schaffen. Hinzu kam, daß es in Brest nicht mehr genügend Seeleute gab; das war die letzte Information dieses elenden Bootsmanns gewesen, bevor Sarah ihn erschossen hatte. Der ›Commandant de l'Armée navale de Brest‹ würde im Hinblick auf die Bemannung ganz bestimmt Kampfschiffe gegenüber Transportern wie die *L'Espoir* begünstigen.

Doch die Franzosen hatten es eilig, diese Gefangenen auf den Weg nach Cayenne zu bringen, bevor die Briten ihre Blockade von Brest wieder aufnahmen, was eine Kaperung der *L'Espoir* durchaus wahrscheinlich gemacht hätte. Das verlieh diesen fünfzig Gefangenen eine ziemliche Bedeutung, schließlich handelte er sich um Menschen, die Bonaparte unter allen Umständen aus dem Lande haben und auf der Teufelsinsel eingesperrt sehen wollte.

Also, abgesehen von der Wichtigkeit von Jean-Jaques – die vom royalistischen Standpunkt aus beträchtlich war –, wie verhielt es sich mit den anderen? Welchen Wert würde die britische Regierung ihnen zumessen? Mit anderen Worten, wenn Captain Ramage, ohne dazu den Befehl erhalten zu haben, sich mit einer Brigg und rund einem Dutzend Männern an einer Aufgabe versuchte, für die eher eine vollbemannte Fregatte in Frage käme – und Erfolg hätte, was dann? Wohlwollendes Schulterklopfen, eine Seite in der ›London Gazette‹, ungefähr eine Spalte in der nächsten Ausgabe der ›Naval Chronicle‹ und die widerwillige, nur mit vielen Einschränkungen gegebene Zustimmung des Ersten Lords.

Aber wenn Captain Ramage in dieser Rolle als selbsternannter Retter, der da sozusagen auf einem weißen (geborgten) Roß heransprengte, versagen sollte, was dann? Nun, das anschließende Kriegsgericht würde jenes Verfahren, in dem sein Vater als Sündenbock für die Regierung herhalten mußte, wie eine Jagd aussehen lassen, die man wegen des hart gefrorenen Bodens abgesagt hatte. Bestenfalls würde

Captain Ramage den Rest seines Lebens mit halben Bezügen rechnen müssen. Und schlimmstenfalls? Nun, zumindest unehrenhafte Entlassung und die Schmach, »für den weiteren Dienst in der Marine Seiner Majestät nicht geeignet zu sein«.

Und doch lief für Ramage alles darauf hinaus, die Admiralität zu ignorieren. Durch Zufall war es ihm gelungen, eine britische Brigg vom Feind zurückzuerobern, und ohne seinen Einsatz würde man die *Murex* in die französische Flotte eingegliedert haben. Das war der Punkt, wo der Zufall aufhörte. War er es Jean-Jaques schuldig, einen Versuch zu seiner Rettung zu unternehmen? Sollte man das als Ehrenschuld ansehen? Das klang ziemlich bombastisch, aber angenommen, man hätte Ramage ergriffen und in irgendein Gefängnis verschleppt, und Jean-Jaques wäre die Flucht gelungen, und er wüßte, wo Ramage sich befand? Jean-Jaques würde versuchen, ihn zu befreien. Mehr gab es dazu wirklich nicht zu sagen, auch wenn die Admiralität nicht damit einverstanden wäre.

Eine enorme Hundekurve zu segeln, nur um Plymouth anzulaufen, Proviant, Männer und Wasser zu übernehmen, würde das ganze Unternehmen platzen lassen, weil an seiner Stelle wahrscheinlich zwei Fregatten losgeschickt würden und eine entscheidende Woche verlorenging – mindestens eine Woche; mehr, wenn das Wetter sich verschlechterte. Es würde bestimmt zwei Tage dauern, um den Hafenadmiral in Plymouth von der Wichtigkeit dieses Rettungsunternehmens zu überzeugen und eine Meldung an die Admiralität zu übermitteln (wenn Plymouth auch mit dem neuen Telegraphen imstande war, in wenigen Stunden ein Signal nach London zu senden und die Antwort zu empfangen); die Übernahme von Wasser und Proviant würde einen weiteren Tag in Anspruch nehmen ... Bis sie schließlich den westlichen Zugang zum Kanal hinter sich hätten (und vielleicht durch widrige Winde zurückgetrieben würden), könnte die *L'Espoir* bereits ein Drittel des Weges nach Cayenne zurückgelegt haben; ein

Drittel des Weges zur Teufelsinsel. Bis jetzt war die *Murex* jedoch nur ein paar Stunden hinter ihr. Doch ohne genügend Männer, um die Befreiung durchzuführen, und vielleicht auch ohne genügend Proviant und Wasser? Andererseits waren es höchstens fünfzig Meilen ... Wenn auf der *L'Espoir* nachlässige oder teilnahmslose Offiziere an Deck standen, wenn die Segel schlecht getrimmt und die Rudergänger unaufmerksam waren und dann noch das Gefühl dazu kam, daß sie, einmal heraus aus Brest, vor der Royal Navy sicher wären, würde die kleinere *Murex*, optimal gesegelt, die Lücke schließen können.

»Ich gehe eine halbe Stunde unter Deck«, sagte er Swan. »Machen Sie Meldung, wenn Sie Ushant zu Gesicht bekommen.«

Sarah lag noch wach; sie war die Schlingerkoje nicht gewöhnt, die aus wenig mehr als einer großen Hängematte bestand, in die man einen flachen Rahmen eingepaßt hatte, wie einen offenen Kasten in ein Tragenetz.

»Ich bin lieber hin und her nach Indien gesegelt«, sagte sie neckend. »Ein richtiges Bett ist doch weit bequemer.«

»Warte nur, bis wir etwas rauheres Wetter bekommen. Wenn wir gegen einen steifen Wind angehen müssen, schwingt diese Koje gemütlich hin und her, während du aus einem festen Bett herausfallen würdest.«

»Wie komme ich denn hier raus?«

»Gar nicht; du befindest dich dort praktisch auf einer einsamen Insel!«

»Möchtest du ein bißchen schlafen?« fragte sie und setzte sich auf; ihre goldbraunen Haare waren zerzaust, und sie war nackt, weil sie nur die Kleider besaß, die sie im Fischerboot angehabt hatte. Das Licht der Laterne schien ihren Körper zu vergolden, und Ramage wandte sich schnell ab, versicherte ihr, er sei nicht müde, und sie solle doch in der Koje bleiben. Bleib nur in der Koje, dachte er bei sich, sonst kann sich der Captain nicht auf seine Karten konzentrieren ...

Er hängte die Laterne an den Haken im Decksbalken vor dem Schreibtisch. Die Karten waren zusammengerollt und senkrecht in einem Gestell an einer Seite des Schreibtisches untergebracht. Um zu kontrollieren, was für Karten vorhanden waren, mußte er jede einzeln herausziehen und teilweise entrollen. Er setzte sich hin und fing an: Ärmelkanal, westlicher Teil, einschließlich der Scilly-Inseln; Ärmelkanal, östlicher Teil, einschließlich der Themsemündung und des Medway; Nordsee ... vier Teile; Irland, die südliche Hälfte; die Kanalinseln; St.Malo bis Ouessant (die französische Schreibung und die Details zeigten, daß es sich wahrscheinlich um die Kopie einer Karte von einem eroberten französischen Schiff handelte); Ushant bis Brest und südwärts bis Douarnenez. Das waren wahrscheinlich die Karten für ihre letzte Erkundungsfahrt. Noch waren ein halbes Dutzend übrig. Nordatlantik, südlicher Teil ...

Ramage rollte sie auf. Sie umfaßte ein Gebiet von der Südwestspitze Spaniens bis zu der östlichen Seite der Westindischen Inseln und hinunter bis zum Äquator, verzeichnete jedoch kaum Einzelheiten der südamerikanischen Küste. Da war Trinidade – das leicht an seiner Form zu erkennen war. Es fand sich jedoch kein Hinweis auf Cayenne; es mußte ungefähr dort liegen, nur ein Knick in der mit Tinte gezogenen Küstenlinie, nördlich von Brasilien.

Er warf noch einen kurzen Blick auf die übrigen Karten: eine französische Karte der Inseln St. Barthélemy, St. Martin (deren südliche Hälfte den Holländern gehörte und den holländischen Namen St.Maarten trug), Anguilla und ziemlich weit im Norden, nur ein kleiner Punkt, Sombrero. Dann noch zwei Karten für die südlich anschließende Inselgruppe, Nevis und St. Christopher. Und zwei weitere: St. Eustatius und Saba. Eine detaillierte Karte von Plymouth und Falmouth und schließlich noch eine Karte für das Seegebiet vor der holländischen Küste, einschließlich der Nordwestecke der Niederlande.

Alles in allem, dachte Ramage sarkastisch, stand er nicht besser da, als hätte er nur ein leeres Stück Papier, einen Bleistift und sein Gedächtnis. Tatsächlich würde er wohl ein oder zwei Karten selbst zeichnen müssen. Im Augenblick mußte er jedoch versuchen, sich in die Lage des französischen Kapitäns zu versetzen.

Wenn man von Europa nach den Westindischen Inseln oder dem nördlichen Teil von Südamerika segelte, kam es darauf an, so schnell wie möglich in den Bereich der Passatwinde zu kommen, ohne im Kalmengürtel hängenzubleiben. Das hieß, dort zu segeln, wo man ziemlich sicher stetige Winde erwarten konnte. Jeder Kapitän und jeder Navigator hatte seinen eigenen, unsichtbaren Wegweiser im Atlantik; einen Wegweiser, der ihm sagte: Geh hier auf Südwestkurs; hier beginnt der Nordostpassat.

Für Ramage befand sich dieser Wegweiser auf 25 Grad nördlicher Breite und 25 Grad westlicher Länge. Er nahm einen Bleistift aus der Schreibtischschublade und ein zerknülltes Stück Papier, das er glatt strich, um darauf einige Berechnungen durchzuführen.

Nach der kopierten französischen Karte befand sich die St.Louis Kirche im Zentrum von Brest, etwas nördlich vom Chateau, auf 48° 23' 22" Nord, 4° 29' 27" West. Ungefähr eine Meile von ihr entfernt war die *L'Espoir* losgesegelt, und sie hatte zunächst den magischen Punkt 25 Grad Nord, 25 Grad West angesteuert. Der ungefähr – ja – ungefähr siebzehnhundert Meilen entfernt in südsüdwestlicher Richtung lag.

Dann, vom magischen Punkt bis nach Cayenne waren es ungefähr weitere 2000 Meilen auf einem Südwest-zu-West-Kurs. Eine Entfernung von, sagen wir, insgesamt 4000 Meilen, und es sollte sich nur ja niemand einbilden, daß er oder sein Schiff in Cayenne ankäme, wenn er vom magischen Punkt immer Südwest-zu-West steuerte. Er würde wahrscheinlich bei 12 Grad Nord aus dem Passatwindgürtel herauskommen und sich von da an gegen eine Strömung nach Süden vorankämpfen müssen, die längs der brasilianischen Küste nach Nordwesten floß. Erwischte er sie an der richtigen Stelle, konnte sie sich als hilfreich erweisen; aber wenn der Wind seine Spielchen trieb und um den ganzen Kompaß hin und her drehte (was er in diesen Breiten tun konnte), dann würde die Strömung das hilflose Schiff bis hinauf zu den Inseln mitnehmen – nach Barbados, zum Beispiel, wo der britische Oberkommandierende wahrscheinlich mit seinem Schiff in der Carlisle Bay vor Anker lag.

Ramage warf noch einen Blick auf seine kurzen Berechnungen und zerknüllte dann das Papier.

Sarah fragte: »Wann, glaubst du, werden wir in Plymouth sein, wenn das Wetter so bleibt, Liebster?«

»In ungefähr drei Monaten.«

»Nein, sei mal ernsthaft. Unsere Familien werden sich Sorgen machen.«

»Ich vermute, die Rockleys werden sich um dich Sorgen machen, aber meine Familie wird von einer falschen Annahme ausgehen und erleichtert aufatmen, weil sie mich sicher in einem französischen Gefängnis wähnt und dich in der Obhut einer respektablen französischen Familie vermutet.«

»Wäre es normalerweise so gekommen?«

Er zuckte mit den Schultern. »Das nehme ich an. Jedenfalls werden meine Eltern sich keine Sorgen machen, und ich bin sicher, daß sie deine Familie benachrichtigen werden, sobald sie etwas hören.«

»Aber wir werden doch wohl vorher in London sein, nicht wahr?«

Er war sicher, daß sie argwöhnte, welche Idee ihm im Kopf herumspukte.

Mit ausdrucksloser Stimme sagte sie: »Es wäre der reine Wahnsinn, die *L'Espoir* zu verfolgen. Du würdest die *Murex* verlieren und jeden Mann an Bord dazu. Die Aufgabe eines Kundschafters ist es, den Alarm auszulösen, Liebster. Alles aufs Spiel zu setzen und zu verlieren hilft Jean-Jaques kein bißchen, aber Hilfe zu holen schon ...«

Er nickte und war überrascht, als sie sagte: »Du hast so lange gebraucht, um dich zu entscheiden.«

Sie wollte es ihm leicht machen, und er ergriff die Gelegenheit mit so viel Anstand wie möglich: »Ja, ich mußte lange darüber nachdenken.«

Sarah schob sich in der Koje hoch, schwenkte die Beine an Deck und stand auf, wobei sie sich an einem Ende der Koje festhielt. Sie kam zu ihm hinüber und drückte seinen Kopf sanft gegen ihren nackten Körper. »Du hattest zwei Möglichkeiten, Liebster, Cayenne oder Plymouth. Zwei Möglichkeiten! Aber du weißt genausogut wie ich, daß für dich eigentlich nur eine einzige zählte.«

»Ja, aber ...«

»Unter solchen Bedingungen würde jeder andere Kapitän nur eine einzige Möglichkeit gesehen haben: Er wäre nach Plymouth gesegelt!«

Er schmiegte sich an sie, sein unrasiertes Gesicht kratzte leicht auf ihrer Haut, sein Kinn preßte sich sanft gegen ihre Brüste. »Ich nehme an, die meisten Kapitäne brauchten nicht zwischen den beiden Möglichkeiten zu wählen, weil sie einem Menschen wie Jean-Jaques gewöhnlich nicht begegnen.«

8

Ramage war gerade an Deck gegangen, nachdem Swan gerufen hatte, daß Ushant jetzt in Sicht sei, und die Decksausgucks waren in die Takelage geschickt worden, als ein Ruf oben vom Fockmast kam.

»Hier Deck!« antwortete Ramage.

»Fockmast Ausguck, Sir: Segel in Sicht! Zwei Segel!«

»Frage: Peilung?«

»Zwei Strich an Steuerbordbug, Sir; Fregatten schätze ich.«

»Danke. Halten Sie weiter scharf Ausguck.«

Swan drehte sich zu Ramage um, sah, daß dieser bereits nach vorn starrte, und hörte ihn fluchen. »Diese verdammten Meuterer – ich wünschte, sie hätten uns ein Fernrohr dagelassen. Selbst wenn es nur ein Nachtglas gewesen wäre!«

»Sicher haben sie uns schon vor zehn Minuten ausgemacht, wahrscheinlich schon länger. Bestimmt erkennen sie das Rigg ...«

»Und vermuten, daß es sich um die *Murex* handelt – vielleicht unter französischer Flagge?«

Ramage schüttelte den Kopf. So schnell verbreiteten sich Neuigkeiten nicht. »Ich bezweifle, daß die Admiralität schon etwas über die Meuterei weiß. In ein, zwei Tagen werden sie darüber im ›Moniteur‹ lesen; eine halbe Seite französisches Geschwafel über unterdrückte englische Seeleute, die für ihre ›liberté, fraternité und égalité‹ kämpfen.«

»Ja«, sagte Swan bitter, »um den Preis des Landesverrats und indem sie dafür sorgen, daß fünfzehn ihrer Schiffskameraden in ein französisches Gefängnis wandern.«

»Das ist es, was man unter ›fraternité‹ versteht«, sagte Ramage lakonisch.

»Die westlich stehende Fregatte hat gewendet«, bemerkte Phillips, der an Deck gekommen war, als er den Ruf des Ausgucks gehört hatte.

»Und die andere fällt einen Strich, ungefähr, ab«, bemerkte Ramage. »Sie gehen kein Risiko ein. Wenn wir uns davonmachen wollten, könnte uns eine in Luv, die andere in Lee abfangen.«

»Aber sie erkennen doch bestimmt unser Rigg«, protestierte Swan. »Die Franzosen besitzen gar keine Briggs wie diese hier!«

»Bis letzte Nacht hatten sie eine, wenn auch nur für kurze Zeit«, sagte Ramage. »Denken Sie daran, im Kriege gehören alle Segel zu feindlichen Schiffen, bis das Gegenteil bewiesen ist. Ich nehme an, wir haben noch ein Stell Signalflaggen.«

»Jawohl, Sir«, sagte Swan, der den Wink verstand. »Ich werde unser Bezeichnungssignal sofort anstecken lassen.«

»An Deck!« Erneut kam die Stimme des Ausgucks aus dem Topp; diesmal jedoch klang sie aufgeregter.

»Hier Deck!« rief Swan zurück.

»Noch mehr Segel, Sir. Genau achterlich von den Fregatten. Müssen ein halbes Dutzend sein, schätze ich, und einige davon 74er und größer.«

»Zählen Sie sie durch, verdammt noch mal!« rief Swan.

Ramage rechnete zurück, wie viele Tage seit der Kriegserklärung vergangen waren. Ja, es könnte sein. Und wenn tatsächlich Linienschiffe dabei waren, gab es fast keinen Zweifel – sie hatten einen Admiral dabei. Das bedeutete, daß er eine Menge würde erklären müssen; daß viel Überredung nötig sein würde.

»An Deck, hier Ausguck Vortopp. Ich zähle, wenn wir

oben auf einer Dünungswelle sind, Sir. Sieht aus wie mindestens sechs Linienschiffe, eins größer als ein 74er, und sieben Fregatten, einschließlich der ersten beiden.«

»Danke«, sagte Swan. »Melden Sie, wenn noch mehr in Sicht kommen.« Er drehte sich zu Ramage um. »Also, Sir, Franzosen können es nicht sein, und für Spanier halte ich sie auch nicht.«

»Nein, es wird die Kanalflotte sein, die wieder zur Blockade von Brest ausgelaufen ist. Na ja, sie konnten achtzehn Monate Pause machen, aber bald ist es wieder Winter.«

Philipps gab ein trockenes Lachen von sich. »Die Äquinoktialstürme werden nicht mehr lange auf sich warten lassen, und dann werden sie träumen, sie wären ›Dicht an den Schwarzen Felsen bei einem östlichen Wind‹!«

Ramage und Swan mußten lachen, aber sie waren beide dankbar, daß sie nicht in der Blockadeflotte Dienst tun mußten. Die Schwarzen Felsen – so nannte man die fünfundzwanzig oder dreißig Meilen von der Insel Ushant im Norden bis zur Ile de Sein im Süden, und dieser Küstenstrich – dessen poetischer Name mehr die Einfahrt nach Brest als die Felsen selbst bezeichnete – gehörte sicherlich zu dem zerklüftetsten auf der ganzen Welt; fast jeden Tag des Jahres war das eine Leeküste, die dem wütenden Ansturm des Atlantik preisgegeben war.

Doch dank einer Laune der Natur waren die zur Blockade von Brest eingesetzten Schiffe der Royal Navy vom Glück begünstigt. Die französische Flotte konnte Brest nur bei östlichen Winden verlassen. Ein starker Wind aus westlichen Richtungen machte es nahezu unmöglich, aus der engen Hafeneinfahrt hinauszukreuzen, was bedeutete, daß die Franzosen auch einer Blockade durch die Natur ausgesetzt waren.

Das Kontingent der Linienschiffe in der britischen Blockadeflotte konnte zwanzig, dreißig, ja sogar vierzig Meilen vor der Küste stationiert sein, so daß reichlich Seeraum zum Manövrieren blieb, wenn die stürmischen westlichen Winde sich zu Stürmen auswuchsen, die oft eine Woche dauerten. Ein Kommandant, dessen Schiff unter Sturmbesegelung lief, konnte wohl seinen frischgeteerten Südwester fest über den Kopf ziehen und den Tag verfluchen, in dem er in die Marine eingetreten war, aber abgesehen vom Stationhalten auf das Admiralsschiff, soweit möglich, (und bei einem ausgewachsenen Sturm war das nie möglich) war das Ganze mehr beschwerlich als gefährlich.

Vorsichtshalber stellte eine Linie von Fregatten, alle in Sichtweite voneinander, die Verbindung der Flotte mit der französischen Küste her. Aber bei westlichen Winden konnte der Admiral sicher sein, daß die Natur sein Bundesgenosse war und die französische Flotte im Hafen eingesperrt hielt. Tatsächlich war Frankreich in dieser Hinsicht benachteiligt, während die perfiden Engländer große, geschützte Häfen an ihrer Kanalküste besaßen, die sie bei jeglichem Wetter anlaufen konnten – Plymouth, Dartmouth, Falmouth, Portsmouth und das Gebiet innerhalb der Isle of Wight, Dover und der Themsemündung.

Die Franzosen hingegen wurden von viel höheren Tiden heimgesucht, und alle ihre wichtigen Häfen am Kanal – Calais, Havre de Grace, Cherbourg und Boulogne – waren künstlich. Der erste größere, natürliche Hafen war Brest, und der befand sich, wie die Admiralität feststellte, ›außerhalb des Kanalbereichs‹.

Ein Westwind hielt die Franzosen also im Hafen fest; aber die Situation änderte sich sofort, wenn sich die Windfahne auf der Kirche St. Louis de Brest drehte. Der Ostwind versuchte, die blockierenden britischen Schiffe auf die See hinauszupusten, und gab den französischen Schiffen einen günstigen Wind, um aus der Hafeneinfahrt hinauszuschlüpfen, während die Blockadeflotte wieder herankreuzte, um die Tür zuzumachen.

Das war in der Tat der Grund, wie Ramage aus eigener Erfahrung wußte, warum zur Blockadeflotte auch Fregatten gehörten. Sobald der Wind auf Osten drehte, gingen die britischen Fregatten dicht an die Schwarzen Felsen heran, bis auf zwei Meilen vor Pointe St. Mathieu. Es ist ein überaus passender Name für diese Felsen, dachte er, wenn man in einer dunklen Nacht und bei einem Sturm aus Osten eine Fregatte kommandiert und mit müden, vom Salzwasser schmerzenden Augen nach den weißen Kämmen brechender Seen Ausschau hält, die einen als letzte Warnung veranlassen, schnelle Ruder und Segelkommandos zu geben, um das Schiff zu retten.

›Dicht an den schwarzen Felsen, bei einem östlichen Wind‹: Ein Spruch, der in die Herzen der meisten Fähnriche eingegraben war und würdig, auf dem Grabstein manch eines Kapitäns zu stehen, dachte Ramage ironisch. Jedoch, für einen Admiral war es noch schlimmer – er verbrachte womöglich zwei Jahre hier draußen, periodisch von einem Schiff auf das andere wechselnd, während die Kommandanten und ihre Besatzungen eine kurze Ruhepause hatten, wenn sie nach Plymouth zurückkehrten, um Wasser und Proviant zu ergänzen oder notwendige Reparaturen durchführen zu lassen. Der Verschleiß an Masten, Spieren und Tauwerk während der Blockade eines Hafens wie Brest war schier unglaublich.

Mit aufgetuchten Untersegeln lag die *Murex* beigedreht, wobei ihr backstehendes Vormarssegel den Bug in eine Richtung, das angebrasste Großmarssegel ihn in die entgegengesetzte zu drücken suchte; beide zusammen hielten die Brigg in einem Zustand des Gleichgewichts und, vor dem Wind driftend, ritt sie auf der Dünung auf und ab wie eine ruhende Seemöwe.

»Der Kutter ist klar zum Aussetzen, Sir«, meldete Swan. »Angesichts unserer kleinen Besatzung haben sich zwei von den Franzosen freiwillig als Bootscrew gemeldet. Bei diesem Wetter sollten sechs Ruderer ausreichen.«

Ramage nickte. »Hilft jemand Bridges mit den Flaggen?«

»Jawohl, Sir.«

»Und Sie werden erraten können, was das erste Signal sein wird?«

»Ich glaube schon, Sir«, sagte Swan mit einem Lächeln.

Die beiden Fregatten, eine von Norden, die andere von Nordost herankommend, waren ein prächtiger Anblick. Beide hatten alle normalen Arbeitssegel gesetzt, und Ramage vermutete, daß das Schiff im Nordosten von dem dienstälteren der beiden Kommandanten geführt wurde – der andere hielt sich offensichtlich etwas zurück, um als zweiter bei der Brigg anzukommen.

Sarah, die neben ihm stand und ihr notdürftig repariertes Kleid trug, sagte beim Anblick der näherkommenden Fregatten leise: »Sollte ich lieber unter Deck gehen?«

»Ganz gewiß nicht!« sagte Ramage. »Ich möchte mit meiner jungen Frau protzen! Nein«, fügte er hinzu, »wir haben kein Signalbuch und sehr wenige Leute, und wir wollen diesen Burschen sofort klarmachen, daß irgend etwas nicht in Ordnung ist. Wir wollen nicht, daß sie an uns vorbeilaufen und dabei eine Reihe von Flaggensignalen mit irgendwelchen blödsinnigen Befehlen geben, die wir nicht verstehen können.«

»Können sie dir Befehle geben?«

»Ja, wenn sie dienstälter sind als ich. Mit anderen Worten, wenn sie früher als ich auf die Kapitänsliste gekommen sind.«

»Wenn ihre Namen vor deinem in der ›List of the Navy‹ stehen? Wie kannst du das wissen, ohne in Mr. Swans Exemplar nachzuschlagen, nachdem ihr euch miteinander bekanntgemacht habt?«

Ramage grinste selbstzufrieden. »Ich kenne die Namen der rund dreißig Leutnants, die in meinem Jahrgang vor mir waren, und auch alle in den beiden vorhergehenden Jahren. Das ganze ist also nicht allzu schwierig!«

»Was, glaubst du, wird jetzt passieren? Ich hatte mich

schon darauf gefreut, wieder nach London zurückzukommen.«

»Ich weiß es nicht. Es könnte schwierig sein, den Admiral davon zu überzeugen, daß fünfzig französische Royalisten, die in die Verbannung geschickt werden, irgendwelche Bedeutung haben.«

»Was wird das für ein Admiral sein?«

»Ich weiß nicht. Lord St.Vincent kommandierte die Kanalflotte, bis er infolge des Regierungswechsels zum Ersten Lord aufstieg. Jetzt, nachdem der Krieg wieder begonnen hat, wer weiß ...«

»Vielleicht Lord Nelson. Du kennst ihn, und daher sollte es nicht allzu schwierig sein ...«

»Vielleicht, aber ich bezweifle es. Nach der Schlacht bei Kopenhagen glaube ich nicht, daß die Öffentlichkeit – das heißt die Politiker – ihn als Befehlshaber einer Blockadeflotte sehen möchten. Man muß kein brillanter Taktiker sein, um eine Blockade von Brest durchzuführen.«

»Nein, aber man muß ein brillanter Taktiker sein, wenn die französische Flotte aus dem Hafen von Brest ausläuft und man sie aufhalten muß!«

Sie hatte einen scharfen Verstand und war hellwach.

Ramage erkannte das sehr wohl und sagte: »Du hast recht, und nach allem, was wir in Brest gesehen haben, muß dieser Admiral da«, er nickte in Richtung der britischen Linienschiffe, die in Richtung Ushant aufkreuzten, »wirklich wachbleiben.«

Die französische Küste sank jetzt langsam unter den Horizont; die Küste der öden, hohen Klippen war nur noch wenig mehr als ein dicker Bleistiftstrich am östlichen Horizont.

Mit einer Geste auf das entschwindende Land sagte Sarah: »Ich denke, unsere Flitterwochen sind jetzt offiziell zu Ende. Hast du sie genossen, Liebster?«

»Wenn Flitterwochen immer so aufregend sind wie diese, werde ich wohl häufiger heiraten müssen!«

Sie rümpfte die Nase. »Der Gesellschaft konnte ich nicht allzuviel abgewinnen, aber Frankreich war schön.«

»Ach ja, die französische Lebensart. Das ist eins der kompliziertesten Rätsel des Lebens: Wie kann ein so selbstsüchtiges Volk so eine interessante Atmosphäre schaffen? Sicher ist das Wetter daran schuld«, fügte er neckend hinzu. »Laß mal den Wein und den Käse beiseite, und was bleibt dann?«

»Eine Menge ›gendarmes‹ an den Kontrollpunkten!«

Swan hüstelte, als er sich ihnen näherte. »Die am weitesten östlich stehende Fregatte, Sir, sie hat die Nationalflagge im Besantopp und unser Bezeichnungssignal geheißt.«

»Gut, bestätigen Sie und lassen Sie den Kutter aussetzen.«

»Aye, aye, Sir.« Swan hielt einen Moment inne und sah etwas verlegen aus.

»Nun?« fragte Ramage und zog die Augenbrauen hoch. »Sagen Sie es schon!«

»Ich habe mich gefragt, Sir, ob Sie vielleicht lieber Kniebundhosen anziehen würden. Ich habe noch ein Extrapaar, das Ihnen passen würde.«

»Nein, sie werden schon mit einem ›sans-culotte‹ vorlieb nehmen müssen. Es sind gute französische Fischerhosen, und dieser Kittel – na, der riecht mehr nach Kartoffeln als nach Fisch!«

Lautes Schlagen von Segeltuch ließ Ramage aufblicken; die Fregatte wendete gerade nach Nordwest. Er vermutete, sie würde ungefähr eine Meile auf diesem Kurs weitersegeln, erneut wenden, bis sie eine halbe Meile in Luv der *Murex* war, und dann beidrehen.

»Sie haben noch nichts von der Meuterei gehört«, sagte Ramage laut, worauf sich Swan und Sarah ruckartig zu ihm umdrehten.

»Wie können Sie das wissen, Sir?«

»Kanonen«, sagte Ramage lakonisch. »Auf keinem der beiden Schiffe hat man die Kanonen ausgerannt. Das ist nicht die Art, wie man sich einem meuternden Schiff nähert.

Und wahrscheinlich ist alles, was ihr Kommandant wissen will, damit er es anschließend dem Admiral melden und damit beweisen kann, daß ihm nichts entgeht, welche Schiffe wir kürzlich in diesem Gebiet gesichtet haben, denn wir sehen sicher so aus, als befänden wir uns auf einer regelmäßgen Patrouillenfahrt.«

Als die Fregatte schließlich beidrehte, befand sich der Kutter der *Murex* im Wasser, mit Ramage an Bord, und die Crew holte an den Riemen. Im letzten Augenblick hatte Swan noch hinuntergerufen, daß es sich um die *Blanche* handelte; daß einer der Ausgucks den Namen auf dem Heckspiegel habe lesen können und daß auch einer der anderen Seeleute sie erkannt habe.

Fünfzehn Minuten später war der Kutter längsseit; die Männer auf der *Blanche* fingen die Vorleine beim ersten Wurf (von Auguste, wie Ramage bemerkte), aber verfehlten die Heckleine. Doch bevor noch der wachhabende Offizier seine Stimme erhob, hatte sich Ramage schon auf die Außentreppe geschwungen und kletterte die Seite hinauf.

Kaum war er oben an Deck, pflanzte sich ein Kapitänleutnant vor ihm auf. »Warten Sie gefälligst, verdammt noch mal, Ihr Kommandant kommt als erster an Bord!«

Der ranghöchste Offizier war immer der letzte, der ins Boot ging und der erste, der das Boot verließ, und anstelle des erwarteten jungen Kapitänleutnants kam hier ein Mann an Bord, der wie ein Fischer aussah!

»Ich bin der Kommandant«, sagte Ramage ruhig. »Bevor Sie ...«

»Stabswachtmeister!« brüllte der Kapitänleutnant, »schaffen Sie mir diesen Mann aus dem Weg!«

»... bevor Sie sich zum Narren machen, Kapitänleutnant«, wiederholte Ramage, ohne seine Stimme zu erheben, »empfehle ich Ihnen zuzuhören, denn ich werde es Ihnen nicht zweimal erzählen.« Der Leutnant, groß und rundlich, aber mit schwächlichem Mund und Kinn, die beide verrieten, daß er etwas zu nachgiebig gegen sich selbst war, hielt inne und sah Ramage zum erstenmal ins Gesicht. Die tiefliegenden Augen, die leicht gekrümmte Nase, die dicken Augenbrauen ..

»Wer zum Teufel sind Sie?« fragte er.

Ramage wurde klar, daß er mit dem Ersten Offizier der Fregatte sprach und daß sich der Kommandant in seiner Kajüte befinden mußte.

»Der Großteil der Besatzung dieser Brigg meuterte letzte Woche und segelte sie nach Brest. Ich und ein paar andere haben sie zurückerobert und sind letzte Nacht heimlich aus dem Hafen gesegelt. Und jetzt holen Sie Ihren Kommandanten oder bringen mich zu ihm.«

»Und wer, zum Kuckuck, glauben Sie, daß Sie sind, um mir Befehle erteilen zu können?«

»Mein Name ist Ramage.«

»Und Sie können, verdammt noch mal – Ramage? Lord Ramage?«

Der Mann in Fischerkleidung nickte nur mit dem Kopf.

»O mein Gott, Sir, ich konnte einfach nicht ...«

»Ich weiß. Ihr Kommandant ...?«

»Natürlich, Sir, sofort.«

»Wer ist es?«

»Captain Wells, Sir. Captain John Wells.«

Damit rannte er zum Kapitänsniedergang hinüber. Mit offenem Mund verfolgten der Navigator der *Blanche* und ein Leutnant der Seesoldaten, die zu weit entfernt gewesen waren, um der Unterhaltung zu folgen, wie ihr Erster Offizier davonschoß wie eine zurücklaufende Kanone.

Wells, John Wells. Nein, der Name befand sich nicht auf der letzten Kapitänsliste, die Ramage zu Gesicht bekommen hatte, also war er später als Ramage befördert worden und hatte daher ein geringeres Dienstalter als er. Damit war schon die erste Hürde genommen; nichts war so hilfreich wie ein höheres Dienstalter ... Es bedeutete wohl auch, daß Ramage dienstälter war als der Kommandant der anderen Fregatte. Es dürfte also nicht allzu schwierig werden, ein Dutzend Leute zu bekommen, um die Besatzung der *Murex* zu komplettieren.

»Wenn Sie hier entlangkommen würden, Sir ...«

Beim Ersten Offizier verbanden sich Nervosität, Zweifel, Unsicherheit und Verlegenheit zu einer interessanten Mischung, die sich schließlich darin zeigte, daß er seinen Hut abnahm, ihn einmal völlig herumdrehte und dann wieder aufsetzte.

»Sie sagten doch ›Lord Ramage‹, nicht wahr, Sir?«

»Sie sagten ›Lord‹; ich selbst habe nur ›Ramage‹ gesagt. In der Marine mache ich keinen Gebrauch von meinem Titel.«

»Nein, ganz recht, Sir; ich erinnere mich, daß in der ›Gazette‹ ...

Es ist einfach so, daß wir nicht erwarteten ...«

Ramage wandte sich nach achtern zum Niedergang, wobei er sich ob seiner Selbstbeherrschung ziemlich gut vorkam; die Versuchung, auf die unbemannten Kanonen und die geschlossenen Stückpforten zu zeigen, war nahezu unwiderstehlich gewesen.

Captain Wells war offensichtlich erst in höherem Alter zum Vollkapitän befördert worden; Ramage schätzte ihn auf Mitte Fünfzig. Wie sein Erster Leutnant war er ziemlich pummelig, und sein ansonsten sympathisches Gesicht, das mit rotblonden Augenbrauen geschmückt war, verlor durch die eng zusammenstehenden Augen.

Jetzt stand er unten an der Niedergangstreppe und starrte zu dem Mann hinauf, der wie ein Fischer aussah und mit der ganzen Selbstsicherheit eines Gascogners die Stufen herabkam. Nicht, daß Captain Wells die Bedeutung des Wortes ›Gasconade‹ oder seine Herleitung bekannt sein würde, sagte sich Ramage. Auch hatte Wells vermutlich keine Ahnung, wie er zu einem Beweis für die ungewöhnliche Geschichte kommen könnte, die ihm der Erste Leutnant gerade berichtet hatte.

Wells verschaffte sich etwas Zeit zum Überlegen, indem er sagte: »Wollen Sie nicht hereinkommen?«

Ramage fiel sofort auf, daß seine Kajüte, die Couch und seine Schlafstätte auf der *Calypso* größer waren; die Franzosen gewährten ihren Kommandanten mehr Platz.

Wells deutete auf den einzigen Armsessel, setzte sich dann, während Ramage Platz nahm, an seinen Schreibtisch und begann, den Deckel von einem Tintenfaß abzuschrauben.

»Ah ... nun denn, vielleicht berichten Sie mir jetzt in Ihren eigenen Worten, was geschehen ist, und wenn Sie langsam sprechen, werde ich aufschreiben, ...

»Keine Berichte, weder schriftlich noch sonstwie, außer an den Oberkommandierenden«, sagte Ramage entschieden. »Mein Name ist Ramage, und ich habe meine Bestallungsurkunde zwar nicht bei mir, aber sie können das Datum aus ihrem Exemplar der Marineliste ersehen, welche dort auf Ihrem Tisch liegt. Ich befand mich auf Hochzeitsreise in Frankreich – zweifellos haben Sie meine Frau auf dem Achterdeck der *Murex* gesehen –, als der Krieg wieder ausbrach. Wir konnten uns der Verhaftung entziehen, sahen, wie die *Murex* mit einer französischen Eskorte in den Hafen gebracht wurde, und stellten fest, daß der Großteil der Besatzung gemeutert hatte. Die Offiziere und ein Dutzend loyaler Seeleute blieben an Bord zurück, und meine Frau und ich«, Ramage kam zur Überzeugung, daß Gilbert und die anderen ihm seine Übertreibung vergeben würden, »überwältigten mit der Hilfe von vier Franzosen die Bewacher, befreiten unsere Leute und verließen Brest nachts unter Segeln. Dann begegneten wir Ihnen.«

»Aber ich habe keine Beweise ...«

»Die brauchen Sie auch nicht, Wells«, schnauzte Ramage. »Schicken Sie ein Dutzend von Ihren Leuten rüber auf die *Murex*, um den armen Kerlen dort zu helfen, und signalisieren Sie dem Admiral. Sie werden viel Spaß mit dem Signalbuch haben. Ich kann mich an nichts erinnern, was für eine Situation wie diese in Frage käme.«

»Aber, Ramage, ich kann nicht ...«

»Erzählen Sie dem Admiral, warum Sie nicht können, Wells, aber ich sage Ihnen nur noch eines, und danach möchte ich ein Dutzend Toppsgasten in meinem Kutter sehen und mich sofort auf den Weg zur Flotte machen: Zeit, Wells, es geht eher um Stunden und Minuten als um Tage. Ich muß um jeden Preis Zeit gewinnen!« Damit war Ramage aus der Tür und halb den Niedergang hoch, noch ehe Wells Luft holen konnte.

Er rief dem Ersten Leutnant zu, sein Boot bereit zu halten, als Wells den Niedergang heraufkam und noch einen Blick in die Runde warf. Einen verzweifelten Blick, so schien es Ramage. Als er seinen Ersten Leutnant beschäftigt sah, rief er den Navigator herbei und befahl ihm, ein Dutzend Toppsgasten ins Boot hinunterzuschicken und zwar sofort.

»Sie werden sie mir doch zurückgeben?« rief er Ramage nach, besorgt, wie jeder Kapitän, keine erstklassigen Seeleute zu verlieren.

»Ja. Sobald wir neben dem Flaggschiff beigedreht haben. Sie können uns dorthin begleiten!«

9

Sir Reginald Edward Clinton, Vizeadmiral des Blauen Geschwaders, war Junggeselle und entsprach, wie Ramage beim ersten Anblick feststellte, genau der Vorstellung, die alle Kinder vom Weihnachtsmann haben. Er war rund und pausbäckig, und seine rötliche Hautfarbe kontrastierte mit einem Paar überraschend blauer Augen, die selten in Bewegung schienen. Der Admiral hatte die Angewohnheit, den ganzen Kopf zu drehen, wenn er seinen Blick auf einen anderen Gegenstand richtete. Die Wirkung, dachte Ramage, ist so, als würde ein Geschütz gerichtet.

Aber Admiral Clinton war entschlußfreudig. Er hörte sich die Geschichte von Ramage an, ohne ihn zu unterbrechen, und stellte dann eine Reihe von Fragen, wobei er zunächst den Beginn von Ramages Besuch in Frankreich streifte und dann alles über die Anzahl und Klassen der französischen Schiffe im Hafen von Brest wissen wollte. Nachdem er die Zahlen und den Bereitschaftszustand von jedem aufgeschrieben hatte, verschraubte er das Tintenglas wieder, wischte die Spitze des Federkiels mit einem Lappen ab und sagte beiläufig: »Sie haben doch die *Calypso* gekapert und anschließend auch kommandiert, nicht wahr.«

»Jawohl, Sir. Das tue ich immer noch, das heißt, ich tat es. Sie wurde außer Dienst gestellt und in Chatham aufgelegt, als ich meine Hochzeitsreise antrat.«

»Hmm. Sie wurde nicht wirklich außer Dienst gestellt, der

Krieg begann ja erneut. In der Tat ist es so, daß sie zu meiner Flotte gehört. Unter dem Kommando eines Kerls namens Bullivant.«

»Edward Bullivant, Sir, der Sohn des Marinelieferanten?«

»Derselbe«, sagte der Admiral mit ausdrucksloser Stimme. »Was für Offiziere hatten Sie?«

»Nicht einen, den ich gegen jemand anderen austauschen würde – in der Tat, Sir, nicht einen einzigen, den ich überhaupt jemals würde austauschen wollen.«

»Navigator?«

»Ein Mann namens Southwick. Er war bei mir, seit ich mein erstes Kommando hatte.«

»Und der Schiffsarzt?« fragte Clinton beiläufig.

»Ein brillanter Mann. Hatte früher eine Praxis in Wimpole Street.«

»Oh? Warum ist er denn jetzt einfach nur Schiffsarzt auf einer Fregatte?«

»Alkohol, Sir. Verlor alle seine Patienten. Ging dann zur See.«

»Das erklärt alles«, sagte Clinton, offensichtlich erleichtert.

Ramage entschloß sich, eine Abfuhr zu riskieren. »Darf ich fragen, was es erklärt, Sir?«

»Na ja, bekam ein verdammt seltsames Signal bei Tagesanbruch. Nummer 215 über ihrem eigenen Bezeichnungssignal.«

Ramage dachte einen Augenblick nach. Es gab über vierhundert numerierte Signale im Buch, und von 215 hatte er nie etwas gehört und es auch nie gesetzt gesehen.

Clinton sagte: »Nummer 215 bedeutet: Der Flottenarzt soll zum Admiral kommen. Aber über dem Schiffskennzeichen der *Calypso* gesetzt soll es wohl soviel bedeuten wie: Der Flottenarzt wird gebeten, auf die *Calypso* zu kommen.«

Der Flottenarzt. Ramage war sich über die Bedeutung dieses Begriffs im klaren. Auf den meisten Fregatten und auf allen Linienschiffen befanden sich Schiffsärzte, die ›surgeons‹, also Wundärzte oder Chirurgen waren, aber ›physicians‹ (Ärzte) waren selten. Es gab wohl zwischen zweihundert und dreihundert ›surgeons‹ in der Marine, aber nur drei ›physicians‹ – Dr. Harness (nach dem auch eine besondere Art von Faß benannt worden war), Dr. Trotter (der ein Freund von Lord St. Vincent war) und Dr. Travis. Einer der drei würde sich an Bord dieses Flaggschiffs befinden.

»Warum würden sie wohl den ›physician‹ anfordern?« fragte Clinton. Und offenkundig war es eine rein rhetorische Frage.

»Das Signalbuch, Sir«, sagte Ramage. »Ich glaube nicht, daß es dort ein Signal gibt, mit dem man medizinische Hilfe anfordern kann.«

»Aber warum sollten sie medizinische Hilfe brauchen? Vielleicht hat sich der Schiffsarzt um Sinn und Verstand getrunken?«

Ramage merkte, daß seine Beschreibung Bowens zu dürftig gewesen war. »Das glaube ich nicht, Sir; sein erstes Schiff war die Brigg *Triton*, die unter meinem Kommando stand, und er hörte mit dem Trinken auf.«

Clinton lächelte wohlwollend; er berücksichtigte den Stolz eines jungen Kapitäns.

»Auf keinen Fall Bowen, Sir. Er wurde vollständig geheilt. Der Navigator und ich halfen ihm über das Schlimmste hinweg. Wie ich schon sagte, er ist ein sehr intelligenter Mann. Ein ausgezeichneter Schachspieler.«

»Hmm – ich hoffe, er versucht nicht, Schachfiguren aus uns zu machen. Sie haben die alten Offiziere und die alte Mannschaft; nur Bullivant ist neu. Was glauben Sie, geht da vor?«

Hatte Bowen wieder angefangen zu trinken? Oder hatte er selbst eine Verletzung davongetragen? Aber in dem Fall würde Bullivant eine der anderen Fregatten um ihren Schiffsarzt gebeten haben.

»Wo ist die *Calypso*, Sir? Ich habe sie nicht zu Gesicht bekommen.«

»Sie steht etwas weiter im Nordwesten, zusammen mit der Fregatte *Blackthorne*.«

»Sie befände sich also nahe genug bei der *Blackthorne*, um sie um ihren Schiffsarzt zu bitten?«

»Ja. Die *Blackthorne* steht näher zu uns und gab uns das seltsame Signal weiter. Wer, zum Teufel, hat sich das wohl ausgedacht, 215 über dem Schiffskennzeichen? Ganz schön schlau, wenn sie wirklich den Flottenarzt haben wollen.«

»Oder sie wollen die Autorität des Flottenarztes«, sagte Ramage und merkte dann, daß er laut ausgesprochen hatte, was ihm gerade durch den Kopf ging.

»Was sagen Sie da?« wollte der Admiral wissen. »Autorität? Ich hätte mir eher gedacht, sie brauchen Medizin.«

Wer A sagt, muß auch B sagen, dachte Ramage; die Zeit verging, und er hatte immer noch den Admiral zu überzeugen, etwas in bezug auf die *L'Espoir* zu unternehmen. »Ich versuchte gerade, es vom Gesichtspunkt der *Calypso* zu sehen, Sir. Krankheiten, gebrochene Gliedmaßen – all das kann von einem Schiffsarzt erledigt werden. Ich versuchte mir vorzustellen, was der Flottenarzt hat, das dem Schiffsarzt fehlt, und medizinisch gesehen ist da – bei allem Respekt – kaum ein großer Unterschied. Aber der Flottenarzt hat Autorität. Er würde Ihnen direkt Meldung erstatten, und er könnte in Ihrem Auftrag handeln ...«

»Aber mit was, zum Teufel, könnte mich die *Calypso* belästigen wollen?« knurrte Clinton. »Es ist mir völlig egal, ob sich der Zweite Leutnant einen Bruch gehoben hat; dafür ist der Schiffsarzt da. Es kann auch nicht Skorbut oder so etwas sein – wir sind ja erst vor zwei Tagen aus Plymouth ausgelaufen.«

Southwick, Aitken, Bowen, der junge Paolo, Jackson, Stafford – Ramage spürte plötzlich großes Heimweh nach seinem Schiff. Die Admiralität, die nicht anders konnte, hatte einen neuen Kommandanten ernannt, aber die *Calypso* würde immer sein Schiff bleiben; er hatte sie von den Franzosen erbeutet, sie auf den Westindischen Inseln neu ausgerüstet, ihr einen neuen Namen gegeben und sie ins Gefecht geführt ... Er kannte jeden einzelnen Mann an Bord, und die meisten seiner Offiziere waren von ihm befördert worden. Jeder seiner Leute war mit ihm mehrere Male im Gefecht gewesen, und Männer wie Jackson, Stafford und Rossi hatten sein Leben gerettet – er selbst auch die ihren.

»Sir, was immer es auch ist, ich bin sicher, es ist eine ernste und ungewöhnliche Angelegenheit. Ich kenne Bullivant nur vom Hörensagen, aber ich kenne meine Offiziere. Der Erste Leutnant, Aitken, hat sich dieses Signal ausgedacht. Auch da bin ich sicher. Er ist ein sehr verantwortungsbewußter junger Offizier.« Er erinnerte sich an Clintons leichten Akzent und fügte hinzu: »Und er kommt aus einer alten schottischen Familie mit Verbindungen zur Marine.«

Clinton kratzte sich den Kopf, als hegte er irgendeinen Zweifel, wenn Ramage auch nicht ahnte, was ihn beunruhigte. »Lassen Sie mich ein wenig darüber nachdenken. Also, sind wir mit *Murex*-Geschichte fertig? Ich brauche natürlich eine Liste mit den Namen der Meuterer und eine der loyalen Seeleute, sowie der Deckoffiziere und Offiziere, die gegen die Meuterer aussagen können. Der Erste Leutnant der Brigg kann sich darum kümmern. Das Marineministerium wird das letzte Mannschaftsverzeichnis haben und kann ein paar Plakate mit den Namen dieser meuterischen Halunken drukken lassen. Die Kerle werden auf französischen und neutralen Schiffen anheuern müssen oder verhungern, und wir werden sie erwischen und sie mit einem ›Bridport Dolch erstechen‹, genauso, wie wir es mit den Schurken von der *Hermione* gemacht haben.«

Admirale verwendeten selten Slangausdrücke – Ramage hatte das jedenfalls noch nicht erlebt –, aber ›Bridport Dolch‹ war durchaus angemessen. Einige der besten Seilerwaren in der Marine, insbesondere Hanfleinen, kamen aus der Stadt Bridport in Dorset, und Hanfleinen wurden immer bei der Hinrichtung durch den Strang verwendet. Die Seeleute mit ihrer Vorliebe für bizarre Euphemismen hatten schnell die Stadt, den Hanf, die Schlinge und den Tod zu einer hübschen Redewendung verbunden.

»Ich werde Ihnen die Liste sofort anfertigen lassen, Sir, und damit wäre dann die *Murex*-Affäre abgeschlossen. Aber da ist noch eine andere Sache. Sie erinnern sich, daß ich schon erwähnte, daß der Graf von Rennes und rund fünfzig weitere Royalisten gerade auf die Teufelsinsel gebracht werden.«

Admiral Clinton nickte. »Rennes? Ist das nicht der Flüchtling, der einen Landsitz in England hat? Da unten in Rukkinge, meine ich mich zu erinnern. Mein Haus ist in Great Chart, und meine Frau und ich sind ihm einige Male begegnet. Ein Freund des Prinzregenten, glaube ich.«

»Das ist er, Sir. Er kehrte nach dem Friedensschluß nach Frankreich zurück. Meine Frau und ich besuchten ihn gerade, als er verhaftet wurde, und sein Diener versteckte uns. Ich habe den Diener an Bord der *Murex* – er ist einer der vier Franzosen, die mir halfen, das Schiff zurückzuerobern.«

»Die anderen – sind das Leute wie der Graf?«

»Ich weiß nicht, was für Leute es sind, Sir, aber die *L'Espoir* wurde in aller Eile seeklar gemacht, als Bonaparte erfuhr, daß unser Botschafter im Begriff sei, Paris zu verlassen.«

»Wir sind also zu spät dran, um sie an der Flucht zu hindern. Die *L'Espoir* befindet sich auf dem Weg zur Teufelsinsel.«

»Sie hat nur wenige Stunden Vorsprung, Sir. Sie verließ Brest ungefähr eine halbe Stunde vor der *Murex*.«

Admiral Clinton hing inzwischen seinen eigenen Gedanken nach und redete leise vor sich hin. »Nur eine Fregatte kann eine Fregatte einholen. ›En flute‹, sagen Sie, also weniger Männer und weniger Kanonen; mehr Bewacher wegen der Gefangenen. Ja, ich sollte lieber eine Fregatte abkommandieren; es wäre verdammt unangenehm, wenn der Prinz hörte, daß nichts unternommen wurde. Aber wenn ich den Grafen von Rennes wieder mitbrächte ..., die Fregatte wäre auch eine schöne Prise, und das wäre meine achte.«

Er schrak zusammen, als wäre er überrascht, daß er nicht allein im Raum war.

»Ah, Ramage, ja nun, hatte gerade eine Idee in bezug auf dieses verdammte Signal von der *Calypso*. Sie haben ja die Extraleute von Wells Fregatte, die *Murex* ist also jetzt nicht unterbemannt. Segeln Sie mit ihr zur *Calypso* und sehen Sie nach, was zum Teufel da los ist. Sie kennen doch das Schiff wie kein anderer.«

Ramage nickte und fügte hinzu, was der Admiral nicht erwähnt hatte: »Das erspart Ihnen auch, eine Ihrer eigenen Fregatten abzustellen, Sir.«

»Tatsächlich, so ist es«, sagte Clinton, als wäre ihm dieser Gedanke nie gekommen. »Lassen Sie mir noch ein wenig Zeit, um mir über den Grafen von Rennes und die *L'Espoir* eine Meinung zu bilden; wenn ich also später noch Fragen habe, können Sie sie mir beantworten, wenn Sie von der *Calypso* zurück sind.«

»Wenn eine dringliche Entscheidung nötig wird, Sir, eine Situation, in der, meiner Meinung nach, der Flottenarzt vonnöten ist, soll ich dann noch einmal das Signal 215 über dem Kennzeichen der *Calypso* setzen?«

Clinton dachte einen Augenblick nach. »Das würde auch bedeuten, daß ich mit dem Flaggschiff zur *Calypso* kommen müßte?«

»Jawohl, Sir. Ich dachte nur, in einer Notfallsituation Zeit zu gewinnen.«

»Gut. Aber hören Sie, Ramage. Sie sind ein vernünftiger Mann. Ich habe alle Ihre ›Gazettes‹ gelesen. Neigen ein bißchen dazu, eigene Entscheidungen zu treffen. Wohlgemerkt, das ginge bei mir nicht, wenn Sie in meiner Flotte wären. Aber Sie haben Erfolg. Meine Befehle für Sie sind also wie folgt: Sie bekommen das auch noch schriftlich, dauert nur ein paar Minuten. Sie begeben sich an Bord der *Calypso* und finden eine Lösung für das Problem, das Sie dort vorfinden. Ich muß mich beeilen, meine Position vor Brest einzunehmen. Aus allem, was Sie mir berichtet haben, schließe ich, daß Bonaparte mehrere Schiffe dort hat, die er aus dem Hafen bringen möchte, bevor ich ankomme, um das Tor dichtzumachen. Warten Sie an Deck, während ich meinen blöden Sekretär dazu bringe, Ihre Befehle zu schreiben. Lassen Sie sich die Position der *Calypso* und alles, was Sie sonst noch brauchen, von Captain Bennet geben. Sieht so aus, als müßten Sie sobald wie möglich Ihren Schneider aufsuchen.«

Ramage grinste. »Lange Hosen haben viel für sich, wenn man die Außentreppe eines Schiffes hinaufklettern muß, Sir; Kniebundhosen sind eng.«

Clinton sagte: »Na gut. Es sei denn, Sie halten es für absolut notwendig, das Signal 215 zu setzen, kommen Sie wieder zurück und erstatten mir persönlich Bericht. Handeln Sie nach Ihrem Ermessen. Ich habe ein komisches Gefühl bei dieser *Calypso*-Geschichte. Bullivant muß gerade erst Kapitän geworden sein. Einfluß des Vaters, nehme ich an.« Wieder schien der Admiral in Gedanken zu versinken, und Ramage verließ leise den Raum.

Kapitän Bennett nahm Ramage mit in seine Kajüte und entrollte dort eine Karte. »Die Flotte steht hier«, er zeigte auf eine Linie dreißig Meilen westlich von Ushant, »und die üblichen Fregatten werden sich hier, hier, hier – vorausgesetzt, dieses seltsame Signal bedeutet nicht, daß die *Calypso* nach Plymouth zurückkehren muß – und hier befinden. Der Admiral hat immer gern zwei Fregatten in seiner Nähe, um unbekannte Schiffe zu untersuchen. Wollen Sie Breiten- und Längenangaben notieren?« fragte er.

Ramage schüttelte den Kopf und sagte: »Wahrscheinlich

bin ich in ein paar Stunden zurück, um Meldung zu erstatten. Wie weit, schätzen Sie, ist die *Calypso* von uns entfernt?«

»Nun, die *Blackthorne* befindet sich in Sichtweite von uns, und die *Calypso* kann die *Blackthorne* sehen. Ungefähr zwanzig Meilen. Eine Brigg wie die *Murex* läuft bei diesem Wind gut ihre fünf Knoten, ich vermute, ihr Boden ist sauber.«

»Sie ist sauber«, sagte Ramage, »aber da mir nur zwölf Mann zur Verfügung standen, habe ich nicht das Letzte aus ihr herausgeholt!«

»Nur ein Dutzend, wie?«

»Und vier Landratten, von denen nur einer Englisch spricht!«

In diesem Augenblick betrat, nach Ankündigung durch den Posten der Seesoldaten, ein bebrillter junger Mann den Raum.

Er händigte Ramage ein dünnes Buch und ein Blatt Papier aus. »Eine Kopie des Signalbuchs und die Befehle des Admirals, Sir; er legt Wert darauf, daß Sie sie lesen, bevor Sie das Schiff verlassen.«

Mit einem gemurmelten »Wenn Sie mich entschuldigen wollen« zu Bennett las er die in gestochener Handschrift geschriebenen Befehle. Die Sätze mit ihren stilisierten Formulierungen waren würdevoll, so wie sie von Ihren Lordschaften und Admiralen verwendet wurden, seit es die Marine gab. Sie liefen darauf hinaus, daß – was auch immer passierte – der Mann, der die Befehle gab, keine Verantwortung für die Konsequenzen übernahm, während der Mann, der sie bekam, keine Wahl hatte. In diesem Fall jedoch hatte Admiral Clinton offensichtlich die Marineliste konsultiert und gesehen, daß Ramage dienstälter war als Bullivant, und die Befehle, die notwendigerweise ohne Kenntnis der Probleme an Bord der *Calypso* abgefaßt waren, ermächtigten Ramage, »alle etwaigen Mißstände zu beseitigen und in Ordnung zu bringen und auch sonst alles zu unternehmen, was zum Nutzen der königlichen Marine und in bezug auf das hierin genannte Schiff erforderlich ist«.

Ramage faltete die Befehle zusammen und steckte sie in sein Hemd.

»Wenn Sie mich jetzt bitte entschuldigen wollen«, sagte er zu Captain Bennett und unterzeichnete schnell die Quittung für die Befehle und das Signalbuch, die ihm der junge Sekretär präsentierte.

Als er in den Kutter stieg, fühlte er sich hin und her gerissen. Oben im Norden ereignete sich etwas Seltsames auf der *Calypso*, ein Schiff, das er liebte, und eine Besatzung, die er als seine Familie ansah. Drüben im Westen brachte die *L'Espoir* Jean-Jaques und fünfzig weitere Opfer Bonapartes auf die Teufelsinsel, und das bedeutete eine harte Gefangenschaft, die eines Tages wahrscheinlich mit einem schnellen Tod durch das Gelbfieber beendet wurde.

Ramage sah zu, wie der kleine Kutter an Bord gehievt wurde, und hörte, wie Swan alle Vorbereitungen traf, um wieder unter Segel zu gehen. Das Extradutzend Seeleute bedeutete, daß die *Murex* unter vollem Zeug nach Norden segeln konnte.

Als Swan nach achtern kam, gab Ramage ihm die neue Kopie des Signalbuchs. »Lassen Sie einen Segeltuchbeutel nähen und beschweren Sie ihn mit einem Gewicht. Das Signalbuch muß immer in diesem Beutel aufbewahrt werden, der sofort über Bord zu werfen ist, wenn ...«

»Jawohl, Sir«, sagte Swan. »Jedenfalls ist das Schiff jetzt nicht mehr taubstumm!«

»Das könnten wir noch bedauern«, sagte Ramage. »Der Admiral wird alle Signalnummern ändern, nachdem die Franzosen wahrscheinlich im Besitz des Originalbuches der *Murex* sind.

»O nein, Sir, ich vergaß ganz, es Ihnen zu sagen. Ich befand mich an Deck, als die Meuterei ausbrach, und das Signalbuch und die Privatsignale lagen auf dem Kompaßhäuschen.

Es gelang mir, beide über Bord zu werfen, bevor die Meuterer das Schiff unter ihre Kontrolle brachten. Das kann ich beschwören, Sir.«

Ramage seufzte vor Erleichterung auf und sagte dann: »Ich wünschte, Sie hätten mir das eher berichtet. Der Admiral ist bereits dabei, die Nummer auszuwählen, die allen Signalen im Buch hinzuzusetzen ist, und stellt auch neue Privatsignale zusammen.«

»Nun, ich kenne die Strafbestimmungen im Zusammenhang mit Signalen, daher ...«, sagte Swan.

Beide Männer waren vertraut mit dem Satz, der einer Auflistung der Signale gewöhnlich folgte. Die neuen Privatsignale, die ihm der Sekretär des Admirals übergeben hatte, endeten mit folgender Warnung: »Die Kapitäne und anderen Offiziere, denen diese Signale zugestellt werden, haben den strikten Befehl, sie in ihrem eigenen Besitz zu bewahren, versehen mit einem ausreichend schweren Gewicht, um sicherzustellen, daß sie sofort untergehen, sollte es notwendig sein, sie über Bord zu werfen. Da sich außerordentlich schwerwiegende Folgen ergeben können, wenn der Feind in den Besitz dieser Signale kommt, falls ein Offizier diese Anweisungen nicht befolgt, wird er sich für etwaigen Ungehorsam vor einem Kriegsgericht verantworten müssen.«

Das war der Grund, weswegen Swan klarstellen wollte, daß er die Signalbücher über Bord geworfen hatte. Aber er würde sich trotzdem einem Kriegsgericht stellen müssen. Ein Kriegsgericht konnte einen Mann von jedem Verdacht freisprechen, genauso, wie es ihn schuldig sprechen konnte.

»Sie haben Zeugen?« fragte Ramage. »Vielleicht brauchen Sie sie.«

»Ja, ich verstehe, Sir«, sagte Swan. »Phillips hat mich gesehen und auch die beiden Rudergänger, die nicht zu den Meuterern gehörten.«

»Gut, das wird genügen. Nun, machen wir uns daran, unseren gegenwärtigen Befehl auszuführen. Steuern Sie zunächst nordnordwest und instruieren Sie die Ausgucks, nach zwei Fregatten Ausschau zu halten, von denen eine in Frankreich gebaut ist. Beide stehen ziemlich weit im Norden der Flotte. Wir sollen die am weitesten im Norden stehende aufsuchen, die in Frankreich gebaute.«

»Klingt fast nach Ihrem letzten Schiff, der *Calypso*«, sagte Swan und lächelte bei dem Gedanken.

»So ist es«, sagte Ramage und bedeutete ihm, mit an die Heckreling zu kommen.

Während die beiden Männer an der Reling auf und ab wanderten, außer Hörweite der Männer am Ruder und des Steuermanns, und Swan gelegentlich Befehle durch das Sprachrohr brüllte, um die Brigg Fahrt aufnehmen zu lassen, beschrieb Ramage, was geschehen war und warum die *Murex* zur *Calypso* geschickt wurde.

»Captain Bullivant«, sagte Swan, »offensichtlich ist er gerade erst zum Kapitän befördert worden. Wir waren beide als Leutnants auf der *Culloden*.

»Angenehmer Mann, wie?« sagte Ramage, dem klar war, daß Swan sich hüten würde, einen Kapitän bei einem anderen anzuschwärzen, der aber doch hoffte, Swan würde begreifen, daß er, Ramage, soviel wie möglich über diesen Mann erfahren mußte.

»Er hatte seine Freunde«, sagte Swan vorsichtig. »Sein Vater ist einer der größten Vertragslieferanten der Marine.«

»Ich habe davon gehört«, sagte Ramage. »Salzfleisch, nicht wahr?«

»Jawohl, Sir«, sagte Swan, unfähig, eine gewisse Bitterkeit in seiner Stimme zu verbergen. »Sie kennen das ja, ein Faß gepökeltes Rindfleisch, und außen aufschabloniert den Zusatz ›Enthält zweiundfünfzig Stück‹ ... Und wenn man dann nachzählt, sind es nur siebenundvierzig«, vollendete Ramage den Satz. »Und obwohl jedes Schiff in der Marine es im Logbuch festhält – die Nummer des Lieferanten auf dem Faß und die Anzahl der fehlenden Stücke – und obwohl die Logbücher zur Admiralität gehen und das Marineministerium den Lieferanten in jedem Fall nach der Nummer ausfindig machen kann, so werden doch nie Konsequenzen gezogen.«

»Aber die Bullivants dieser Welt und die Leute im Marineministerium, die von ihnen bestochen werden, werden reicher und reicher«, sagte Swan, dankbar, daß der neue zeitweilige Kommandant der *Murex* nur einen deutenden Finger und keine genaue Karte brauchte.

Die beiden Männer gingen zum Kompaßhäuschen, und nach einem Blick auf die Kompaßscheibe und einem Blick auf die Luvkanten der Segel nickte Ramage dem Steuermann zu.

Er gehörte, wie Ramage sah, zur ursprünglichen Besatzung der *Murex* , aber Swan hatte ihm bereits berichtet, daß er nur ein einfacher Matrose wäre. Er fragte sich, warum der Kommandant der *Murex* den Mann nicht wenigstens zum Vollmatrosen befördert hatte. Vielleicht hatte er ja einiges auf dem Kerbholz, war zwar ein guter Seemann, aber ein schwerer Trinker. Nur allzu viele Leute hielten sich nicht an die Bestimmungen und sparten sich ihre tägliche Rumration bis zum Ende der Woche auf, so daß sie sich dann richtig vollaufen lassen konnten. Sie wußten, daß sie wahrscheinlich ausgepeitscht werden würden, wenn sie sich betranken, aber nur zu vielen ausgepichten Trinkern schien ein Dutzend Hiebe mit der neunschwänzigen Katze eine angemessene Bezahlung für einen alkoholseligen Samstagabend.

Bei nahezu raumem Wind machte die Brigg gute Fahrt. Die Reihe der Schlachtschiffe, die das Gros der Flotte ausmachten, befand sich schon querab an Steuerbord und würde in einer halben Stunde steuerbord achteraus stehen und langsam unter dem Horizont verschwinden.

Für ihn gab es wenig zu tun, bis die *Blackthorne* und die *Calypso* in Sicht kamen, daher ging Ramage unter Deck, um sich mit Sarah zu unterhalten. Als er sie auf dem Sofa sitzen sah, mußte er an das Londoner Haus der Familie in der Palace Street denken. Dort wirkte Mrs. Hanson, die Frau des Butlers, auch als Haushälterin, und Ramage hatte einmal gehört, wie sie einen verärgerten Besucher beschrieb als ›im Begriff sauer zu werden, wie die Milch von gestern bei einem Gewitter‹.

Sarah machte keineswegs einen glücklichen Eindruck; Mrs. Hanson hätte ihren Gesichtsausdruck als ›entschieden angesäuert‹ bezeichnet. Kein Wunder, daß es den Offizieren verboten war, in Kriegszeiten ihre Frauen mit auf See zu nehmen.

»Da bist du also wieder«, sagte sie düster. »Nehmen wir jetzt Kurs auf Plymouth?«

»Nein, noch nicht«, erwiderte er. »Eine der zur Flotte gehörenden Fregatten ist die *Calypso* und ...«

»Aber sie ist doch dein Schiff!« rief Sarah aus, als sei sie plötzlich wieder zum Leben erwacht.

Er schüttelte den Kopf. »Als der Krieg plötzlich wieder ausbrach und der Erste Lord sich genötigt sah, eine Flotte in den Kanal zu entsenden, mußte er jedes einsatzbereite Schiff nehmen, das er bekommen konnte. Offenbar war die *Calypso* noch nicht außer Dienst gestellt, und da ich nicht im Lande war, wurde ein neuer Kommandant ernannt, der sie nach Plymouth brachte, wo sie Admiral Clintons Flotte unterstellt wurde.«

»Clinton? Die schottische Familie?«

»Ich denke schon; er spricht mit einem schottischen Akzent. Warum?«

»Er war einmal in Ostindien, und ich habe seine Bekanntschaft gemacht, als er Vater einen Besuch abstattete. Ich glaube, er wird sehr geschätzt.«

»Ja, wir haben Glück, daß er der Chef dieser Flotte ist.«

»Das spielt doch sicher für uns keine Rolle, wenn wir nach Plymouth gehen.«

»Liebste, ich habe keine Ahnung, ob wir nach Plymouth, Jamaika oder zum Kap der Guten Hoffnung segeln werden.

Alles, was ich weiß ist, daß Admiral Clinton mir einige Befehle gegeben hat, die ich jetzt ausführe. Das sollte nicht mehr als ein paar Stunden in Anspruch nehmen, aber«, seine Stimme wurde sanfter, »es geht um ein Schiff, um Männer und die See, daher ist nichts sicher.«

Sie verzog das Gesicht zum Abglanz eines Lächelns, als bemühe sie sich, ihre vorherige Schroffheit wettzumachen. Ein Anfang. Aber keineswegs eine Hinnahme der Tatsache, daß sie jetzt, zum ersten Mal in ihrer noch jungen Ehe, der Mond im Leben ihres Mannes war; die Sonne war die Marine. Das war natürlich genau das, wovor die Gräfin von Blazey sie vor der Hochzeit gewarnt hatte. Sarah gestand sich ein, daß sie Nicholas' Mutter für allzu fürsorglich in bezug auf sie beide gehalten hatte, als sie ihr sagte, daß Marinefrauen immer erst an zweiter Stelle rangierten. Nun, das hatte nicht verhindert, daß die Ehe der Gräfin außerordentlich erfolgreich war; der Earl of Blazey liebte seine Frau ganz offensichtlich und wurde ebenso wiedergeliebt, abgesehen von der Tatsache, daß er einer der herausragendsten Admirale in der Marine war, bevor er ein Opfer der Politik wurde.

»Darf ich erfahren, wie Admiral Clintons Befehle lauten?«

»Natürlich!« sagte er, hastig nach dem kleinen Ölzweig greifend, der allerdings eher prüfend betrachtet als dargeboten wurde. Schnell berichtete er, wie die *Calypso* Flaggen geheißt hatten, die ein ziemlich verwirrendes Signal darzustellen schienen. Es dauerte etwas länger, ihr zu erklären, daß es in der ganzen Marine nur drei Ärzte gab, während sich auf nahezu jedem Schiff ein Chirurg befand, aber die Angelegenheit machte sie neugierig.

»Was erwartest du zu finden?«

»Ich habe nicht die geringste Idee; und da es dem Admiral genauso geht, schickt er mich an Bord.«

»Aber dieser neue Kapitän, Bullivant, was ...?«

»Ich bin sicher, er wird nicht sehr erfreut sein, mich zu sehen!«

»Warum nicht? Ich könnte mir denken, daß ...«

Er unterbrach sie. »Stell dir doch nur mal die ganze Geschichte vor. Die *Calypso* ist nicht berühmt, aber die Leute haben von ihr gehört. Ich habe sie gekapert, wurde ihr Kommandant und bin einigemale mit ihr ins Gefecht gegangen. Alle Offiziere und ein Großteil der Besatzung würden von einem neuen Kommandanten als ›meine‹ Männer angesehen, denn normalerweise ist es so, daß der Kommandant seine eigenen Offiziere auswählt, wenn das Schiff in Dienst gestellt wird – ganz bestimmt aber den Ersten Offizier und die Fähnriche und wahrscheinlich auch den Navigator.«

»Dieser arme Kerl – er tut mir leid. Was er auch macht, von der Manier, wie er seinen Hut trägt, bis zur Art, wie er Befehle erteilt, er weiß, daß jeder an Bord ihn mit dem vorherigen Kommandanten vergleichen wird. Das kann ihm kein großes Selbstvertrauen geben. Sicher haßt er den bloßen Gedanken an mich. Mir würde es gewiß auch so gehen!«

»Dir bestimmt nicht; du würdest nur dafür sorgen, daß du alles besser machtest – und auch schneller. Du bist einer der glücklichen Menschen, die Selbstvertrauen haben.«

Ramages Lachen war bitter. Sie würde nie ermessen können, wie oft er in den Stunden vor einem Gefecht das Vertrauen in seine Fähigkeiten und in seine Pläne verloren hatte, die er oft in letzter Sekunde völlig geändert haben würde, wenn er nur Zeit gehabt oder irgendeine Alternative gesehen hätte. Selbst als er vor zwei Tagen mit den vier Franzosen und Sarah die *Murex* erobert hatte – ja, glaubte sie denn, er hätte da keine Zweifel gehabt, keine Ängste ausgestanden? Aber vielleicht war es besser, wenn sie wie alle anderen, die er auf der *Calypso* befehligt hatte, glaubte, dem wäre nicht so.

Er hörte einen Ruf aus der Takelage und dann Swans Frage an den Ausguck. »Wie peilt sie? Sind Sie sicher? Französische Bauart nach dem Decksprung? Danke, halten Sie weiter scharf Ausguck!«

Dann der Ruf den Niedergang hinunter: »Captain, Sir«,

aber Ramage hatte Sarah inzwischen einen hastigen Kurs gegeben und begann bereits den Niedergang hinaufzusteigen.

Swan wiederholte die Peilung. »Recht voraus, Sir, und der Ausguck sagt, er kann sie genau sehen, wenn wir oben auf einer Welle sind. Ich meinte auch, ich hätte ihre Segel einen Moment lang sehen können.«

»Seltsam, wie hilflos man sich ohne Fernrohr fühlt«, bemerkte Ramage. »Ich hätte eins auf dem Flaggschiff borgen sollen.«

»Ich kann mir nicht vorstellen, daß irgend jemand sein Glas hergibt, selbst wenn es für Captain Ramage ist«, sagte Swan scherzhaft.

»Da!« rief der Navigator. »Ich habe eben ein Segel ausgemacht. Das ist sie, da, recht voraus!«

10

Eine Stunde später kreuzte die Brigg den Kurs der Fregatte, wobei die *Murex* eine halbe Meile vor der *Calypso* vorbeilief.

»Sie hat keine Signale gesetzt«, bemerkte Swan.

»Das sehe ich auch. Aber wir sind jetzt in Luv von ihr; hissen Sie also Ihr Bezeichnungssignal und die Nummer 84.«

Swan gab den Befehl an zwei Seeleute weiter, die sofort die drei Flaggen heißten, welche die Schiffskennung der *Calypso* darstellten, und befahl zwei weiteren, die Zahlenwimpel acht und vier zu heißen.

»›In Rufweite passieren‹, nicht wahr, Sir?« fragte Swan. »Sie haben das Buch«, sagte er entschuldigend, »aber ich nehme an, das hat sich nicht geändert.«

»Ja, das ist richtig, aber ob Captain Bullivant beliebt zu gehorchen, ist eine andere Frage. Er könnte annehmen, daß eine Brigg, wie üblich, nur von einem Leutnant befehligt wird.«

»Ich denke, wenn ich an seiner Stelle wäre und eine Brigg kreuzte meinen Kurs und erteilte mir einen entschiedenen Befehl, dann würde ich annehmen, daß sich ein höherer Offizier an Bord befindet!«

»Wir werden ja sehen«, sagte Ramage. »Lassen Sie inzwischen 173 anstecken, klar zum Heißen, und Geschütz Nummer eins an Backbord mit einer Manöverkartusche laden. Es ist aber nicht notwendig, die Leute auf Gefechtsstation gehen zu lassen; lassen Sie das Bridges und ein paar Männer machen. Hier ist der Schlüssel zum Pulvermagazin. Er befand sich noch in der Schreibtischschublade.«

Swan genoß es, Flaggensignale mit Befehlen für Bullivant zu heißen, das war offensichtlich, und sein Vergnügen offenbarte mehr über Bullivant als seine vorherigen Kommantare. Ramage gab ihm das Signalbuch, da er annahm, daß sich der Erste Leutnant nicht mehr an die Bedeutung des Signals 173 erinnern würde.

Dieser blätterte schnell durch die Seiten, die seitlich mit einem Register versehen waren, auf dem die Signalnummern in Zehnern aufgeführt waren.

»Ah«, sagte Swan, »ein Kanonenschuß zusammen mit dem Signal hier sollten Wirkung zeigen!«

»Ja, wir wenden noch einmal; sie ignorieren die 84.«

Ramage sah, wie Bridges und zwei weitere Männer zum vorderen Geschütz an Backbordseite liefen, wo einige andere, auf Bridges' früheren Befehl hin, bereits die Laschings losnahmen.

Der Mündungsdeckel wurde abgenommen; ein Mann setzte das Steinschloß an und schraubte schnell die Flügelmutter an, mit der es festgeklemmt wurde. Die Kanone wurde eingeholt, eine Kartusche eingesetzt und mit dem Ansetzer niedergedrückt. Dann wurde die Kanone ausgerannt, eine Federpose in das Zündloch gestoßen und Zündpulver in die Pfanne geschüttet.

Bridges gab das Klarzeichen an Ramage, der die *Calypso* beobachtete, die ohne zu reagieren weitersegelte und steuerbord voraus auf sie zukam.

»Mr. Swan, wir werden sehr dicht unter dem Bug der *Calypso* vorbeisegeln.«

Ramage winkte den beiden Seeleuten, die die drei Flaggen für das Signal 173, ›Segel bergen‹, gesetzt hatten.

Während er die *Calypso* aus den Augenwinkeln beobachtete, sagte Ramage zu ihnen: »Laßt das Schiffskennzeichen stehen, aber holt die 84 nieder.«

Inzwischen brüllte Swan den Männern Befehle zu, und der Bug der Brigg drehte nach Steuerbord, Segeltuch begann zu schlagen, die Schoten und Brassen peitschten durch die Gegend, und Gischt stob wie ein feiner Regen über Deck, als der Bug durch die Wellen schnitt. Dann, als Swan den Befehl zum Holen gab, wurden die Rahen rundgebraßt und die Schoten getrimmt, so daß die Segel ihre üppigen Rundungen wiedergewannen. Die *Murex* begann wieder Fahrt aufzunehmen – genau vor den Bug der *Calypso*.

»Oh, großartig!« rief Swan aus. »Weniger als eine halbe Kabellänge! Wir könnten ihnen einen Schiffszwieback auf die Back werfen, wenn wir ihren Bug kreuzen!«

»Achtung« , rief Ramage und sah, wie der Geschützführer sich hinkniete, das linke Bein zur Seite gestreckt, die Abzugsleine gespannt in seiner rechten Hand.

Die *Calypso* war prächtig anzusehen, wie sie da ein wenig vorlicher als querab auf sie zukam. Männer beobachteten sie über das Schanzkleid hinweg; Ramage meinte zu sehen, wie der Ausguck im Vortopp eine Geste zum Deck hinunter machte.

»173 vorheißen!« befahl Ramage den Signalgasten und sah die drei Flaggen nach oben steigen. Er wandte sich nach vorn. »Mr. Bridges, Feuer!«

Die Kanone spuckte Feuer und Rauch, und einen Augenblick später ertönte das klanglose Blamm einer Manöverkartusche, das Standardsignal, das die besondere Aufmerksamkeit auf einen Flaggenheiß richten sollte.

Ramage spähte nach dem kleinsten Zeichen aus, daß die *Calypso* ihren Kurs änderte oder ihre Segel einzuholen begann. Es gab nur noch ein Signal, das er setzen konnte (108 – Näher an den Admiral heranschließen), aber wenn Bullivant auch das ignorieren sollte, was dann?

Begannen die Luvkanten der Segel leicht zu killen? Als die *Murex* vor der *Calypso* vorbeilief, waren die Masten der Fregatte einen Augenblick lang in Deckung gewesen, aber jetzt begann die Brigg die *Calypso* hinter sich zu lassen, und es war schwierig, eine etwaige Kursänderung festzustellen. Aber ja!

»Sie braßt ihre Untersegel scharf an, Sir!« rief Swan aus. Ja, ich kann erkennen, daß Leute in die Takelage gehen. Da, sie fangen an, die Segel aufzugeien!«

Ramage berechnete Entfernungen und Zeiten. Besser als Bullivant wußte er, wie lange es dauern würde, Fock und Großsegel, die untersten und größten Segel der Fregatte, aufzugeien; dann, wenn die *Calypso* an Fahrt verlor, würde das Vormarssegel backgebraßt, so daß der Wind jetzt auf die vordere Seite des Segel auftraf. Mit der gut ausgebildeten Mannschaft, die sie hatte, sowie Aitken und Southwick, konnte sie sehr viel schneller beigelegt werden als die kleinere, aber immer noch unterbemannte *Murex*.

»Sie dreht bei«, sagte Ramage zu Swan. »Kreuzen Sie noch einmal ihren Bug, und drehen Sie dann ebenfalls bei, sobald wir zu Luv sind.«

Hatte es Zweck, die Besatzung der *Murex* auf Gefechtsstation zu schicken? Zehn Kanonen, fünf auf jeder Seite, und nur ein Dutzend der Männer hatten sie jemals abgefeuert. Niemand würde seine Position in der Geschützmannschaft kennen. Nein, das gäbe nur ein Chaos, und zehn Kanonen gegen die *Calypso*, mit ihrer gut ausgebildeten, erfahrenen Mannschaft würden ungefähr so viel Schaden anrichten wie die Schimpfkanonaden von Bumbootfrauen.

»Sobald wir beigedreht haben, lassen Sie den Kutter aussetzen, damit ich an Bord der *Calypso* gehen kann.«

Swan sah etwas besorgt aus, sein Blick ging von Ramage zur Fregatte und wieder zurück. »Sir, Bridges und Phillips kommen mit dem Schiff ohne weiteres zurecht. Darf ich mit Ihnen auf die *Calypso* gehen? Nicht, weil ich neugierig bin«, setzte er eilig hinzu, »aber ich wäre beruhigter, wenn Sie einen Begleiter dabei hätten.«

Ramage hatte nicht an einen bewaffneten Begleiter gedacht, sondern an jemand, der sich als noch notwendiger erweisen könnte. »Ja. Aber Sie werden als Zeuge mitkommen. Halten Sie Augen und Ohren offen. Versuchen Sie, den genauen Wortlaut von Sätzen zu behalten. Mehr kann ich Ihnen nicht sagen, weil ich nicht weiß, was, zum Teufel, uns da erwartet.«

Als der Kutter im Bogen auf die *Calypso* zulief, erkannte Ramage verschiedene der Gesichter, die sich über dem Schanzkleid zeigten, aber niemand winkte zur Begrüßung und niemand stand an der Eingangspforte.

Aitken? Southwick? Der junge Paolo? Sie waren doch bestimmt an Bord, und obwohl sie wohl kaum erwarteten, ihren alten Kommandanten im Kutter einer Brigg längsseit kommen zu sehen, müßten einige von ihnen ihn doch inzwischen erkannt haben, da er sich auf den letzten hundert Yards bewußt im Kutter erhoben hatte. Bestimmt hatte irgend jemand durch ein Fernrohr gesehen. Daß eine Brigg einer Fregatte gebieterische Signale übermittelte, war ungewöhnlich genug, um die Ankunft des Kutters zu einer Angelegenheit von beträchtlicher Wichtigkeit zu machen.

Es schien nur einen kurzen Augenblick später, daß sie längsseit kamen und Ramage die Stufen der Außentreppe ergriff, als der Kutter sich auf einem Wellenberg befand. Er merkte, daß Swan direkt hinter ihm war. Eine Leine, die dem Kutter als Vorleine dienen sollte, kam wie eine Schlange vom Oberdeck herunter.

Keine Fallreeps; die *Calypso* erwies dem Kommandanten eines anderen Kriegsschiffes also nicht die übliche Höflichkeit, aber vielleicht war ja dafür auch die Zeit zu knapp gewesen. Ramage wußte allerdings, daß die Zeit dafür durchaus gereicht hätte, aber er wußte auch, daß Bullivant einen entsprechenden Vorschlag von Aitken und Southwick abgelehnt haben konnte.

Auf, auf, auf ... halt dich mit den Fingern an den Trittleisten fest, halte die Füße flach gegen die Schiffsseite, damit deine Schuhsohlen nicht abrutschen. Ja, diese Rille im Holz war ihm vertraut und jene Laschung in der Planke dort. Er konnte sich sogar an das Gefecht erinnern, bei dem der Rumpf beschädigt worden war.

Plötzlich konnte er das Deck sehen, und einen Augenblick später hatte er die Eingangspforte passiert, stand auf dem Deck und starrte in die Mündung einer Pistole, die sich in der Hand eines Mannes befand, den er nie zuvor gesehen hatte, der jedoch die Uniform eines Kapitäns trug. Er hatte nur eine Epaulette auf der Schulter, was bedeutete, daß er diesen Rang weniger als drei Jahre bekleidete, wie Ramage nebenher bemerkte.

»Stopp!« brüllte der Mann.

Er war jung, untersetzt, mit einem runden Gesicht, das – vor Ärger? – gefleckt war. Die Pistole in seiner rechten Hand war ein wunderschönes Exemplar mit einem Damaszenerlauf; die silbernen und goldenen Verzierungen der eingelegten Muster funkelten in der Sonne. Der silberne Krug in seiner Linken war ebenfalls mit einem komplizierten Dessin geschmückt, das den ganzen Krug umgab. Der Mann, der zu erregt schien, um einen zusammenhängenden Satz herauszubringen, machte einen Schritt vorwärts, als Swan an Deck auftauchte.

»Halt, beide stehenbleiben!« Er gestikulierte mit beiden Händen, als wolle er Hühner in ihren Stall zurückscheuchen, und dabei schwappte eine bernsteinfarbene Flüssigkeit aus dem Krug.

»Seht ihr, Piraten! Schaut ihn an, ein ›sans-culotte‹! Ein republikanischer Pirat. Und der andere ...«, er hielt inne, um Luft zu schnappen, und nahm dann, unerwartet, einen langen Schluck aus dem Krug. »Er trägt die Uniform des Königs.«

Ramage bemerkte, daß die Worte immer undeutlicher herauskamen und die Augen des Mannes glasig wurden. Der Mann – Ramage vermutete, daß es sich um Bullivant handelte – drehte sich um und zeigte mit der Hand. Ramage erkannte den Leutnant in der Uniform der Seesoldaten sofort als Renwick, jetzt blaß im Gesicht und von Furcht erfüllt, was sich an den zurückgezogenen Lippen zeigte. Ramage hatte gesehen, wie Renwick Breitseiten, Musketenschüssen aus naher Entfernung und Pistolenschüssen aus nächster Nähe mutig begegnete und den Hieben von Entermessern ungerührt auswich, doch der Offizier der Seesoldaten hatte immer ein Lächeln auf den Lippen, weil er den Kampf liebte. Jetzt hatte er Furcht? Einen Augenblick später wurde Ramage klar, warum.

»Erschießen Sie diese Männer!« schrie Bullivant. »Los doch, Ihre Seesoldaten stehen ja bereit! Die Arbeit des Teufels, das ist es, was diese französischen Schweine tun.«

Seine Wort wurden langsamer, und Ramage blickte in die Runde.

Da waren sie alle, in einem Kreis von Männern, denen die Angst ins Gesicht geschrieben stand: Aitken, der schottische Erste Offizier, Wagstaffe, der rothaarige Leutnant, und der sommersprossige Kenton, dessen Haut durch Wind und Sonne gerötet war und sich pellte, und der junge Martin, der Vierte Leutnant, und der alte Southwick, dessen weißer Haarmop wie immer unter seinem Hut hervorzuquellen suchte, und der Ramage plötzlich an Stroh erinnerte, das unter einer nistenden Henne hervorsteht. Und Paolo, dessen normalerweise bläßliches Gesicht jetzt fast weiß aussah, die Haut auf seiner Hakennase schien blutleer, als wäre er irgendein junges italienisches Modell für ein Botticelli-Gemälde.

Dann sah Ramage, daß jeder der Männer an Deck, Seeleute und Seesoldaten, ihn anstarrte, entsetzt von Bullivants Worten. Renwick bewegte sich nicht. Der Feldwebel der Seesoldaten blieb ebenfalls still stehen. Hier war wie durch ein Wunder ihr alter Kommandant aufgetaucht, wie ein französischer Fischer gekleidet, und ihr neuer Kommandant hatte gerade den Befehl gegeben, ihn zu erschießen.

Jetzt ergab das Signal, der Flottenarzt solle an Bord kommen, einen Sinn: Bullivant war durch seine Trinkerei wahnsinnig geworden, und vermutlich hatte Aitken das Signal zu einer Zeit setzen lassen, als Bullivant es nicht sehen konnte – während er unter Deck war.

Wo war Bowen, der Schiffsarzt? Ramage blickte sich um und sah ihn, mit einer großen Flasche in der Hand, den Niedergang heraufkommen. Jeder sah jetzt zu Bowen hinüber, und Bullivant lächelte; es war das leere Lächeln eines Idioten, schmeichlerisch und einladend.

»Ah, Mr. Bowen. Willkommen. Sie bringen mir Nahrung. Sie sehen die Dämonen, mit denen ich zu tun habe.« Er schwenkte Pistole und Krug in Richtung Ramage und Swan. »Hier! Sie kommen gerade zur rechten Zeit.« Er streckte Bowen den Krug entgegen, und dieser goß ihm aus der Flasche ein. Bullivant setzte den Krug an, schluckte und trank dann wie ein Kalb am Euter seiner Mutter.

Swan stieß Ramage leicht mit dem Ellenbogen an und veranlaßte ihn, nach unten zu sehen. Der Erste Leutnant der *Murex* hatte eine Marinepistole in den Bund seiner Kniebundhosen gesteckt und versuchte jetzt, Ramages Aufmerksamkeit darauf zu lenken, während Bullivant, den Kopf im Nacken und den Krug am Mund, die Augen geschlossen hielt.

Eine Situation wie diese fürchtete jeder Offizier. Wenn man versuchte einen Kommandanten seines Kommandos zu entheben, spielte man mit dem Risiko, des Landesverrats angeklagt zu werden. Was auf hoher See als Wahnsinn angesehen wurde, konnte als völlig vernünftiges Verhalten erscheinen, wenn der Kapitän es nüchtern vor einer Reihe von strengen Offizieren beschrieb, die in der Stille und Abgeschiedenheit einer Kajüte auf einem Stationsschiff in Plymouth oder Portsmouth zu einem Kriegsgericht zusammengekommen waren. Das ganze Gebäude der Disziplin ruhte auf der Autorität eines vorgesetzten Offiziers – ein Matrose gehorchte einem

Bootsmannsmaaten, der seinerseits dem Bootsmann gehorchte, der einem Leutnant gehorchte, der einem Kapitän gehorchte, der einem dienstälteren Kapitän oder einem Admiral gehorchte, der der Admiralität gehorchte: Es stand alles in den Kriegsartikeln ... Viele davon behandelten jeden Aspekt der Aufrechterhaltung der Kommandogewalt, Nummern XIX, XXII (welche die Todesstrafe für jeden vorsahen, der auch nur eine Waffe gegen einen Vorgesetzten erhob), und XXXIV und natürlich XXXVI, der sogenannte ›Kapitänsmantel‹, unter dem alle anderen Verbrechen, die im Gesetz nicht ausdrücklich genannt waren, Platz fanden. Keiner dieser Artikel bot die Möglichkeit, einen Mann seines Kommandos zu entheben ...

Bullivant war nicht nur ranghöher als alle Offiziere und Mannschaften der *Calypso*; seine Bestallung, unterzeichnet von den Lord Commissioners der Admiralität, die ihm die Kommandogewalt über die *Calypso* verlieh und die er der Besatzung bei seinem ersten Anbordkommen laut vorgelesen haben würde (ein Vorgang, der als »reading oneself in« bezeichnet wurde), verpflichtete alle Besatzungsangehörigen, ihm zu gehorchen, und wies sie gleichzeitig warnend darauf hin, daß jede Zuwiderhandlung »auf eigene Gefahr« erfolgte.

Nur eines konnte sie alle vor einem wahnsinnigen Kapitän retten, und das war ein ranghöherer Offizier. Es gab allerdings kein Signal im ganzen Buch, welches Aitken (als stellvertretender Kommandant) heißen konnte, um den Admiral von dieser Tatsache in Kenntnis zu setzen. Er konnte nur, das wurde Ramage jetzt klar, den Flottenarzt anfordern und hoffen, daß dieser den Kommandanten für unfähig erklären würde, ein Kommando zu führen.

Das war die einzige Möglichkeit, es sei denn, ein dienstälterer oder ranghöherer Offizier kam an Bord. Und das war auch der Grund, weswegen Admiral Clinton sich vergewissert hatte, daß Ramage vor Bullivant in der Kapitänsliste stand. Ramage war dienstälter. Ein höheres Glied in der Kommandokette …

Ramage zog die Pistole heraus und hielt sie hinter dem Rücken verborgen. All dieses könnte bei einer Kriegsgerichtsverhandlung von Bedeutung werden, wenn Bullivant sich gegen die Anklage verteidigen müßte, daß er einen unbewaffneten, ranghöheren Offizier mit einer Pistole bedroht habe. Hiergegen hatte Bullivant im Augenblick noch eine ideale Verteidigung, das war Ramage bewußt. Er kannte Ramage nicht, der keine Uniform trug, und hielt ihn wirklich für einen Franzosen.

Zur Hölle mit Kriegsgerichten und pingeligen Rechtsfragen; dies war die *Calypso*, und Renwick hatte gerade von seinem Kommandanten den Befehl erhalten, seinen Seesoldaten zu befehlen, Ramage zu erschießen. Jetzt war die Zeit zum Handeln gekommen, solange noch jeder von der Ungeheuerlichkeit dieses Befehls wie paralysiert war.

Ramage wartete, bis Bullivant den Krug absetzte, und trat dann einen Schritt vor.

»Captain Bullivant, nehme ich an?«

»Ja, das bin ich. Hören Sie mal, Bowen, dieser Bursche spricht ganz passabel Englisch!«

»Ich bin Captain Ramage und habe von Admiral Clinton den Befehl, an Bord Ihres Schiffes zu gehen und mir über gewisse Dinge Gewißheit zu verschaffen.«

»Captain Ramage? Absurd. Ramage befindet sich auf dem Kontinent. Gefangener von Bonaparte. Mit seiner jungen Frau. Der Frau von Ramage, nicht von Bonaparte. Spion, das ist es, was Sie sind. Reich, Ramage ist verdammt reich; er würde keine Fischerkleidung tragen. Diese Brigg – ich frage Sie, wo kommt die her? Werd' Sie erschießen und die Brigg versenken, meine Pflicht erfüllen. Sagt, er wäre Captain Ramage, Bowen, was halten Sie davon, eh?

»Er ist wirklich Captain Ramage, Sir«, sagte Bowen laut und deutlich. »Ich habe mehrere Jahre unter ihm gedient, und das gilt auch für alle Offiziere dieses Schiffes, und sie erkennen ihn auch.«

»Nun, ich nicht. Ich kommandiere dieses Schiff. Auf Befehl der Admiralität. Habe meine Bestallung. Habe sie laut vorgelesen, als ich an Bord kam. Sie sind so gut wie tot, wenn Sie mir nicht gehorchen.«

Ramage sagte knapp: »Ich habe Ihnen gesagt, wer ich bin, und alle Ihre Offiziere haben mich erkannt. Jetzt entbinde ich Sie Ihres Kommandos, Captain Bullivant. Sie sind ein kranker Mann. Sie werden in Ihre Kajüte gehen und sich unter die Obhut des Schiffsarztes begeben, während ich dieses Schiff zum Admiral bringe.«

Bullivant warf den Krug nach Ramage. Seinen Inhalt verspritzend, wirbelte er durch die Luft und krachte gegen das Schanzkleid. Dann hob er die Pistole und sagte sorgfältig, während er das Gesicht vor Anstrengung verzog: »Du bist der Teufel, gekleidet wie ein französischer Fischer. Du willst, daß ich dir – das Schiff übergebe, Satan. Aber eher werde ich schießen ...«

Er versuchte, den Hahn mit seinem Daumen zurückzuziehen, um die Pistole zu spannen, aber sein glasiger Blick ließ vermuten, daß er wahrscheinlich zwei, vielleicht auch mehr, Feuersteine sehen konnte. Und Ramage, wiewohl jetzt selbst im Besitz einer Pistole, war hilflos: Er konnte einen betrunkenen Mann nicht erschießen.

Vielleicht klappt es auf andere Weise, dachte er. Plötzlich kam ihm zum Bewußtsein, daß Bowen ihm genau diesen Weg hatte weisen wollen. Er verfluchte sich, weil er so begriffsstutzig gewesen war, und sagte im Gesprächston zu einem der Seeleute: »Jackson, heben Sie den Krug auf und geben Sie ihn Captain Bullivant zurück.«

Ja, Bowen hatte die richtige Idee; ausgerechnet Bowen, der Mann, der regelmäßig bis zum Umfallen getrunken hatte, bis Ramage und Southwich ihn mit einer Unbarmherzigkeit kurierten, deren keiner der beiden den anderen für fähig gehalten hätte. Bowen verstand die Situation. Bowen wußte – oder konnte sich vorstellen –, was in Bullivants benebeltem Verstand vor sich ging, und Bowen hatte bereits den Verschluß der Flasche geöffnet.

Jackson, den Krug in der ausgestreckten Hand, näherte sich Bullivant, dessen Gesicht schweißüberströmt war, und sagte, als sähe er nicht, daß der Mann mit einer Pistole herumhantierte: »Ihr Krug, Sir.«

»Wa', wassis das? Oh, Krug, eh? Hab' auch einen Satz davon. Leer zu nichts wert.«

Aber Bullivants Aufmerksamkeit gehörte jetzt dem Krug; er hatte die Pistole gesenkt, aber da er Rechtshänder war, fragte er sich offensichtlich, wie er denn den Krug nehmen sollte. Inzwischen stand auch Bowen neben ihm und hielt die Flasche bereit.

»Ich werde ihn für Sie füllen, Sir. Halten Sie ihn schön gerade, Jackson.«

Ramage hörte das Gluckern der Flüssigkeit, die von der Flasche in den Krug floß, und Bullivant beobachtete die Prozedur mit der Faszination eines Kaninchens, das sich einem Wiesel gegenübersieht.

»Das wär's, Sir, beinahe voll. Ich muß aber diese Flasche jetzt nachfüllen. Wenn Sie mir nun die Pistole überlassen würden, dann haben Sie die Hände frei, um den Krug zu halten, Sir.«

Im nächsten Moment hatte Bullivant den Krug an den Mund gesetzt und schluckte gierig, während Bowen die Pistole unter seinen Rock schob. Er gab Ramage und Jackson durch ein Zeichen zu verstehen, nichts zu unternehmen.

In diesem Augenblick merkte Ramage, daß jeder Mann an Deck Bullivant anstarrte und seinen Atem anzuhalten schien; es war so, als hätte seit einer Stunde vollkommene Stille geherrscht. Natürlich wußte Ramage, daß er erst ein paar Minuten an Bord war und daß eine Fregatte, die beigedreht vor dem Wind liegt, eine ganze Menge Geräusche macht: Segeltuch schlug hin und her, die Wellen klatschten gegen den Rumpf, die backgeholte Vormarsrah knarrte protestierend, weil sie hart gegen den Mast gepreßt wurde. Es schien, daß alle diese Geräusche wieder an sein Ohr drangen, als Bullivant zu trinken begann.

Aber worauf wartete Bowen noch? Nichts konnte Ramage jetzt davon abhalten, Renwick den Befehl zu geben, Captain Bullivant von ein paar Seesoldaten in seine Kajüte bringen zu lassen; dank seines Dienstalters hatte er die Befehlsgewalt und, was weit wichtiger war, die Gewißheit, daß jeder der Offiziere an Bord in dem Kriegsgerichtsverfahren, das ohne Zweifel folgen würde, genau das berichten würde, was sich ereignet hatte. Keiner würde schwanken, um möglichen Vergeltungsmaßnahmen zu entgehen, denen sie durch Bullivants Kumpane oder Leute, die unter dem Einfluß von Bullivants Vater standen, ausgesetzt sein könnten. Aitken, Wagstaffe, Kenton, Southwick, Renwick, Martin und jedes Mannschaftsmitglied – sie alle würden nur zu sehr darauf bedacht sein, einem Gericht unter Eid genau das zu berichten, was in diesen paar Minuten vor sich gegangen war – und auch, was sich in den vorherigen Tagen ereignet hatte. Er hatte diese Männer ins Gefecht geführt, er war mehrmals mit ihnen zusammen verwundet worden, er hatte Jacksons Leben mehr als einmal gerettet und verdankte seine eigene Rettung Jackson zweimal sooft.

Doch warum standen alle wie festgemauert? Es war eine seltsame Szene, unwirklich, eine Situation, die er nie vergessen würde. Bullivant, den Zweispitz schief auf dem Kopf, Kniebundhosen und weiße Seidenstrümpfe befleckt – und es sah eher nach Urin als nach Brandy aus – und das Gesicht schweißüberströmt. Die Augen waren jetzt geschlossen, selbst als er den Krug absetzte und ein paarmal Atem holte. Bowen blieb ganz ruhig und sah aus, als warte er nur, bis sich ein Patient den Mantel angezogen hatte; Jackson, dessen rotblonde, schon etwas dünn werdenden Haare so ordentlich saßen wie immer, war sauber rasiert und mit einem blauen Pullover und weißen Segeltuchhosen bekleidet; so wartete er regungslos; Southwick wirkte wie ein jovialer Bischof, der es nicht vermeiden konnte, einem Schwall von Blasphemie lauschen zu müssen; Aitken, dessen Gesicht wieder Farbe bekommen hatte, beobachtete Ramage wie ein Falke und wartete auf Befehle, ebenso Paolo. Tatsächlich bemerkte Ramage, daß der Junge einen langen und schmalen Dolch in der Hand hielt, den er gezogen haben mußte, als Bullivant mit der Pistole herumfuchtelte. Paolos Gesicht hatte wieder die übliche bläßliche Farbe, und obwohl er immer noch auf den Fußballen zu stehen schien, bereit sofort loszustürmen, war doch aus seinem Gesichtsausdruck abzulesen, daß ihm klar war, er würde den Dolch nicht mehr brauchen. Ramage kannte ihn gut genug, um die Enttäuschung des Jungen zu ermessen. Wagstaffe, Kenton, Martin und die Matrosen Stafford und Rossi standen näher bei ihm, als er gedacht hatte, und er vermutete, daß sie unmerklich herangekommen waren, als sie ihren alten Kommandanten erkannten.

Dann stöhnten die beinahe zweihundert Männer auf. Nein, es war kein Stöhnen, es war ein kollektiver Seufzer, so als atmeten alle aus, nachdem sie lange die Luft angehalten hatten. Ein überraschter Ramage richtete den Blick wieder auf Bullivant, rechtzeitig genug, um ihn sich setzen und sich langsam hinlegen zu sehen, so als entrolle man einen Teppich, bis er flach an Deck lag, den Zweispitz an einer Seite, den Krug immer noch mit einer Hand festhaltend, während sich die Reste des Brandy langsam zu einem großen Fleck über die Decksplanken ausbreiteten.

Bowen winkte den Seesoldaten, aber bevor er etwas sagen konnte, war Ramage vorgetreten. Bei einem Kriegsgericht würde es von Bedeutung sein, wer jetzt den nächsten Befehl gab, und obwohl Ramage seine eigene Situation ziemlich gleichgültig war, so konnte doch die Karriere seiner Offiziere leiden, wenn er jetzt nicht vorsichtig zu Werke ging.

»Bowen, Captain Bullivant scheint das Bewußtsein verloren zu haben …«

Der Schiffsarzt kniete neben dem Mann nieder und schob ein Augenlid zurück, löste das schlecht geknotete Halstuch und stand wieder auf. »Er ist ohne Bewußtsein, Sir«, sagte er formell, »und meiner Meinung nach …«

»Ist er Ihrer Meinung nach fähig«, unterbrach ihn Ramage, «seine Pflichten als Kapitän dieses Schiffes wahrzunehmen?«

»Nein, Sir, unter gar keinen Umständen. Noch wird er diese Pflichten mehrere …«

»Tage?«

»… mehrere Tage lang nicht wahrnehmen können, Sir.«

»Dann lassen Sie ihn bitte zur Behandlung in seine Kajüte schaffen«, sagte Ramage.

Die Formalitäten waren jetzt vorüber und, während Bowen einige Seesoldaten herbeirief, wandte sich Ramage zunächst an Southwick. Als Deckoffizier war der Navigator rangniederer als die Leutnants, aber er war alt genug, um ihr Vater, ja sogar ihr Großvater zu sein, und das Band zwischen ihm und Ramage war nicht mit normalen Maßstäben zu messen.

Als Ramage den Arm ausstreckte, um die Hand des alten Mannes zu schütteln, sah er, überrascht und gerührt, daß Southwick Tränen über die wettergegerbten Backen liefen, wenn der Mund auch lächelte. »Sir. Sir, als Ihr Kopf in der Pforte auftauchte, glaubte ich zu träumen. Wo waren …«

»Wir werden uns später darüber unterhalten. Jetzt haben wir erst einmal alle möglichen Dinge zu erledigen!«

Er schüttelte allen Leutnants die Hand, auch Paolo und verschiedenen Seeleuten, die sich herandrängten, weil sie immer noch Schwierigkeiten hatten, ihren eigenen Augen zu trauen und ihn unbedingt berühren wollten, als würde dadurch alles wirklich. Dann winkte er Swan zu sich, und sie gingen zusammen nach achtern.

»Was für fünf Minuten, Sir!« rief Swan aus. »Sie sehen in die Mündung einer Pistole, wie jemand, der eine Schaufensterauslage betrachtet. Mir erstarrte fast das Blut in den Adern, obwohl er gar nicht auf mich zielte!«

»Er sah mich bestimmt als fünf- oder sechsfache Erscheinung vor sich und war sich nicht sicher, wen davon er erschießen sollte.«

»Selbst wenn es so war«, sagte Swan, »fünf zu eins sind keine besonders guten Chancen.«

»Nun, es ist jetzt vorbei. Wenn ich Ihnen das Kommando über die *Murex* übergebe, mit dem Befehl, sich wieder dem Flaggschiff anzuschließen, schaffen Sie das? Niemand wird je erfahren, wenn Sie sich der Aufgabe nicht gewachsen fühlen; haben Sie also keine Scheu, es mir zu sagen.«

»Danke, Sir. Aber das wird schon gehen. Wenn Sie mir nur die Breite und Länge des Treffpunkts geben würden.«

»Wir können gemeinsam dorthin segeln. Ich muß dieses Schiff zum Admiral bringen. Brauchen Sie noch mehr Leute?«

Swan schüttelte den Kopf. »Nein, Sir, ich mache mich dann auf den Weg zurück zur *Murex*. Wie steht es mit Ihrer Ladyschaft? Soll ich sie mit dem Kutter herbringen lassen?«

»Nein, das kostet uns zuviel Zeit. Aber wenn Sie dafür sorgen, daß niemand anderer zuhört, können Sie ihr erzählen, was hier passiert ist.«

»Noch irgendeine andere Nachricht für Ihre Ladyschaft, Sir?«

»Sagen Sie ihr, daß Southwick, Stafford, Jackson und Aitken – nein, sagen Sie ihr einfach, daß alle Offiziere und die Mannschaft der *Calypso* ihr Grüße übermitteln.«

Swan wirkte verblüfft. Ramage konnte sich vorstellen, daß der Leutnant sich fragte, wie, um alles in der Welt, die frisch angetraute Frau eines Kapitäns alle Männer auf seinem vorigen Kommando kennen konnte. »Die Männer haben einmal ihr Leben gerettet, Swan. Wenn Sie Zeit haben und sie einverstanden ist, lassen Sie sich die Geschichte von ihr erzählen; es wird Ihnen helfen, sich die Zeit zu vertreiben, während wir zur Flotte zurückkreuzen.«

Ramage stand mit Aitken vorne auf dem Achterdeck und beobachtete, wie die *Murex* die Vormarsrah anbraßte und in Richtung auf den vereinbarten Treffpunkt Fahrt aufnahm; auch die aufgegeiten Untersegel standen schnell wieder voll und zogen.

»Schmucke, kleine Schiffe, diese Briggs«, sagte Aitken. »Vermissen Sie sie ein wenig, Sir?« fragte er, wohl wissend, daß Ramage früher die Brigg *Triton* kommandiert hatte.

»Ja und nein. Ja, weil es handige Schiffe sind – wir sind mit dieser da nur mit einem Dutzend Leuten aus der Hafeneinfahrt von Brest herausgekreuzt, und wenn ich so zurückdenke, hätten wir es auch wohl mit acht geschafft. Nein, weil ich es seltsam fand, gerade auf dieser da zu sein, auf der die meisten Angehörigen der Besatzung gemeutert und das Schiff (zusammen mit ihren loyalen Schiffsgenossen) dem Feind übergeben hatten. Es ist so, als färbe Verrat ab wie Ruß, der überall hängenbleibt und einen besonderen Geruch zurückläßt.«

»Aye, das Böse hat einen besonderen Geruch, und wir alle können ihn erkennen. In unserem Falle war es der Geruch von Brandy.«

»Es war schlimm, nicht wahr?«

»Fast unglaublich, Sir. Wir wußten nicht, wie das enden sollte. In den Kriegsartikeln oder in den Dienstvorschriften und Anweisungen findet sich dazu nichts. Bowen war der Meinung, daß medizinische Gründe der einzig sichere Weg seien, aber am ersten Tag, als der Alkohol ihn noch nicht in den Klauen hatte, machte er durchaus einen gescheiten Eindruck. Verschlagen und kriecherisch, aber scharfsinnig. Ich hatte den Eindruck, Sir, daß er vor dem Gericht alles ganz anders darstellen könnte, gesetzt den Fall, wir enthöben ihn seines Kommandos, und er dann gerissen genug wäre, ein paar

Wochen vor der Kriegsgerichtsverhandlung keinen Alkohol anzurühren ...«

»Ja, das ist die Gefahr. Wenn man eine Sache aus verschiedenen Blickrichtungen betrachtet, bekommt man verschiedene Ansichten.«

»Und Bowen wußte alles über die Auswirkungen des Alkohols. So kamen wir dazu ...«

Ramage hob eine Hand, um ihn am Weiterreden zu hindern. »Ich bin sicher, die Offiziere dieses Schiffes haben sich nicht gegen den Kommandanten verschworen, Aitken, denn das ist verboten. Wie Sie wissen, legt Artikel XX als einzige Strafe für jeden, ›der verräterische oder meuterische Machenschaften oder Absichten verheimlicht‹, die Todesstrafe fest. Erwähnen Sie also nichts, was auch nur entfernt an eine Verschwörung erinnern könnte. Der Zuhörer macht sich damit ebenso schuldig.«

Aitken grinste. »Ich verstehe, Sir. Nun, es ist wunderbar, Sie wieder an Bord zu haben.«

Ramage nickte und sah zur *Murex* hinüber, die inzwischen zwei Meilen entfernt war. »Ich denke, wir können uns jetzt ebenfalls auf den Weg machen, damit wir uns zusammen mit der Brigg beim Admiral melden können. Admiral Clinton weiß nämlich überhaupt nicht, was er von dieser Angelegenheit halten soll.«

Sie gingen wieder nach vorn, und Aitken setzte das Sprachrohr an den Mund. Ramage mußte daran denken, was seit dem Tag, an dem er vor rund zwei Monaten an dieser Stelle gestanden hatte, als sie den Medway hinauf nach Chatham segelten, alles passiert war: Er hatte geheiratet, war nach Frankreich gereist und nur knapp der Verhaftung entgangen, als der Krieg wieder ausbrach, hatte die Brigg *Murex* zurückerobert und den neuen Kommandanten der *Calypso* seines Kommandos enthoben. Was er nicht getan hatte war, Jean-Jaques zu befreien.

»Ich gehe unter Deck, um nach Bowen und seinem Patienten zu sehen«, sagte er Aitken. Er gab ihm ein gefaltetes Papier. »Hier ist der Treffpunkt; Sie werden die Flotte vor Einbruch der Nacht zu Gesicht bekommen. Wenn die *Blackthorne* irgendwelche Signale setzt, ignorieren Sie das am besten. Für das, was wir machen, gibt es im ganzen Buch kein Signal.«

Unten in der großen Kajüte fand er Bowen im Stuhl am Schreibtisch sitzend vor, während Bullivant, jetzt in sein Nachthemd gehüllt, in der Koje lag und in seinem Alkoholrausch schwer schnaufte; seine Lippen flatterten wie nasse Wäsche, jedesmal wenn er ausatmete.

Bowen stand eilig auf, als der Posten Kajüte Ramage ankündigte, der ihm jedoch bedeutete, sitzen zu bleiben.

»Ich werde den Armsessel nehmen. Es ist gut, Sie zu sehen, Bowen. Ich wünschte, es geschähe unter glücklicheren Umständen ...«

»Oh, ich hoffe, es wird sich alles zum Besten wenden, Sir«, sagte Bowen. »Wir haben jetzt noch ungefähr eine Stunde, bevor Captain Bullivant das Bewußtsein wiedererlangt und in die Hölle des Delirium tremens hinabsteigt.«

»Hölle ist das richtige Wort; er scheint wirklich davon besessen. Er erkannte mich als den Teufel, als ich an Bord kam.«

»O ja, Satan ist für ihn ganz real. Die letzten fünf oder sechs Tage glaubte er, das Schiff röche nach Schwefel. Er ließ die Leutnants das ganze Achterdeck mit Weihwasser bespritzen, in das er einen Schuß Brandy gegossen hatte, um den Teufel auszutreiben, aber der Versuch war nicht von Erfolg gekrönt.«

»Dieses Gespräch hat nie stattgefunden«, sagte Ramage, »also berichten Sie mir alles von Anfang an.«

»Nun, Sie wissen schon eine ganze Menge über die Umstände, wenn Sie sich daran erinnern, wie ich als Schiffsarzt auf die Brigg *Triton* kam«, sagte Bowen mit bestürzender Offenheit.

»Es gibt zwei Arten von schweren Trinkern: Diejenigen, die heimlich trinken, bis sie völlig benommen sind, und die anderen, denen alles egal ist und die sich in aller Öffentlichkeit betrinken. Captain Bullivant ist ein heimlicher Trinker, daher weiß niemand etwas davon – außer vielleicht seine Familie und seine Frau, falls er verheiratet ist. Aber aus eigener Erfahrung kann ich Ihnen sagen, daß er schon seit Jahren übermäßig trinkt. Fünf oder sechs Jahre, auf jeden Fall. Sehen Sie sich die Adern in seinem Gesicht an, an seiner Nase, in seinen Augen, wenn sie offen sind. Und er sieht zehn oder zwanzig Jahre älter aus, als er ist.«

»Aber wie war es, als er an Bord kam?« fragte Ramage.

»Ah ja. Wir waren mit der Außerdienststellung etwas ins Hintertreffen geraten, weil wir Schwierigkeiten mit der Werft hatten, und das war ja letzten Endes auch ganz gut so. Wir, das heißt Mr. Aitken, weil Sie selbst natürlich in Urlaub waren, bekamen plötzlich den Befehl, das Schiff sofort wieder in Dienst zu stellen, und der Werftkommissar ließ uns wissen, daß der Krieg wahrscheinlich jeden Moment wieder ausbrechen würde. Er sagte auch, daß der Erste Lord einen neuen Kommandanten ernennen würde, wenn Sie nicht rechtzeitig aus Frankreich zurückkämen.

Wir hatten das Schiff so schnell wieder seeklar, daß wir bestimmt einen Rekord aufgestellt haben, und dann tauchte Captain Bullivant auf und las uns seine Bestallung zum neuen Kommandanten vor. Er war sehr energisch und hocherfreut über alles, was Aitken und Southwick getan hatten. Er machte einen sehr guten Eindruck auf jeden, der ihm begegnete, außer auf einen.«

»Und das waren Sie.« Es war eine Feststellung, keine Frage.

»Ja, ich kannte die Symptome, die sonst niemand erkennt. Das dauernde Schwitzen, das leichte Zittern der Finger, wenn die Hände ausgestreckt sind, die etwas glasigen Augen und das Gefühl, daß sie nie ganz richtig fokussiert sind, der

Geruch von Cashews in seinem Atem … seine scheinbare Abstinenz und sein mangelndes Interesse an Weinen und geistigen Getränken. Als sein Gepäck an Bord gebracht wurde, gab ich Jackson einen Wink, und er sorgte dafür, daß jeder Koffer kontrolliert wurde. Einer gab ein leichtes Klirren von sich; er war gefüllt mit Flaschen, sorgfältig verpackt, bis auf zwei, die ihn verrieten.«

»Und nachdem er seine Bestallung verlesen hatte?«

»Am nächsten Tag ging alles gut. Es kamen Befehle von der Admiralität, nach Plymouth zu gehen und uns dort Admiral Clintons Kommando anzuschließen. In der Nacht standen wir vor der *Nore* und fanden uns plötzlich in der Mitte der Harwich-Fischerflotte. Aitken schickte nach dem Kommandanten, der so betrunken an Deck erschien, daß er sich kaum auf den Beinen halten konnte, ohne sich an irgend etwas festzuhalten. Das war das erstemal, daß wir ihn sagen hörten, er sähe den Teufel.«

»Wie sah er denn aus?« fragte Ramage.

»Nun, wir konnten ihn nicht sehen, weil er nur in dem alkoholischen Nebel auftauchte, der Captain Bullivants Hirn einhüllte, aber wir hörten genau, wo er sich befand: erst fünfzig Yards auf einem Bug und dann auf dem entgegengesetzten, im Begriff, uns in der Längsrichtung unter Feuer zu nehmen.«

»Mit leeren Flaschen vermute ich.«

Bowen grinste und schüttelte den Kopf. »Nein, er befand sich auf der Back eines Dreideckers, der mit orangenen Streifen angemalt war, wie ein prachtvoller Sonnenuntergang – das waren genau Captain Bullivants Worte, wenn er auch nicht erklärte, wie er diese Farben in der Dunkelheit sehen konnte. Das alles überraschte die Leutnants und Southwick, Sir; ich hatte meine früheren Beobachtungen für mich behalten, denn mir war nicht klar gewesen, daß er schon das Stadium eines periodisch auftretenden Delirium tremens erreicht hatte. Da hatte ich mich geirrt. Ich hätte Aitken warnen sollen.«

»Aber die *Calypso* hat doch wohl keines der Fischerboote in Grund gebohrt?«

»Nein, glücklicherweise nicht. Jedenfalls gelang es mir schließlich, den Captain zu beruhigen und in die Koje zu bringen. Am nächsten Morgen war er – in den Augen eines Laien – vollkommen normal, aber in der Abgeschiedenheit seiner Kajüte trank er sich jede Nacht bis zur Besinnungslosigkeit voll, bis wir in Plymouth waren. Dort sprach mich Aitken daraufhin an, ob er die Sache nicht Admiral Clinton melden solle.«

»Und was haben Sie ihm geraten?«

»Nun, Sir, ich dachte an meine eigene Gerissenheit, als Sie und Southwick mich zu kurieren versuchten, und kam zur Überzeugung, daß Captain Bullivant ein schlauer und sich seiner Schwächen wohl bewußter Mann sei und durch seinen Vater genügend Einfluß im Marineministerium habe, daß er alles, was wir zu unternehmen in der Lage wären, zunichte machen könnte. Admiral Clinton hatte alle Hände voll zu tun, um seine Flotte zusammenzustellen, und wenn Aitken in diesem Moment mit der Geschichte, daß der Satan hinter der *Calypso* her sei, auf dem Flaggschiff erschienen wäre, dann, fürchte ich, würden wir einen neuen Ersten Offizier, aber keinen neuen Kommandanten bekommen haben.«

»Die Flotte segelte also los. Was geschah dann?«

»Nun, das war genau das, worauf Captain Bullivant gewartet hatte: Er überließ praktisch den gesamten Betrieb des Schiffes Aitken. Er gab den Befehl, daß er ›nicht mit Signalen behelligt werden wolle‹ und daß Aitken alle Befehle vom Flaggschiff ausführen solle, ›ohne ihn zu belästigen‹. Daraus entnahmen wir, daß er hier in seiner Kajüte weitertrinken würde, aber gelegentlich tauchte er an Deck auf und begann, über den Teufel zu phantasieren. Er trieb ihn gewöhnlich aus seiner Kajüte hinaus, den Niedergang hinauf zum Achterdeck, wo er ihn hinter dem Kompaßhäuschen und dann hinter einer Karronade entdeckte, bis er schließlich versuchte in die Wanten zu gehen ...«

»Konnten Sie nichts unternehmen?«

»Offen gesagt hatte dazu niemand den Mut. Wenn wir ihn gepackt und unter Deck gebracht hätten, und er hätte sich später daran erinnert, könnte jeder von uns – Seesoldat, Seemann oder Offizier – vor Gericht gestellt werden, weil er sich an einem Vorgesetzten vergriffen hatte. Also suchten wir alle nach dem Satan, versuchten die bösen Geister auf dem Achterdeck zu bannen.«

»Und die Anforderung des Flottenarztes?«

»Das war, als sein Delirium den kritischen Punkt erreichte. Gestern ließ er die Besatzung achtern antreten und inspizierte sie.«

»Das ist so ungewöhnlich nicht«, bemerkte Ramage, der das Gefühl hatte, er müßte irgend etwas, und sei es auch noch so geringfügig, zu Bullivants Verteidigung sagen.

»Nein, Sir, außer wenn Sie nach dem Teufel selbst suchen – und ihn dann, versteckt im Körper dreier Männer, auch finden!«

»Welche drei waren das?« fragte Ramage verblüfft.

»Der Matrose Rossi, der junge Neffe der Marchesa Paolo Orsini und Southwick!«

»Rossi und Orsini, das könnte ich noch verstehen. Sie haben beide eine bläßliche Hautfarbe und schwarze Haare. Aber Southwick! Ich denke immer, er sieht wie ein Bischof aus.«

»Das ist auch genau das, was Captain Bullivant sagte! Er prangerte Southwick an, weil ein Bischof ja unmöglich als Navigator auf einem Schiff des Königs dienen könne, deshalb müsse er der Teufel in Verkleidung sein.«

»Aber wie entstand daraus eine Krise?«

»Er schwor, daß er jeden Tag einen der Teufel hängen lassen würde, bis das Schiff frei von ihnen wäre. Southwick sollte als erster dran glauben und heute bei Sonnenuntergang gehängt werden.«

»Aber die Männer würden ihm doch nie einen Strick um den Hals legen!« sagte Ramage. Die ganze Sache war unvorstellbar.

»Sir«, sagte Bowen ernsthaft, »in dem Augenblick, in dem der Captain jemandem einen Befehl gibt und die Ausführung dieses Befehls wird verweigert, ist das ein Verstoß gegen so viele Kriegsartikel, daß ein Kriegsgericht nur die Todesstrafe aussprechen kann.«

»Und so ...?«

»Und so sagte ich Aitken, der einzige Ausweg läge darin, medizinische Gründe ins Feld zu führen, um auf diese Weise den Admiral einzuschalten. Ich hatte noch einen Plan, falls der erste mißlingen sollte – ich meine das Signal, mit dem wir den Flottenarzt anforderten. Aber ich war zu der Zeit nicht sicher, ob die Sache funktionieren würde. Glücklicherweise klappte es ja doch.«

»Der Krug mit Brandy und die Flasche?«

»Ja, Sir. Es ist die Wahl des richtigen Zeitpunkts, die schwierig ist. Die Beurteilung, wieviel Brandy nötig ist, um einen Mann ins Land der Träume zu schicken. Es hängt davon ab, wieviel er in den vorhergehenden Stunden getrunken und ob er etwas gegessen hat.«

»Ihr Timing hätte nicht besser sein können.«

»Ich hielt alles für verloren, als er versuchte, Ihnen den Krug an den Kopf zu werfen. Gott sei Dank merkten Sie ja, was ich vorhatte.«

»Ich war schwer von Begriff. Ich war überrascht, als ich sah, daß Sie ihm noch mehr zu trinken anboten. Dann, um ehrlich zu sein, erinnerte ich mich daran, was gewöhnlich passierte, als Southwick und ich Sie kurierten.«

»›Meine medizinische Ausbildung vervollständigten‹ wäre eine taktvollere Formulierung, Sir, als ›kurierten‹.«

»Ganz nach Belieben. Auf jeden Fall danke ich Ihnen. In meinem und auch im Namen der drei Teufel!«

»Nun, Aitken und der junge Orsini hatten die Idee mit dem

Signal. Ich hatte Aitken gesagt, wir sollten alles auf medizinische Gründe abstellen, und da haben sich die beiden das mit dem Signal ausgedacht. Aitken konnte es jeweils nur zehn bis fünfzehn Minuten stehen lassen.«

»Das reichte. Die *Blackthorne* wiederholte es, und so erfuhr es der Admiral.«

»Und er schickte Sie sofort her?«

Ramage gab ein trockenes Lachen von sich. »Nein. Wenn die meisten Besatzungsmitglieder der *Murex* nicht gemeutert hätten und in den Hafen von Brest eingelaufen wären, und ich nicht auf Hochzeitsreise in der Nähe von Brest gewesen wäre, und meine Frau und ich nicht die Hilfe von vier Franzosen gehabt hätten, so daß wir die *Murex* zurückerobern konnten, und es uns nicht gelungen wäre, heimlich aus dem Hafen herauszusegeln und dann zufällig auf Admiral Clinton und seine Flotte zu stoßen, und die *Calypso* nicht mein altes Schiff gewesen wäre – dann verehrter Medizinmann, dann würde Ihr Signal wohl kaum die Aufmerksamkeit erregt haben, die es verdiente. Aber: Ende gut, alles gut ...«

»Aber wird dies alles gut enden?« fragte Bowen besorgt. »Wir haben ihn immer noch«, damit deutete er auf die Schlafkammer, »dort drinnen. Angenommen, der Admiral will nicht ...«

»Oh, er wird etwas mit ihm unternehmen, da bin ich sicher. Wen Sie an seiner Stelle bekommen werden, kann ich natürlich nicht sagen. Wahrscheinlich den Ersten Leutnant des Flaggschiffs, das ist normalerweise die Person, die das erste freie Fregattenkommando erhält.«

»Aber die *Calypso* befindet sich noch innerhalb der Kanalzone.«

»Das wird sie nicht mehr sein, wenn der Admiral die Ernennung vornimmt. Brest liegt schon außerhalb der Grenze. Er ist schließlich nicht von gestern!«

»Und Sie, Sir?«

Ramage zögerte etwas und dachte an die *L'Espoir*, die inzwischen, während die *Calypso* und die Brigg wieder zur Flotte stießen, ein gutes Stück weiter auf dem Weg zur Teufelsinsel war. Alles hing von Admiral Clinton ab. Würde die Freundschaft des Prinzen von Wales mit einem französischen Flüchtling ins Gewicht fallen? Wahrscheinlich nicht. Fast mit Sicherheit nicht. Und selbst wenn es so war, hatte Clinton bestimmt seine eigenen favorisierten Fregattenkapitäne, und einer von ihnen würde Befehle erhalten, die ihm Ruhm und Ehre verschafften oder, falls er versagte, dafür sorgen würden, daß er seine Rahen für immer vierkant brassen konnte!

»Ich denke, ich werde die Brigg nach Plymouth zurückbringen und der Admiralität melden, was ich von der Meuterei weiß.«

»Und Ihre Gattin, Sir? Ist Ihre Ladyschaft noch in Frankreich? Sie erwähnten sie, als sie über die Wiedereroberung der Brigg sprachen.«

»Ja, wir flohen zusammen, und sie befindet sich jetzt an Bord der *Murex*. Sie wollte eigentlich mit auf die *Calypso* kommen, aber ich hatte Bedenken, weil ich nicht wußte, was ich hier vorfinden würde.«

»Ich hoffe, Ihre Ladyschaft beugte sich der Entscheidung bereitwillig.«

»Nun, Sie kennen Ihre Ladyschaft, Bowen. Ich bezweifle, daß irgend jemand sie als unterwürfig bezeichnen würde«, sagte Ramage.

Bowen lachte, denn seine Erinnerungen an Lady Sarah Rockley, wie sie vor ihrer Heirat hieß, waren die an eine lebhafte und temperamentvolle Frau von großer Anmut und Schönheit, die die Aufmerksamkeit aller Männer in einem Salon fesseln konnte und die andere Frauen so fade aussehen ließ wie abgestandenes Bier.

11

Admiral Clinton saß an seinem Schreibtisch mit der gespannten Vorsicht eines Hirsches in einem niedrigen Gehölz am Ende einer Bergschlucht. Er versuchte zu entscheiden, ob die fünf vor ihm sitzenden Männer unschuldige Besucher oder ein Quintett von Angreifern waren, die ihn in einer Pulverdampfwolke zu entern gedachten.

»Nun denn«, sagte er schließlich, wobei sein schottischer Akzent breiter wurde, so daß Ramage sich an Sarahs Bemerkung über die Familie erinnerte, »hier sind Sie also alle. Lassen Sie mich sehen: Dr. Travis, mein Flottenarzt; Sie kenne ich gut genug, und das sollte ich wohl auch, schließlich sehe ich Sie jeden Tag. Sitzen Sie bequem in dem alten Sessel?«

Travis, großgewachsen und hager und genauso aussehend, wie sich jeder einen etwas sauertöpfischen Mediziner vorstellt, hatte offensichtlich in Edinburgh promoviert, und sein kurzes »Aye« war alles, was er sich im Augenblick zu sagen erlaubte.

»Und mein Flaggkapitän – sitzen Sie bequem, Bennett? Ich weiß, Sie ziehen es vor zu stehen, aber bei der geringen Höhe dieses Raumes und Ihrer Größe würde mich das beunruhigen!«

Außer Travis lachten alle pflichtschuldig. Captain Bennett war nur etwa einen Zoll größer als fünf Fuß, und selbst sein Haar, drahtig und wie eine Perücke auf seinem Kopf sitzend, war noch gute fünf Zoll von den Decksbalken entfernt.

»Und dann haben wir da Captain Ramage. Eigentlich Lord Ramage, aber er erspart uns mögliche Peinlichkeiten, indem er keine Verwendung von seinem Titel macht. Sie müssen ein eifersüchtiger Mann sein, sonst hätten Sie ihre schöne Frau mitgebracht.«

Ramage lächelte, nicht ganz sicher, ob der Admiral einen höflichen Scherz machte oder nicht. »Sie hat nur das zerrissene Kleid einer Fischhändlerin anzuziehen, Sir, und wartet daher lieber auf eine günstigere Gelegenheit.«

Clinton deutete auf Ramages Hose und das Fischerhemd, das er trug. »Sie hätten ein gutes Paar abgegeben. Ich fahre schon zu lange zur See, um ein Schiff nach den Flicken in seinen Segeln zu beurteilen.«

Er sah zum Sofa hinüber. »Nun, Mr. Ramage, vielleicht stellen Sie mir diese Gentlemen vor.«

»Sir, Lieutenant Aitken, der Erste Offizier der *Calypso*. Wir waren zusammen im Mittelmeer und in den Westindischen Inseln.«

»Aye«, sagte Clinton zu Aitken, »er hat mir alles über sie erzählt. Was er jedoch nicht weiß – und Sie auch nicht – ist, daß ich schon seit langer Zeit bestens über sie informiert war.«

Er lachte über den bestürzten Gesichtsausdruck des jungen Leutnants. »Mann, Sie sehen aus, als ob der Pastor Sie gerade beschuldigt hätte, alle jungen Mädchen im Dorf entjungfert zu haben. Ihr Vater war bei mir an Bord als Navigator, auf der *Ramillies*, der *Britannia* und dann auf der *Culloden*, bevor ich Admiral wurde. Ich verdanke Ihrem Vater viel und habe Sie im Auge behalten, seit Sie in die Marine eintraten. Aber Sie haben Ihren Weg gemacht, ohne auf irgend jemand angewiesen zu sein, und so habe ich mich zurückgehalten.«

Aitken war ganz offensichtlich überrascht von dieser Neuigkeit und bedankte sich stotternd, aber Clinton fiel ihm ins Wort. »Sie haben Mr. Ramage hervorragend gedient und mir scheint, daß Mr. Ramage für die Familie Aitken das gleiche empfindet wie ich. Allerdings haben wir alle noch den Rest unseres Lebens vor uns, und«, fügte er hinzu, wobei seine Stimme einen freundlich-warnenden Klang annahm, »eine Menge Gutes und Schlimmes kann geschehen, bevor wir ins Grab sinken.«

Ein düsteres Schweigen hatte sich über die große Kajüte gesenkt, und in Ramages Phantasie schien das Mahagoni des Schreibtisches, des Weinkühlers und des Tisches dunkler zu werden. Clinton jedoch schien die Wirkung, die er unabsichtlich erzeugt hatte, nicht zu bemerken.

»Und Sie müssen der Schiffsarzt der *Calypso* sein, Mr. Bowen, nicht wahr? Sie und Mr. Aitken haben eine beunruhigende Zeit hinter sich, vermute ich. Nun, wer fängt an? Vielleicht beginnen wir lieber mit dem Ende der Geschichte, dann kann Dr. Travis sich wieder seinen Pflichten widmen.«

Womit er wohl sagen wollte, dachte Ramage, daß Travis sich dann nicht mehr Dinge anzuhören brauchte, über die man ihn später in einem Kriegsgerichtsverfahren ausfragen könnte.

»Wie fanden Sie den Patienten?«

»Mr. Aitken hatte recht, den Flottenarzt an Bord zu rufen, Sir. Damit will ich keineswegs die ärztlichen Fähigkeiten von Mr. Bowen herabsetzen, der, wie ich überzeugt bin, wesentlich mehr über diese Art Krankheit weiß als ich.« Dann verstummte er.

»Hören Sie nicht auf, Mann, Sie haben doch gerade erst angefangen!« rief der Admiral.

»Auf Ihren Befehl hin begab ich mich an Bord der Fregatte *Calypso*, sobald sie in der Nähe des Flaggschiffs beigedreht hatte«, sagte Travis mit monotoner Stimme, offensichtlich aufgebracht durch die Bemerkung des Admirals, »und erkundigte mich bei Captain Ramage, warum das Schiff den Flottenarzt angefordert habe. Er sagte, daß der Kommandant der Fregatte, ein gewisser Captain William Bullivant, bettlägerig sei, ohne Bewußtsein und daher nicht fähig, das Schiff zu führen.«

Wieder folgte eine längere Pause.

»Weiter, Mann!«

»Captain Ramage äußerte sich mir gegenüber«, sagte Travis bedächtig, »daß die Art von Captain Bullivants Krankheit dergestalt wäre, daß er nicht nur sein Kommando nicht ausüben könne, sondern daß er auch über längere Zeiträume zu Handlungen veranlaßt würde, die der Sache des Königs abträglich seien.«

Jedem in der Kajüte war klar, daß Travis langsam und mit großer Sorgfalt einen Satz formuliert hatte, der nicht nur für die Ohren des Oberbefehlshabers, sondern auch für die fünf oder sechs Kapitäne und Flaggoffiziere gedacht war, die zu einem Kriegsgericht oder einem Untersuchungsausschuß gehören würden.

»Haben Sie den Patienten untersucht?«

»Ich wurde mit dem Ersten Offizier und dem Schiffsarzt bekannt gemacht, aber bevor ich den Fall weiter besprach, ging ich unter Deck und untersuchte den Patienten. Ich habe meine Aufzeichnungen hier«, sagte er und zog ein Bündel Papiere aus einer Ledertasche.

Der Admiral sah ihm einen Augenblick zu, wie er begann, die Papiere zu sortieren, und stöhnte dann.

»Nein, nein, Travis, verschonen Sie mich mit Ihrem Latein. Ich bin nur ein einfacher Hochländer, keiner Ihrer brillanten Gelehrten aus Edinburgh.«

Travis starrte den Admiral wütend an, setzte sich aufrecht hin und schob die Papiere wieder in die Ledertasche. »Ganz einfach ausgedrückt, Sir: Captain Bullivant war völlig betrunken. Er hatte Anfälle von – wenn Sie mein Latein in diesem Falle entschuldigen wollen – Delirium tremens, und er hatte die Absicht, den Navigator, einen Fähnrich und einen Matrosen bei Sonnenuntergang hängen zu lassen.«

Clinton wurde blaß. Er brauchte nur einen Augenblick, um

sich über die Verbindung zwischen der Familie Bullivant und dem Marineministerium sowie zwischen dem betrunkenen Kommandanten einer Fregatte und den Gefahren für die ihm untergebenen Offiziere klarzuwerden und zu begreifen, daß das ganze Problem in seinem Schoß gelandet war wie ein Stück Haggis, das dem Tranchiermesser entkommen konnte.

»Sie können über den Zustand des Mannes aussagen; über das Hängen wissen Sie nichts.«

»Doch Sir«, widersprach Travis und sagte mit großer Genauigkeit: »Ich sprach mit jedem der drei betroffenen Männer und ließ mir die Absicht des Kommandanten von ihnen bestätigen, und meine Zeugen waren Captain Ramage und Lieutenant Swan, der Erste Offizier der Brigg.«

»Gut, Doktor, ich danke Ihnen. Ich bin sicher, auf Sie wartet eine Menge Arbeit.«

»Stimmt«, sagte Travis. »Wollen Sie einen schriftlichen Bericht?«

»Darüber unterhalten wir uns später.«

Sobald Travis die Kajüte verlassen hatte, wandte sich Clinton an Ramage. »War es wirklich so schlimm?«

»Schlimmer, Sir. Bullivant wollte mich erschießen, als ich an Bord kam; er hielt mich ebenfalls für den Teufel.«

Clinton gestattete sich ein frostiges Lächeln. »Eine verzeihliche Verwechslung könnte man sagen.«

Ramage gab ihm ein genauso frostiges Lächeln zurück. »Er hielt eine geladene Pistole in der Hand und war weniger als fünf Schritt entfernt, Sir.«

»Wirklich allzu nahe«, gab Clinton zu und wandte sich an Bowen. »Wann, glauben Sie, hat er mit dem Trinken angefangen?«

»Vor Jahren, Sir. Heimlich. Im Laufe der Zeit sind ein oder zwei Gläser mehr nötig, um den Zustand der Bewußtlosigkeit zu erreichen. Schließlich ist sein Geist gestört, wenn auch anfangs nicht ununterbrochen. Eine lange Zeit vermag der Patient sein Trinken wahrscheinlich unter Kontrolle zu halten, so daß er diesseits des Deliriums bleibt, aber plötzlich kommt er in eine belastende Situation – er erhält, zum Beispiel, das Kommando über ein Schiff. Er fühlt sich der Aufgabe nicht gewachsen, also trinkt er ein zusätzliches Glas, oder zwei, drei oder vier. Und er überschreitet die Grenze zum Delirium. Ein paar Stunden später erholt er sich von dieser besonderen Attacke und braucht von neuem etwas zu trinken. Und so geht es weiter. Fünfzig Gläser sind nicht genug; irgendeines ist dann zuviel.«

»Wie lange wird es dauern, diesen Mann zu kurieren?«

»Diese Frage beantwortet Ihnen besser Dr. Travis, Sir.«

»Ich frage aber Sie«, insistierte der Admiral.

»Meine Antwort wird Ihnen nicht gefallen, Sir.«

»Wenn Sie mein Alter und meinen Dienstgrad erreicht haben, gefällt ihnen ganz selten, was irgend jemand auf irgendeine Frage antwortet, das ist also nicht von Bedeutung. Sie wurden von der gleichen Krankheit kuriert.«

»Ja, Sir, aber der Grund – weswegen ich zum Trinker wurde – war ein anderer.«

Ramage war angenehm überrascht über die Art, wie Bowen sorgfältig seine Argumente anbrachte; der Admiral beugte sich im Sessel nach vorn, wie ein naher Angehöriger, der besorgt einer Diagnose lauscht.

»Wo liegt denn da der Unterschied? Ein Drink ist ein Drink. Der Körper eines Mannes ist wie der eines anderen. Es ist doch die Leber, nicht wahr. Sie wird doch geschädigt?«

»In Wirklichkeit ist es der Kopf, Sir«, korrigierte ihn Bowen sanft. »Es ist der Kopf, der einen Mann dazu treibt zu trinken, wenn es auch die Leber ist, die ihn schließlich zur Strecke bringt. Der Patient, von dem wir hier reden, begann zu trinken – meiner Meinung nach natürlich –, weil es ihm half, sein Gefühl der Unzulänglichkeit zu vergessen.«

»Unzulänglichkeit? Unzulänglichkeit?« Clinton drehte das Wort hin und her wie ein Hund einen Knochen. »Wo hat er sich denn unzulänglich gefühlt?«

»Als Kommandant einer Fregatte, Sir. Dazu hatte er noch das Pech, die *Calypso* zu bekommen.«

»Bowen, Sie reden Unsinn.«

Ramage war ebenfalls überrascht, den Arzt sagen zu hören, daß es Bullivants Pech gewesen sei, gerade die *Calypso* zu bekommen, wenn er auch glaubte, den Rest des Arguments verstanden zu haben.

»Sie baten mich um meine Meinung als Arzt, Sir, und wenn Sie mir die Bemerkung erlauben wollen, ich hatte eine der besten Praxen in Wimpole Street, bis ich alles durch meine Trinkerei verlor. Daher sind der Alkohol, die Trinkerei, ihre Ursachen und ihre Folgen ein Thema, über das ich eine Menge weiß. Wenn ich ebenso erfahren in Seestrategie und Seekriegskunst wäre, könnte ich Admiral des roten Geschwaders sein.«

Clinton nickte, denn in den letzten Jahren, als er die Leiter zum Admiralsrang erklommen hatte, war er zunehmend von Schmeichlern umgeben gewesen. Er mußte feststellen, daß viele Kapitäne, die im Gefecht tapfer genug waren, in dieser Kajüte allzu schnell mit einem kriecherischen »Jawohl, Sir, nein, Sir« reagierten. Er fand, daß er sich immer noch insgeheim freute, wenn er sah, daß sich die Gesichtszüge eines Offiziers verhärteten und er ihn sagen hörte »Wenn Sie mir die Bemerkung erlauben wollen«, eine Wendung, die ihm quasi als Einleitung diente, um seinem Oberkommandierenden, der seine Karriere mit einer Handbewegung beenden konnte, energisch zu widersprechen.

»Ich ernenne Sie zeitweilig zum Admiral des roten Weines«, sagte Clinton trocken. »Erklären Sie mir also diese ›Unzulänglichkeit‹ und warum Bullivant das Pech hatte, auf die *Calypso* zu kommen.«

»Als Leutnant Bullivant auf einem Linienschiff oder einer Fregatte gehorchte der Patient einfach nur den Befehlen. Wenn Land in Sicht kommt, wenn sich die Stärke oder die Richtung des Windes ändert, wenn das Schiff wenden oder halsen muß: die stehenden Befehle eines jeden Kapitäns besagen, daß er in diesen Fällen gerufen werden muß. Der Patient hatte also niemals zu entscheiden, ob es die richtige Landspitze war, ob er die Segel reffen oder bergen, ob er wenden oder halsen sollte. Sein ganzes Leben auf See bestand darin, einen Vorgesetzten zu fragen, wenn er nicht wußte, was er tun sollte, dann Meldung zu machen und zu gehorchen.«

»Ja, ja, das verstehe ich alles«, sagte Clinton.

»Plötzlich, vielleicht, weil er Gönner besaß, vielleicht auch, weil er sich in seiner Dienststellung als Leutnant bewährt hatte ...«

»Vielleicht war es auch eine Kombination von beiden«, unterbrach Clinton sarkastisch.

»Ja«, pflichtete ihm Bowen bei, »vielleicht. Jedenfalls wurde er plötzlich zum Vollkapitän befördert und erhielt in einer Krisensituation das Kommando über eine Fregatte, ohne vorher die nötigen Erfahrungen gesammelt zu haben. Kurz vor dem neuerlichen Ausbruch des Krieges erhielt er den Befehl, die Fregatte in Chatham zu übernehmen, sie sofort seeklar zu machen – sie befand sich ja mitten im Prozeß der Außerdienststellung – und sich Ihrer Flotte zum Blockadeeinsatz vor Brest anzuschließen; wie man weiß, der schlimmste Auftrag, den die Marine zu vergeben hat.«

Clinton nickte zustimmend. »Bisher konstatieren wir nur mit der Stimme des Arztes, was wir alle wissen.«

»Zugegeben, Sir; ich hätte das auch mit der Stimme des Seemannes sagen können. Jetzt jedoch werde ich, wenn Sie gestatten, mit der Stimme des Wimpole-Street-Spezialisten fortfahren.«

Clinton grinste; ihm begann dieser launige Medizinmann zu gefallen. Er hatte genügend über den jungen Ramage gehört, um sich darüber im klaren zu sein, daß dieser inzwischen sicher über eine gute Menschenkenntnis verfügte, und Ramages vorherige Bemerkungen über Bowen, seine Leutnants und den Navigator hatten ihn beeindruckt. Dabei fiel ihm ein, daß Bowen ihn bestimmt einige Male zusammengeflickt hatte, denn Ramage war oft genug verwundet worden.

»Sie können ruhig mit der Stimme des Wimpole-Street-Spezialisten sprechen, aber schicken Sie mir keine Wimpole-Street-Rechnung, denn Sie sind schließlich immer noch Schiffsarzt!«

»Und an dieser Tatsache möchte ich keinesfalls etwas ändern.«

»Das ist leicht gesagt«, meinte Clinton.

Ramage sagte ruhig: »Während des letzten Friedens begleitete mich Mr. Bowen auf einer langen Reise mit der *Calypso*, die uns über den Äquator führte.«

Clinton schob den Sessel bis zur vollen Länge der Kette zurück, mit der er gegen das Rollen des Schiffes an Deck gesichert war.

»Hmm, das sagt mir nur, daß Sie loyal, wenn nicht weise sind, Bowen, aber fahren Sie fort. Ihr Patient«, Ramage fiel auf, daß Clinton die ganze Episode immer noch mit einigem Abstand betrachtete, »hat gerade das Kommando über eine Fregatte erhalten und soll sich meiner Flotte anschließen.«

»Nun, Sir, er ist jetzt ganz allein auf sich gestellt. Wenn der wachhabende Offizier Land in Sicht oder eine Änderung der Windrichtung oder Windstärke meldet oder beabsichtigt, die Segel zu reffen oder zu bergen, mit dem Bug oder mit dem Heck durch den Wind zu gehen, dann liegt die Entscheidung über das, was zu tun ist, allein beim Patienten. Er ist allein in seiner Kajüte oder auf der Luvseite des Achterdecks. O ja, bis zu einem gewissen Punkt kann er die Vorschläge des Navigators oder des Ersten Offiziers in bezug auf Seemannschaft und Navigation akzeptieren, aber es gibt eine Menge Entscheidungen, die nur der Kommandant treffen kann.«

»Ja, ja«, sagte Clinton ungeduldig.

»Das Problem ist, daß unser Patient«, fuhr Bowen mit ausdrucksloser Stimme fort, »sich nicht dazu überwinden kann, diese Entscheidungen zu treffen. Ihm wird plötzlich klar, daß er, trotz jahrelanger Ausbildung, trotz des Reichtums der Familie und verschiedener Gönner sowie der Tatsache, daß man ihm jetzt ein Schiff anvertraut hat, nicht kompetent ist, das Kommando zu übernehmen.«

»Wer sagt das?« fragte Clinton.

»Ich, Sir«, erwiderte Bowen prompt. »Ich bin nicht kompetent genug, um seine Seemannschaft zu beurteilen, aber ich kann seine Führungseigenschaften beurteilen oder seine Versuche, die Führerrolle zu übernehmen.«

»Pech«, unterbrach ihn Clinton. »Sie sagten, er habe Pech gehabt, daß er gerade auf die *Calypso* gekommen sei. Warum? Ist sie etwa ein unhandiges Schiff? Rank, langsam am Wind? Aufsässige Besatzung? Undichte Decks? Warum Pech, eh?«

»Hätte er das Kommando über eine Fregatte bekommen, die einen durchschnittlichen Kommandanten gehabt hätte, ein Schiff und einen Kommandanten, die nie in der ›London Gazette‹ erwähnt worden waren, eine Fregatte, auf der ein Mann Dienst getan, dessen Namen man ein Jahr später vergessen haben konnte, dann hätte alles gutgehen können. Der Patient wäre imstande gewesen, sein Gefühl der Unzulänglichkeit zu kaschieren. Aber was passierte? Nun, ich möchte Captain Ramage, der seine Berühmtheit leicht nimmt, nicht in Verlegenheit bringen, aber die *Calypso* und ihr Kommandant sind vielleicht die bekanntesten Namen in der Marine. Unser Patient weiß, daß er bei allem, was er an Bord macht, bei jeder Entscheidung, bei jedem Befehl, den er gibt, mit Captain Ramage verglichen werden wird. Er wird annehmen, daß dies ein Vergleich ist, der täglich von den Offizieren und Mannschaften und zwangsläufig auch in der Admiralität oder vom Flottenchef angestellt wird. ›Mit dem jungen Ramage kann er es keineswegs aufnehmen‹ ... Vielleicht haben Sie das noch nicht gesagt, Sir, und vielleicht werden Sie es nie sagen, aber der Patient kann sich gut vorstellen, daß Sie es sagen.«

»Schön, das mit dem ›Pech‹ haben Sie nun erklärt. Jetzt erklären Sie das Delirium tremens«, sagte Clinton grimmig.

»Vielleicht sind Sie dem Patienten noch nicht persönlich begegnet, Sir. Nein? Nun, er sieht gut aus, hat aber ein schwaches Gesicht. Damit meine ich, wenn Sie den Charakter eines Mannes bis zu einem gewissen Grade nach seinem Gesicht beurteilen, dann würden Sie nicht erwarten, daß dieser Mann einen starken Willen hat. Als Leutnant fand er Gefallen an starken alkoholischen Getränken. Möglicherweise aus Neigung, weil sie ihm schmeckten. Ich halte es jedoch für wahrscheinlicher, daß er einen guten Schluck oder zwei brauchte, um mit den anderen Offizieren – auf welchem Schiff auch immer – Schritt halten zu können. Die Vorliebe für den Alkohol war also bereits vorhanden. Vielleicht entdeckte er auch – tatsächlich halte ich das nach meiner eigenen Erfahrung für ziemlich sicher –, daß einige Drinks ihn, nach seinem eigenen Dafürhalten, genauso gut machten wie jeden anderen, vielleicht sogar besser.

Was geschieht, wenn man einen schwachen Mann, der anfällig für Alkohol ist, in eine Position versetzt, der er sich nicht gewachsen fühlt und der er dann auch nicht gewachsen ist? Nun, Sir, ich behaupte, daß der Mann zunächst einmal das tut, was er immer getan hat: Er nimmt erst einmal den Krug oder das Glas zur Hand, um seine Sorgen zu lindern und seine Entscheidungen treffen zu können. Aber bald fühlt er, daß er noch mehr Beweise braucht, und seine Sorgen vergrößern sich. In gleichem Maße steigt auch sein Bedürfnis nach Alkohol.

Er muß natürlich heimlich trinken, und so fühlt sich der Patient in steigendem Maße schuldig, weil er glaubt, es wäre mit ihm zu Ende, wenn irgend jemand, und wäre es auch nur sein persönlicher Diener, wüßte, daß er trinkt, nur um seine Arbeit tun zu können.«

Clinton brummte: »Wir haben ihn immer noch nicht im Delirium.«

»Das dauert nicht lange. Einige Monate für jemanden, der gerade erst angefangen hat zu trinken; einige Wochen für den Durchschnittstrinker; aber nur ein paar Tage, wenn der Betreffende schon geraume Zeit ein heimlicher und schwerer Trinker gewesen ist.«

»Sie können aber doch nicht sagen, was der Patient gemacht hat, bevor er auf die *Calypso* kam«, wandte Clinton ein.

»Doch, das kann ich, Sir, wenn Sie mir den Widerspruch gestatten wollen. Ich erkannte ihn als schweren Trinker, sofort als er an Bord kam.«

»Bin ich ein schwerer Trinker?« fragte Clinton plötzlich.

Bowen sah sich in der Kajüte um. »Ein sehr großer Weinkühler. Ein Regal mit geschliffenen Karaffen, um die sie ein Herzog beneiden könnte. Und Regale mit Wein- und Branntweingläsern. Das könnte zu einem schweren Trinker passen; oder, sagen wir besser, zu einem Connaisseur von Weinen und Branntweinen. Ein Bonvivant, mit anderen Worten. Sie haben mich jedoch gefragt, ob ich Sie für einen schweren Trinker halte, und so sehe ich mir Sie an und nicht die Gläser. Tatsächlich, Sir, habe ich mir mehr zufällig diese Frage gestellt – habe eine Diagnose gestellt, wenn Sie das vorziehen –, als ich die Kajüte betrat, noch bevor ich mich umsah.«

»Und?« fragte Clinton. »Ein schwerer Trinker oder ein mäßiger?«

»Ich würde sagen«, erwiderte Bowen langsam, »wenn ich gebührend darüber nachdenke und die Verantwortung bedenke, die auf Ihren Schultern ruht, sowie die Tatsache in Betracht ziehe, daß Sie aus Schottland kommen, wo man mehr Whisky braut als Regenwasser sammelt: Ich würde sagen, daß Sie wahrscheinlich ein Glas Wein zum Abendessen trinken und vielleicht noch ein Glas Portwein danach. Nicht mehr.«

Der Admiral machte ein langes Gesicht. Er erinnerte

Ramage in diesem Moment an einen Weihnachtsmann, den die Kinder als den verkleideten Butler erkannt haben.

»Den Portwein habe ich aufgegeben«, gab er zu, »weil ich die Gicht fürchtete. Nun, Herr Medizinmann, ich muß zugeben, daß ich nach dieser Demonstration eher geneigt bin, Ihnen zuzuhören. Lassen Sie uns also annehmen, Ihr Patient betrinkt sich bis zur Besinnungslosigkeit, von Zeit zu Zeit, wenn die Belastung groß wird, weil …«

»Nein, Sir«, unterbrach ihn Bowen, »er ist längst jenseits von ›von Zeit zu Zeit‹. Er braucht Alkohol, um morgens aus dem Bett zu kommen. Er braucht Alkohol, um den Morgen zu überstehen. Er braucht Alkohol, weil er die Teufel mit ihren funkelnden Augen fürchtet und die Dämonen mit ihren scharfen Zungen und all die feuchtkalten, kriechenden Bestien, die nur darauf warten, ihn anzugreifen; all die schrecklichen Wesen, die mit dem Delirium tremens einhergehen. Und glauben Sie nicht, daß es sich um Geschöpfe der Einbildungskraft handelt, Sir. Für den unbeteiligten Zuschauer mag das so sein; für das Opfer sind sie von schrecklicher Realität.«

»Was machen wir also mit Ihrem Patienten?«

»Interessiert Sie dabei der medizinische Standpunkt, oder geht es Ihnen mehr um die Dienstvorschriften und Admiralitätsbefehle und die Kriegsartikel, Sir?«

»Wenn ich das nur wüßte«, sagte Clinton. »Für mich ist das eine völlig neue Situation.«

»Was die medizinische Seite angeht, so haben ein Kapitän, ein Navigator und einige Seesoldaten einmal einem Mann in ein paar Tagen durch das Delirium tremens geholfen – das weiß ich, weil ich dieser Mann war –, aber es ist harte Arbeit. Doch die folgenden Tage sind fast noch wichtiger: Man muß das Interesse des Patienten am Leben wiedererwecken und ihm soviel Selbstvertrauen geben, daß er dem Tag mutig begegnet, ohne den Alkohol als Krücke zu benutzen. Ich spiele gern Schach, und Mr. Southwick, der Navigator, spielte unendlich viele Partien mit mir. Auch Captain Ramage lernte das Spiel, um einspringen zu können. Ich hatte sehr viel Glück.

Disziplinarische Maßnahmen gehören natürlich nicht in mein Fach, Sir, aber möglicherweise hätten Sie gern die Meinung eines Arztes zu diesem Aspekt gehört. Meiner Ansicht nach, und das gebe ich Ihnen gerne schriftlich, ist der Patient völlig unfähig, ein Schiff zu führen. In der Tat ist er nicht einmal fähig und in der Lage, seine Kajüte zu verlassen.«

Clinton stand auf und seufzte. »Meine Befehle lauten, mit dieser Flotte über die Stadt Brest eine engmaschige Blockade zu verhängen, die Versorgung der Schiffe mit Proviant und Wasser zu garantieren und rechtzeitig zu erraten, wie das atlantische Wetter wird. Bonaparte und der ganz normale Verschleiß der Schiffe sind normalerweise Probleme genug, um einen Admiral auf Trab zu halten. Ihr verdammter Patient, Bowen, wird mir allerdings mehr Probleme bereiten, als alle anderen zusammen.«

Die Wendung »Ihr Patient« war schließlich zuviel für Bowen, der aufstand, weiß im Gesicht und nahezu starr vor Zorn, und sagte: »Sir, daß er mein Patient ist, verdanke ich einem unglücklichen Zufall. Hätte ich in dieser Angelegenheit etwas zu sagen gehabt, würde er nie Leutnant geworden sein; wer immer ihn zum Kapitän beförderte, hat etwas getan, was dem Landesverrat gleichkommt.«

Und damit, dachte Ramage, hat sich Bowen vor ein Kriegsgericht gebracht, weil er mindestens zwei Kriegsartikel verletzt hat. Aber er irrte sich. Der Admiral wandte sich zu dem Schiffsarzt um und lächelte.

»Einige Flaggoffiziere leiden unter gelegentlichen Anfällen von Taubheit«, er entließ Bowen und Aitken mit einer Handbewegung. »Gentlemen, ich danke Ihnen. Mr. Ramage und Captain Bennett, bleiben Sie bitte noch ein paar Minuten.«

Wie er da an einem Ende des auf Hochglanz polierten Rosenholztisches saß, mit Bennett auf der einen und Ramage auf der anderen Seite, sah Admiral Clinton nicht mehr wie ein liebenswürdiger Weihnachtsmann aus. Die grau-blauen Augen, die freundlich zwinkern konnten, funkelten jetzt wie die scharfen Klingen von zwei frisch geschliffenen Degen.

»Diese Konferenz hat nie stattgefunden«, sagte er, »daher ist auch mein Sekretär, dieser Einfaltspinsel, nicht dabei, um Notizen zu machen. Aber ich möchte gerne Ihre persönlichen Meinungen über diesen Burschen Bullivant hören. Bennett?

Der Flaggkapitän des Admirals hatte eine gewisse Berühmtheit erlangt und den unerwarteten Beifall seiner Leute, als die Besatzung vor einigen Jahren an der *Nore* meuterte. Irgendein elender Kerl hatte eine unverschämte Bemerkung zu Bennett getan, die mit der Meuterei nichts zu tun hatte, und vor einigen hundert meuternden Seeleuten hatte Bennett ihn am Ohr gepackt, zur Eingangspforte gezogen, ihn über Bord geworfen und dann dem Anführer der Meuterer kühl gesagt, er möge ihn herausfischen, weil er wahrscheinlich nicht schwimmen könne.

Bennetts erste Worte ließen erkennen, daß er inzwischen nichts von seiner Direktheit verloren hatte. »Dieser Schiffsarzt hatte recht, Bullivant hätte nie Kapitän werden dürfen«, sagte er nachdrücklich.

»Das vom Vater gelieferte gepökelte Rind- und Schweinefleisch, das war es, worauf es ankam. Tausende von Fässern und reichlich Schmiergelder für die richtigen Leute im Marineministerium, dann braucht der älteste Sohn keine besonderen Fähigkeiten mehr. Es ist bedauerlich für die Matrosen, Offiziere und Admirale, die die Folgen tragen müssen. Meiner Meinung nach, Sir, kann man da nur eins machen: ihn in der Brigg *Murex* nach Plymouth zurückschicken mit entsprechenden, von Bowen und Dr. Travis unterschriebenen Berichten über seine ›Krankheit‹.«

»Ihn seines Kommandos zu entheben ist eine ernste Sache.«

Ramage merkte, daß der Admiral unschlüssig war, und

dachte an die *Calypso* und ihre Offiziere und Mannschaften. »Sir, die Folgen, wenn jetzt nichts geschieht, werden noch schwerwiegender sein.«

»Wie das? Einen Kapitän seines Kommandos zu entheben ist schlimm genug!«

»Es geschieht nur aus medizinischen Gründen, Sir«, wiederholte Ramage. »Sie sagen ja nicht, er wäre inkompetent. Aber die Folgen, ihn auf seinem Posten zu belassen, nun, gestern hätte er drei Morde begehen können oder wäre für eine Meuterei der Besatzung verantwortlich. Und es wird eine Meuterei geben, wenn er sein Kommando behält.«

»Es gibt eine Meuterei? Sie haben nicht viel Vertrauen in die Mannschaft, die Sie so lange Zeit ausgebildet haben«, sagte Clinton sarkastisch.

»Im Gegenteil, Sir; ich setze mein volles Vertrauen in sie. Daher weiß ich, daß sie meutern würden.«

Bennett sah ihn prüfend an. Er weiß es, dachte Ramage, aber der Admiral hatte sich schon zu lange nicht mehr mit dem täglichen Geschäft der Schiffsführung befaßt.

»Sind Sie wirklich davon überzeugt, daß sie meutern würden?« fragte Clinton ärgerlich.

Ramage nickte. »Gestern, Sir, sagte Captain Bullivant, er würde drei Männer aufhängen, den Fähnrich Graf Orsini, bei dem es sich um den Neffen der Herrscherin von Volterra handelt, die eine unserer Bundesgenossen ist; den Navigator des Schiffes, der sicherlich der kompetenteste Seemann und einer der tapfersten Männer ist, die ich kenne; und einen italienischen Seemann namens Rossi, ein Mann, dem ich mehr als einmal mein Leben anvertraut habe. Bullivant wollte sie bei Sonnenuntergang hängen lassen, weil er sie, nach Musterung der Besatzung, als Teufel identifiziert hatte. Ich denke, Sir, daß jeder Seemann lieber meutern würde, als dem Befehl zu gehorchen, ihnen eine Schlinge um den Hals zu legen und sie zur Rah hinaufzuziehen.«

Ramage wußte, daß sein Gesicht blaß geworden war, und

er hielt seine Fäuste auf den Tisch gepreßt, um ihr Zittern nicht zu verraten. Er fühlte, wie der Schweiß sein Hemd durchtränkte, aber glücklicherweise zeigte er sich nicht auf seinem Gesicht, das ihm feuchtkalt vorkam, als wäre er im Begriff, das Bewußtsein zu verlieren.

»Ganz recht«, sagte Clinton ruhig. »Mir scheint jedoch, der einzige, der seinen Kopf noch in der Schlinge hat, ist der Flottenchef.«

»Dafür ist er da, Sir,« sagte Bennett heiter. »Ich bin vollkommen Ramages Ansicht. Ich weiß, was in den Kriegsartikeln steht und was nicht, aber ich hätte es lieber, die Seeleute meuterten statt den ›rechtmäßigen‹ Befehlen eines branntweingesättigten Wahnsinnigen zu gehorchen. Das ist eine Sache, die in den Kriegsartikeln nicht vorgesehen ist, und das ist ein Jammer. Loyalität – darauf kommt es an! Männer, die aus Loyalität zu ihren Offizieren und Bordkameraden meutern, sind die Männer, die ich um mich haben möchte, wenn es ins Gefecht geht.«

»Wir sind aber nicht im Gefecht, wir wollen eine Blockade von Brest durchführen, und die einzige Kampfhandlung, die wir wahrscheinlich erleben werden – nach den Erfahrungen des letzten Krieges zu urteilen –, ist unser Kampf mit einem betrunkenen Wahnsinnigen«, grummelte Clinton.

»Zumindest befinden Sie sich außerhalb der Kanalzone, Sir«, sagte Bennett. »Damit haben Sie mehr Spielraum.«

»Mir fehlt dann aber ein Kapitän für die *Calypso*.

Bennett sah Ramage an. »Ein Vollkapitän als Kommandant einer Brigg ist eigentlich etwas zuviel des Guten.«

Clinton winkte ab: »Ramage muß mit der Brigg nach England. Sie brauchen ihn dort wegen der Untersuchung der Meuterei und der anschließenden Wiedereroberung und der Bullivant-Affäre. Vergessen Sie nicht, er würde eine Prise zurückbringen.« Diese Vorstellung brachte den Admiral anscheinend noch auf einen anderen Gedanken. »Hmm, das ist ein interessanter Punkt. Es ist keine Frage, daß Ramage das verdammte Schiff gekapert hat; er hat die Brigg nicht wiedererobert, weil er ja gar nicht zur ursprünglichen Besatzung gehörte. Er, seine Frau und vier Franzosen. Er ist der einzige, dem ein Prisengeld zusteht.«

»Seine Frau wird ihm helfen, es auszugeben!« sagte Bennett scherzend.

»Sie werden also in zwei Tagen wieder in Plymouth sein, Sie Glückspilz«, sagte Clinton und fügte dann hinzu: »Warum so betrübt? Im Anschluß an Ihre Hochzeitsreise nach Hause zu segeln, wo Sie noch ein Sack Prisengeld erwartet, ist das nichts?« Dann überkam ihn plötzlich ein Gedanke. »Was ist mit dem jungen schottischen Leutnant? Wir sollten etwas für ihn tun. Machen wir ihn zum Kapitän auf der *Calypso*?«

Ramage erinnerte sich an einen Versuch vor rund einem Jahr, als Aitken das Kommando auf einer Fregatte angeboten wurde, zusammen mit dem vollen Kapitänsrang, der damit verbunden war. Er sagte damals, er würde lieber weiter als Erster Offizier bei Captain Ramage bleiben. Aber es schien ihm jetzt nicht die passende Gelegenheit, um diese Tatsache gegenüber dem Admiral zu erwähnen. Wenn nötig, konnte Aitken später selbst darauf hinweisen.

Bennett rieb sein üppiges Doppelkinn und blickte auf den Tisch. »Wenn ich Ramage wäre, Sir, würde ich mich vor Gram verzehren, wenn ich an die *Calypso* dächte. Und sagten Sie mir nicht vor einer Weile, daß er sich Sorgen um diesen französischen Grafen macht, der nach Cayenne gebracht würde – ein Freund des Prinzen von Wales, so sagten Sie doch, Sir?«

Ramage kam zur Überzeugung, daß Bennett ein Mann war, dem er eine Dankesschuld zollte, die mehr wert war als eine Brigg.

»Bennett«, krächzte Clinton, »Sie haben die unglückselige Gabe, Dinge zu erwähnen, die ich zu vergessen suche.«

»Sir, ich würde nicht vergessen, daß der Prinz von Wales

wahrscheinlich keinen Flottenchef vergessen wird, der seinen Freund vergaß, der gerade nach Cayenne verschleppt wird, dem sicheren Tod entgegen.«

Und diese Wiederholung von ›vergessen‹ und ›vergaß‹, dachte Ramage, bedeutet, daß jetzt das Trumpfas auf dem Tisch liegt. Oder es ist der Köder, der vor dem Maul eines Fisches auf und ab tanzt. Oder die Schlinge, die sorgfältig vor einem Kaninchenbau angebracht ist.

»Verdammt noch mal, Bennett. Ich habe versucht, mich zwischen dem Prinzen von Wales und Lord St.Vincent zu entscheiden, seit Ramage den Grafen von Rennes erwähnte. Und wahrscheinlich geht es nicht nur um den Grafen. Wenn es sich um fünfzig Personen handelt, dann sind die Hälfte davon bestimmt Royalisten, die nach dem Exil in England nach Frankreich zurückkehrten und mit ›Prinny‹ bekannt sind. Mindestens die Hälfte, wenn nicht mehr.«

»Sie stecken wirklich in der Zwickmühle; man könnte auch sagen, Sie befinden sich zwischen dem Teufel, dem Frieden, Bullivant – der Admiralität und der tiefen, blauen See des Prinzen, wie mir scheint, Sir.«

»Sie können ruhig Ihre Witze machen«, beklagte sich der Admiral. »Ich bin derjenige, der eine Wahl treffen muß.«

»Oh, ich habe bereits gestern eine Wahl getroffen, als Sie mir davon erzählt haben«, sagte Bennett vergnügt.

»Haben Sie das, eh?« rief der Admiral aus; seine Stimme klang jetzt trotzig, sein schottischer Akzent wurde stärker. »Überraschend, wie leicht einem eine Wahl fällt, wenn man keine Verantwortung trägt.«

Ramage erwartete eine heftige Reaktion von Bennett, aber statt dessen griff der kleine Mann nach der Schreibfeder auf dem Tisch und schwenkte sie, als fächelte er sich Luft zu.

»Ich bin wie dieser Schiffsarzt, Brown oder wie er heißt. Ich gebe es Ihnen gerne schriftlich, Sir. Von mir, als Ihrem Flaggkapitän, erwartet man, daß ich Ihnen professionellen Rat gebe, wenn Sie mich darum bitten.«

Er machte eine kleine Pause und klopfte dann leicht mit der Feder auf den Tisch. »Die Meinungen, die ich vertrete, sind einfach. Frage Nummer eins: Was machen wir mit dem betrunkenen Bullivant? Wir wickeln ihn ein, wenn nötig in eine Zwangsjacke aus Segeltuch, und schicken ihn mit der Brigg *Murex* nach Hause, zusammen mit den Berichten von Bowen und Travis.«

Er klopfte zweimal auf den Tisch.

»Frage Nummer zwei: Wer soll die *Calypso* kommandieren? Da gibt es nur eine Möglichkeit. Das ist Ramage. Er wird auf der *Murex* nicht gebraucht, weil ihr Erster Offizier ein kompetenter Mann ist, die Meuterei miterlebt hat, die nötigen Berichte schreiben und als Zeuge auftreten kann. Darüber hinaus verdient er die Chance, von der Admiralität als ihr Kommandant eingesetzt zu werden. Ich nehme an, daß Ramage sich damit abgefunden hat, daß seine junge Frau ohne ihn nach England zurückkehrt.«

Er klopfte dreimal.

»Jetzt die dritte Frage: Was machen wir mit dem Schiff der Exilanten? Es handelt sich um eine Fregatte, die jetzt ›en flute‹ bewaffnet ist. Wahrscheinlich ist sie der *Calypso* sehr ähnlich. Sie wird also auch ähnliche Segeleigenschaften haben; aber da sie französisch ist und Exilanten befördert, wird sie eine geringere Besatzungsstärke haben und höchstwahrscheinlich nachts die Segel kürzen. Und sie verließ Brest vor ungefähr sechsunddreißig Stunden.

Was zu tun ist, Sir, bringt uns zurück zu dem, worüber wir vorhin gesprochen haben: zum Teufel und der tiefen, blauen See. Nun, stellen Sie sich den Teufel vor in Gestalt des Ersten Lords der Admiralität und der übrigen Admiräle: Das sind alles politische Posten. Lord St.Vincent wurde von Addington ernannt und wird wahrscheinlich ersetzt, zusammen mit den anderen, sobald Addingtons Nachfolger sein Amt antritt. Dieser Teufel kann also kommen und gehen. Aber lassen Sie uns jetzt über die ›tiefe, blaue See‹ blicken. Eines

Tages wird der Prinz König sein. Er wird wahrscheinlich lange leben – das ist eine langlebige Familie –, und ohne Zweifel hat er auch das gute Gedächtnis geerbt.« Er grinste Admiral Clinton an. »Ich werde Ihnen meine Empfehlungen schriftlich geben, Sir, aber was die dahinterstehenden Überlegungen betrifft, so müssen Sie sich schon auf mein Wort verlassen.«

»Oh, Sie sind schon ein amüsanter Kerl«, sagte Clinton etwas besänftigt. »Passen Sie nur auf, daß ich Sie eines Tages nicht auch über die Seite werfe. Ramage, lassen Sie meinen Trottel von Sekretär kommen. Es sieht so aus, als hätte ich eine Menge Befehle zu schreiben, und ich möchte, daß sie alle sorgfältig in mein Befehlsbuch übertragen werden. Besonders diejenigen, die Ihre Person betreffen.«

12

Der abscheuliche Bullivant hatte in der großen Kajüte nichts geändert; der Schreibtisch war blank poliert, die Schlüssel steckten noch in den Schlössern der Schubladen. Das Sofa sah noch genauso aus wie vorher; sein dunkelblauer Bezug war weder zerrissen noch befleckt. Auch der Sessel sah aus wie immer (außer daß die Sprungfedern im Laufe der Jahre etwas plattgesessen waren). Der persönliche Besitz des Mannes war in seinen Koffern verstaut und zur *Murex* hinübergeschickt worden. Doch obwohl er nur ein paar Tage an Bord gewesen war, hatte er eine besondere Atmosphäre hinterlassen; jetzt konnte sich Ramage vorstellen, wie dem Eigentümer eines Hauses zumute war, wenn er einen Raum betrat, den ein Einbrecher heimgesucht hatte.

Er setzte sich an den Schreibtisch und zog eine Schublade nach der anderen auf. Nichts war entfernt, nichts hinzugefügt worden. Der Briefordner war noch an seinem Platz, und er blätterte kurz ein paar Seiten durch. Bullivant hatte keine offiziellen Briefe geschrieben oder, was wahrscheinlicher war, der Schreiber hatte keine Kopien angefertigt. Das Befehlsbuch – ja, hier war die Anordnung des Ministeriums, die Bullivant das Kommando über die *Calypso* übertrug, gefolgt von dem Admiralitätsbefehl, sich der Flotte Clintons anzuschließen; und Clintons Befehl an Bullivant, sich seinem Kommando zu unterstellen. Sonst nichts weiter.

Da war auch die Tagebuchkladde, begonnen an dem Tag,

als Bullivant an Bord kam, und Ramage legte sie in eine andere Schublade, ohne sie zu lesen. Hier war auch das Besatzungsverzeichnis, und eine Eintragung enthielt das Datum, an dem Bullivant ›gemäß Beauftragung‹ an Bord gekommen war. Niemand hatte vermerkt, daß er Captain Ramage ablöste, der sich in Urlaub befand. Nun, das war ein interessanter Punkt. Wenn Ramage jetzt notierte, daß Bullivant auf Befehl des Flottenchefs auf die *Murex* gebracht worden sei, vermerkte er dann damit auch, daß Captain Ramage das Kommando ›gemäß Beauftragung‹ übernommen (wieder übernommen) hatte und so tatsächlich zweimal das Kommando übernommen hatte, ohne je (offiziell) das Schiff verlassen zu haben? Oder sollte er Bullivants kurzes Kommando einfach ignorieren?

Irgendein langweiliger Schreiberling im Marineministerium würde sich über diesem bürokratischen Problem den Kopf zerbrechen, und zweifellos würde die resultierende Korrespondenz sich über zehn Jahre hinziehen. Ramage dagegen stellte fest, daß kein Seemann entlassen worden war und keine neuen Männer hinzugekommen waren.

Er legte das Besatzungsverzeichnis und den Briefordner wieder in die Schublade zurück und zog Admiral Clintons Befehl aus seinem Kittel. Bald würde er wieder in Uniform sein. Mehrere Offiziere auf dem Flaggschiff hatten ihm Uniformröcke und Kniebundhosen sowie Strümpfe, Hemden und Halsbinden angeboten, aber Ramage vermutete, daß seine eigenen Uniformen noch an Bord waren, und tatsächlich war fast das erste, was ihm sein Steward Silkin meldete, daß seine Koffer aus dem Laderaum heraufgebracht worden seien und daß die gesamte Kleidung gewaschen oder gereinigt und gebügelt und dann mit ein paar Spritzern Essig benetzt worden war, um den muffigen Geruch herauszukriegen.

Er öffnete die beiden Befehle Admiral Clintons und las den zweiten noch einmal genau durch. Der Admiral und Captain

Bennett hatten sie in großer Eile verfaßt, und das sorgte für Kürze.

»Da ich Informationen erhalten habe«, begannen die Befehle Admiral Clintons, »daß die nationale französische Fregatte *L'Espoir* kürzlich Brest mit einer großen Gruppe Gefangener verlassen hat, bestehend aus Männern und Frauen, die von der französischen Regierung der Illoyalität angeklagt und in die Verbannung nach Cayenne geschickt worden sind, werden Sie hiermit aufgefordert und angewiesen, umgehend in Seiner Majestät Schiff *Calypso*, die unter Ihrem Kommando steht, Kurs auf Cayenne zu nehmen, wobei Sie mit größtmöglicher Fahrt laufen, und die besagte französische Fregatte *L'Espoir* abzufangen, die Gefangenen zu befreien und sie sicher in einen englischen Hafen zu bringen, wo Sie sofort die ›Lord Commissioners‹ der Admiralität vom Erfolg Ihrer Mission in Kenntnis zu setzen haben ...«

Er schob das Schreiben zwischen zwei leere Seiten im Befehlsbuch, legte dieses dann in die Schublade zurück und verschloß sie. Er hatte Glück gehabt, daß Bullivant sich nie die Mühe gemacht hatte, die Schlüssel einzustecken – jede Schublade in diesem Schreibtisch hatte ein anderes Schloß.

Das Herumgeschreie, das Stampfen und Schlurfen an Deck hatte inzwischen aufgehört, und Ramage wartete darauf, daß Schritte den Niedergang herabkämen, um an seiner Tür vom Posten der Seesoldaten angehalten zu werden, der dann laut den Namen des Besuchers verkünden würde.

Er lehnte sich zurück und stieß einen Seufzer der Erleichterung und des schieren Vergnügens aus. Es war eine aufregende Sache, wieder an Bord seines Schiffes zu sein. Er hatte eine so lange Zeit in dieser Kajüte verbracht, daß sie ihm wie sein Zuhause vorkam. Tatsächlich war sie ja auch sein Zuhause. Es war sicher ein wenig ungewöhnlich, wie ein französischer Fischer gekleidet an seinem Schreibtisch zu sitzen, aber er hatte nicht solange warten wollen, bis Silkins Bügeleisen mit seiner Arbeit ganz fertig war.

Seit er an Bord gekommen war, hatte er die ersten fünfzehn Minuten damit verbracht, Silkin zuzuhören, der nicht glaubte, daß Ramage etwas Wichtigeres würde hören wollen als seinen Kleiderbericht. Dann war er in seine Kajüte gegangen und hatte seine Befehle noch einmal gelesen. Er hatte das getan, während Aitken das Schiff für den nächsten Schritt klarmachte.

Und jetzt trampelten die erwarteten Schritte die Treppe herunter, und Ramage hörte das Klappern einer Degenscheide, die eine der Stufen streifte. Ein Aufstampfen von Füßen und das Geräusch eines Gewehrgriffs deuteten darauf hin, daß der Posten Haltung annahm. Zwei Stimmen, eine Frage (der Posten mußte die Frage stellen, selbst wenn der Besucher seine eigene Mutter gewesen wäre) und eine Antwort.

Dann ein Klopfen an der Tür und die Stimme des Postens: »Captain, Sir, der Erste Offizier!«

»Lassen Sie ihn eintreten.«

Herein kam ein lächelnder Aitken, leicht gebückt wegen der geringen Höhe der Decke, seinen Degen mit einer Hand anhebend, den Zweispitz unter dem Arm.

»Die Besatzung ist achtern angetreten, Sir.«

»Aitken«, Ramage stand auf und ging auf den jungen Schotten zu, die Hand ausgestreckt. Als sie sich die Hand schüttelten, fügte Ramage hinzu: »Ich freue mich, wieder an Bord zu sein, und ich bin froh, daß ich die Offiziere von früher um mich habe.«

»Danke, Sir. Wir haben den Atem angehalten, als wir hörten, daß der britische Gesandte – Lord Whitworth, glaube ich – Paris verlassen habe. Aber als Sie nicht von Ihrer Hochzeitsreise zurückkamen, vermuteten wir, daß die Franzosen Sie und Ihre Ladyschaft gefangengenommen hätten.«

Ramage deutete auf seine Fischerkleidung. »Sie haben sicher nicht erwartet, mich vor Ushant in dieser Aufmachung wiederzusehen! Nun, Sie sollten Ihre Ladyschaft sehen, sie sieht wie eine Fischhändlerin aus.«

Er ging voran, den Niedergang hinauf und hinaus an Deck. Die Seesoldaten standen in zwei Reihen an der Achterdeckreling; Southwick, die Leutnants und Orsini in der vordersten Reihe an Steuerbord. Die Mannschaft stand auf den anderen drei Seiten, so daß sie das ganze Achterdeck praktisch einrahmten.

Ramage hatte die gesamte Besatzung antreten lassen, nicht weil er übertrieben eingebildet gewesen wäre, sondern weil er wußte – einfach auf Grund des Vertrauens, das immer zwischen Männern besteht, die mehrfach Seite an Seite im Gefecht gewesen sind –, daß ihn alle zu sehen wünschten und daß sie hören wollten, daß nun alles wieder in Ordnung sei.

Der Säufer, der einige Tage lang seinen Platz eingenommen hatte, war, festgebunden auf einer Trage, mittels einer Talje in ein Boot hinabgelassen worden, wobei er schrie, daß die Seeleute, die die Stagtakel bedienten, die Arbeit des Teufels verrichteten. Inzwischen war Bullivant mit der *Murex* auf dem Wege nach Plymouth, und wer Ramage wirklich leid tat, das war Sarah. Sie wird jetzt miterleben, dachte er grimmig, was wir mit Bowen durchgemacht haben. Aber es waren nur 120 Meilen von Ushant bis Plymouth, und die *Murex* konnte auf diesem Nordostkurs gut sechs Knoten laufen, so daß Sarah das nur vierundzwanzig Stunden würde aushalten müssen. Dann würde sie mit der Postkutsche nach London reisen, und sehr bald würden die Erinnerungen an die kürzlichen Aufregungen verblassen.

Ramage stand oben auf dem Hauptspill. Das Schiff rollte nur wenig, so daß er ohne Mühe die Balance halten konnte; er konnte alle Leute gut sehen, mit Ausnahme von zwei oder drei Seesoldaten, die vom Besanmast verdeckt wurden. Aber es wehte ein verdammt kalter Wind. Der Fallstrom von Großsegel schien direkt bis auf die Haut zu gehen. Der Vorzug einer kompletten Uniform in einem nördlichen Klima lag darin, daß sie einen gut warmhielt, wenn man auch in den Tropen darin schwitzte. Der Zweispitz, zum Beispiel, schien alle zehn Grad, die man nach Süden gutmachte, ein Pfund schwerer zu werden, so daß er am Äquator schließlich so bequem war wie ein Ritterhelm.

Die Seesoldaten hatten jetzt Haltung angenommen, die Leutnants standen wie die Bäume, und die Mannschaften sahen zu ihm hinauf, einige mit unbewegtem Gesicht, andere lächelnd, aber es war niemand dabei, der an den Zähnen saugte. Wenigen Kapitänen schien klar zu sein, daß dieses An-den-Zähnen-saugen mehr über die Haltung und den Gemütszustand der Männer aussagte als irgend etwas anderes.

Er sprach ein paar Worte zur Begrüßung und zog dann die Befehle Admiral Clintons aus dem Kittel, worauf die Seesoldaten und die Leutnants ihre stramme Haltung lockerten. Die Seeleute wußten nur zu genau, was jetzt kommen würde, und sorgten dafür, daß sie bequem standen.

Ramage entfaltete das Papier und begann das Ritual des ›reading himself in‹, des lauten Vorlesens seiner Bestallungsurkunde. Ehe das nicht geschehen war, durfte er offiziell keine Befehle erteilen oder die Erwartung hegen, daß man sie befolgen würde. Ganz bewußt war sein ›Stehen Sie bequem‹ mehr eine schroffe Aufforderung als ein Befehl, und sein Ruderbefehl an Southwick war nur erfolgt, um Zeit zu sparen. Dann begann er zu lesen.

»Kraft der Machtbefugnis und Befehlsgewalt, die mir als Oberbefehlshaber Seiner Majestät Schiffe, welche die Kanalflotte darstellen, verliehen wurde, und da ich mich vor Brest und damit außerhalb der Kanalzone befinde, ernenne ich, Reginald Edward Clinton, Vizeadmiral des Roten Geschwaders, Sie hiermit zum Kapitän Seiner Majestät Schiff der Fregatte *Calypso*, und wünsche und verlange, daß Sie sich sofort an Bord des besagten Schiffes begeben und die Aufgaben und Pflichten des Kommandanten auf demselben übernehmen ...«

Ramage hielt inne, um tief durchzuatmen, und verfluchte dabei den Mann, der diese Formulierung (wahrscheinlich vor hundert Jahren) festgelegt hatte, ohne einen Gedanken an den armen Kapitän zu verschwenden, der diese Mammutsätze laut genug herbeten mußte, so daß jeder Mann der Besatzung sie im Rauschen des Windes und der See hören konnte. Inzwischen zeigte sich auf fast allen Gesichtern ein Grinsen, und er fuhr fort.

»... wobei ich allen Offizieren und Mannschaften der besagten *Calypso* die strikte Anweisung gebe, sich insgesamt und individuell im Rahmen der ihnen gestellten Aufgaben pflichtgemäß zu verhalten ... und Ihnen auferlege, die gedruckten Allgemeinen Bestimmungen einzuhalten ... Die Erfüllung dieser Pflichten dürfen weder Sie noch irgendein Mann der Besatzung versäumen, da Sie widrigenfalls für die Folgen einstehen müssen; und zu diesem Behuf wird Ihnen diese Bestallungsurkunde ausgestellt.«

Der letzte Satz bedeutete genau das, was er sagte: Leutnants, Kapitäne und Admirale waren schon wegen Nichterfüllung ihrer Pflichten vor ein Kriegsgericht gestellt und degradiert worden. Natürlich schlossen die Anweisungen dieser Urkunde auch alle Befehle von Vorgesetzten ein, und die eigentlichen Befehle des Admirals hatten eine gewisse Unbestimmtheit, die sich teilweise aus dem Mangel an tatsächlichen Informationen über die *L'Espoir*, ihre Gefangenen und ihre Route erklärte, aber auch bewußt so formuliert waren, daß, was immer auch geschehen mochte (im Falle des Mißlingens der Mission) der Admiral nicht verantwortlich gemacht werden konnte. Admiral Clinton hatte nicht vergessen darauf hinzuweisen, daß er und Ramage sich außerhalb der Kanalzone befanden, denn innerhalb der Kanalzone durfte nur das Marineministerium Kapitäne ernennen.

Ramage faltete die Befehle und steckte sie wieder ein. Er hatte seine Bestallungsurkunde laut vorgelesen und war – erneut – Kommandant der *Calypso*. Gewöhnlich hielt der neue Kommandant jetzt eine Ansprache an die Besatzung: drohend, begeisternd, schwülstig, langweilig – je nachdem. Aber alle diese Männer, dieses Meer von Gesichtern, das ihn umgab, kannten ihn gut; sie waren mit ihm ins Gefecht gegangen und hatten mit ihm feindliche Schiffe geentert, mit der Pistole, dem Entermesser oder der Enterpike in der Hand. Einige waren mit ihm in die Luft gesprengt worden, die meisten hatten erlebt, wie er verletzt und bewußtlos wieder an Bord gebracht wurde. Solchen Männern brauchte er nichts zu sagen.

Er blickte nur langsam in die Runde und sah in die Gesichter seiner Leute, hob dann seinen rechten Arm zu einem Gruß, der ihn plötzlich ganz absurd an die Geste eines römischen Kaisers erinnerte, und sprang unter den plötzlich einsetzenden und anscheinend von Southwick angeführten Hochrufen vom Spill herunter.

Jetzt war er also wieder da, wo er hingehörte. Wo war die *L'Espoir*?

Die See hatte jetzt das »Ist-es-mauve-oder-ist-es-purpur?« des tiefen Ozeans, mit Schaumköpfen, die die Kämme einiger Windseen krönten, während die Dünungswellen unter ihnen durchliefen. Die *Calypso* stampfte leicht und rollte schwer; die Masten und Rahen knarrten, und die gerundeten Segel verloren bei einem besonders schnellen Rollen gelegentlich den Wind und knallten.

Achteraus hatte sich die Sonne über die schwarze Wolkenlinie erhoben, die wie ein dunkler, im Meer schwimmender Balken niedrig und flach am östlichen Horizont lag; schnell verschwanden die letzten Sterne im hellen Licht, und der Himmel über ihnen zeigte sich blau und wolkenlos.

In ein paar Stunden würden sie auf 23°27' Nord die unsichtbare Linie kreuzen, die den Wendekreis des Krebses markierte, und endlich sieht es so aus, dachte Ramage erleichtert, als wären sie in den Bereich des Passats gekommen.

In den vergangenen Tagen hatte sich ein immer gleiches, feuchtes und tristes Ritual abgespielt. In der Nacht ging der Wind zurück und überließ die *Calypso* einer unregelmäßig bewegten See, die sie wie eine Fußmatte ausschüttelte und jeden beweglichen Gegenstand knarren, klappern oder schlagen ließ. In Ramages Kajüte schlugen sogar die Weingläser in ihrem Regal aneinander, als prosteten sie einander zu. Zwei Schubladen voller Kleidungsstücke, die nicht richtig geschlossen waren, rutschten über die angemalte Segeltuchplane, die auf dem Kajütboden als Teppich diente, und verstreuten dabei Seiden- und Baumwollstrümpfe, Taschentücher, Halstücher und Hemden, als machte sich ein Hund im Lager eines Textilgeschäfts sein Lager zurecht.

Bei Tagesanbruch zeigten sich rundherum Gewitter, wobei die unteren Wolken in die Höhe stiegen in eine darüberliegende Schicht, die kurz darauf die Sonne verdunkelte. Von Zeit zu Zeit hatte Ramage an der Achterdeckreling gestanden und sich die inzwischen sicher weit entfernte *L'Espoir* vorgestellt, wie sie vom Passat in südwestlicher Richtung nach Cayenne vorangetrieben wurde, die Segel voll stehend, der französische Kapitän guter Dinge, wenn er die Daten einer schnellen Passage von Brest ins Logbuch eintrug.

Auf der *Calypso* hatte Ramage, der vor Frustration schier erstickte, zu den Segeln hinaufgesehen, die wie schwere Vorhänge von den Rahen hingen und an der Takelage schamfielten; der Fuß jedes Segels scheuerte gegen den Mast, da die Segel auf den Schiffen des Königs mit einem geraden Unterliek geschnitten waren, nicht dem tiefen Bogen, der bewußt von den Handelsschiffen bevorzugt wurde, um das Schamfielen zu vermeiden, wenn dadurch auch die Segelfläche kleiner wurde, etwas, was ein Kriegsschiff sich nicht leisten konnte.

Aufgeien, um das Schamfielen zu verringern, oder das Segel bergen, um es von vornherein zu vermeiden? Oder es einfach stehen lassen, so daß man keine Minute verlor, wenn der erste Windhauch kam? Aber wenn der Wind käme (diese Woche oder die nächste), würde er dann nur ein guter Segelwind sein oder aber ein brüllender Sturm von einem dieser schweren Gewitter, welche Toppsgasten in die Takelage trieben, um die Untersegel aufzutuchen, die man hastig aufgegeit hatte; Stürme, bei denen Aitken die Zahl der Rudergänger verdoppelte, so daß dann vier Männer versuchen konnten, die überbeanspruchte Fregatte am Querschlagen zu hindern, wenn sie, kaum unter Kontrolle, nach Lee davonstob?

Sollte er riskieren, eine Meile oder so, im Wettlauf zu verlieren, sollte er das schreckliche Geräusch eines zerreißenden Segels riskieren und dann das Klatschen und Schlagen des von der brutalen Stärke des Windes zerfetzten Tuchs, oder sollte er alles bergen und auf das richtige Einsetzen des Windes warten?

Schließlich, während er mit sich im stillen hin und her argumentierte und Southwick auf und ab wanderte, eine einsame Figur an der Leeseite des Achterdecks, entdeckte der Ausguck im Fockmast (ein Mann, der sich mit aller Kraft festhalten mußte, und Ramage würde ihm vergeben haben, wenn er zu schwindelig gewesen wäre, um überhaupt etwas zu entdecken) die ersten Anzeichen des Windes auf der Wasseroberfläche. Aber die tanzenden Schatten auf der Wasseroberfläche kamen von Süden. Alles war jedoch besser, als wenn sich das Schiff durch das dauernde Herumdümpeln selbst Schaden zugefügt hätte, also hatten sie die Rahen angebraßt, die Schoten getrimmt und festgestellt, daß der beste Kurs, den sie bei der östlichen Dünung und dem leichten Wind anliegen konnten, West zu Nord war. Wenn sie knüppelten, also so hoch am Wind segelten wie möglich, konnten sie auch auf West zu Süd gehen, aber dann wurden sie so langsam wie eine Kutsche, die nur mühsam auf einem schlammigen Weg vorankommt.

Den Rest dieser Tage waren sie mit vier bis fünf Knoten mehr schlecht als recht vorangekommen, denn nachts blieb der Wind fast ganz weg und der Tagesanbruch brachte neue Gewitter. Das Barometer war etwas gefallen.

Nicht so an diesem Morgen. Noch bei Dunkelheit hatte sich ein leichter Südwind erhoben, doch Ramage stellte fest, daß das Barometer nicht weiter gefallen war und ging an Deck und sah, daß der Himmel voller Sterne war, die bereits erheblich heller schienen als am nördlichen Himmel. Als der kommende Morgen das Dunkel der Nacht zu verdrängen begann, krimpte der Wind ein wenig; der Rudergänger hatte gemeldet, daß er gelegentlich bis auf Südost zu Süd herumging, und die *Calypso* gerade Südwest zu West anliegen konnte. Eine Stunde später wehte er stetig aus Ostnordost, und die *Calypso* konnte fast ihren Kurs halten.

Gegen Mittag war er noch ein paar Strich weiter herumgegangen, so daß Southwick eine Eintragung auf der Schiefertafel in der Schublade des Kompaßhäuschens machte und den Wind als Nordost zu Ost aufzeichnete, bei dem das Schiff unter vollem Zeug sieben Knoten lief und seinen Kurs hielt. Was noch wichtiger war: Die Besatzung war dabei, die Leesegel an Deck zu schaffen und zum Setzen klar zu machen. Hatte der Passat wirklich eingesetzt? Sie konnten nur hoffen. Das Mittagsbesteck, bei dem Southwick, Aitken und Ramage selbst mit Quadranten und Sextanten die Sonnenhöhe maßen, ergab eine Breite von 24° 06' Nord. Orsini hatte ebenfalls eine Messung gemacht, bei der nur die Einstellschraube des Sextanten gedreht werden mußte, um den höchsten Sonnenwinkel zu ermitteln, und die nicht von der Genauigkeit des Chronometers abhängig war. Der junge Fähnrich hatte alles ohne Schwierigkeiten zustandegebracht, war aber bei der einfachen Rechnung, die den Sextantenwinkel und die Deklination der Sonne einbezog, etwas durcheinander geraten. Die Breite, die er schließlich Southwick vorlegte, konnte nicht ganz richtig sein, wie ihm der Navigator mit milder Ironie klarmachte, da sich die *Calypso* doch wohl kaum auf der Breite von Edinburgh befand.

Ramage hatte einen Knoten südöstlicher Strömung einkalkuliert, wenn auch frühere Erfahrungen zeigten, daß dies zu hoch gegriffen war. Wie Southwick war er jedoch ein vorsichtiger Navigator und zog es vor, daß der gegißte Schiffsort bei einem Irrtum vor dem tatsächlichen Schiffsort lag; befand sich das Schiff hingegen vor dem gegißten Ort, konnte es (und das taten auch viele!) auf irgendein Unterwasserriff laufen, das den Zugang zum Bestimmungsort schützte.

Während er das Mittagsbesteck nahm, gewann Ramage die Überzeugung, daß der Passat mit der üblichen Plötzlichkeit einsetzen würde. Im Augenblick bewegten sich nur einige der typischen Passatwolken in ordentlichen Reihen am Himmel entlang, kleine, unten abgeflachte Gebilde mit gerundeten Köpfen, die ihn an Pilze erinnerten, und sie schienen auf einen Punkt hinter dem westlichen Horizont zuzustreben.

Passatwolken waren eine nie versiegende Quelle der Unterhaltung in den Tropen. Für einen Tropenneuling, ob Offizier oder Matrose, konnte das Wetter im Passat allerdings auch ziemlich erschreckend sein. Beim Überqueren des Atlantik erblickte man bei Tagesanbruch oft einen Streifen niedriger, dichter Wolken im Osten (in Luv und daher, vermutlich, heranrückend), die schwarz und drohend wurden, wenn die Sonne hinter ihnen aufstieg. Offensichtlich – würde sich ein Neuling denken – der Vorbote eines seltsamen, tropischen Sturms oder doch mindestens einer verheerenden Gewitterböe.

Tagesanfang auf einem Schiff bedeutete gewöhnlich, daß jeder Mann für ein bis zwei Stunden alle Hände voll zu tun hatte, und dann erinnerten sich die Neulinge plötzlich wieder furchtsam daran, sahen nach achtern und suchten diese niedrige, schwarze Wolke. Aber im Osten zeigte sich nur ein klarer Horizont, und eine unschuldige Sonne stieg mit der ganzen Grazie und Eleganz einer Herzogin empor, die sich anschickt, einem Maler für ein Porträt zu sitzen.

Um neun Uhr war also der Himmel von Horizont zu Horizont klar, und die Sonne ließ bereits vermuten, daß sie bald etwas Wärme ausstrahlen würde. Dann begann die Parade der Pilze.

Er nannte sie Pilze, aber sie sahen anfangs eher wie weiße

Stecknadelköpfe auf einem blauen, samtenen Nadelkissen aus. Sie wanderten allmählich westwärts, wobei sie zwar in ordentlichen Reihen blieben, während die Stecknadelköpfe wie Baumwollkapseln an ihrem Strauch zu flaumigen Bäuschen heranwuchsen. Immer weiter gen Westen ging ihre Reise, und die Sonne, die die Luft erwärmte, ließ die Wolken immer größer werden, doch sie standen nach wie vor in gleichmäßigen Reihen, wie eine Formation gut ausgebildeter Soldaten, die über eine Ebene marschieren. Manchmal änderte sich die Form der Wolken. Während der Unterrand gerade blieb, nahm der obere Teil eine groteske Gestalt an, wie ein Brötchen, das sich entschlossen hat, die Frau des Bäckers zu erschrecken.

Das Größerwerden der Wolken war für Ramage nur eine Nebensache. Der eigentliche Spaß lag darin, die unterschiedlichen Formen zu beobachten. Mit ihrer flachen Unterseite und der sich aufblähenden Oberseite sahen manche aus wie Bildnisse ruhender Gestalten, wie man sie auf Gräbern sieht; bei anderen rundete und bog sich der weiße Dampf in die Form von Gesichtern, die in den Himmel hinauf starrten. Im Laufe von fünfzehn Minuten zogen zehn pausbäckige, langgesichtige, stupsnasige oder langnasige Politiker, wie sie einem aus den Zeichnungen der Karikaturisten bekannt waren, ein Dutzend Freunde und ein weiteres Dutzend Figuren, die etwas bizarrer, wenn auch erkennbar waren, am Himmel vorbei nach Westen.

Gelegentlich, oft am späten Nachmittag gegen Sonnenuntergang, überzog sich der westliche Himmel langsam mit den erschreckendsten Farben: scharlachrote und orangene Töne, bläuliche Purpurrots und unheilverheißende Mauves, als probiere ein Kind einen Farbkasten aus, und es schien, als müsse der verheerendste Hurrikan innerhalb weniger Stunden gegen den Wind heranziehen und gewaltige Seen aufwerfen, so daß alle um ihr Leben würden kämpfen müssen. Aber wenn die Nacht hereinbrach, war der Himmel gewöhnlich wieder klar, alle Sterne funkelten, wie es sich gehörte, und niemand konnte sagen, wohin die farbenprächtigen Wolken verschwunden noch warum sie überhaupt erschienen waren.

Die ersten fliegenden Fische sorgten in der Besatzung immer für eine gewisse Aufregung. Sobald das Schiff die wärmeren südlichen Gewässer erreichte, warfen die meisten Männer immer wieder einmal einen Blick auf die Wasseroberfläche in der Hoffnung, als erster einen der kleinen Silberpfeile zu entdecken, die ein bis zwei Fuß hoch über die Wellen glitten und so schnell wieder verschwanden, wie sie aufgetaucht waren. Was aussah wie der obere Quadrant eines sich langsam drehenden und sehr dicken Rades war der gebogene Rücken eines Tümmlers, der dem Entdecker immer einen lauten Schrei entlockte, und gelegentlich spielten ein Dutzend von ihnen mit dem Schiff, stürmten heran und kreuzten den Bug in so geringer Entfernung, daß es manchmal aussah, als würden sie vom Vorsteven getroffen.

Ramage freute sich in den Tropen jedoch auf ein ganz besonderes Rendezvous und fühlte sich immer irgendwie betrogen, wenn er nicht der erste war, der ihn entdeckte. Es war der eher ungewöhnliche als schöne weiße Vogel, den man für eine große Seeschwalbe halten konnte, hätte er nicht diesen riesigen Schwanz gehabt, dreimal so lang wie sein Körper, der aus zwei langen, dünnen Federn bestand, die ein enges V bildeten. Der Schnabel des Tropikvogels war rot oder gelb, und die Schwingen waren schmal und spitz wie die einer Seeschwalbe, hatten aber den schnellen Schlag einer Taube. Seltsam genug schien er ein Vogel der Inseln und Landzungen zu sein, ein geschickter Flieger, der es gewohnt war zu tauchen und der sich nicht weit vom Land entfernen würde. Und wozu diente dieser Schwanz?

Tatsächlich lebten diese Vögel in Kolonien – Ramage kannte verschiedene auf St.Eustatius und Nevis auf den Inseln unter dem Wind (zufälligerweise ließen sich beide Inseln leicht an dem riesigen abgeflachten Kegel erkennen, der auf einen alten Vulkan hinwies).

Lief man zwischen St. Martin und St. Barthélemy auf der einen Seite und Saba, St. Eustatius, St. Kitts und Nevis auf der anderen hindurch, begegnete man gewöhnlich einem Dutzend und mehr dieser Tropikvögel, die die Meeresstraße überquerten.

Doch Ramage hatte sie auch hier in der Mitte des Atlantik zu Gesicht bekommen, über fünfzehnhundert Meilen vom nächsten Land entfernt, und sie flogen mit den gleichen schnellen, fast nervösen Flügelschlägen, als müßten sie in zwanzig Minuten wieder am Nest sein. Es schien ihnen nichts auszumachen, ob das Ziel fünfzehn oder fünfzig Meilen entfernt war. Oder fünfzehnhundert: Das war einfach nur die Mitte des Atlantik zwischen den Kanarischen Inseln und Barbados. Um diese Strecke zu bewältigen, mußte der Vogel fast dreitausend Meilen fliegen. Flog er einfach Tag und Nacht ohne Rast zu machen? Ramage hatte nie gesehen, daß sich ein Tropikvogel wie eine Seemöwe auf das Wasser niedergelassen hätte. Und eine andere seltsame Sache war, daß alle Vögel, denen er draußen auf dem Atlantik begegnet war, immer direkt nach Osten oder nach Westen flogen, nie nach Norden oder Süden. Er erinnerte sich, daß er auf der letzten Reise um acht Uhr morgens seinen ersten Tropikvogel gesehen hatte, der direkt über das Schiff hinweg nach Osten flog. Dann, gegen vier Uhr nachmittags, hatte er einen genau nach Westen fliegen sehen, ebenfalls direkt über das Schiff hinweg. War es der gleiche Vogel? Sein Bestimmungsort war Barbados gewesen, zweitausend Meilen in westlicher Richtung. Ihm fiel auch ein, daß jeder Tropikvogel, dem er auf dem Atlantik begegnet war, immer direkt über das Schiff geflogen war; nie hatte er einen in größerem Abstand vorbeifliegen sehen. Auch war keiner der Vögel je auf das Schiff hinabgestoßen, als suche er nach einem Platz zum Ausruhen oder nach etwas Schmackhaften zum Fressen.

Andere Vogelarten ließen sich oft an Bord nieder, obwohl sie sich dann gewöhnlich viel näher unter Land befanden. Ein alter Pflanzer auf Barbados hatte ihm einmal erzählt, daß Tropikvögel sich von fliegenden Fischen und Tintenfischen ernährten, die sie im Sturzflug erbeuteten. Der Pflanzer nannte den Vogel ›boatswain bird‹, also Bootsmannsvogel, und die Franzosen hatten mehrere Namen für ihn, die sich von Insel zu Insel unterschieden – ›paille-en-queue‹, ›paille-en-cul‹ und ›flèche-en-cul‹: Strohschwanz, Pfeilschwanz – es gab verschiedene Möglichkeiten, die Namen zu übersetzen, aber das spanische ›contramaestre‹ kam dem englischen ›boatswain bird‹ am nächsten.

Ramage winkte Aitken zu sich.

»Der Horizont sieht recht leer aus, Sir«, bemerkte der junge Schotte. »Anscheinend merkt man nur, wie groß der westliche Ozean ist, wenn man nach jemandem sucht.«

»Wir könnten sie schon überholt haben. Oder sie könnten auf einem nördlicheren oder einem südlicheren Kurs laufen. Oder sich noch vor uns befinden.«

»Aye, es wäre nur reiner Zufall, wenn wir sie entdecken. Zehn verschiedene Kapitäne wählen zehn verschiedene Routen für diese Überfahrt.«

»Sie haben also keine große Hoffnung?«

»Nein, Sir, nicht bei dem zeitlichen Vorsprung.«

Ramage nickte. »Sobald die *L'Espoir* eine ganze Nacht Vorsprung hatte, das sind zehn Stunden Dunkelheit, bestand immer die Möglichkeit, daß wir sie überholten, ohne es zu merken. Und bei zwei- bis dreihundert Meilen Unterschied, was die Position betrifft, spielt auch das Wetter eine Rolle. Sie könnte gute Fahrt bei einer nördlichen Brise machen, während wir gegen einen südlichen Wind ankreuzen. Sie könnte mit gesetzen Beisegeln vor einem günstigen Wind laufen, und wir könnten in der Flaute liegen.«

»Aber jetzt holen wir endlich auf!« Aitken deutete auf die Leesegel; lange, schmale Segeltuchstreifen, an schlanken

Spieren, die mit Fallen über die Nock einer normalen Rah ausgeheißt wurden, so daß jedes Leesegel eine Verlängerung des Segels bildete, ähnlich einer Verlängerungsklappe am Ende eines Tisches.

»Aufholen oder überholen?« überlegte Ramage. »Ich kann mir schlecht vorstellen, daß sich Franzosen, die ein Schiff voller Gefangener haben, besonders sputen. Sie könnten das Ganze als eine gemächliche Reise ansehen und keine besondere Eile haben, wieder nach Frankreich zurückzukehren – zumal dort dann Winter sein wird. Sie ahnen ja auch nicht, daß wir hinter ihnen her sind.«

Die beiden Männer gingen von der Achterdeckreling nach achtern, vorbei an der Niedergangstreppe, die zur Kapitänskajüte führte, vorbei an der großen Trommel des Hauptspills, mit den Einschnitten für die Spillspaken, in denen jetzt kleine keilförmige Schubladen mit Verbandszeug steckten, das schnell zur Hand sein mußte, sollten sie gezwungen sein, ins Gefecht zu gehen. Sie passierten eine schwarz angemalte Kanone in ihrer Lafette und dann eine zweite. Dann kam das Kompaßhäuschen, das wie eine alte Kommode mit einem Fenster auf jeder Seite aussah; die Scheibe aus geschliffenem Glas zeigte einen Kompaß, der weit genug von dem zweiten auf der anderen Seite entfernt war, um ihn nicht zu beeinflussen; doch waren sie so plaziert, daß die Rudergänger zu beiden Seiten des Rades die Anzeigen gut erkennen konnten.

Und das Doppelrad. Normalerweise machte der Rudergänger in Luv den größten Teil der Arbeit, indem er die Speichen niederdrückte, aber wenn das Schiff wie jetzt vor dem Wind lief, die Rahen nahezu vierkant gebraßt waren und die Leesegel zogen, war die Aufmerksamkeit beider Rudergänger gefordert, und die Augen des Steuermanns bewegten sich in einem steten Kreis, von den Luvkanten der Segel zu den Verklickern auf den Finknetzen und von da zum Kompaß.

Die Verklicker – Ramage war dankbar, daß sie sich so lebhaft bewegten. Vier oder fünf Korken, im Abstand von jeweils zehn Zoll auf eine Leine aufgereiht, mit einem halben Dutzend Federn in jedem Kork, und das Ganze an einem Stock festgemacht und in die Finknetze gesteckt, einen auf jeder Seite, entsprachen vielleicht nicht jedermann Schönheitsideal, aber nach diesen Tagen der Flaute und der leichten Winde von vorn waren sie doch ein wundervoller Anblick.

Jetzt kamen sie am Oberlicht der Kapitänskajüte vorbei – über der Vorderseite der Kajüte angebracht, war es eine zweischneidige Sache; zwar ließ es Luft und Licht herein, und er konnte hören, was an Deck vor sich ging, aber manchmal war das Achterdeck auch ein recht lauter Ort: Nachts war manchmal das knallende Schlagen eines Segels zu hören, dem sofort ein Fluch des Wachoffiziers zu folgen pflegte, der den Steuermann zusammenstauchte, und dieser wiederum verdammte dann die Rudergänger wegen ihrer Unaufmerksamkeit. Auch preite der Wachoffizier nachts regelmäßig die Ausgucks an (von denen es im ganzen sechs gab, zwei auf der Back, zwei mittschiffs und zwei auf dem Achterdeck), um sich zu vergewissern, daß sie wach und aufmerksam waren. Dazu kamen dann noch diese ›Da-ist-ein-da-ist-kein‹-Gespräche, dachte Ramage mürrisch, meist fanden sie zwischen dem scharfäugigen jungen Orsini und dem Wachoffizier statt. Der eine glaubte, ein Segel oder Land oder Brecher in der Dunkelheit erkannt zu haben. Der andere war sich gleichermaßen sicher, daß da nichts wäre. So eine leise, wenn auch hitzige Debatte reichte, um dafür zu sorgen, daß ein schläfriger Ramage völlig wach wurde, und obwohl er wußte, daß auf gut hundert Meilen kein Land sein konnte, zog er sich einen Mantel über und ging an Deck – eine Möglichkeit gab es ja immer …

Schließlich die letzte Kanone auf der Steuerbordseite, und nach wenigen Schritten standen sie an der Heckreling und machten sich wieder auf den Rückweg.

»Dieser Graf von Rennes, Sir?« sagte Aitken vorsichtig. »Kennen Sie ihn?«

»Meine Familie war schon lange vor dem Krieg mit ihm befreundet.«

»Ah, dann ist es für Sie auch eine persönliche Angelegenheit, nicht wahr, Sir?«

»Ja – er ging nach England, als die Revolution ausbrach, und lebte dort bis zum letzten Friedensschluß. Er hat immer noch einen Besitz in Kent. Aber wir verfolgen die *L'Espoir*, weil er einer der wichtigsten, heute noch lebenden französischen Royalisten ist.«

»Er wird nicht mehr lange am Leben sein, wenn sie ihn erst einmal nach Cayenne gebracht haben. Diese Teufelsinseln tragen ihren Namen zu Recht, habe ich gehört.«

»Es gibt zwei oder drei Inseln. Ich glaube, die Franzosen nennen sie die Iles du Salut. Eine ist für Strafgefangene, eine andere für politische Gefangene.«

»Ich habe ein paar Aufzeichnungen über Cayenne und die Inseln«, bemerkte Aitken. »Kopien von einigen alten Segelanweisungen aus den siebziger Jahren. Viel wird sich da aber nicht geändert haben!«

»Haben Sie sie mit an Bord?«

»In meiner Kammer, Sir. Ich habe sofort nachgesehen, als Sie erwähnten, wohin die *L'Espoir* unterwegs ist.«

»Wir werden sie uns für alle Fälle einmal ansehen.«

»Dort werden Sie das Kaninchen fangen, Sir«, meinte Aitken. »Ein Wilderer legt auch keine Schlinge in der Mitte eines Feldes aus; nein, er bringt sie direkt vor dem Bau an. Man fängt das Kaninchen, wenn es im Bau verschwinden will!«

Ramage blieb einen Augenblick stehen. Ja, Aitkens Vergleich ergab Sinn. Warum den ganzen Atlantik absuchen? Die Entfernung betrug dreitausend Meilen, und angenommen, die Ausgucks der *Calypso* konnten tagsüber zehn Meilen auf jeder Seite absuchen, dann ergab das einen Streifen von dreitausend Meilen in der Länge und zwanzig Meilen in der Breite – eine Fläche von sechzigtausend Quadratmeilen. Um Aitkens Beispiel weiterzuführen, war das nicht viel besser, als ginge man quer durch eine Grafschaft und könne dabei nicht über das Gras hinaussehen. Cayenne war der Bau. Dort mußte er die Falle stellen.

Und doch ... und doch ... Ramage setzte sich wieder in Bewegung.

»Es bleibt uns weder Raum noch Zeit für irgendeinen Fehler«, sagte er. »Wenn wir vor der Küste von Cayenne stehen und die *L'Espoir* in Sicht kommt, muß sie nur noch fünf Meilen zurücklegen, und sie ist in Sicherheit.«

»Aber wenn wir diesen Küstenstrich patrouillieren und haben dabei alle Kanonen ausgerannt, Sir«, wandte Aitken ein.

»Sie könnten ruhig die Mündungsdeckel dranlassen«, sagte Ramage grimmig. »Ich kann doch kein Schiff unter Feuer nehmen, auf dem ein Viertel der Leute an Bord Menschen sind, die ich per Befehl retten muß.«

»Wie sollen wir denn ...?« Aitken hörte abrupt auf, blieb stehen und sah Ramage an. Er schüttelte den Kopf. »Ich habe viele Stunden damit zugebracht, die Route der *L'Espoir* auszuknobeln, damit wir sie abfangen können, aber daran habe ich nicht gedacht ... Und dabei liegt es auf der Hand!«

»So offensichtlich ist es nun auch wieder nicht«, beruhigte ihn Ramage. »Weder der Admiral noch sein Flaggkapitän haben das bei Abfassung meiner Befehle in Betracht gezogen!«

»Wir müssen sie irgendwie bluffen«, sagte Aitken stur.

»Ein Bluff wird uns nicht viel helfen; die Franzosen werden die Teufelsinsel in Lee vor sich sehen und brauchen nur drauflos zu segeln.«

»Würden sie es denn riskieren, ihre Takelage zu verlieren, wenn sie schon so dicht auf Legerwall sind?«

»Natürlich. Nach allem, was ich gelesen habe, ist es eine Schlamm-und-Mangroven-und-Sand-Küste, und sie gehört ihnen, also würde das Schiff, selbst wenn wir ihnen alle Masten wegschießen, auf eine freundliche Leeküste treiben, und die Franzosen würden mit ihren Gefangenen bei Ebbe an

Land marschieren. Na, vielleicht nicht das, weil der Tidenhub dort zehn Fuß beträgt, doch Sie wissen schon, wie ich das meine.«

»Aber die Besatzung der *L'Espoir* würde wissen, daß sie dann monatelang dort festsitzen, zumindest, bis der nächste Schub von Gefangenen ankommt. Oder, vielleicht noch schlimmer, bis das nächste Schiff eintrifft, dem es gelingt, den Blockadering um Brest zu durchbrechen.«

Ramage dachte an das Problem, mit dem Kommandanten oft konfrontiert sind: Wie sollten sie ihren Offizieren beibringen, alle Vorteile des Feindes in Erwägung zu ziehen, ohne sich davon so sehr beeinträchtigen oder deprimieren zu lassen, daß sie keine Mittel und Wege mehr fanden, den Gegner zu schlagen. Ein kleinmütiger oder deprimierter Offizier war fast so gefährlich wie ein allzu optimistischer. Nun, vielleicht würde Aitken ja von selbst darauf kommen.

»Der französische Kapitän ahnt vielleicht, daß ihm eine britische Fregatte auf den Fersen ist«, sagte Ramage, ohne die Folgerung auszusprechen, daß dieser ja auch eine Menge Zeit gehabt habe, um über seine Vorteile und Nachteile nachzudenken.

»Das kann ich mir nicht vorstellen, Sir«, sagte Aitken höflich, aber bestimmt. »Ich glaube eher, wenn Sie mir verzeihen wollen, daß es sich genau umgekehrt verhält. Er wird das Ganze als eine unerwartete Reise in die Sonne ansehen. Aber er kann nicht sicher sein, daß er nicht irgendwo durch eine patrouillierende britische Fregatte aufgebracht wird.«

Ramage mußte innerlich grinsen, wie sehr sich Aitken – der normalerweise ein sehr geduldiger Mann war – bemühte, nicht erkennen zu lassen, daß er mit diesen Gedankengängen keineswegs übereinstimmte. Mit anderen Worten, dachte Ramage, es funktioniert: Aitken denkt wirklich darüber nach!

»Sir, kein Schiff, dem er begegnet, nicht eins, ob es nun französisch, britisch, spanisch oder niederländisch ist, wird wissen, daß der Krieg wieder ausgebrochen ist; die Meldung kann sie einfach noch nicht erreicht haben. Die Leute in Cayenne und auf der Teufelsinsel werden nicht eher von dem neuen Krieg etwas erfahren, bis die *L'Espoir* ankommt, und ihr Kommandant weiß, daß er, solange er lacht und winkt, wenn er einer britischen Fregatte begegnet, nicht die geringste Gefahr läuft, weil die Männer auf der britischen Fregatte annehmen, daß sich die Welt noch im Frieden befindet.«

»Die *Calypso*, Sir«, fuhr Aitken mit Nachdruck fort, »ist das am weitesten westlich stehende britische Schiff, dem bekannt ist, daß der Krieg wieder im Gange ist. Wenn wir die *L'Espoir* überholt haben, sind wir das westlichste Schiff überhaupt, das von dieser Tatsache weiß.«

Ramage nickte zustimmend. »Wir können dankbar sein, daß Bonaparte nicht ein Dutzend Fregatten in dem Augenblick aus Brest losschickte, als unser Botschafter Paris verließ. Im Seegebiet vor Madeira und den Kanaren hätten sie Dutzende von Schiffen der Ostindischen Handelsgesellschaft und andere Schiffe kapern können, die aus England kamen oder sich auf dem Wege nach England befanden. Aber das tat er nicht, weil er ein Soldat ist und kein Seemann, und außerdem haben sie in Brest bei weitem nicht genug Seeleute.«

»Aye«, stimmte Aitken zu. »Dieser Bonaparte scheint ein guter Soldat zu sein, und wir können nur dankbar sein, daß er nicht den Wunsch verspürt hat, zur See zu gehen. Jedenfalls hat die *L'Espoir* keinen Grund anzunehmen, daß die *Calypso* vom Wiederausbruch des Krieges erfahren haben könnte.«

»Würde sie nicht Verdacht schöpfen, wenn sie eine britische Fregatte so weit südlich an dieser Küste sieht? Ungefähr achthundert Meilen südlich des nächsten britischen Hauptquartiers, Barbados?« fuhr Ramage fort, Aitken zu testen.

»Sir, die *Calypso* ist in Frankreich gebaut, und abgesehen von der Tatsache, daß sie ein bißchen gepflegter ist als die meisten Schiffe der französischen Flotte, hätten sie keine

Möglichkeit festzustellen, daß wir britisch sind, es sei denn, wir haben unsere Nationalflagge gesetzt.«

Jetzt kam Aitken von der Sache ab, auf die ihn Ramage gerne gebracht hätte.

»Das ist alles richtig, aber – und es ist ein großes aber – Bonaparte vergibt nie jemandem, der einen Fehler macht. In Frankreich gibt es ein sehr kompliziertes Geheimpolizeisystem, in dem jeder gehalten ist, über jeden anderen Bericht zu erstatten. Eine Auswirkung ist, daß jeder, der Befehle nicht ausführt, Gefahr läuft, wegen Landesverrats angeklagt zu werden. Nichtbefolgung eines Befehls oder Versagen wird meist als Verrat der Revolution bezeichnet. Und das bedeutet gewöhnlich die Guillotine – nur wenige, die in Frankreich vor Gericht kommen, werden nicht schuldig gesprochen.«

»Sie glauben also, daß der Kapitän der *L'Espoir* diese Tatsache als eines der möglichen Risiken oder als Gefahr betrachtet, Sir? Daß er die Reise nicht als gemächliche Kreuzfahrt ansieht, selbst wenn er der Überzeugung ist, der Neuigkeit vom Wiederausbruch des Krieges voraus zu sein?«

»Betrachten Sie es mal von einer anderen Warte, Aitken; vergessen Sie einen Moment den Marinestandpunkt. Der Kommandant der *L'Espoir* führt die Befehle des Admirals in Brest aus, aber er ist Realist, er weiß, daß die Befehle in Wirklichkeit vom Polizeiministerium kommen, von diesem Mann Fouché. In seinen schriftlichen Befehlen mag gestanden haben, daß er fünfzig Verbannte von Brest auf die Teufelsinsel schaffen und sie dort dem Präfekten übergeben soll, aber er weiß sehr wohl, daß diese fünfzig Männer (und ihre Frauen) von Bonaparte im Augenblick als die fünfzig größten Verräter angesehen werden, die gerade noch der Guillotine entgangen sind und statt dessen in die Verbannung geschickt werden. Können Sie mir folgen?«

Aitken schüttelte den Kopf. »Ich glaube nicht, Sir. Es erscheint mir alles ganz einfach, aber aus Ihrem Ton schließe ich, daß dem offensichtlich nicht so ist!«

»Nun, wenn es der Kapitän aus irgendeinem Grund nicht schafft, diese fünfzig Gefangenen dem Präfekten in Cayenne zu übergeben, wenn sie etwa entkommen oder von einem britischen Schiff befreit werden, so daß sie dem Zugriff Bonapartes und seiner Polizei entzogen sind, dann ...«

»Ah, ich verstehe!« rief Aitken in einer Mischung aus Triumph und Ungläubigkeit aus. »Er würde des Verrats angeklagt; er würde beschuldigt, er habe diese fünfzig absichtlich entkommen lassen.«

»Genauso ist es. Die amtierenden Minister und auch Bonaparte selbst brauchen immer Sündenböcke. Der Kapitän der *L'Espoir* weiß das. Niemand bekommt heutzutage das Kommando über ein Schiff der französischen Flotte, nur weil er ein guter Seemann ist. Denken Sie daran, daß die Franzosen während der ersten sechs Monate der Revolution viele ihrer besten Offiziere umbrachten, so daß heute die meisten Kommandanten frühere Bootsleute sind; Männer, die alle früheren Regimes überlebt haben. Der Kapitän der *L'Espoir* hat überlebt – neun Jahre lang. Er weiß, wie es gemacht wird; er ist Experte. Sie können sich daher darauf verlassen, daß er die Möglichkeit, abgefangen zu werden, nicht außer acht gelassen hat.«

»Und wie wirkt sich das auf uns aus, Sir? Er müßte doch eigentlich immer noch davon ausgehen, daß er der Nachricht vom Krieg ein gutes Stück voraus ist.«

»Vergessen Sie mal diesen Aspekt. Er hat fünfzig wertvolle Gefangene an Bord – wertvoll insbesondere deswegen, weil sie ihn unter die Guillotine bringen könnten. Er hat doch bestimmt einen überwältigenden Vorteil ...«

»Nun – o ja!« rief Aitken aus. »Fünfzig Geiseln! Niemand, der eine Rettung versucht, würde riskieren, sie zu gefährden! Er weiß also, daß niemand wagen würde, ihm eine Breitseite hinüberzuschicken. Bei Gott, er ist so sicher wie ein Pirat, der eine Nonne als Schutzschild vor sich hält.«

»Genau so ist es. Er braucht keine Breitseite zu befürchten, und es braucht ihn auch nicht zu kümmern, wenn er manövrierunfähig auf eine Leeküste treibt. Wenn er die Gefangenen sicher dem Präfekten übergibt, auch wenn es auf Kosten seines Schiffes ist, würde der Marineminister vielleicht großzügig sein, wenn er einen positiven Bericht von der Präfektur bekommt. Allerdings werden der Kapitän und seine Besatzung, von der Außenwelt abgeschnitten, in Cayenne sitzen, und die Hälfte von ihnen könnte am Gelbfieber sterben, und die Überlebenden könnten auf ihrem Weg zurück nach Frankreich gefangengenommen werden ...«

»Was ist, wenn wir die *L'Espoir* heute Nachmittag zu Gesicht bekommen sollten, Sir?« fragte Aitken plötzlich.

»Ich habe nicht die geringste Ahnung«, gab Ramage zu. »Wir könnten ihr die Masten wegschießen oder ihre Segel mit Kartätschengeschossen zerfetzen, aber um das Schiff zu erobern, müßten wir es entern, und wenn der Kommandant die Gefangenen als Geiseln nimmt und ihr Leben bedroht, dann sind wir von ihrer Rettung genausoweit entfernt wie vorher.«

»Das ist schon ein Problem, Sir« meinte Aitken, und Ramage war etwas ärgerlich über den Tonfall des Schotten, der sich für ihn anhörte wie: Na ja, dem Captain wird schon etwas einfallen. Diesmal jedoch, wie Aitken sehr wohl wußte, gab es einfach keine Lösung.

Admiral Clinton hat Glück, dachte Ramage mürrisch, als er erneut an der Heckreling kehrtmachte: Wenn der Graf von Rennes und seine Mitgefangenen nicht gerettet würden oder sogar ihr Leben verlören, würde sich der Flottenchef sicherlich die Ungnade des Prinzen von Wales zuziehen, aber das war auch alles, weil seine Befehle völlig korrekt waren. Captain Ramage dagegen konnte sicher sein, wie auch immer das Urteil des Kriegsgerichts ausfallen würde, daß er, auf halben Sold gesetzt, den Rest seines Lebens an Land verbringen würde. Niemand würde sich offen darüber äußern, aber im Green Room in Portsmouth, bei Brook's, White's und ähnlichen Stätten waren zu viele seiner von der Admiralität veröffentlichten ›Gazettes‹ in Umlauf, als daß sich nicht Eifersucht auf »diesen Burschen Ramage« breitgemacht hätte.

Allerdings wäre es nun lange nicht mehr so langweilig und frustrierend, Ruhegehalt zu beziehen; tatsächlich könnte es mit Sarah an seiner Seite sehr aufregend werden. Sie würden auf ihrem Gut in St. Kew leben und sicher alle Hände voll zu tun haben, um den Familienbesitz zu leiten. Andererseits war ihm klar, daß er, solange der Krieg gegen Frankreich dauerte und sich Schiffe der Royal Navy auf See befanden, nur mit halbem Herzen in Cornwall sitzen würde. Damit, und das würde auch Sarah wissen, würden sie beide am allerschwersten fertig werden.

Er schüttelte den Kopf, als könnte er so auch die trübsinnigen Gedanken abschütteln. Warum versank er nur in Depressionen, so daß er sich sogar schon als Pensionär an Land sah, obwohl sie doch die *L'Espoir* noch nicht einmal zu Gesicht bekommen hatten?

Fünf Minuten später, während Aitken eine Eintragung auf der Schiefertafel machte und Ramage an der Luvseite des Achterdecks entlangmarschierte, kam ein Ruf aus der Takelage.

»An Deck – hier Ausguck Vortopp!«

13

Messe Nummer acht war die recht grandiose, offizielle Bezeichnung eines der gutgeschrubbten Tische nebst den beiden dazugehörigen Bänken im Unterdeck der *Calypso*. Er stand an Backbordseite, neben der Vorluke, was im Winter in den nördlichen Breiten für einen bitterkalten Luftzug sorgte. Aber da die *Calypso* unter dem Kommando von Captain Ramage die meiste Zeit in den Tropen oder dem Mittelmeer verbracht hatte, waren es die Mitglieder der Messe oder Backschaft, wie man doch lieber sagen sollte, wohl zufrieden.

Das äußere Ende der Back war in die Schiffsseite eingepaßt, das andere hing an zwei Enden von der Decke. Jede der Bänke an den Langseiten boten vier Männern Platz, so daß jede Backschaft im Schiff nicht mehr als acht Männer umfaßte.

Die Backschaft verfügte über ihre eigenen Gerätschaften. Da gab es zunächst einmal den Brotkasten, einen hölzernen Behälter, in dem das Brot für die Backschaft aufbewahrt wurde. Das Brot war eigentlich Schiffszwieback, der in den großen Marinebäckereien hergestellt wurde, und im Augenblick konnte man ihn noch frisch nennen, ein Wort, das man verwendete, um ein Viereck harten, gebackenen Teigs zu bezeichnen, das wirklich hart war, nicht weich und krümelig, und außerdem das glückliche Zuhause der schwarzköpfigen, weißen Rüsselkäfer, die man kalt auf der Zunge spürte, die aber nach nichts schmeckten.

Der Brotkasten war in mancher Hinsicht ein Symbol der Backschaft. Die Zahl 8 war sorgfältig auf den faßähnlichen Behälter gemalt und daneben stand das ›mess kid‹, ein kleines Fäßchen mit zwei Henkeln, durch die ein Tampen als Handgriff geschoren war. Es diente dazu, heiße Gerichte von den Kupferkesseln in der Kombüse auf die Back zu bringen.

Der sorgfältig geschrubbte Netzbeutel, der akkurat zusammengelegt auf dem Brotkasten lag, versehen mit einer Metallmarke, auf der eine 8 eingestanzt war, wurde ›kettle mess‹ genannt; in diesem so seltsam benannten Objekt wurden alle warmen Gerichte gekocht; die einzige Möglichkeit, wie man das in den großen Kupferkesseln der Kombüse bewerkstelligen konnte. Wie alle Köche der Marine war der Koch der *Calypso* nur für die Kombüse im allgemeinen verantwortlich; er mußte die Kupferkessel sauber halten und das Wasser heiß machen, aber damit erschöpfte sich seine Kochtätigkeit auch schon.

Jede Backschaft hatte ihren eigenen Koch, einen Mann, der diese Arbeit turnusmäßig jeweils eine Woche lang übernehmen mußte. Die Backschaft Nummer acht wurde diese Woche bekocht von Alberto Rossi, einem fröhlichen Mann, dessen Spitzname Rosey war und der gewöhnlich jeden korrigierte, der ihn einen Italiener nannte, indem er darauf hinwies, daß er aus Genua käme, das auf Italienisch Genova hieß, und er somit ein Genoveser sei. Wenn die Backschaft Nummer acht in ihrer gesammelten Weisheit beschloß, daß sie ihre Ration an Mehl, Talg und Rosinen oder Korinthen dazu verwenden wollte, einen Pudding herzustellen, dann ging Rossis kulinarische Geschicklichkeit doch soweit, daß er imstande war, die Zutaten mit genug Wasser zu mischen, um den Teig zusammenzuhalten, den Klumpen dann in den Netzbeutel (mit der sicher angebrachten Metallmarke) zu legen und dafür zu sorgen, daß dieser bis vier Uhr morgens beim Schiffskoch war; rechtzeitig zum Mittagessen mußte er ihn dann um elf Uhr dreißig wieder abholen.

In dieser Woche, als er Backschaftskoch war, trug Rossi auch die Verantwortung für den gesamten Abwasch und mußte anschließend die Schüsseln, Teller, Messer, Gabeln und Löffel wieder sicher verstauen. Und weil Brot, selbst wenn es nicht mehr ganz so appetitlich war, den Hunger linderte, hatte er auch dafür zu sorgen, daß der Brotkasten immer voll war – wobei eine eventuelle Leere dem Südwind zugeschrieben wurde. Stellte zum Beispiel Stafford fest, daß nur noch wenige Stücke vorhanden waren, konnte er wohl die Bemerkung fallenlassen: »Arger Südwind im Brotkasten.«

Noch waren die Striche des Kompaß auf diesen selbst und den Brotkasten beschränkt, ein Gläschen Rum wurde ebenfalls nach Kompaßstrichen bewertet. Purer Rum war genau Nord, während Wasser genau West war; also bestand ein Becher Nordwester aus halb Rum, halb Wasser, während sich ein Nordnordwester aus drei Vierteln Rum zusammensetzte; ein Viertel Rum plus drei Viertel Wasser brachten es auf einen Westnordwester, und der fand keine Freunde an Bord.

Die sieben Männer, die jetzt an der Back Nummer acht saßen, stellten ihre Teller und Schüsseln zusammen. Drei von ihnen benutzten alte Zinnteller, aber die restlichen vier, die neu zur Backsgemeinschaft dazugekommen waren, benutzten Schüsseln und sahen dem Augenblick entgegen, wenn die *Calypso* eine weitere Prise machen würde, denn Rossi hatte ihnen sorgfältig erklärt, daß sie diese drei Teller einer französischen Prise verdankten, ungeachtet der Bestimmungen des achten Kriegsartikels, nach denen es verboten war, Geld, Tafelgeschirr oder andere bewegliche Güter von einem gekaperten Schiff zu entfernen, bevor ein Gericht besagtes Schiff zur rechtmäßigen Prise erklärt hatte. Es gab allerdings eine Ausnahme, welche die drei Männer nach eigenem Gutdünken ausgelegt hatten: ›... es sei denn, die Objekte dienten dem notwendigen Gebrauch und der Verwendung auf einem Schiff des Königs‹. Zugegebenermaßen mußten derartige Objekte später in der Gesamtaufstellung aufgeführt werden, aber wie Stafford seinerzeit voller Überzeugung in seinem Cockney-Akzent sagte: »Herrje, das haben wir doch glatt vergessen.«

»Schön, daß es wieder warm ist«, bemerkte Stafford und wischte sich mit dem Handrücken über den Mund. »England ist nie sehr warm, aber der Medway kann dich schier umbringen. Der Wind weht über die Salzmarschen ... da krümmen sich selbst die Schnäbel der Brachvögel vor Kälte nach oben.«

»Stimmt das, das mit den Schnäbeln?« fragte Rossi, die Augen groß aufgerissen.

Jackson, der Bootssteuerer des Kommandanten, der im Besitz eines echten amerikanischen Schutzbriefes war, der ihm schon vor mehreren Jahren ausgestellt worden war, schüttelte den Kopf. »Das ist nur eine von Staffords Geschichten. Alle Brachvögel haben lange nach oben gebogene Schnäbel, ob es nun warm oder kalt ist.«

»Ich bin jedenfalls froh, daß wir wieder in den Tropen sind«, sagte Stafford fröhlich. »Wir überqueren doch nicht den Äquator, oder?«

Jackson schüttelte den Kopf. »Nicht einmal, wenn wir bis nach Cayenne gehen. Auf welcher Breite liegt es, Gilbert?«

Der Franzose schüttelte ebenfalls den Kopf. »Es tut mir leid«, sagte er, »aber ich weiß es nicht.«

Als ein anderer der Franzosen eine Frage in schnellem Französisch stellte, übersetzte Gilbert Jacksons Frage, und der Franzose Auguste sagte deutlich »cinq«.

»Auguste sagt, es liegt auf fünf Grad Nord«, sagte Gilbert.

»Fünf, eh? Wenn wir in den Westindischen Inseln herumkreuzen, sind wir gewöhnlich auf einer Breite zwischen zwölf und zwanzig«, sagte Stafford und wandte sich an Jackson: »Hah, hast wohl nich gewußt, daß ich das wißte, wie?«

»Wußte«, korrigierte Jackson automatisch.

»Oh, schon gut. Hast wohl nich gewißt, daß ich das wußte.«

»Mamma mia«, stöhnte Rossi, »selbst ich weiß, daß das

falsch ist; sag's langsam, Staff: ›Hast wohl nicht gewußt, daß ich das wußte.‹ Wie sollen denn diese ›francesi‹ richtiges Englisch lernen?«

»Für mich hört sich das nich richtich an«, meinte Stafford. »Und ich komme aus London. Du bist Amerikaner, Jacko – Charleston, nicht wahr? Und du kommst aus Genua, Rosey. Da isses doch wahrscheinlicher, daß ich recht hab.«

Jackson strich sich mit der Hand durch sein dünner werdendes rotblondes Haar und sagte zu Gilbert. »Sag lieber Auguste, Albert und Louis Bescheid, daß sie nicht auf diesen Einbrecher hören, wenn sie lernen wollen, richtig Englisch zu sprechen.«

»Einbrecher? Das Wort kenne ich nicht«, sagte Gilbert.

»Auch gut so, denn ich bin keiner«, sagte Stafford liebenswürdig. »Ich war Schlosser und hatte ein gutes Geschäft in der Bridewell Lane. Was konnte ich schon dafür, wenn die Eigentümer der Schlösser nicht immer zu Hause waren; das Schloß muß schließlich aufgemacht werden.«

Gilbert nickte und lächelte. »Ich verstehe.«

»Weißt du, für Franzosen seid ihr vier schon ganz in Ordnung. Sag auch deinen Kumpels, was ich eben gesagt hab.«

Gilbert übersetzte und fand, daß er doch ziemliches Glück gehabt habe. Vor etwas über einem Jahr hatte er in Kent gelebt und dem Grafen gedient, während sie alle Flüchtlinge in England waren. Dann, nach dem Friedensschluß, hatte der Graf beschlossen, nach Frankreich zurückzukehren (und Gilbert wünschte jetzt, er hätte sich überwunden und dem Grafen die Bedenken mitgeteilt, die er von Anfang an gehabt hatte). Dann war alles auf einmal passiert – der Graf war verhaftet und nach Brest gebracht worden, Lord und Lady Ramage war es gelungen zu fliehen; zusammen hatten sie die englische Brigg zurückerobert, deren Mannschaft gemeutert hatte, und jetzt dienten sie alle vier in der britischen Marine!

Seine Lordschaft hatte sein Bedauern geäußert, obwohl es dafür gar keinen Grund gab. Anscheinend hatte er beabsichtigt (und das war noch, als er vorhatte, die *Murex* nach England zu bringen), sie in den Schiffsbüchern als ›Gefangene mit voller Bewegungsfreiheit‹ zu führen und ihre Entlassung als Flüchtlinge zu empfehlen, sobald sie Plymouth erreichten, so daß sie dann frei wären zu tun, was sie wollten.

Gilbert konnte wohl die Motive Seiner Lordschaft erkennen, aber er vergaß anscheinend, daß Auguste, Louis und Albert kein Wort Englisch sprachen und nie ihren Lebensunterhalt hätten verdienen können. Wenn sie jetzt in der Royal Navy dienten, würden sie zumindest bezahlt und verpflegt werden, während sie Englisch lernten, und nach ihren bisherigen Erfahrungen war das Leben auf See weniger hart als in Brest während des Krieges, und eine Geheimpolizei gab es auch nicht …

Jedenfalls hatte Seine Lordschaft ihnen diese merkwürdige Geschichte mit dem Prisengeld erklärt. Anscheinend war es eine Art Belohnung, die der König den Männern der Royal Navy bezahlte, wenn sie ein feindliches Schiff kaperten, und da die *Murex* nach der Meuterei von den Franzosen in Besitz genommen war, bedeutete die Rückeroberung, daß sie jetzt eine Prise war.

Nachdem sie aber die *Murex* in ihren Besitz gebracht und sie aus dem Hafen von Brest hinausgesegelt hatten, sah es so aus, als ob nur Seine Lordschaft ein Prisengeld bekommen würde, weil er als einziger in der Royal Navy war. Das schien etwas unfair, weil Ihre Ladyschaft sich so tapfer benommen hatte. Sicher hatten weder er selbst noch Auguste, Albert oder Louis irgendeine Belohnung erwartet, aber Seine Lordschaft war da anderer Meinung gewesen und hatte mit dem Admiral gesprochen, der sich mit seinem Vorschlag einverstanden erklärt hatte. Wenn sie sich alle vier freiwillig zum Dienst in der Royal Navy meldeten, würden ihre Namen in die Musterrolle der *Calypso* eingetragen, so daß sie dann – aufgrund einer etwas großzügigen Auslegung der Daten – ihren Anteil am Prisengeld erhalten könnten.

Jetzt waren sie also hier, Mitglieder der Backschaft Nummer acht, und Auguste und Albert waren in der Musterrolle der *Calypso* als Matrosen eingetragen, während er und Louis als unbefahrene Seeleute geführt wurden, weil sie noch nicht die Erfahrung der anderen beiden hatten.

Und diese Backschaft Nummer acht: Wiewohl niemand darüber sprach, hatte Gilbert den Eindruck gewonnen, daß Jackson, Rossi und Stafford vielleicht nicht die besondere Gunst des Kommandanten genossen – er war keineswegs der Mann, der Günstlingswirtschaft betrieb –, daß sie aber schon so lange zusammen gedient hatten, daß sie einen besonderen Platz einnahmen. Anscheinend hatte jeder das Leben des anderen so oft gerettet, daß zwischen ihnen besondere Bindungen bestanden, und Gilbert war fasziniert von den Geschichten, die ihm Jackson erzählt hatte. Gilbert hatte die vielen Narben Seiner Lordschaft bemerkt, und Jackson lieferte ihm jetzt das Gefecht dazu und den Ort, wo es stattgefunden hatte. Die beiden Narben rechts an der Stirn, eine weitere am linken Arm, ein kleines Büschel weißer Haare, die eine Narbe auf dem Kopf verbargen, es war ein Wunder, daß der Mann noch am Leben war.

Eine Sache hatte Gilbert jedoch enttäuscht: Niemand, am allerwenigsten Jackson, Stafford und Rossi schienen zu glauben, daß sie eine Chance hatten, die *L'Espoir* zu finden. Nachdem sie Brest verlassen hatte, konnte sie anscheinend hundert verschiedene Routen einschlagen. Wäre der Graf doch bloß in Kent geblieben. Das Gut, das er in Rockinge gekauft hatte, war ein sehr angenehmer Besitz; selbst der Prinz von Wales und seine etwas weniger angenehmen Freunde waren häufig zu Gast gewesen, und der Graf brauchte sich nie über Langeweile zu beklagen. Aber offensichtlich hatte er eine Art Heimweh für den Familiensitz in Frankreich und war, obwohl er es erwartet hatte, todunglücklich gewesen, als er bei seiner Ankunft feststellen mußte, daß man die ganze Einrichtung gestohlen hatte. Er hatte …

Das durchdringende Schrillen einer Bootsmannspfeife ertönte durch die Vorschiffsluke, gefolgt von dem brüllenden Befehl »Klar Schiff zum Gefecht! Alle Mann auf Gefechtsstation, nun macht schon, Beeilung.« Wieder tönte die Bootsmannspfeife. Jackson hatte ihm erzählt, die Bootsmannsmaate würden ›Spithead Nachtigallen‹ genannt, wenn ihr Pfeifen auch nicht ganz so melodisch war. Und erneut ertönte der Befehl »Klar Schiff ...!«

Gilbert folgte den anderen, denn er erinnerte sich, daß jeder Mann bei diesem Befehl den Platz einzunehmen hatte, der ihm im Gefechtsfall zugewiesen war. Er empfand eine Furcht, die er bei der *Murex*-Affäre nicht gekannt hatte. Die *Calypso* war so groß; alle Männer um ihn herum wußten genau, was sie zu tun hatten; sie rannten auf ihre Posten, als wären sie Jäger, die ausgetretenen Pfaden im Wald folgen.

Ramage ergriff das Sprachrohr, während Aitken eine Eintragung auf der Schiefertafel machte und sie dann in die Schublade des Kompaßhäuschens zurücklegte.

»Vortopp, hier Deck.«

»Segel zwei Strich Backbord voraus, Sir. Ich kann sie gerade ausmachen, wenn wir auf einem Wellenkamm sind.«

»Danke, halten Sie weiter scharf Ausguck und achten Sie genau auf die Peilung.«

Ramage fühlte sein Herz schlagen. War das die *L'Espoir*? Bleib ruhig, sagte er sich; es könnte auch eins von dem Dutzend britischer, niederländischer, spanischer, französischer oder amerikanischer Schiffe sein, die zu den Westindischen Inseln unterwegs sind und sich auf der Suche nach dem Passat weit im Süden halten. Oder auch ein Schiff aus Indien oder Südafrika oder Südamerika, das nach Norden unterwegs ist und den vorhandenen Wind ausnutzt, bis es gezwungen ist abzudrehen, um die westlichen Winde zu erwischen.

Wenn die Peilung gleich blieb und das Segel näherkam, mußte die *Calypso* das fremde Schiff einholen, und es war kaum anzunehmen, daß ein anderes Schiff die *Calypso* hinter sich ließ. Wanderte die Peilung nach Steuerbord aus, war das betreffende Schiff auf dem Weg nach Norden; ging sie nach Backbord, war es auf Südkurs.

Southwick hatte den Ruf des Ausgucks gehört und kam an Deck; sein rundes Gesicht war zu einem Schmunzeln verzogen, sein weißes Haar umgab seinen Kopf wie ein neuer Mop.

»Sollte das wohl unser Freund sein, Sir?«

»Das bezweifle ich; so viel Glück können wir nicht erwarten. Es ist wahrscheinlich ein Paketschiff, das mit Post nach Barbados unterwegs ist.«

Southwick schüttelte den Kopf, was Ramage an einen Seemann erinnerte, der einen trockenen Mop herumwirbelt, bevor er ihn in einen Eimer Wasser steckt. »Ein Paketschiff holen wir nie ein. Die Briggs der Post sind verdammt schnell.«

»Es könnte auch eine unserer eigenen Fregatten sein, die von der Admiralität mit Berichten an die Gouverneure der britischen Inseln unterwegs ist, um sie zu unterrichten, daß der Krieg wieder ausgebrochen ist.« Ramage dachte einen Augenblick nach und sagte dann: »Ja, das wäre möglich. Sie könnte Plymouth vor der Kanalflotte verlassen haben und hat vielleicht mit Gegenwinden zu kämpfen gehabt oder ist in eine Flaute geraten.«

Als er sich jetzt langsam umsah, wurde ihm bewußt, daß es schon eine ganze Zeit her war, seit er diesen Befehl gegeben hatte: »Lassen Sie die Männer auf Gefechtsstation gehen, Mr. Aitken. Jackson soll mit einem Glas in die Takelage gehen, er ist immer noch der Mann mit den schärfsten Augen. Ich muß unter Deck und mich über die Privatsignale informieren.«

Damit ging er in seine Kajüte, setzte sich an den Schreibtisch, schloß eine Schublade auf und nahm die große Segeltuchtasche heraus, die im Boden mit einer Bleistange beschwert war; die mit Messingringen eingefaßten Löcher in ihren Seiten sorgten dafür, daß sie schnell voll Wasser lief und unterging, wenn sie über Bord geworfen wurde.

Er öffnete die Verschnürung der Tasche und nahm fünf Bogen Papier heraus. Sie waren am Rande mit einem Faden zusammengeheftet, so daß ein dünnes Heft entstanden war, dessen Rücken man mit einem dünnen, flachgehämmerten Stück Blei eingefaßt hatte und das so etwas wie einen schmalen Einband bildete.

Die erste Seite war überschrieben mit ›Privatsignale‹, mit dem Zusatz ›Kanalflotte‹ und mit dem Datum. Die ersten beiden Sätze, unterzeichnet von Admiral Clinton, ließen erkennen, wie wichtig sie waren. Zusammen mit dem Signalbuch waren sie die bestgehütetsten Papiere an Bord jedes Kriegsschiffes.

Ramage bemerkte, daß die Formulierung der Warnung ähnlich, wenn nicht sogar identisch mit der auf dem Dokument war, das er zusammen mit Leutnant Swan auf der *Murex* gelesen hatte.

Jedes Schiff, welches durch das von der Kanalflotte überwachte Gebiet segelte, würde eine Kopie dieser Flaggensignale an Bord haben, um Freund von Feind unterscheiden zu können. Das System war einfach: Abhängig vom jeweiligen Tag des Monats (der Monat selbst spielte dabei keine Rolle) gab es ein besonderes Abfragesignal und ein zugehöriges Antwortsignal.

Es gab vier Spalten, die in jeweils zehn Zeilen unterteilt waren. Die erste Zeile der ersten Spalte enthielt die Ziffern 1, 11, 21 und 31, welche sich auf die zugehörigen Monatstage bezogen. Die Zeile darunter enthielt die Ziffern 2, 12, 22, darunter dann 3, 13, 23 und weiter 4, 14, 24 bis die zehnte Zeile mit 10, 20, 30 endete und damit jeder Tag des Monats erfaßt war.

Bei der zweiten Spalte standen in jeder der zehn Zeilen die folgenden beiden Sätze: »Das Abfragesignal ist: cc und »Das Antwortsignal ist: cc und verwies auf die nächsten beiden Spalten. Die dritte trug die Überschrift ›Großtopp‹ und gab die entsprechenden Signale an, die dort geheißt werden mußten, während die vierte und letzte Spalte ›Vortopp‹ überschrieben war und die dort zu heißenden Signale verzeichnete.

Ramage stellte fest, daß heute der elfte Tag des Monats war, und das Datum 11 war das zweite in der ersten Zeile. Demnach war das Abfragesignal eine weiße Flagge mit einem blauen Kreuz (die Zahl 2 im Flaggencode), die im Großtopp geheißt wurde, und eine blaue Flagge mit einem gelben Kreuz (Zahlenflagge sieben) im Vortopp. Entweder das eine Schiff oder das andere, es spielte keine Rolle welches, würde mit dem Abfragesignal beginnen und dann als Antwort eine blau-weiß-rote Flagge im Großtopp (Zahlenflagge neun) zusammen mit der Zahlenflagge Null im Vortopp sehen. Zahlenflaggen, die einzeln von einem vorgesetzten Offizier gesetzt wurden, hatten eine unterschiedliche Bedeutung, aber diese waren im Signalbuch angegeben, und so ergaben sich da keine Unklarheiten.

Die letzte Seite des Heftes enthielt eine Aufstellung der Privatsignale, die in der Nacht zu verwenden waren – Kombinationen von Lichtern, die in verschiedenen Positionen gesetzt wurden zusammen mit bestimmten Rufen. Derjenige, der sich diese Rufe ausgedacht hatte, mußte Interesse für die Geographie haben, dachte Ramage. Der Monat war in drei Abschnitte unterteilt, und die Abfragen und Antworten lauteten: »Rußland – Schweden, Bengalen – China, und Dänemark – Schweiz.«

Um das Ganze noch zu komplizieren, begann der Tag für die Flaggensignale um Mitternacht (entsprechend dem bürgerlichen Tag), während er für die Nachtsignale um zwölf Uhr mittags begann und so mit dem nautischen Tag übereinstimmte, den man in den Logbüchern verwendete.

Ramage sagte sich die Zahlen vor – zwei und sieben sind das Abfragesignal, neun und null das Antwortsignal. Er legte das Heft in die Segeltuchtasche zurück, schnürte sie wieder zu und verstaute sie in der Schublade, die er verschloß.

Wann würde er von Jackson hören?

Die Kajüte war warm. Er sehnte sich nach den weiten und bequemen Fischerhosen, aber sie waren ihm, zusammen mit dem Kittel, von Silkin entführt worden, der diese Kleidungsstücke zutiefst mißbilligte und dessen Gesicht sich erst wieder aufgehellt hatte, als er seinem Kommandanten jeden Tag die vorschriftsmäßige Uniform, bestehend aus Strümpfen, Kniebundhosen, Rock, Hemd, Halsbinde und Zweispitz, vorlegen konnte. Daß die Kniebundhosen am Knie sehr eng saßen und die Halsbinde sehr bald schweißnaß war und die Haut aufscheuerte (und kratzte, sobald, drei bis vier Stunden nach dem Rasieren, die Barthaare wieder zu sprießen begannen), kümmerte Silkin überhaupt nicht. Für ihn waren diese Unbequemlichkeiten der Preis, den ein Gentleman zu zahlen hatte, und in Silkins Augen war jeder Bekleidungsartikel ›verschmutzt‹, wenn er nur ein paar Falten bekommen hatte.

Ramage wußte, daß die Besatzung inzwischen auf Gefechtsstation sein würde, denn der Posten der Seesoldaten hatte ihm bereits gemeldet, daß die Männer, die die beiden 12-Pfünder in der großen Kajüte sowie die in der Schlafkammer und im Tagesraum aufgestellte Kanone zu bedienen hatten, bereits vor der Tür darauf warteten, hereinkommen zu dürfen, um die Zurrings loszunehmen und die Kanonen gefechtsklar zu machen, die Wände hochzuschlagen und die wenigen Einrichtungsgegenstände unter das Batteriedeck zu schaffen. Ramage ergriff seinen Hut und verließ die Kajüte, nickte den Geschützmannschaften zu und stieg an Deck, wo er sogleich den Hut ins Gesicht zog, um die Augen vor der Sonne zu schützen, die grell vom Himmel herabschien und deren Strahlen sich auf den Wellen spiegelten.

Er nannte Aitken die Zahlenflaggen für das Abfragesignal und die Antwort und sagte ihm, daß er die Kanonen noch nicht ausgerannt haben wollte; dann ging er zu Southwick, der an der Achterdecksreling stand und nach vorn über das Schiff blickte. Männer gingen eilig hierhin und dahin, aber niemand rannte; jeder hatte diese entschlossene Haltung, die aus langjähriger Ausbildung erwächst und die sie veranlaßte, jede Aufgabe nur mit dem Minimum der nötigen Anstrengung durchzuführen. Die Decks waren bereits genäßt und mit Sand bestreut, so daß, sollte das Schiff ins Gefecht gehen, die feuchten Planken verhindern würden, daß sich eventuell verstreutes Pulver durch Reibung entzündete oder über Deck geweht wurde; außerdem rutschte man auf dem gesandeten Deck nicht so leicht aus.

Die Steinschlösser waren an den Kanonen angebracht worden. Pulverträger saßen mit Kartuschkästen längs der Mittschiffslinie, jeweils einer zwischen einem Kanonenpaar, während jeder Geschützführer die Abzugsleine am Schloß befestigt hatte, die lang genug war, daß er hinter der Kanone niederknien und sie abfeuern konnte, ohne durch die zurücklaufende Lafette gefährdet zu sein. Eine kleine Bütt mit Wasser stand jeweils zwischen zwei Kanonen, in deren mit Kerben versehenen Rand Lunten eingeklemmt waren, so daß brennende Stückchen ins Wasser fielen. Sie wurden nur verwendet, wenn ein Steinschloß seinen Dienst versagte. Der Koch hatte beim Klar-Schiff-Befehl sofort das Feuer unter seinen Töpfen gelöscht, so daß diese Lunten das einzig Brennende im Schiff waren.

Unter Deck würde man inzwischen dicke, schwere Flauschdecken, die sogenannten ›fearnought-screens‹ entrollt und sie vor dem Pulvermagazin labyrinthartig aufgehängt haben. Wo Männer jetzt Haken schlagen mußten, um ins Pulvermagazin hineinzugelangen, würde sicher kein Feuerstrahl einer Zufallsexplosion hindurchkommen. Der Feuerwerker im Magazin trug Filzschuhe, damit es nur ja keine Funken in der kleinen Kammer gab, deren Wände man zunächst mit Latten versehen, dann mit einem mit Roßhaar vermischten Mörtel beworfen und schließlich mit Kupferplatten verkleidet hatte. Die einzigen Werkzeuge, die man in diesem Raum verwenden durfte, waren bronzene Meßbecher sowie Trinkgefäße an hölzernen Stangen und Bronzehämmer, um die Kupferreifen von den Pulverfässern herunterzuschlagen.

Nahe bei jeder Kanone, in Zwischenräumen an der Schiffswand, wo man sie schnell erreichen konnte, steckten Entermesser, Pistolen und Beile. Jeder Mann wußte, wonach er greifen sollte, denn in der Musterrolle stand hinter jedem Namen ein einzelner Buchstabe, E, P oder B.

In weniger als einer Minute – Ramage wußte genau die Zeit, die erforderlich war, um die Kanonen zu laden und auszurennen, die Hähne zu spannen und zu feuern – konnten zweihundert Pfund Vollkugeln wie eine große unsichtbare Eisenfaust auf den Feind einschlagen; jede Kugel war von der Größe einer großen Orange und imstande, eine Eichenwand von zwei Fuß Stärke zu durchschlagen. Doch für einen zufälligen Betrachter war die *Calypso* in diesem Augenblick einfach nur eine Fregatte, die mit gesetzten Leesegeln majestätisch den westlichen Ozean durchpflügte, das ganze Tuch bis hinauf zu den Oberbramsegeln schön gebläht von einem frischen Passat. Von der Besatzung waren nur die beiden Rudergänger, drei Offiziere an der Achterdeckreling und die Ausgucks zu sehen.

Doch all dies war Routine; in der westlichen Einfahrt zum Ärmelkanal konnte es vorkommen, daß die Besatzung einer Fregatte nahezu jede Stunde auf Gefechtsstation gehen mußte, wenn ein unbekanntes und möglicherweise feindliches Schiff in Sicht kam. Im Krieg konnte jedes unbekannte Schiff ein Feind sein. Sicherlich sah man in diesem Seegebiet sehr viel mehr Schiffe, und davon waren nur wenige feindlich, obwohl sogenannte neutrale Schiffe, welche die Blokkade zu brechen suchten, recht zahlreich waren. Für eine überraschend große Zahl von Menschen, das hatte Ramage feststellen müssen, kannte Profit keine Loyalität. Oder vielleicht wäre es richtiger zu sagen, daß diejenige Nation, die den Profit ermöglichte, die Loyalität des Händlers als Bonus dazubekam.

»An Deck – Großtopp!«

Das war Jackson, und Ramage ließ Aitken antworten. Die Meldung des Amerikaners war kurz.

»Sieht aus wie eine Fregatte auf Nordkurs, Sir. Zu weit entfernt, um sie zu identifizieren, aber Sie werden sie in ein paar Minuten zu Gesicht bekommen, zwei Strich an Backbord voraus.«

Aitken bestätigte und sah Ramage fragend an; dieser nickte und sagte: »Lassen Sie die Leesegel einholen, Mr. Aitken.«

Sobald Aitken den Befehl weitergab, schien das Chaos auszubrechen, als Männer von den Kanonen wegrannten, einige zu den Nagelbänken am Mast, andere an die Schiffsseiten, wo kurze Spieren den Fuß der Segel streckten, und wieder andere an die Wanten.

Die Pfeifen der Bootmannsmaaten schrillten, und anschließend wiederholten sie den Befehl: »Wache, Leesegel an Steuerbord bergen!«

Danach folgte eine gebrüllte Litanei, von der ein Laie soviel verstanden hätte, wie ein Protestant von einem katholischen Gottesdienst auf Latein, aber es vollzog sich doch alles in sehr ordentlicher und eindrucksvoller Weise.

Die Groß- und Vortoppsgasten standen bereit und warteten auf den Befehl aufzuentern, zusammen mit Männern, die in der Musterrolle für dieses Manöver als Baumaufholer eingetragen waren. Dann folgte ein Strom von Befehlen: »Enter auf. Fallen lose kommen lassen. Niederholer ausholen. Hol dicht. Fier weg. Hol nieder.« Als die langen, schmalen Rechtecke der Segel herunterkamen und schnell an Deck zusammengedrückt wurden, damit sich der Wind nicht unter das Tuch setzen konnte, folgten weitere Befehle zum Niederholen der Spieren, die noch wie dünne Finger über die Rahnokken und die Schiffsseiten hinausragten.

»Klar zum Einholen der Spieren. Hol ein! Backspier beiklappen. Auftoppen. Vorgei fieren, hol achteraus.«

Dann zu den Männern, die sich an Deck bemühten, die Segel zu bändigen: »Wache Leesegel zusammenlegen.« Aitken hob die Flüstertüte: »Toppsgasten, Achtung!«

Der Steuermann gab den Männern am Ruder bereits entsprechende Befehle; jetzt, nachdem die Steuerbordleesegel geborgen waren und das Schiff nicht mehr vorantrieben, versuchten die Leesegel an Backbordseite das Schiff nach Steuerbord zu drücken, und um das zu verhindern, mußte etwas Gegenruder gelegt werden.

Dann folgte das gleiche Ritual für die Leesegel an Backbord, bis Aitken schließlich – nachdem die Segel zusammengerollt, die Spieren geborgen und die Toppsgasten und Baumniederholer wieder an Deck waren – den Befehl gab: »Wache wieder auf Gefechtsstation.«

Endlich schaltete Ramage auch seinen Verstand wieder ein. Er hatte versucht, ihn abzuschalten, als das Segel gesichtet wurde; er wollte den Klang dieser ersten Meldung im Ohr behalten, bis Jackson, vielleicht eine Stunde danach, melden würde, daß es sich bei dem Schiff um eine französische Fregatte handelte, die ganz ähnlich aussah wie die *Calypso* und sich auf dem gleichen Kurs befand; Beweis genug, daß sie schließlich auf die *L'Espoir* gestoßen waren, obwohl er keine rechte Ahnung hatte, was er dann unternehmen sollte.

Jetzt jedoch spielte sein Mangel an Ideen keine Rolle. Es war ziemlich unwahrscheinlich, daß es sich bei diesem Schiff um die *L'Espoir* handelte, weil sie auf einem ganz anderen Kurs lag. Eine Fregatte, ja, aber sie folgte den Seewegen, die ihr durch die Windrichtungen aufgezwungen waren; wahrscheinlich war sie auf dem Wege nach Europa, mußte aber erst nordwärts in Richtung Neufundland segeln, bevor sie nach Osten abdrehte, es sei denn, sie wollte es mit der langsameren Azorenroute versuchen.

Wahrscheinlich Royal Navy, möglicherweise auf der Rückkehr von einem fernöstlichen Hafen oder irgendwo aus Südamerika, aber wahrscheinlicher noch vom Kap der Guten Hoffnung. Jedenfalls würde sie nicht wissen, daß der Krieg wieder begonnen hatte, und wenn sie britisch war, mußte er dem Kommandanten die Nachricht übermitteln. Auch durfte er sich nicht über den Zeitverlust ärgern, denn die *L'Espoir* konnte vor ihnen oder hinter ihnen liegen, sie konnte nördlich oder südlich von ihnen stehen, so daß jede Verzögerung oder Kursabweichung zu ihrer Entdeckung führen konnte. Geduld, dachte Ramage, während er zu Jackson hinaufsah, eine kleine Gestalt ganz oben im Großtopp. Das war etwas, was jeder Kommandant eines Kriegsschiffes haben mußte, und das war eine Tugend, die ihm immer gefehlt hatten.

»Sieh ma«, sagte Stafford und zeigte auf das glänzende metallene Rechteck des Feuersteinschlosses, »hier siehst du den Feuerstein, genauso wie bei einer Pistole oder einer Muskete.«

Er wartete, bis Gilbert es Auguste, Albert und Louis übersetzt hatte, und fuhr dann fort: »Nur habt ihr kein Abzug wie bei einer Handfeuerwaffe. Statt dessen wird die Abzugsleine – na, übersetz ma erst.«

Er hielt inne, weil er eigentlich sagen wollte, daß der Feuerstein einer Kanone nicht die Art Abzug hatte, um den man den Zeigefinger krümmen konnte, und ihm wurde sehr schnell klar, daß ein guter Ausbilder ein Mann war, der komplizierte technische Zusammenhänge und Gedanken auf einfache Weise erklären konnte. Jackson konnte das sehr gut. Der Captain war darin phantastisch.

»Ja, also, dies hier unten ist der Abzug; wenn man nu stüttig an der Leine zieht, auf keinen Fall dürft ihr dran reißen«, sagte er mit Nachdruck, »dann zieht sie den Abzug ein Stück zum Ring hin, wo die Leine von oben durchgesteckt ist – übersetz das!« rief er, da er sowohl die Abzugsleine als auch den Faden seiner Erklärung verloren hatte.

Gilbert sah höflich auf und sagte sanft: »Stafford, wir können sehr gut erkennen, wie das funktioniert. Deine sehr genaue Erklärung ist eigentlich nicht mehr notwendig.«

»Ah, gut«, seufzte Stafford beruhigt und warf Rossi einen triumphierenden Blick zu, der vorher die Versuche des Cockneys verspottet hatte, das Laden und Abfeuern einer 12-Pfünder-Kanone zu erklären. »Also, hier ist ein Pricker.« Er hielt eine dünne Eisenstange hoch, ungefähr einen Fuß lang, die an einem Ende mit einer scharfen Spitze versehen war und am anderen ein rundes Auge hatte; als zweiter Geschützführer war er für das Gerät verantwortlich.

Er gab den Pricker, der wie ein großer Fleischspieß aussah, Gilbert in die Hand und wartete, während die anderen zusahen. »Ze prickair«, wiederholte Auguste. »Alors.«

»Nein, nur Pricker«, verbesserte Stafford liebenswürdig. »Na, ihr habt ja den Flanell gesehen, wo die Kartusche draus gemacht is und wo das Pulver drin is. Schön, vergeßt das mal einen Augenblick, und wir kommen nochmal zum Schloß. Das muß einen Funken machen, der die Kanone abfeuert ...«

Er wartete, bis Gilbert mit seiner Übersetzung fertig war, und stellte erneut fest, daß sich bei den Franzosen alles sehr schwierig anhörte.

»Also, ihr seht das Loch hier, das ins Rohr hineingeht, genau wie bei einer Pistole das Zündloch. Na, anstatt nur etwas Pulver in die Zündpfanne zu streuen und das Zündloch zu füllen, so daß wenn der Feuerstein das Pulver anzündet und einen Feuerstrahl das Zündloch hinunterschickt und die Ladung zur Explosion bringt ... Na ja, also, beim Schiff könnte das Rollen oder der Wind ... jedenfalls stecken wir ein Röhrchen in das Zündloch, streuen Pulver in die Pfanne und bedecken das Ende ...«

Gilbert übersetzte eine verkürzte Version.

»Also, vergeßt das nicht. Aber der Feuerstrahl vom Zündloch geht nicht durch den Flanell von der Kartusche. O nein, keineswegs. Daher benutzen wir den Pricker. Bevor wir das

Röhrchen einsetzen, stoßen wir den Pricker durch das Zündloch und drehen ihn hin und her, um sicher zu sein, daß da auch ein Loch in der Kartusche unter dem Zündloch ist, und das heißt, wenn ihr in das Zündloch hineinseht, würdet ihr das Pulver der Kartusche erkennen, wenn da genug Licht wäre, natürlich.«

Gilbert übersetzte wieder, aber die anderen drei Männer, denen die Geschichte inzwischen völlig klar war, da sie die kleinen Röhrchen in ihrer Spezialschachtel gesehen hatten, begannen an den Zähnen zu saugen.

»Jetzt das Röhrchen hinein, und dann schütten wir etwas Pulver in die Pfanne und bedecken das Ende des Röhrchens, damit wir sicher sind, daß der Funke vom Feuerstein es auch in Brand setzt. Das Röhrchen explodiert, na ja, eigentlich nich richtig, es gibt eine Stichflamme, die nach unten in das Zündloch geht und das Pulver in der Flanellkartusche zur Explosion bringt ...«

»Und die Kugel durch das Rohr und zur Mündung hinaustreibt«, sagte Gilbert schnell.

»Das stimmt! Gut, dann hab ich es euch deutlich genug erklärt«, sagte Stafford selbstgefällig. »Als nächstes, jetzt wo wir wissen, wie man die Kanone abfeuert ...«

»Müssen wir lernen, sie zu laden«, sagte Rossi triumphierend. »Das hast du vergessen!«

»Ich wollte gerade über das Visierlinienausgleichsstück reden«, sagte Stafford mürrisch.

»Damit hat doch nur der Geschützführer zu tun«, sagte Rossi. »Laß das mal lieber Jackson erklären.«

»Na schön«, sagte Stafford so lässig, wie es ihm nur möglich war, womit es ihm gelang, seine Erleichterung zu verbergen, als ihm klar wurde, daß er im Grunde keine Ahnung hatte, wie diese Zielvorrichtung eigentlich funktionierte. »Dann laden wir jetzt die Kanone.«

Gilbert hüstelte. »Wir haben zugesehen, als ihr vorgestern Geschützexerzieren hattet«, sagte er. »Es ist so wie bei der Pistole, außer daß man bei der Kanone das Rohr auswischt. Auswischen – das stimmt doch, nicht wahr? Und man kratzt es nach ein paar Salven mit diesem langstieligen Ding aus, das so eine Art Schlange am Ende hat. Damit lassen sich brennende Reste der Kartusche herausziehen, die sich noch im Rohr befinden.«

»Ja, sehr gut, ich freue mich, daß ihr das alles kapiert habt«, sagte Stafford, während er mit dem Pricker auf den Verschluß der Kanone klopfte und sich in der Gewißheit brüstete, seine Erklärungen seien dafür verantwortlich, daß die Franzosen alles so gut verstanden hätten. »Der Rest versteht sich von selbst; ihr habt gesehen, wie wir die Handspaken benutzt haben«, er deutete auf die beiden langen, mit Eisen beschlagenen Stangen, um die Kanone anzuheben und zu traversieren. »Traversieren heißt, die Kanone der Seite nach zu richten, und man sagt links und rechts, nicht nach vorn oder nach achtern. Um die Kanone der Höhe nach zu richten, muß man ...«

»Das Bodenstück anheben, wozu man die Handspake als Hebel benutzt«, sagte Gilbert.

»Das ist richtig«, sagte Stafford ermutigend. Schwierige Dinge zu erklären war einfacher, als er vermutet hatte, selbst wenn die Schüler Franzosen waren, die kein Wort Englisch konnten.

»Dann«, fuhr Gilbert fort und erinnerte Stafford damit an seine Rolle als Übersetzer, »zieht man entweder diesen hölzernen Keil unter dem Bodenstück heraus oder schiebt ihn weiter hinein, je nachdem, ob man eine größere oder kleinere Rohrerhöhung haben möchte. Ihr nennt den Keil ›quoin‹, nicht wahr?«

»Wir sprechen das ›coin‹ aus, aber du hast das schon richtig verstanden.«

Rossi lachte in sich hinein und sagte: »Erzähl den ›frogs‹, den Froschfressern, mal etwas über den Kernschuß.«

Gilbert grinste den Italiener an. »Hier erklärt ein ›rosbif‹

etwas einem ›frog‹, und ein Genovese sieht zu. Wie werdet ihr Genovesen genannt?«

»Ich weiß nicht«, sagte Rossi. »Die Toskaner nennen uns die Schotten des Mittelmeers, aber wer sind schon die Toskaner, daß sie Steine werfen könnten?«

»Warum Schotten?« fragte Stafford. »Ihr tragt weder Kilts noch spielt ihr Haggis oder sonst was.«

»Haggis ißt man«, sagte Rossi. »Es ist eine Art Pudding. Sie machen ihn aus Schweinen, glaube ich. Nein, Schotten deswegen, weil die Genoveser als sparsam gelten. Ich glaube, ihr nennt es ›careful‹. Wir lassen unser Geld nicht in der Tasche klingeln.«

»Ah, das Wort, das du suchst, heißt ›geizig‹, nicht ›sparsam‹«, erklärte Stafford.

Rossi zuckte die Schultern. »Das Wort interessiert mich nicht. Ist nicht wahr, nicht für die ›Genovesi‹ oder die ›Scozzesi‹.«

»Kernschuß«, sagte Stafford, »ist der Ort, wo eine Kugel in die See einschlagen würde, wenn das Rohr absolut horizontal wäre, wenn der Schuß fällt. Gewöhnlich bei zweihundert Yards. Die Kugel fliegt nicht gerade, wenn sie das Rohr verläßt, sondern geht in einer Kurve nach oben und fällt dann runter, als ob man einen Ball wirft. Da!« sagte er zu Rossi. »Hast wohl geglaubt, ich weiß das nicht!«

Rufe aus der Takelage unterbrachen Rossis spöttisches Lachen, und Gilbert begann, den drei anderen die Sache zu übersetzen.

14

»Sie liegt beigedreht auf Backbordbug, Sir«, rief Jackson vom Großtopp herunter. »Wartet, bis wir herankommen.«

»Was für ein Schiff?«

»Fregatte, sieht aus, als könnte es eine französische sein, Sir, aber sie ist noch zu weit entfernt, um ihre Flagge erkennen zu können.«

Ramage drehte sich um und begann nach achtern zu gehen, die Hände auf dem Rücken verschränkt und ohne den Blicken der Geschützmannschaften zu beiden Seiten des Achterdecks Beachtung zu schenken.

Eine französische Fregatte: zweiunddreißig Kanonen, oder so, rund einhundertfünfzig Mann Besatzung im Frieden, und dern Kommandant hatte keine Ahnung, daß der Krieg wieder ausgebrochen war. Es sei denn, sie waren der *L'Espoir* begegnet. Dann wüßten sie nicht nur über den Krieg Bescheid, sondern auch, wo sich die *L'Espoir* vielleicht vor nur wenigen Stunden befunden hatte. Indessen bedeutete die Tatsache, daß sie beigedreht hatte und die Ankunft der *Calypso* erwartete (wie ein zutraulicher Hund, der, in der Erwartung gekrault zu werden, auf den Rücken rollt), daß sie die *Calypso* als ein in Frankreich gebautes Schiff erkannte; ihr charakteristischer und anmutiger Deckssprung war sicher besonders deutlich zu erkennen, als sie sich näherte und ihre Leesegel herunternahm.

Ramage ging zwischen zwei Kanonen an die Bordwand

und sah durch eine Pforte. Der Passat hatte seine übliche Dünung aufgebaut, über die die Windwellen hinwegzogen. Keineswegs die Sorte See, in der Schiffe auf nahe Entfernung herummanövrierten; eine See, in der sich auch ein Kutter mit starken Männern an den Riemen würde vorsehen müssen. Ein zufälliges Querschlagen in diesen brechenden Wellen – die vom Deck einer Fregatte wie funkelnde weiße Lämmer aussahen, aber nur eine Masse luftigen Schaums waren, die genausowenig einen menschlichen Körper oder ein Boot tragen konnte, wie dicker Schnee die Räder eines Wagens oder die Hufe eines Pferdes – war eine Gefahr, die den Bootssteuerer nötigte, wachsam zu bleiben.

An der Heckreling machte Ramage wieder kehrt und fluchte leise in sich hinein. Da sollte doch der Teufel dreinfahren; er wollte seine Gedanken und seine ganzen Bemühungen darauf richten, die *L'Espoir* einzuholen und ihre Gefangenen zu befreien, ohne dabei von einer anderen Fregatte belästigt zu werden, am allerwenigsten von einer französischen. Ein Feind, der angegriffen werden mußte.

Und doch ... und doch ... Er kam an die Achterdecksreling, machte kehrt und ging wieder nach achtern, ohne bewußt etwas wahrzunehmen, instinktiv vorwärtsschreitend. Er hatte fast Angst, sich zu bewegen, mochte aber auch nicht stehenbleiben, weil irgendwo in seinem Inneren, gerade am Horizont seines Erkenntnisvermögens – wie die dunklen, schnell dahinhuschenden Schatten auf einer ruhigen See, die von einer erwachenden Brise erzeugt wurden und ohne Richtung und Ziel kamen und gingen, sich weigerten stärker zu werden oder zu verschwinden und anscheinend nur reizen wollte, wie eine schöne und eigenwillige Frau auf einem Maskenball – die Andeutung einer Idee auftauchte.

Nun, zumindest konnte er die Windschatten einer Idee sehen, und sie deuteten an, wie diese Fregatte ihm zustatten kommen könnte. Heckreling, kehrt, und wieder nach vorn. Sehen wir uns also einmal an, sagte er sich, was gegen diese vage, nebelhafte Idee spricht, soweit sie überhaupt erkennbar ist. Die Takelage der *Calypso* könnte beschädigt werden. Aber sie befanden sich immer noch weit genug im Norden, um mit einer Nottakelung Barbados erreichen zu können. Er mußte einige Seeleute als Prisenmannschaft und Seesoldaten zur Bewachung abkommandieren. Jetzt wurden die dunklen, vom Wind aufgeworfenen Schatten etwas schärfer, die Konturen deutlicher.

Achterdecksrelung, und Kehrtwendung.

Keine weiteren Rufe von Jackson ertönten, aber Ramage fiel plötzlich auf, daß Southwick und Aitken an der Stelle Aufstellung genommen hatte, wo er kehrtmachte, und offensichtlich vorhatten, mit ihm zu sprechen, seine Gedankengänge aber nicht unterbrechen wollten. Er hielt an und wandte sich ihnen zu.

»Sir«, sagte Aitken, »die Fregatte vor uns ist jetzt von hier aus zu sehen. Wir können zwar ihre Flagge nicht erkennen, aber nach dem Schnitt der Segel und dem Decksprung sieht es wirklich wie ein französisches Schiff aus. Sollen wir unsere Flagge setzen? Wollen Sie, daß wir die Geschütze laden und ausrennen?«

Ah, wie doch eine Entscheidung von der anderen abhing, aber die Folge mußte schließlich einen Anfang haben. In diesem Falle bestand der Anfang darin, das Schiff eindeutig als französisches zu identifizieren. In Frankreich gebaut mit französischem Segelschnitt, das machte es höchstwahrscheinlich zu einem Schiff der französischen Flotte, denn der eineinhalbjährige, kürzlich zu Ende gegangene Frieden schloß die Möglichkeit aus, daß es erst kürzlich von der Royal Navy gekapert worden war.

Schön, sie war also französisch.

»Lassen Sie unsere Flagge nicht setzen«, sagte Ramage. »Wahrscheinlich würde sie sie sowieso nicht erkennen können, weil wir genau zu luv von ihr sind. Lassen Sie die Geschütze laden. Schrapnell, keine Vollkugeln, und Kartätschen in den Karronaden. Wir wollen Rigg und Segel zerschießen, nicht ihren Rumpf durchlöchern. Lassen Sie sie aber noch nicht ausrennen.« Er dachte einen Augenblick nach. »Lassen Sie einige Leute Wäsche auf der Back aufhängen. Das macht immer einen so friedfertigen Eindruck.« Er grinste. »Sagen Sie ihnen, daß alles, was dabei verlorengehen sollte, vom Zahlmeister ersetzt wird.«

Vom Zahlmeister beschaffte Klamotten, die sogenannten ›pursers slops‹, standen bei den Seeleuten, die etwas auf ihre Kleidung hielten, in keinem guten Ruf. Hemden, Hosen, Stoffe und andere Gegenstände, die man vom Zahlmeister – der als Kurzwarenhändler, Tabakverkäufer und allgemeiner Lieferant fungierte und dessen Profit sich aus der Provision ergab, die er berechnete – erwerben konnte, waren gewöhnlich von schlechter Qualität. Die Hemden kamen allzuoft, wie die Männer murrend feststellten, nur in zwei Größen: zu groß und zu klein. Ebenso waren auch die Hosen entweder zu lang oder zu kurz. Nach Ansicht der Männer war auch alles zu teuer. Der Zahlmeister war selten besonders beliebt und auf den meisten Schiffen das Opfer skuriller Geschichten. Er war, wie die Seeleute der Royal Navy behaupteten, die einzige Person, die es fertigbrachte, daß Tote Tabak kauten. Das Wunder ereignete sich, wenn ein Seemann starb oder im Kampf fiel, und ein skrupelloser Zahlmeister in seinen Büchern vermerkte, der Mann habe ein paar Pfund Tabak gekauft, dessen Preis von dem Sold abgezogen wurde, der den Angehörigen zustand, während der Tabak selbst im Lager des Zahlmeisters blieb, um an jemand anders verkauft zu werden. Nachlässige Zahlmeister hatten sogar Männern Tabak in Rechnung gestellt, die überhaupt nichts von diesem Zeug wissen wollten.

Tagträume ... Wieder einmal verfluchte Ramage seine Angewohnheit, seine Gedanken auf Nebenwegen spazieren zu lassen, wenn sie auf der Hauptstraße bleiben sollten.

Er wartete, bis Aitken die Befehle weitergegeben hatte, und

beobachtete derweil, wie Martin, Kenton und Wagstaffe unten auf dem Hauptdeck ihre Geschützdivisionen überwachten. Er blickte sich nach Orsini um und sah, daß der junge Fähnrich neben dem Kompaßhäuschen wartete. Seine Aufgabe während der Klarschiffrolle bestand darin, in der Nähe des Kommandanten zu bleiben und als Läufer zu fungieren. Einmal hatte er gehört, wie sich der Junge bei Martin beschwerte, daß es sich vielleicht wie ein toller Job anhörte, während des Gefechts ›aide de camp‹ des Kommandanten zu sein. Aber Mr. Ramage zeigte nie das Bedürfnis, seine Dienste in Anspruch zu nehmen …

Nun, Paolo konnte sich berechtigterweise kaum beklagen: Seit Gianna Ramage gebeten hatte, ihren Neffen als Fähnrich mit auf sein Schiff zu nehmen und ihn auf die Offizierslaufbahn in der Royal Navy vorzubereiten, war der Junge über ein halbes dutzendmal im Gefecht gewesen; er hatte sogar einmal das Kommando über eine Prise übernommen, als sie im Mittelmeer waren.

Gianna. Wie sehr er den Gedanken an sie auch zu verdrängen versuchte und ungeachtet der Tatsache, daß er und Paolo taktvoll vermieden hatten, über sie zu reden, als er wieder auf der *Calypso* war, mußte er doch immer wieder an sie denken. Nicht weil ihre Liebe zerbrochen war, denn so war es nicht gewesen, und nachdem Gianna England verlassen hatte, war er Sarah begegnet, und sie hatten sich ineinander verliebt und geheiratet. Das bedeutete jedoch nicht, daß er sich nicht große Sorgen um Giannas Sicherheit machte oder sie nicht in herzlicher Erinnerung behielt.

Es war eine Beziehung gewesen, die aus heutiger Sicht eine seltsame Atmosphäre von Unwirklichkeit an sich hatte: Konnte ihm das passiert sein, hatte sie wirklich existiert? Nun, das hatte sie, denn der gutaussehende Jüngling dort drüben, einer der beliebtesten Leute an Bord, war ihr Neffe. Ja, sie war die Herrscherin von Volterra, einem kleinen Staat in der Toskana; ja, sie war vor Bonapartes Italienarmee geflohen und von Leutnant Ramage gerettet worden, der sie in Sicherheit gebracht hatte. Ja, sie hatten sich ineinander verliebt, und sie war als Flüchtling nach England gegangen und hatte dort bei seiner Familie gelebt, und ja, es war jetzt völlig offensichtlich, daß die katholische Herrscherin von Volterra niemals den protestantischen Erben einer der ältesten Grafenwürden im Königreich hätte heiraten können.

Es hatte jedoch Bonapartes bedurft, um alles zu beenden, genauso, wie er vor einigen Jahren, damals einfach nur der General, der die französische Armee in Italien kommandierte, unwissentlich alles in Gang gesetzt hatte. Dann, als Britannien und Frankreich den Friedensschluß unterzeichnet hatten, der jetzt der Frieden von Amiens hieß, hatte Gianna gemeint, es wäre jetzt ungefährlich, wieder in die Toskana zu gehen; daß es ihre Pflicht sei, zu ihrem Volk zurückzukehren ... Ramage, sein Vater, viele andere hatten sie gewarnt, Napoleon nicht zu trauen; hatten gesagt, daß der Frieden nur kurz sein würde, daß sie, bestenfalls, die Verhaftung durch Napoleons Polizei riskiere und, schlimmstenfalls, mit einem Meuchelmord rechnen müsse, aber sie war gegangen. Sie war mit den Herveys nach Paris gereist, während er sich auf einer langen Reise mit der *Calypso* befand und von Glück sagen konnte, daß er im Frieden seinen Posten behalten durfte; unter bizarren Umständen hatte er dann Sarah kennengelernt, war mit ihr nach England zurückgekehrt und hatte sie geheiratet. Von Gianna hatte niemand etwas gehört. Niemand wußte, ob sie in Volterra angekommen war oder nicht. Die Herveys bestätigten, daß sie Paris sicher verlassen habe, aber das betraf nur ein kurzes Stück einer langen Reise. Dann, als er sich mit Sarah auf Hochzeitsreise in Frankreich befand, war der Krieg wieder ausgebrochen, und damit entschwand die letzte Chance, etwas über Gianna zu erfahren.

Wieder diese Tagträume, und inzwischen war das französische Schiff auch mit dem Rumpf über dem Horizont aufgetaucht. Er nahm das Fernrohr ans Auge. Ja, backstehendes Vormarssegel und wie eine Möwe auf dem Wasser reitend, den Bewegungen der Dünungswellen folgend, die unter ihr hindurchglitten und nach Westen marschierten. Segel in gutem Zustand. Die französische Nationale geheißt. Kanonen nicht ausgerannt. Ein Flaggenheiß im Vortopp, wahrscheinlich das Bezeichnungssignal, das sie identifizierte.

Es könnte klappen. Überraschung, der große Verbündete, konnte einem die vierfache Größe verleihen (oder die eigene Größe auf ein Viertel schrumpfen lassen, falls man selbst der Überraschte war). Aber er würde alles selbst machen müssen; es war schade, daß Aitken nur schlecht Französisch sprach.

Er winkte Aitken und Southwick heran und erklärte ihnen seinen Plan. Dann befahl er Southwick, Jackson wieder an Deck kommen zu lassen – ein Ausguck war jetzt nicht mehr vonnöten.

Southwick deutete auf das Hauptdeck hinunter. »Stafford und Rossi, Sir? Und einen oder zwei von diesen Franzosen?«

Sie gehörten alle zur Bedienungsmannschaft der gleichen Kanone, und die *Calypso* hatte keinen Mangel an Leuten. Auguste und sein Bruder konnten sich als nützlich erweisen. Gilbert und Louis würden zu ungeschickt sein. Ramage nannte dem Navigator die Namen und befahl ihm, alles zum Aussetzen eines Bootes klar zu machen.

Formalität: Seltsam genug, würde ihm das schließlich Zeit sparen. Es könnte ihn zwar auch zu Fall bringen, aber ein Umhang würde normal erscheinen und viel verbergen.

»Orsini«, sagte er, »holen Sie meinen Degen und meinen Umhang aus der großen Kajüte. Bringen Sie auch Ihren eigenen Umhang mit. Ich sehe, daß Sie Ihren Dolch dabei haben!«

Paolo grinste und nickte, während er sich zum Niedergang begab. Der Dolch, beinahe ein Kurzschwert von zwei Fuß zwei Zoll Länge, gehörte zu den Dingen, auf die er besonders stolz war, aber er war auch realistisch genug, um daneben noch ein Entermesser zu führen, so daß er den Dolch hauptsächlich als ›main gauche‹ verwendete. Ramage glaubte, daß er von dem Tag träumte, an dem er den Dolch des Fähnrichs gegen den Offiziersdegen mit seinem kunstvoll gearbeiteten Griff würde eintauschen können.

Großsegel und Fock wurden aufgegeit. Die Stagtakel wurde am Kutter eingepickt, so daß er klar zum Aussetzen war. Jackson wartete, bis die letzte Zurring losgenommen und die Persenning heruntergezogen war, bevor er, als Bootssteuerer des Kommandanten, ins Boot stieg, um die Riemen und das Ruder nebst Ruderpinne zu kontrollieren, den Stopfen aus dem kleinen, unter einer Ducht festgezurrten Wasserfäßchen herauszuziehen und sich zu vergewissern, daß es mit Frischwasser gefüllt war, und um schließlich den großen Stopfen in den Bootskörper einzusetzen; er wurde gewöhnlich herausgenommen, wenn das Boot auf der Klampe lag, damit das Regenwasser abfließen konnte.

Stafford und Rossi befanden sich bereits mit Auguste und Albert auf dem Laufgang, hatten die Entermessergurte umgelegt und Pistolen im Gürtel, aber Ramage schloß aus der Art, wie sie dastanden, daß die beiden Franzosen nicht wußten, was sie von der Situation halten sollten, denn Gilberts Übersetzung des Befehls, sich zu bewaffnen und zusammen mit Stafford und Rossi auf die Gangway zu gehen, war wahrscheinlich alles, was man ihnen gesagt hatte.

In diesem Augenblick erschien Paolo, einen Degen in einer Hand und zwei Umhänge über den anderen Arm gehängt.

»Legen Sie sie dort neben dem Spill ab. Und jetzt hören Sie einen Moment zu«, sagte Ramage.

Schnell faßte Ramage zusammen, was sich bislang ereignet hatte, das meiste hatte Paolo sowieso mitbekommen, als sich die *Calypso* der unbekannten Fregatte näherte, und erläuterte ihm seine Absichten.

»Gehen Sie jetzt zu den beiden Franzosen und erklären Sie

ihnen, worum es geht. Es wird Zeit, daß Sie Ihr Französisch aufpolieren.«

Danach ging alles sehr schnell. Das eben noch voraus liegende Schiff befand sich jetzt eben an Steuerbordbug, und die Männer hatten die Gefechtsstationen verlassen und standen an den Schoten und Brassen, mit denen das Vormarssegel und die Vormarsrah bedient wurden. Jackson hatte die Kuttermannschaft auf der Steuerbordgangway antreten lassen. Das Boot würde in Luv zu Wasser gebracht werden, also mußte alles schnell gehen, aber die Leeseite würde zu vielen neugierigen Blicken der Franzosen ausgesetzt sein.

Er hob das Fernrohr und betrachtete das Schiff und war etwas überrascht, daß sie schon so nahe war, daß er die Uniformen (oder auch den Mangel an Uniformen) auf dem Achterdeck erkennen konnte. Er sah zu Aitken hinüber, der bereits die Flüstertüte am Mund hatte, während Southwick beim Steuermann nahe beim Ruder stand.

Das Ruder begann sich zu drehen, und der Bug der *Calypso* schwang langsam nach Steuerbord herum und brachte sie in einem Bogen nahe an die Luvseite der französischen Fregatte heran. Segel begannen zu schlagen, während Ramage das Teleskop in die Schublade des Kompaßhäuschens legte, seinen Degen ergriff, ihn an den Gürtel hängte und den Umhang über eine Schulter warf. Er überlegte einen Augenblick, faltete dann seinen Hut und klemmte ihn unter den linken Arm. Paolo folgte seinem Beispiel, und dann gingen die beiden, während die Segel über ihnen schlugen, als das Schiff herumging, und das große Vormarssegel backgeholt wurde, den Niedergang hinunter auf die Gangway.

Das Schiff kam langsam zum Halt, da der Wind jetzt auf die Vorderseite des Vormarssegels blies, und der Kutter wurde über Bord geheißt. Wagstaffe gab hier einen Befehl und dort einen Befehl, benutzte aber in der Hauptsache Handzeichen. In wenigen Augenblicken war das Boot im Wasser, der Bug von der Vorleine gehalten, während die

Heckleine das Boot dicht an der Strickleiter hielt, die man über die Seite heruntergelassen hatte.

Jackson, dessen rotblondes Haar vom Wind zerzaust wurde, war der erste im Boot, und bevor Rossi, der ihm gefolgt war, an Bord springen konnte, war der Amerikaner schon dabei, das Ruder einzuhängen und die Pinne einzusetzen. Jetzt folgten auch die übrigen Männer, gefolgt von Orsini.

»Hier!« schrie Ramage, indem er Jackson den zusammengerollten Umhang mit dem Hut darin zuwarf. Der Bootsteuerer wartete, bis Ramage an Bord war und auf der Heckbank Platz genommen hatte, und legte ihm dann den Umhang um, so daß seine Uniform nicht zu sehen war. Ramage schob den Degen etwas auf die Seite, um die hölzerne Gräting zu einem etwas bequemeren Sitz zu machen, und beobachtete dann, wie die riesige Masse der *Calypso* seitlich wegzugleiten schien, als die Kuttergäste anfingen zu pullen.

Jackson legte schließlich Ruder, und das Boot lief unter dem Heck der französischen Fregatte durch und an deren Leeseite.

»*La Robuste*, Sir«, bemerkte er.

Der Name sagte Ramage nichts. Er zählte die Stückpforten. Sechzehn auf dieser Seite; es war also eine Fregatte mit zweiunddreißig Kanonen. Ungefähr die gleiche Größe wie die *Calypso*, aber nicht nach demselben Riß gebaut; ihr Decksprung war flacher, ihre Back länger, und er hatte den Eindruck, daß das Heck einen stärkeren Überhang hatte.

Ramage sah verschiedene Gesichter, die über die Heckreling zu ihnen hinuntersahen, und winkte vergnügt hinauf, was die Männer enthusiastisch erwiderten. Er sah Paolo an, der neben ihm saß. Der Junge grinste über das ganze Gesicht: keine Spur von Zweifel oder Angst.

Plötzlich scheint alles auf einmal zu passieren, dachte Ramage und begriff dann, daß es sein eigener Fehler war, weil er seine Aufmerksamkeit nicht auf eine Sache richtete. Der Bugmann hatte mit seinem Bootshaken angehakt, und während die Männer pullten und holten, um Vor- und Heckleine festzumachen, stand Ramage auf und stellte fest, daß die Franzosen ebenfalls eine Strickleiter heruntergelassen hatten, so daß er nicht über die Außentreppe zu klettern brauchte, die Fingernägel und Finger übel beanspruchte. Er schob den Degen nach hinten unter den Umhang und hielt den Hut fest in der Hand, sicher, daß kein Franzose ihn als Hut erkennen würde.

Er schwang sich auf die Leiter und begann sofort hinaufzuklettern, froh, daß Paolo direkt hinter ihm war, denn sein Gewicht verhinderte, daß sich die einzelnen Holzsprossen nach innen wegbogen. Weitere Rucks folgten, als die übrigen Männer folgten, und dies war ein gefährlicher Augenblick; würde einer der französischen Offiziere hinuntersehen und feststellen, daß die Seeleute Entermesser dabei hatten? Ramage ließ seinen Umhang weit aufwehen.

Auf, auf, auf, jetzt waren seine Augen auf Decksebene; vier weitere Schritte und er stand an Deck, vor sich vier Männer, die einen Halbkreis bildeten, um ihn zu begrüßen, vermutlich der Kommandant und seine drei Leutnants.

Ramage blieb einen Augenblick stehen, gab seinem Zweispitz mit ein paar Hieben seine Form zurück, stülpte ihn auf den Kopf, löste dann die Spange seines Umhangs, schwenkte ihn mit einer kreisenden Bewegung von den Schultern und warf ihn Jackson zu, der jetzt mit Paolo an der Eingangspforte stand.

»Captain Ramage von Seiner Britannischen Majestäts Fregatte *Calypso*, zu Ihren Diensten«, sagte er auf französisch zu dem bläßlichen Mann mit den Hängebacken und dem eisengrauen Haar, der der Kommandant zu sein schien.

»Britannisch?« murmelte der Mann ungläubig.

Er war ein stämmiger Mann, der so ausgesehen hatte, als wäre er größer als Ramage, aber als er sich umwandte, um einen Blick auf die beigedreht neben seinem Schiff liegende *Ca-*

lypso zu werfen, protestierte er: »Sie hat keine Flagge.« Er hielt inne und dann, Arme ausgestreckt und die Handflächen nach oben gedreht, sagte er ärgerlich: »Als sie beidrehte, hatte sie noch keine Flagge gesetzt. Sie ist in Frankreich gebaut. Natürlich dachte ich, sie wäre ein französisches Schiff.«

Ramage zuckte die Schultern und lächelte. »Es steht Ihnen frei zu denken, was Sie wollen.«

Im Vergleich zum Achselzucken des Franzosen war Ramages Geste nur ein schwächlicher Abklatsch.

»Natürlich, natürlich.« Er stellte sich vor. »Bürger Robillard, Kommandant der französischen Fregatte *La Robuste*, zu Ihren Diensten. Darf ich ...«

Als er sich umdrehte, um seine Offiziere vorzustellen, unterbrach ihn Ramage mit ruhiger Stimme. »Bürger Robillard, einen Moment, bitte. Sie sind jetzt der ehemalige Kommandant der ehemaligen französischen Fregatte *La Robuste*, die jetzt eine Prise Ihrer Britannischen Majestät Fregatte *Calypso* ist ...«

»Aber ... mon Dieu, Bürger«, protestierte Robillard, »der Krieg ist vorüber. Es ist alles zu Ende. Wir sind Freunde. Wo sind Sie gewesen, daß Sie das nicht mitbekommen haben?« Er klatschte sich auf den Schenkel und begann dröhnend zu lachen. »Ah, es ist der englische Humor! Sie machen einen Scherz, weil«, er sah Ramage ins Gesicht und seine Stimme versiegte. Er holte tief Luft. »Nein, Sie machen keinen Scherz, Captain Ramage. Sie kommen aus Europa. Wir sind auf dem Rückweg von der batavischen Republik. Sie kennen die letzten Neuigkeiten ...«

Ramage hatte plötzlich Mitleid mit diesem liebenswürdigen Mann, der dem Akzent nach aus der Gegend von Honfleur kam.

»Ja, die Feindseligkeiten haben wieder begonnen. Brest ist wieder im Blockadezustand. Mein Schiff gehört zu dieser Flotte.«

»Und Sie sind auf dem Wege …«

»Nach den Westindischen Inseln«, sagte Ramage. »Nun, m'sieu, Sie und Ihre Besatzung müssen sich als meine Gefangenen betrachten.«

»Aber das ist absurd«, protestierte Robillard und sah dann in die Richtung, in die Ramages Hand zeigte. Die Geschütze der *Calypso* waren ausgerannt, während die des Franzosen noch seefest gezurrt waren.

Zu Paolo sagte Ramage auf italienisch: »Sammeln Sie alle Papiere, Karten und Signalbücher ein, die Sie in seiner Kajüte finden. Nehmen Sie zwei Mann mit.«

Robillard kratzte sich den Kopf, immer noch nicht bereit zu akzeptieren, was er da gehört hatte. »Ich kann es einfach nicht glauben. Sie haben Dokumente? Eine Zeitung – ›Le Moniteur‹, vielleicht? Es muß doch eine schriftliche Erklärung geben. Sie kommen einfach an Bord und erklären mein Schiff als Prise! Nein!« rief er aus, als packte ihn plötzlich die Wut. »Sie sind einfach ein Pirat!«

»Kennen Sie sich in Brest aus?«

Robillard nickte vorsichtig. »Ich lag dort wegen der Blokkade drei Jahre im Hafen.«

»Wann sind Sie aufgebrochen?«

»Sobald der Friedensvertrag unterzeichnet war. In der Tat überbrachten wir die offiziellen Berichte für den Gouverneur der Batavischen Republik.«

Ramage winkte Auguste und Albert. »Diese beiden Männer können Ihnen die Namen aller wichtigen Schiffe nennen, die vor drei Wochen in Brest lagen, dazu auch die Namen der Kommandanten der Marine und der Armee, und Ihnen alle Fragen beantworten, die Sie stellen möchten. Sie sind Franzosen wie Sie. Ich selbst war in Brest, als der Krieg wieder ausbrach; ich kann Ihnen ebenfalls gewisse Informationen geben.«

Auguste sagte: »Es stimmt alles, Bürger. Der englische Gesandte verließ Paris, der Krieg fing wieder an, und Bonaparte verhaftete alle Engländer in Frankreich, ob sie nun Offiziere in Urlaub oder Frauen waren. Bonaparte führt jetzt auch Krieg gegen Frauen.«

Robillard wurde rot und sagte ärgerlich zu Ramage: »Diese Situation ist lächerlich. Ich könnte Sie einfach gefangennehmen, und dann würden Ihre Leute nie wagen, das Feuer zu eröffnen, aus Angst, Sie könnten getötet werden!«

Eine Reihe metallischer Klicks veranlaßte ihn, sich umzudrehen, und er war überrascht zu sehen, daß drei Seeleute, Jackson, Stafford und Rossi, dicht hinter ihm standen und mit breitem Grinsen ihre Pistolen auf ihn gerichtet hielten; außerdem schwang jeder nonchalant sein Entermesser, so wie ein Pastor seinen Spazierstock schwenken mochte, um den Kopf einer Gänseblume abzuschlagen.

»Captain«, sagte Ramage, »wir verschwenden Zeit, wenn nötig, würde mein Schiff selbstverständlich das Feuer eröffnen, mein Erster Offizier hat hierüber strikte Anweisungen bekommen. Aber Sie würden nicht mehr am Leben sein, um die erste Breitseite zu hören, die mich töten könnte. Sie sind von den perfiden Engländern hereingelegt worden, gerade so wie ich vor weniger als einem Monat von den perfiden Franzosen hereingelegt worden bin. Da ist nichts Unehrenhaftes dabei. Es ist nicht nötig, daß Sie eine Breitseite ›für die Ehre der Flagge‹ abfeuern lassen.«

Robillard schüttelte immer noch ungläubig den Kopf. »Ich habe nur sechsundsiebzig Leute, weil wir keine vollzählige Mannschaft hatten, als wir Brest verließen, und viele Krankheitsfälle in Batavia und auf See hatten, aber wie können Sie uns alle zu Gefangenen machen ...?«

»Das ist kein Problem«, sagte Ramage und gab Jackson ein Zeichen. »Geben Sie mir Ihre Pistole«, sagte er auf Englisch und fuhr dann auf Französisch zu Robillard fort:« Wir sind uns also einig, nicht wahr, daß Sie und Ihr Schiff meine Prise sind?«

Robillard zuckte mit den Schultern und sah sich nach seinen drei Leutnants um. Es waren alles junge Männer, die immer noch wie versteinert dastanden, geschockt, daß eine englische Fregatte neben ihnen lag, bereit, ihr Schiff und ihren Kapitän unter Feuer zu nehmen.

»Was sagen Sie, meine Tapferen?«

»Wir haben keine Wahl«, sagte der älteste, ohne sehr überzeugt zu klingen.

»Sie müssen sich an diese Aussage erinnern, wenn ein Ausschuß für die öffentliche Sicherheit mich des Verrats anklagt«, sagte Robillard bitter. »Sicher, wir haben keine Wahl, aber ich möchte nicht, daß einer von Ihnen den Anspruch erhebt, ein Held zu sein, wenn wir ausgetauscht werden und nach Frankreich zurückkehren.«

»Machen Sie sich keine Sorgen«, sagte Ramage und schickte Jackson, nach achtern. »Mein Bericht wird deutlich machen, daß Sie vom neuerlichen Kriegsausbruch nichts wußten.«

»Was würde mir Ihr Bericht in Frankreich schon nützen!«

»Ich nehme an, er wird in der ›London Gazette‹ veröffentlicht, und die ist so gut wie der ›Moniteur‹. Ich bin mir absolut sicher, daß Bonaparte ihn sich übersetzen und vorlesen lassen wird.«

Robillard sah Ramage prüfend an. »Ja, ich glaube Ihnen.« Er buchstabierte seinen Namen. »Und sorgen Sie dafür, daß mein Vorname Pierre mit erwähnt wird, denn ich habe noch einen Cousin, und obwohl der kein Schiff befehligt, ist er ein Halunke – nein, so meinte ich das natürlich nicht –«

»Ich verstehe schon«, versicherte Ramage ihm.

»Aber so viele Gefangene«, sagte Robillard, während er zusah, wie Jackson die Trikolore herunterholte. »Wie wollen Sie ...?

»Überlassen Sie das Problem ruhig mir«, sagte Ramage. »Haben Sie genug Proviant?«

»Proviant schon, aber es fehlt uns an Wasser. Da so viele an ihrer Krankheit gestorben sind, hätte ich die Rationen der Lebenden verdoppeln können.«

15

Ramage und Aitken saßen sich am Schreibtisch gegenüber; Ramage in seinem gewohnten Sessel, während Aitken versuchte, es sich auf einem der Eßtischstühle aus dem Tagesraum bequem zu machen. Mit kratzender Feder machte er eilig Notizen von dem, was Ramage von verschiedenen Blättern der vor ihm liegenden Dokumente übersetzte.

»Ah, hier steht etwas«, sagte Ramage befriedigt, »einige der Antworten zu unseren Fragen über Cayenne. Wir haben hier«, er sah auf die Titelseite, »eine Art Segelhandbuch, das vor drei Jahren veröffentlicht wurde. Es ist also ziemlich aktuell. Machen Sie Notizen von dem, was ich ihnen vorlese.«

Er schlug zwei Seiten um. »Es beginnt mit ein paar Bemerkungen über die Strömungen, die vor der Küste Französisch Guyanas zu erwarten sind. Es gibt zwei – na ja, das wußten wir schon. Die erste beginnt nahe der afrikanischen Küste, bei den Kapverdischen Inseln und wird vom Passat verursacht, der über den Atlantik weht. Ja, das ist uns auch bekannt. Sie fließt bis auf ...«, er hielt kurz inne, um den angegebenen Wert umzurechnen, »weniger als fünfunddreißig Meilen oder eine Tiefe von acht Faden an die Küste heran, wo sie auf eine zweite Strömung trifft, die von den Gezeiten verursacht wird. Und dann sind da noch die Wassermengen, die aus dem Amazonas und dem Orinoko strömen. Nun, es sind die Wassertiefen und nicht die Wassermengen, die uns interessieren.

Hmm, verschiedene andere Flüsse zwischen dem Amazonas und dem Orinoko führen große Mengen an Schlamm, Baumstämmen und Zweigen mit, die sich längs der Küste ablagern und einen Streifen flachen Wassers gebildet haben.« Das Handbuch war in gestelztem Französisch geschrieben, und die Übersetzung war schwierig. »Zwischen Hoch- und Niedrigwasser ist er gewöhnlich von Mangroven bedeckt. Bei Niedrigwasser scheint dieser Streifen unpassierbar; bei Hochwasser finden Schiffe manchmal kanalartige Durchfahrten ...

Ah, hier kommt etwas: Die einzigen Häfen befinden sich in den Flußmündungen ... Gewöhnlich finden sich Barren vor den Einfahrten und Untiefen in den Kanälen ... Größere Schiffe können ohne Risiko vor Anker gehen und auf Hochwasser warten, da hier keine heftigen Stürme auftreten.

Das ist beruhigend; ich habe für heftige Stürme nichts übrig. Der Seefahrer kann auf einen örtlichen Lotsen warten oder Boote vorausschicken, um Lotungen durchzuführen.«

Aitken streckte die Hand nach dem Tintenfaß aus. »Abgesehen von den Mangroven und dem Fehlen heftiger Stürme hört das sich fast wie die Ostküste von England an.«

»Ja. Jetzt zum Allgemeinen: Die Franzosen haben Cayenne – oder vielmehr Guyana – seit 1677 in Besitz ... Es erstreckt sich ungefähr zweihundertfünfzig Meilen entlang der südamerikanischen Küste und über einhundert Meilen ins Landesinnere. Längs der Küste, die ungefähr in Nord-Süd-Richtung verläuft, ist das Land flach, aber eine Bergkette zieht sich von Ost nach West.[1] Naturerzeugnisse und gleichzeitig auch Exportartikel sind Pfeffer, Zimt, Gewürznelken und Muskatnüsse. Nichts, was nicht zum Würzen von Speisen verwendet wird!«

Er las noch ein paar weitere Seiten, ohne sich die Mühe zu

[1] Die geographischen Angaben sind hier wohl vertauscht worden. (Anm. d. Ü.)

machen, sie zu übersetzen, und setzte sich schließlich bequem hin und nahm das Buch hoch. »Dies ist ganz interessant: Im Sommmer setzt die Strömung vor dieser Küste stark nach Nordwest. Schwere Brecher nehmen bei Stillwasser gewöhnlich an Stärke ab. Die Tide steigt bei Springzeiten etwas über acht Fuß, vier oder fünf bei Nippzeiten …

Nun, was uns interessiert sind die siebenundzwanzig Meilen Küste zwischen dem Fluß Approuague im Süden und dem Fluß Mahuri im Norden. Das Land ist so flach, daß man es von See aus erst auf sieben, acht Meilen zu Gesicht bekommt … Dahinter sind jedoch die Kaw Berge, ein nicht sehr hoher Gebirgszug. Nun, der Mahuri …«

Er brach ab, fluchte, knallte das Buch mit einer ärgerlichen Geste zu und stand auf. Mit etwas schiefgelegtem Kopf, um nicht an die Deckenbalken zu stoßen, marschierte er unter den Augen des überraschten Aitken durch die Kajüte; dieser ergriff jedoch kurz darauf einen Lappen und begann, seine Schreibfeder abzuwischen. Er kannte seinen Kommandanten zu gut, um zu fragen, was los war. Fehlte etwa eine wichtige Seite? Der Schotte traute nichts Französischem. Das Glück, ein französisches Segelhandbuch zu entdecken, dachte er verdrosssen, würde dadurch zunichte gemacht, daß entscheidende Seiten fehlten …

Ramage setzte sich wieder, das Gesicht gerötet, und öffnete das Handbuch von neuem. »Cayenne. Cayenne«, sagte er ärgerlich. »Würde nicht jeder, der seine fünf Sinne beisammen hat, vermuten, daß jeder bedauernswerte Franzose, der nach Cayenne deportiert wird, in einer Strafkolonie auf der Insel Cayenne landet, die in der Mündung des Flusses Cayenne liegt?«

Aitken dachte einen Augenblick nach, sah aber keine Gefahr darin, dieser Überlegung zuzustimmen. »Jawohl, Sir. Das scheint mir eine vernünftige Annahme; in der Tat, eine durchaus logische Folgerung.«

»Ja, aber jedes mit Gefangenen beladene Schiff, das vor der

Ile de Cayenne in der Mündung des Cayenne vor Anker geht, würde feststellen, daß es sich rund fünfundzwanzig Meilen zu weit südlich befindet!

Da ich weder über Seekarten noch Segelhandbücher verfügte, hatte ich angenommen, daß die drei Iles de Salut, zu denen die Teufelsinsel gehört, in der Mündung des Flusses Cayenne lägen.« Er klopfte mit dem Zeigefinger auf das Buch. »Jetzt entdecke ich, daß es sich um drei nahezu unbewachsene, kleine Felsbrocken handelt, die sieben Meilen vor der Küste und fünfundzwanzig Meilen nördlich von Cayenne, Fluß oder Insel, liegen. Zerreißen Sie also alles, was Sie bisher notiert haben, und lassen Sie uns noch einmal von vorne anfangen.«

»Wir können von Glück sagen, daß wir *La Robuste* begegnet sind«, sagte Aitken, »sonst ...«

»Sonst hätten wir sehr dumm ausgesehen«, ergänzte Ramage. »Gut, beginnen wir bei Pointe Charlotte. Die Küste ist flach und sandig; es gibt viele Mangroven bis hin zur Hochwassermarke, gelegentliche Baumgruppen dahinter und seewärts im Schlamm vereinzelte Felsen.

Glücklicherweise oder aufgrund der Güte der Natur gibt es da einen hohen, kegelförmigen Felsen neun Meilen landeinwärts. An einem klaren Tag kann man ihn auf zwanzig Meilen ausmachen, daher braucht man sich für den Landfall nicht auf die Mangroven zu verlassen.

Gut, wir kommen der Sache näher. Die Küste verläuft in Richtung westnordwest, wenn man Pointe Charlotte erreicht hat, die drei Meilen nordwestlich vom Fluß Kourou liegt, der wiederum durch drei kleine Berge gekennzeichnet ist, die alle auf größere Entfernung deutlich erkennbare Objekte und gute Landmarken zur Ansteuerung der Flußmündung sind.

Pointe Charlotte läßt sich von tausend anderen Landspitzen dadurch unterscheiden, daß sich an ihrem Fuß einige Felsen befinden«, sagte Ramage ironisch. »Was uns jedoch mehr interessiert, ist folgendes: Steht man auf Pointe Charlotte und sieht auf den Atlantik hinaus, vielleicht in der Hoffnung, Afrika zu erblicken, sieht man statt dessen eine Gruppe von drei felsigen kleinen Inseln, und sie sind wirklich sehr klein, denn sie nehmen höchstens eine Fläche von einer halben Quadratmeile ein. Wie ich dem Handbuch entnehme, ist die nördlichste, am weitesten draußen im Atlantik liegende Insel, die Ile du Diable, 131 Fuß hoch; die zur Linken ist die größte und höchste, Ile Royale, 216 Fuß; und zur Rechten liegt die nächste, südlichste und kleinste, Ile St. Joseph.«

»An welcher sind wir besonders interessiert?« fragte Aitken.

»An der Ile du Diable, der Teufelsinsel, denke ich, und das verdammte Handbuch sagt einfach nur, daß es ohne die schriftliche Erlaubnis des Präfekten in Cayenne verboten ist, an irgendeiner dieser Inseln an Land zu gehen, weil St. Joseph und Royale Sträflingsinseln sind, während es sich bei Diable um eine Siedlung für ›détenus‹ handelt, ein Wort, von dem ich sicher bin, daß es ›Gefangene‹ bedeutet; es betrifft aber nicht Leute, die tatsächlich verurteilt worden sind, wenn ich deswegen auch Gilbert befragen muß, weil er die Feinheiten einiger Begriffe im revolutionären Frankreich besser kennt als ich.«

»Wie steht es mit Ankerplätzen?« fragte Aitken.

Kapitäne befaßten sich mit taktischen Fragen, Erste Offiziere machten sich Gedanken um Ankerplätze.

»Das Handbuch macht ein ziemliches Theater um die Tatsache, daß sich die einzigen geschützten Ankerplätze an der Küste auf der Leeseite der Inseln befinden. Ansonsten muß man einen der großen Flüsse hinaufsegeln. Ja, hier steht es: fünf Kabellängen südwestlich vom westlichen Ende von Royale, weicher Schlamm, fünf Faden, gut geschützt vor östlichen Winden. Ah, Royale scheint das Hauptquartier zu sein, es hat ein Fort als seewärtigen Schutz, eine Kirche auf einem Hügel und einen Anleger auf der Südseite. Diable – nun, das hat nur eine befestigte Einfriedung für die ›détenus‹. St. Joseph: schlechter Ankerplatz eine Kabellänge südlich in hartem Schlamm, das ist alles, was es der Welt zu bieten hat …«

»Gibt es Felsen und Untiefen?«

»Reichlich«, sagte Ramage, »zu viele, um sie alle zu erwähnen. Die hier im Handbuch angegebenen Positionen sind zu ungenau, um uns von Nutzen zu sein. Hmm … ›Im allgemeinen wird einem vom Fort auf Royale gesichteten Schiff ein Lotse entgegengeschickt, der es in einem Kanu an der Nordwestecke von Diable erwartet …‹ Dieser bringt einen dann auf den empfohlenen Ankerplatz südwestlich von Royale, von dem ich Ihnen gerade erzählt habe.«

Ramage machte das Buch zu. »Das ist alles, was hier über die Iles du Salut steht. Wichtiger ist jedoch, daß die *L'Espoir* vermutlich ein Exemplar dieses Segelhandbuchs an Bord haben wird …«

»… und daher auf einen Lotsen warten und hier vor Anker gehen wird?«

»Das hoffe ich«, sagte Ramage, »aber ich hoffe auch, es bedeutet nicht, daß wir drei felsige Inseln erobern müssen.«

Wagstaffe marschierte an der Steuerbordseite des Achterdecks der *La Robuste* entlang und dachte, daß es doch eine recht befriedigende Sache sei, ein Schiff zu kommandieren, selbst wenn es sich um eine Prise handelte und er nichts anderes zu tun hatte, als dem Kielwasser der *Calypso* zu folgen. Am Tage war das einfach genug, aber nachts war es schwierig, dem Dreieck der drei Hecklaternen zu folgen. Tatsächlich war er die letzten beiden Nächte zur Koje gegangen und eingeschlafen, aber fast sofort wieder wach geworden, in der Gewißheit, daß die drei Laternen außer Sicht gekommen waren, und der wachhabende Offizier (das erste Mal war es Kenton gewesen, das zweite Mal Martin) hatte überrascht seinen Kommandanten vor sich gesehen, der plötzlich in einem Umhang an Deck aufgetaucht war, einen Blick nach vorn geworfen und einen Grunzlaut von sich gegeben hatte, und dann, ohne ein Wort der Erklärung, wieder unter Deck verschwunden war.

Aber wie, fragte sich Wagstaffe, sollte er all das bloß jungen Leutnants erklären? Jetzt, als er darüber nachdachte, mußte er sich sagen, daß sowohl Kenton als auch Martin vernünftig genug waren, um ihn zu benachrichtigen, sobald sie die Lichter aus den Augen verloren hatten. Tatsächlich würde es genug Geschrei in der Dunkelheit geben, wenn der wachhabende Offizier lautstark die Ausgucks befragte, so daß es wie ein Eimer kalten Wassers durch das Oberlicht kommen würde.

Es ist einfach genug, tapfer und voller Selbstvertrauen zu sein, wenn die Sonne scheint, dachte er, aber schwierig an einem trüben, wolkenverhangenen Tag, wenn es regnet. Noch schwieriger ist es, wenn die Nacht hereinbricht und nahezu unmöglich um drei Uhr morgens. Diese Drei-Uhr-morgens-Tapferkeit, das war es, was ihm fehlte. Das war es aber auch, was Captain Ramage vor den meisten anderen Männern auszeichnete; er hatte davon reichlich. Und diese Eigenschaft sorgte auch dafür, das mußte Wagstaffe zugeben, daß Captain Ramages Offiziere jederzeit aufmerksam und alert waren. Nicht weil er geschrien und getobt hätte, wenn irgend etwas schiefging, das wäre vielleicht einfacher gewesen. Nein, es war dieser kühle, spöttische und fragende Blick aus den dunklen Augen unter dichten Brauen, der weit vorwurfsvoller war als Worte. Er schien zu sagen: »Ich habe dich ausgebildet und dir vertraut; nun sieh mal, was du angerichtet hast …«

Wagstaffe griff nach dem ›Abstandsstab‹ und hielt ihn vor sich. Er war stolz auf dieses Gerät, weil es so einfach herzustellen und zu benutzen war. Er hatte den Befehl erhalten, der *Calypso* im Abstand von einer Kabellänge im Kielwasser zu folgen. Eine Kabellänge waren genau 200 Yards, nicht 150 und auch nicht 250. Es war eine Entfernung, die jeder auf der

Calypso in wenigen Augenblicken mit einem Quadranten oder einem Sextanten überprüfen konnte, weil dazu nur simple geometrische Kenntnisse nötig waren. Kannte man die Höhe eines Objekts, in diesem Fall die Höhe des Großmastes, und den Winkel, den es mit dem Auge bildete, dann war es einfach genug, die Entfernung zu berechnen. Der Mast bildete die Senkrechte eines rechtwinkligen Dreiecks, und der Winkel lag gegenüber, zwischen Grundlinie und Hypotenuse. Und die Grundlinie entsprach der Entfernung, in diesem Falle also zweihundert Yards.

Wollte man es jedoch vermeiden, einen Quadranten oder Sextanten aus seinem Kasten zu nehmen, um den Winkel zu messen, konnte man sich einer sehr viel einfacheren Methode bedienen. Man schnitt in entsprechendem Abstand zwei Kerben in einen kurzen Stock, so daß, wenn man den Stock mit ausgestrecktem Arm senkrecht vor ein Auge hielt, die untere Kerbe sich in Höhe der achteren Wasserlinie der *Calypso* befand, während die obere mit dem Topp des Großmastes abschloß. Schien der Mast kürzer als der Abstand zwischen den Kerben, lag *La Robuste* mehr als 200 Yards achteraus; ragte er darüber hinaus, waren sie zu dicht herangekommen.

Eigentlich war es nicht allzu schwierig, Station zu halten, weil beide Fregatten nahezu von gleicher Größe und natürlich in Frankreich gebaut waren; dazu kam, daß der Schnitt der Segel von französischen Segelmachern stammte. Vorausgesetzt, *La Robuste* setzte die gleichen Segel, und weiter vorausgesetzt, die Rudergänger, der Steuermann und die Wachoffiziere blieben in der Sonne alert (die jetzt, bei abnehmender Breite, wirklich eine ziemliche Hitze entwickelte), so war das gar nicht schwierig.

Was hatte Captain Ramage vor? Die Liste von Treffpunkten, die er Wagstaffe gegeben hatte, eine Breite und eine Länge für jeden Tag, für den Fall, daß sie sich nachts aus den Augen verlören und sich auch bei Tagesanbruch nicht zu Gesicht bekämen, endete bei 5 Grad Nord und 52 Grad West, und diese Position lag an der südamerikanischen Küste bei Cayenne ... die französische Kartensammlung an Bord der *La Robuste* enthielt keine Spezialkarte von Französisch-Guyana, außer als briefmarkengroße Darstellung auf der Karte vom südlichen Teil des Nordatlantik. Cayenne, Teufelsinsel ... Wagstaffe fröstelte. Es war sicher nicht gesünder, als es sich anhörte. Die Teufelsinsel, sagte man, war der Ort, wo Napoleon seine Feinde hinschickte. Nun, es mußte schon eine große Insel sein, denn der Franzose hatte viele Feinde. Aber auch viele Freunde, nach den wenigen Verbündeten Englands zu urteilen.

Sergeant Ferris, der stellvertretende Führer der Seesoldaten an Bord der *Calypso*, legte sein mit Pfeifenton geweißtes Kreuzbandelier ab und knöpfte den Rock auf. Auf dem Verschlußstück einer Kanone zu sitzen war zwar keineswegs so bequem, wie sich in einem Sessel auszuruhen, aber die Kanone befand sich im Schatten, und die Brise, die das Deck entlangstrich, war kühl, wenn es auch aus der Bilge heraus stank, weil die Pumpe den letzten Fuß Wasser nicht herausbekam, der beim Stampfen und Rollen der Fregatte hin- und herschwappte und an Deck gelegentlich einen Geruch verbreitete, der an die Kanalisation von Paris erinnerte.

Jackson kam auf ihn zu, setzte sich auf die Lafette und lehnte sich gegen das Verschlußstück. »Der kühlste Platz auf dem ganzen Schiff«, sagte er.

»Aye«, sagte Ferris, »du kannst dich glücklich schätzen, daß du nicht bei den Seesoldaten bist und diese verdammte Uniform tragen mußt.«

»Gibt es Ärger mit den französischen Gefangenen?«

»Nein, noch nicht. Zwei von ihnen haben miteinander Streit angefangen, und einige meiner Jungens mußten eingreifen, und so haben wir sie vorsichtshalber alle in Eisen gelegt, jeden Mann mit einem Bein, so daß sie sich jetzt in Reihen gegenübersitzen und sich die Sohlen ihrer Füße betrachten können. Allerdings sind sechsundvierzig Gefangene keine große Sache, da die Hälfte der Seesoldaten hier an Bord sind und wir außerdem eine 12-Pfünder-Kanone auf sie gerichtet haben.«

»Ja, aber das ist doch nur ein Bluff«, sagte Jackson. »Wenn wir sie durch die Luke hindurch abfeuern müßten, schmeißt uns das die Kanone um.«

»Die ›Frogs‹ wissen das aber nicht«, sagte Ferris philosophisch, »und wenn nur die halbe Kartätschenladung trifft, bleiben nicht mehr viele am Leben.«

»Wahrscheinlicher ist aber ein Loch im Rumpf«, meinte Jackson.

»Mach dir nur keine Sorgen. Geh nur mal in den Raum da unten und setz dich da hin, einen Fuß im Eisen, und ich kann dir prophezeien, daß die Mündung von diesem 12-Pfünder in weniger als zehn Minuten einen Durchmesser von zwei Fuß annehmen wird und dir zublinzelt wie der Tod persönlich.«

Jackson lachte freudlos. Er hatte schon zu lange gegen die Franzosen gekämpft, um große Sympathie für sie zu hegen. »Was ist mit Gilbert?«

Ferris stülpte die Lippen vor und öffnete dann den Mund, als wolle er einen Pflaumenkern ausspucken. »Täusch dich ja nicht in diesem Burschen! Er ist ja vielleicht nicht sehr groß geraten, und er mag auch ein ›Frog‹ sein – das vergißt man manchmal, weil er so gut Englisch spricht –, aber du solltest ihn mal sehen, wenn er wütend wird!

Bevor wir die Hälfte der Gefangenen auf die *Calypso* geschafft haben, hat er zu allen unter Deck geredet (das war, als du damit beschäftigt warst, unsere Prisenbesatzung herüberzubringen) und sie entsprechend verwarnt. Ich hab zwar die Worte nicht verstanden, aber trotzdem fast alles mitbekommen, indem ich mir die Gesichter der Gefangenen angesehen habe! Ich glaube, eine Menge hatte mit Religion zu tun – ›Diable‹, das heißt doch Teufel, nicht wahr? Na ja, er hatte eine Menge über ihn zu sagen, und sie scharrten viel mit den Füßen, als hätten sie Angst vor ihm. Dann war da noch jemand, vor dem sie Angst hatten, jemand den er ›More‹ nannte. Mit ihm auf der einen Seite, der sie mit dem Teufel und ›More‹ bedrohte, und uns Seesoldaten auf der anderen, hatten wir die Franzosen soweit, daß sie wie die Spatzen zwitscherten.«

»Bis die zwei anfingen, sich zu schlagen.«

»Ja, aber ich denke, sie haben soviel Schiß in der Hose, daß sie sich leicht gegenseitig auf den Geist gehen. Ein oder zwei Tage in Eisen werden ihnen jedenfalls nicht schaden. Es hätte nicht viel gefehlt und Gilbert und seine Freunde hätten die beiden verprügelt. Aber sie sind doch auch Franzosen – warum hassen sie die Leute auf diesem Schiff so sehr, Jacko?«

»Es geht nicht um die Leute auf diesem Schiff; sie hassen alle Franzosen, die Bonaparte unterstützen. Ich weiß darüber auch nicht allzuviel, aber Gilbert und Louis haben für den Grafen von Rennes gearbeitet, den Bonaparte jetzt nach Cayenne schickt, und zwar in der Fregatte, hinter der wir her sind.«

»Cayenne? Das ist doch so eine Art Pfeffer, nicht wahr?«

»Ja, er kommt aus Französisch-Guyana, das nördlich von Brasilien liegt. Es ist eine tödliche Gegend – Westindische Inseln wie Antigua sind dagegen reine Gesundbrunnen, wie Bath. In Cayenne sterben die Leute wie die Fliegen, sagt der Captain.«

Ferris nickte und wedelte mit dem Vorderteil seiner Uniformjacke hin und her wie mit einem Fächer. »Das will ich wohl glauben. Aber was will der Captain mit dieser Fregatte *La Robuste*? Halbiert unsere Besatzung, selbst wenn es die Zahl unserer Schiffe verdoppelt. Aber die Zahl der Kanonen zu verdoppeln und dabei die Zahl der Männer, die sie abfeuern können, um die Hälfte zu verringern«, seine Stimme nahm jetzt den monotonen Tonfall eines Ausbildungsunteroffiziers an, »ist militärisch unvertretbar und unklug, Jacko.«

»Sag das mal dem Captain«, sagte der Amerikaner. »Vielleicht hat er daran noch gar nicht gedacht. Oder«, fügte er sarkastisch hinzu, »er betrachtet die Sache nur vom Marinestandpunkt, nicht vom militärischen.«

Sergeant Ferris klopfte sich auf den Bauch. »Ja, das könnte sein«, sagte er kritisch, Jacksons Tonfall völlig mißverstehend. »Ja, ich glaube, du hast recht, vielleicht hat er einen besonderen Marineplan im Kopf.«

Wagstaffe betrachtete sein provisorisches Schiffstagebuch. Irgendwie hatte das Buch, das der junge Orsini aus einem Dutzend Papierblättern zusammengenäht hatte, etwas Befriedigendes an sich.

Was für ein gutes Gefühl war es doch, groß die Titelseite zu beschreiben (denn normalerweise ging es nur darum, ein paar Namen in die leeren Zeilen eines vorgedruckten Formblatts einzutragen), »Tagebuch der täglichen Vorkommnissse«, er hielt einen Augenblick inne; schließlich handelte es sich um eine ungewöhnliche Situation. Dann fuhr er fort zu schreiben, »auf der früheren französischen Fregatte *La Robuste*, derzeitig Prise eines Schiffes Seiner Majestät, unter dem Kommando von Leutnant Wagstaffe«. Dann fügte er das Datum hinzu und unterteilte jede Seite sorgfältig in neun Spalten, und heute, als er einen Blick darauf warf, zeigte sich immer deutlicher, wie das Schiff vorankam.

Das Datum nahm die ersten beiden Spalten ein; die dritte Spalte verzeichnete die Winde (welche die ganze Zeit zwischen südost und nordost geblieben waren); dann folgten die Kurse (die bislang immer gleich geblieben waren) und das Etmal, das heißt, die von einem Mittagsbesteck zum anderen zurückgelegte Distanz, die gewöhnlich um 175 Seemeilen lag. Breite und Länge nahmen die nächsten beiden Spalten ein und zeigten einem Navigator deutlich, in welchem Maße sie nach Südwesten vorankamen.

Die nächste Spalte, Peilung und Entfernungen um 12 Uhr mittags, hatte keine Eintragungen, und nur eine einzige Bemerkung fand sich unter »Ungewöhnliche Beobachtungen und Unfälle«, wo angeführt war, daß alle Gefangene vierundzwanzig Stunden in Eisen gelegt worden seien, nachdem zwei von ihnen miteinander Streit angefangen hätten.

Drüben auf der *Calypso* hatte Ramage gerade das Mittagsbesteck genommen und verglich jetzt seine Position mit der von Aitken und Southwick. Sie lagen nicht mehr als drei bis vier Meilen auseinander und angesichts der Tatsache, daß das Schiff bei achterlichem Wind und nachlaufender See rollte und stampfte, so daß das Schießen der Sonne so ähnlich war wie vom Rücken eines durchgehenden Pferdes einen Hasen zu schießen, war das Ergebnis gut genug.

Er öffnete das Logbuch und trug in die Spalte »Breite« 6°,45' N ein; daneben folgte die Länge mit 52°, 14' W. Nach den Angaben in dem französischen Segelhandbuch lagen die Iles du Salut auf 5°, 17'N und 52°, 36' W, das entsprach einer Distanz von 90 Meilen auf einem Kurs Süd zu West ein Viertel West. Es bedeutete auch, daß sie ihren Kurs nicht zu ändern brauchten, aber weil sie acht Knoten liefen und er die Berge kurz nach Tagesanbruch zu Gesicht bekommen wollte, mußten die *Calypso* und *La Robuste* ihre Segel verkleinern; wenn sie etwas weniger als fünf Knoten liefen, würden sie die Berge bei Tagesanbruch sichten, so daß die Besatzungen gefrühstückt haben würden, wenn die drei Inseln in Sicht kämen. Vorausgesetzt, die Sicht wäre einigermaßen gut. Oft war es an einer Leeküste diesig, vermutlich aufgrund des Zusammentreffens von Seeluft und Landluft sowie des durch die Wellen erzeugten Wasserdunstes, die sich an Felsen und Sandstränden brachen.

Er wischte die Feder ab, machte das Tintenfaß zu und verschloß alles wieder in der Schublade. Dann ging er an Deck, wo er Southwick und Aitken traf.

»Wenn das Chronometer uns keine Streiche spielt«, sagte Ramage, »und sich die Geschwindigkeit der Strömung nicht radikal ändert, wenn wir uns der Küste nähern ...«

»Neunzig Meilen, nach meiner Rechnung«, sagte Southwick.

»Was bedeutet, daß wir nachts auf Strand laufen könnten«, bemerkte Ramage. »Mr. Aitken, wir versuchen es mal nur unter Marssegeln, und dann lassen Sie ein Log ausbringen. Fünf Knoten wären völlig ausreichend; daher können wir die Untersegel auftuchen und die Bram- und Oberbramsegel bergen.«

Aitken ergriff das Sprachrohr, während Ramage an die Heckreling ging und das Kielwasser der *Calypso* betrachtete. Trotz der Fahrt, die sie machte, und trotz des starken Rollens, war das Kielwasser nicht ausgeprägter als die ersten Falten im Gesicht einer schönen Frau. Der französische Konstrukteur hatte einen schnellen Rumpf mit angenehmem Seeverhalten gezeichnet, der wie selbstverständlich durch das Wasser glitt.

La Robuste bot einen schönen Anblick. Er konnte sich vorstellen, wie oft Wagstaffe, Kenton und Martin während der letzten Tage den Winkel zwischen Wasserlinie und dem Topp des Großmastes gemessen hatten, um die magische Entfernung von einer Kabellänge einzuhalten. Er lächelte in sich hinein, denn die nächsten Minuten waren so etwas wie ein Test für Wagstaffe, obwohl er sich darüber vielleicht gar nicht im klaren war. Wagstaffe war ein guter Seemann und zuverlässig, ein guter Navigator und bei den Männern beliebt. Er hatte sich, mit anderen Worten, als ein ausgezeichneter Leutnant erwiesen. Er war imstande, Befehle mit großer Genauigkeit auszuführen, und tat das auch. Und, wie Bowen Admiral Clinton erklärt hatte, das vermochte Bullivant ebenfalls. Bullivant hatte erst versagt, als er den enormen Schritt vom Leutnant, der Befehle empfing, zum Kapitän, der Befehle gab, machte.

Wie würde sich Wagstaffe verhalten?

Die Bootsmannsmaaten der *Calypso* beendeten ihre schrillen Pfeifensignale und brüllten Befehle; dann folgte das Klatschen nackter Füße auf dem Deck, als die Männer zu ihren Stationen rannten. Die Segel würden nicht so schnell geborgen werden wie gewöhnlich, da die Hälfte der Besatzung jetzt drüben auf *La Robuste* war, aber – er zog seine Uhr heraus – bei annähernd gleichen Schiffen, die die gleichen Segel gesetzt hatten, würde es interessant sein, die Zeiten zu vergleichen.

Das Quietschen der durch die Blöcke fahrenden Leinen, die Rufe der Bootsmannsmaate, das Grunzen der Männer, die angestrengt an den Leinen holten … Und das riesige Rechteck des Großsegels, das sich seit Tagen in elegentem Bogen gewölbt hatte, fiel plötzlich in sich zusammen und verlor den Wind, als die unteren Ecken auf jeder Seite diagonal zur Mitte aufgeholt wurden.

Und sieh einmal an, *La Robuste* begann ebenfalls ihr Großsegel aufzugeien! Wagstaffe mußte sein Mittagsbesteck mit der Position der Iles de Salut verglichen und gemerkt haben, daß die Schiffe langsamer werden mußten, wenn sie nicht mitten in der Nacht ankommen wollten, und er hatte seine Leute außer Sicht warten lassen, bis die ersten Falten im Großsegel der *Calypso* erschienen … Ja, Wagstaffe hatte den Test bestanden.

Als er den Blick wieder nach vorn richtete, konnte Ramage sehen, wie die Männer, die auf der Goßrah ausgelegt hatten, das Segel säuberlich auf der Rah zusammenlegten und es dann mit Zeisingen, langen Segeltuchbändern, die das Segel zusammenhielten, festmachten. Er warf einen Blick auf die Uhr und sah dann wieder zur *La Robuste* hinüber und wartete, bis der letzte Zeising befestigt war. Die *Calypso* gewann mit weniger als einer halben Minute Vorsprung, aber dieser Sieg ließ sich zweifellos durch Defekte im laufenden Gut der *La Robuste* und den schlechten Zustand der Zeisinge erklären – er hatte gesehen, wie zwei von ihnen beim Festbinden durchrissen, mürbe geworden durch die Hitze und die Feuchtigkeit, denen sie während des letzten Jahres in fernöstlichen Gewässern ausgesetzt gewesen war.

Dann wurde die Fock aufgegeit und aufgetucht, und diesmal war die Zeit der *La Robuste* besser, wenn man die Tatsache berücksichtigte, daß Wagstaffe darauf warten mußte, bis die *Calypso* mit dem Manöver begann, weil seine Befehle dementsprechend lauteten. Beim Bergen der Bramsegel – das gleiche. Offensichtlich fanden die Besatzungsangehörigen der *Calypso*, die sich jetzt auf *La Robuste* befanden, Spaß an der Geschichte. Es würde ein arbeitsreicher Nachmittag werden – Vorbereitungen für einen Landfall waren, in diesem Fall, die gleichen wie für das Einlaufen in einen Hafen, und sobald das letzte Segel geborgen und der letzte Toppsgast wieder an Deck war, nickte Ramage Southwick zu, der für die Back und alles, was dort zu geschehen hatte, verantwortlich war. Die schwere Ankertrosse würde hochgeholt und die Klüsendeckel abgenommen werden müssen. Das war immer eine schwierige Arbeit bei achterlichen See, da die Klüsendeckel fest angeschraubt waren, um zu verhindern, daß grünes Wasser durch die Klüsen an Deck kam.

Der Tampen der ersten Trosse würde dann durch die Steuerbordklüse hinaus und wieder an Deck geführt und am Ring eines der beiden Anker an Steuerbordseite festgemacht. Dann würde der Tampen der zweiten Trosse durch die Backbordklüse nach außen und wieder an Deck geführt und am Ring eines der beiden Backbordanker festgemacht. Nichtseeleute waren oft überrascht, daß ein Schiff von der Größe einer Fregatte sechs Anker und acht Ankertrossen mitführte (von denen sieben jeweils achtzehneinhalb Zoll Umfang hatten und 720 Fuß lang waren). Aber solche Leute hatten nie ein Schiff bei hochgehender und schwerer See vor Anker liegen sehen.

Die Persennings mußten von den Booten abgenommen und zwei achtere Geschütze mit Manöverkartuschen geladen werden, falls es notwendig war, *La Robuste* ein dringendes Signal zu übermitteln. Und nun – mußte sich Ramage eingestehen, das war eigentlich alles. Alles was sie am nächsten

Morgen brauchten, war der Anblick der drei Berge nahe der Mündung des Kourou, Pointe Charlotte und die Iles du Salut. Er würde jedoch schon ganz zufrieden sein, wenn sie den »sehr bemerkenswerten konischen Berg« zu Gesicht bekämen, der im Handbuch Mont Diable hieß, aber vermutlich eher ein Montagne du Diable war, und der sie rechtzeitig warnen sollte, daß sie sich zu weit südlich befanden. Diable, diable … es hatte mit Bullivant begonnen, der im Delirium den Satan erblickte; jetzt würden an die Stelle imaginärer englischer Teufel tatsächliche französische ›diables‹ treten.

16

Da lagen sie, drei flache Inseln, die in der Entfernung noch grau wirkten und einander zum Teil überlappten, so daß es sich nur um zwei zu handeln schien. Das, was da zur Linken gerade Konturen gewann, würde die Ile du Diable sein, während die Ile Royale und die Ile St. Joseph weiter südlich zu einer verschmolzen. Da sein Körper durch das Rollen der *Calypso* hin und her schwankte und es nahezu unmöglich machte, das Teleskop stillzuhalten, bewegten sie sich in der runden Linse von einer Seite auf die andere, als betrachte man sie durch den Boden eines Trinkglases.

Ramage wandte sich nach achtern und richtete das Glas auf das Achterdeck der *La Robuste*. Ja, auch sie hatten die Inseln gesichtet; da stand Wagstaffe mit dem Fernrohr am Auge und Kenton, Martin und Orsini in einer Reihe neben ihm wie neugierige Stare.

Es war etwas enttäuschend gewesen, als bei Tagesanbruch das erste Licht sich vom Schiff auszubreiten schien und nichts zu sehen gewesen war. Der traditionelle Ruf »Sehe eine graue Gans auf eine Meile« hatte die sechs Ausgucks herbeigerufen, die ringsum an Deck stationiert waren, und hatte zwei weitere in die Takelage geschickt, aber alle hatten einen klaren Horizont gemeldet.

Dann, als wäre eine Nebelbank weggedriftet und hätte den Blick freigegeben (wenn auch der Nebel der höheren Breiten in den Tropen nicht existierte), lagen sie plötzlich vor ihnen.

Offensichtlich hatte ein Dunstschleier die Küste verborgen gehalten, bis die Sonne sich über den Horizont erhob und ihn auflöste.

Ramage seufzte, eine natürliche Reaktion, die aber Southwick zu der Frage veranlaßte: »Sie erwarten Schwierigkeiten, Sir?«

Schwierigkeiten? Sie waren noch zu weit entfernt, als daß er sich sicher sein konnte. Wenn die Masten einer Fregatte hinter der Ile Royale sichtbar wurden, ein Zeichen, daß die *L'Espoir* schon da war (und Zeit gehabt hatte, ihre Gefangenen auf die Ile du Diable zu bringen), ja, dann mußten sie mit Schwierigkeiten rechnen. Die Idee, die ihm vor ein paar Tagen gekommen war und deren vage Konturen inzwischen deutlich geworden waren, als hätte sie jemand mit Tinte umrandet, wäre verschwendet gewesen, wenn die *L'Espoir* das Ziel früher erreicht hätte als sie.

Aber was noch wichtiger war: Southwicks Frage hatte nur unterstrichen, daß die Idee im Grunde nur ein Glücksspiel war. Man könnte ihr vielleicht noch andere ausgefallene Namen geben, dachte er mürrisch, aber es blieb auf jeden Fall ein Glücksspiel. Er war wie ein blasser Spieler, der in einem letzten, verzweifelten Versuch ein kleines Vermögen auf den Fall der Würfel setzt, mit dem er ein Heim, das seit Generationen in der Familie war und das rechtmäßige Erbe eines Sohnes sein würde, verlieren oder retten konnte. Wenn also Masten zu sehen waren, hatte er verloren; wenn nicht, hatte er gewonnen.

Gewonnen? Das war natürlich Unsinn. Wenn keine Masten da waren, hatte er noch nicht verloren, und das war leider etwas ganz anderes als gewonnen zu haben. Nein, was Southwicks unschuldige und wohlmeinende Frage deutlich machte, war, gestand sich Ramage mit einiger Bitterkeit ein, daß er in seinem Bestreben, die Iles du Salut vor der *L'Espoir* zu erreichen, die Konsequenzen des Mißlingens nicht genügend bedacht hatte.

Wenn die *L'Espoir* noch nicht da war, befanden sich die Gefangenen noch an Bord der Fregatte, und Fregatten waren keineswegs unverwundbar. Aber lag die *L'Espoir* schon vor Anker, würden die Gefangenen inzwischen schon auf der Ile du Diable eingesperrt sein, in dem, was im französischen Segelhandbuch als »befestigte Einfriedung« umschrieben war, und der Zweck dieser Befestigungen lag darin, alle nicht dazugehörigen Leute (in diesem Fall die Retter) draußen zu halten.

Southwick wartete immer noch auf eine Antwort.

»Wenn die *L'Espoir* schon da ist, ja«, sagte Ramage.

»Weil sie die Gefangenen schon an Land gebracht hat?«

»Ja. Es sind wahrscheinlich Hunderte von Gefangenen auf der Insel – vielleicht auf mehr als einer Insel. Wir können nicht sicher sein, daß sie immer noch die Kriminellen auf einer Insel und die politischen Gefangenen auf einer anderen untergebracht haben.«

»Ich frage mich, ob Bonaparte überhaupt einen Unterschied zwischen den beiden Gruppen macht«, bemerkte Southwick. »Er könnte sie genausogut alle zusammen einsperren.«

»Das würde bedeuten, daß unsere fünfzig sich vielleicht unter fünftausend anderen befinden; und fünftausend Gefangene bedeuten wie viele Wächter?«

Southwick gab einen seiner berühmten Schnieflaute von sich. Sie waren eigentlich alle von einheitlicher Stärke, aber er vermochte jedem eine besondere Bedeutung zu verleihen. Dieser Schniefer besagte, daß die ganze Sache absurd und einer ernsthaften Betrachtung durch erwachsene Männer nicht würdig sei.

»Selbst bei einem Wächter für jeweils zwanzig Gefangene, plus den ganzen Marketendern und Köchen und dem Verwaltungspersonal, hätten wir keine Chance«, sagte der Navigator. »Um herauszufinden, ob die *L'Espoir* da ist, müssen wir in Sicht von diesem Fort auf Ile Royale kommen, und da werden sie uns auch sehen, und wir verlieren das Überraschungsmoment.«

»Ja«, sagte Ramage und wechselte das Thema, das ihn gründlich deprimierte. »Jetzt sollten wir uns lieber daranmachen, die Positionen der Riffe und Untiefen einzutragen.«

»Aye, ich habe sie aus dem Handbuch abgeschrieben«, sagte Southwick. »Die Hauptsandbank ist dort drüben, ein bis zwei Meilen nordnordwestlich von Royale.« Er zeigte nach Steuerbord voraus.

In diesem Augenblick sah Ramage Renwick auf dem Hauptdeck und rief ihm zu, auf das Achterdeck zu kommen. Das Gesicht des Hauptmanns der Seesoldaten war wie üblich von der Sonne verbrannt und die Haut seiner Nase pellte sich, aber sein Gruß war zackig wie immer.

»Wie geht es den Gefangenen?« fragte Ramage.

»Sie sind in sehr gedämpfter Stimmung, Sir. Sie haben diesen Mann Gilbert nicht vergessen. Ich weiß nicht, was er zu ihnen gesagt hat, bevor sie hierher gebracht wurden, aber es hat sie in Angst versetzt!«

Ramage nickte. »Sorgen Sie dafür, daß sie in diesem Zustand bleiben.«

Angenommen, da wären keine Masten. O ja, er hatte diese wunderbare Idee, aber was war mit dem Lotsen? Den Garnisonen auf den Inseln? Er schüttelte den Kopf und ließ einen etwas verwunderten Renwick auf dem Achterdeck stehen, während er den Niedergang zu seiner Kajüte hinunterhastete und dabei dem Posten kurz zunickte.

Er setzte sich an seinen Schreibtisch und betrachtete die Zeichnung, die er von den drei Inseln nach den Angaben im Handbuch gemacht hatte. Warum sah er sich das an? Er kannte die Umrisse und die Positionen auswendig.

Er schob die Zeichnung beiseite, zog das französische Segelhandbuch heraus und begann die Angaben zu den Iles du Salut zu lesen. Die Worte verschwammen vor seinen Augen: Er kannte den Text schon auswendig, also warum las er sie noch einmal? Er schob das Buch wieder in die Schublade und stand ungeduldig auf. Was zum Teufel war nur mit ihm los? Ungeduld, sagte er sich, das ist es, was mit mir los ist. Man braucht Geduld, um zu warten, bis wir näher an die Inseln herangekommen sind und sehen können, ob da ein Schiff liegt oder nicht.

Inseln! Selbst auf diese Entfernung war es offensichtlich ein absurdes Wort für drei lange Felsbrocken, die wie zerbrochene Schleifsteine ein halbes Dutzend Meilen vor einer flachen Küstenlinie lagen, gesäumt von Mangroven, Schwemmland und nahezu stehendem Wasser, das vom hellen Singen und Brummen beißender und stechender Insekten erfüllt war.

Zumindest litten die Inseln nicht an Süßwassermangel. Die Niederschlagsmenge mußte so groß sein, daß die fortwährende Feuchtigkeit und der Schimmel das eigentliche Problem waren, nicht die Trockenheit.

Wieder oben auf dem Achterdeck sagte er zu Southwick: »Rufen Sie die Ausgucks. Nein, noch besser, schicken Sie jemand mit einem Teleskop in den Mast.«

»Jawohl, Sir«, sagte Southwick und fügte dann hinzu: »Sie sagten doch, daß Royale 216 Fuß hoch wäre und Diable 131, nicht wahr, Sir?«

Ramage starrte ihn wütend an. »Ja, und der Flaggenknopf des Großmastes einer Fregatte wird dahinter nicht zu sehen sein.«

»Jawohl, Sir, das war auch mein Gedanke ...«

»Macht nichts, schicken Sie trotzdem jemand mit einem Glas in die Takelage.«

»Aye, aye, Sir.« Southwick kannte die Anspannung, die langes Warten verursacht. Sie hatten die Kanalflotte vor wie langer Zeit verlassen? Fast drei Wochen. Zwanzig Tage lang hatten sie nach der *L'Espoir* gesucht, und der Captain hatte keine Anzeichen von Belastung erkennen lassen. Jetzt wurden alle Spannungen und Erwartungen von drei Wochen, in denen jeder sich gefragt hatte, ob sie die *L'Espoir* abfangen oder überholen könnten, in den Zeitraum einer Stunde zusammengedrängt.

Der neue Ausguck meldete sich nach kurzer Zeit. Mit dem Glas konnte er einige Gebäude auf der größten Insel ausmachen. Sie befänden sich ziemlich weit unten auf der seewärtigen Seite, fügte er hinzu.

Ramage nickte. Das würde das Fort auf Royale sein, und sicherlich meldeten die französischen Ausgucks gerade, daß sich zwei Fregatten näherten. Gab es dort einen Präfekten, der für alle drei Inseln verantwortlich war? Oder war es ein Soldat, ein Garnisonskommandeur? Es spielte absolut keine Rolle; Ramage wußte, daß er nur versuchte, seinen Geist zu beschäftigen. Er wandte sich um und begann, die wenigen Yards alle hundert Kehrtwendungen zwischen der Achterdecksreling und der Heckreling hin und her zu gehen, wobei er gelegentlich zur *La Robuste* hinübersah, aber sich nur einmal alle hundert Kehrtwendungen gestattete, einen Blick auf die Inseln zu werfen.

Schließlich sagte Southwick: »Wir sollten etwas weiter nördlich an die Küste herangehen, Sir. Dann können wir sicher sein, daß wir klar von der Felsbarre bleiben, und können direkt den Ankerplatz ansteuern. Es sei denn, Sie wollen auf einen Lotsen warten.«

»Ja, wir werden beidrehen und auf den Lotsen warten, wenn er nicht schon auf uns wartet.«

»Aber … na ja, Sir, wird der Lotse nicht merken, daß …?« Southwick ließ den Satz unvollendet.

»Wenn wir ihn hier nicht an Bord nehmen, wird er zu uns kommen, wenn wir geankert haben.«

»Ja, ich verstehe, Sir«, sagte Southwick, obwohl er eigentlich gar nichts verstand. Für ihn war die Vorstellung, mit den beiden Fregatten nahe unter drei französischen Inseln vor Anker zu gehen, die wahrscheinlich von Kanonen starrten, eine Sache, an die man am liebsten gar nicht denken mochte.

Die *Calypso* drehte gerade lange genug bei, um den Kutter auszusetzen und ihn zur *La Robuste* hinüberzuschicken, wo er Paolo, Jackson und die vier Franzosen abholen sollte. Gilbert und seine Freunde waren verdutzt und etwas nervös, nachdem Wagstaffe die Anweisungen gelesen und ihnen daraufhin befohlen hatte, sich an Bord der *Calypso* zu begeben. Sie wurden zu Ramage auf das Achterdeck gebracht, der lächeln mußte, als er ihre langen, besorgten Gesichter erblickte. Er ging mit ihnen zur Heckreling und gab ihnen in schnellem Französisch einige Anweisungen. Etwas verlegen besprachen sie sich ein paar Minuten miteinander, bis Auguste schließlich widerstrebend nickte.

»Ich, Sir. Die Wahl ist auf mich gefallen.«

»Gut«, sagte Ramage. »Ich bin überzeugt, Sie werden das sehr gut machen. Gehen Sie in die große Kajüte. Silkin ist dort. Gilbert, Sie gehen als Dolmetscher mit.«

Mit dem Kutter im Schlepptau – das flachere Wasser ließ den Seegang geringer werden, so daß es nicht notwendig war, den Kutter wieder einzuholen – steuerte die *Calypso* das westliche Ende der Ile Royale an, gefolgt von *La Robuste*. Aus diesem Blickwinkel, gegen das flache Land der Küste gesehen, schien die Insel wie das Ende eines Rhombus, der die Ile St. Joseph beiseite drängte, die viel kleiner und nur neunzig Fuß hoch war. Der Kanal zwischen ihnen war breit, aber das Wasser war braun und offensichtlich flach. Hie und da schwammen kurze Äste auf der See, trieben jedoch nicht weg, sondern bewegten sich nur auf und nieder. Southwick wies Ramage darauf hin, und dieser klopfte dem alten Mann auf die Schulter. »Sie haben Glück, Ihre Navigation auf diese Weise bestätigt zu finden – die Fischer hier haben ihre Körbe um die Sandbank herum ins Wasser gebracht, und diese Holzstücke dienen ihnen als Bojen. Die einzige Schwierigkeit ist, daß Sie nicht wissen, ob die Körbe für Hummer gedacht sind und sich daher in der Nähe von Felsen befinden, oder für Fische, in welchem Falle sie weiter entfernt sind.«

»Das ist mir gleich, Sir«, erklärte Southwick fröhlich. »Ich habe nicht die Absicht, uns näher als eine Meile an diese Sandbank heranzubringen! Und diese Inseln – ich möchte hier nicht eine Woche bleiben, geschweige denn ein Jahr. Wenn ich ein Franzose wäre, würde ich aufpassen, daß ich mich nicht mit Bonaparte anlege und hierher geschickt werde.«

»Wenn Sie ein Franzose wären, hätten Sie vielleicht gar keine Wahl. Der Graf von Rennes wollte einfach nur in Frieden gelassen werden.«

Southwick schniefte zustimmend; er erkannte, daß der Captain in zwei Sätzen alles zusammengefaßt hatte.

»Zumindest haben wir die *L'Espoir* geschlagen«, sagte er und deutete auf den leeren Ankergrund. »Sagen Sie, Sir, haben Sie das erwartet?«

»Die Hoffnung kämpfte mit meinen Befürchtungen. Wenn es dunkel wurde, erwartete ich es nicht, aber an einem schönen, sonnigen Tag bei einer frischen Brise – nun, dann begann ich wieder zu hoffen.«

»Und jetzt, Sir?«

Ramage mißverstand die Frage absichtlich. »Wir drehen bei und warten auf den Lotsen vor dem westlichen Ende der Insel; dann gehen wir eine Kabellänge weiter seewärts vor Anker, als er sagt. Vier Faden, weicher Schlamm, ein Anker. In den Befehlen, die ich Wagstaffe mit dem Kutter hinüberschickte, sagte ich ihm, daß er so weit unter Land vor Anker gehen sollte wie möglich, damit unsere beiden Schiffe mindestens eine Kabellänge auseinanderlägen, lieber noch zwei.«

Southwick war verdutzt. »Ich hoffe, der junge Wagstaffe läuft nicht auf Schlick. Weicher Schlamm und eine Leeküste. Denken Sie nur an die Saugwirkung am Schiffsrumpf.«

Ramage lachte und sagte ungerührt: »Wir können ohne weiteres einen oder zwei Warpanker mit den Booten ausbringen, und dann alle Mann ans Spill. Mit dem Fiedler oben auf dem Spillkopf, um sie anzutreiben, hätten wir ihn bald wieder flott!«

Southwick sah aus wie ein Bischof, dem die Frau des Suffragans gerade ein unziemliches Angebot gemacht hat, aber Ramage sah keinen Grund, ihm alles im Detail zu erklären, weil durchaus die Möglichkeit bestand, daß er den Plan würde aufgeben müssen. Welchen Plan? Es gab jetzt zwei, und er kam schon selber ganz durcheinander. Nun, er meinte denjenigen, den er gerade Gilbert und seinen Freunden erklärt hatte, den Plan, der ihm erst vor ein paar Stunden eingefallen war. Man konnte ihn getrost Plan eins nennen, selbst wenn er erst später gefaßt worden war, denn der zweite Plan konnte erst durchgeführt werden, wenn der erste erfolgreich war; er ging auf seine ursprüngliche Idee zurück, die aus vagen und nebelhaften Anfängen entstanden war und mit ›wenns‹ und ›abers‹ umgeben war wie eine Schwarzdornhecke, die Jungens aus einem Obstgarten heraushalten soll. Den zweiten Plan konnte er erst dann in die Tat umzusetzen beginnen, wenn die *L'Espoir* in Sicht kam. Vorausgesetzt, der erste gelang, und weiter vorausgesetzt, die *L'Espoir* kam in Sicht – dann war immer noch Zeit genug, Southwick alles über den zweiten Plan zu erzählen.

»An Deck, hier Großtopp!«

»Deck hier«, brüllte Aitken, ohne das Megaphon zu benutzen.

»Da kommt ein seltsames kleines Boot auf uns zu, Sir; durch das Glas sieht es aus wie ein Kanu mit einem Spritsegel. Es sind vier Männer an Bord.«

»Danke, behalten Sie es im Auge«, sagte Aitken und wandte sich an Ramage. »Das wird der Lotse sein, Sir«, sagte er mit der hochmütigen Geringschätzung, die Erste Offiziere gewöhnlich für örtliche Lotsen hegen.

»Drehen Sie in Lee von ihnen bei, so daß sie vor dem Wind auf uns zulaufen können. Nun, ich sehe, unsere Flagge ist eingeholt. Mr. Southwick, sagen Sie den Männern, daß niemand ein englisches Wort von sich gibt, solange der Lotse an Bord ist. Auch sollen die Bootsmannsmaaten ihre Pfeifen nicht benutzen. Es ist nicht nötig, daß der Lotse uns fälschlich für eine britische Fregatte hält.«

»Fälschlich für eine britische Fregatte hält?« wiederholte Southwick verblüfft, nahm dann seinen Hut ab, kratzte sich den Schädel, strich dann die Haare mit den Fingern zurück und stülpte sich den Hut wieder auf. Er ergriff das Sprachrohr und ließ seine Stimme über das Schiff erschallen. Ohne ersichtliche Anstrengung trug sie Ramages Befehle zu jedem Mann an Deck.

»Halten Sie sich klar, das Vormarssegel back zu holen, Mr. Aitken«, sagte Ramage und hätte sich am liebsten auf die Zunge gebissen. Aitken wußte, was er tun mußte, und unnötige Befehle zu empfangen war für ihn sicher irritierend.

Jetzt konnte er das Lotsenboot mit nacktem Auge erkennen. Ja, es war ein großer Einbaum mit einem kurzen, dicken Mast und einem Spritsegel. Und es war ein altes Segel, offensichtlich aus allen möglichen Resten zusammengenäht. Aber trotzdem glitt das Kanu schnell über das Wasser, und durch das Glas konnte er erkennen, daß drei Schwarze das Boot bedienten, während der vierte Mann, ein Weißer, versuchte in würdevoller Haltung dazusitzen. Aber nach der Dringlichkeit zu urteilen, mit der einer der Männer das Boot mit einer Kalebasse auslöste, saß er bestimmt einige Zoll tief im Wasser.

Das herankommende Lotsenboot nahm seine Aufmerksamkeit so gefangen, daß Ramage erst dann bemerkte, wie die *Calypso* zum Beidrehen langsam in den Wind drehte, als das Kanu und die Ile Royale plötzlich von Backbord voraus nach Steuerbord mittschiffs wanderten. Ramage ging zum Oberlicht über seiner Kajüte und rief etwas auf Französisch hinunter. Er lauschte auf die Antwort, lachte und sah sich nach Louis und Albert um, die immer noch an der Heckreling warteten.

»Warten Sie auf Gilbert und Auguste oben auf der Seitengangway«, sagte er ihnen auf Französisch. »Sie verstehen, was Sie tun sollen?«

»Aber sicher, Sir«, sagte Louis. »Wir sind stolz darauf, das tun zu können!«

Ramage nickte und grinste. Ein Engländer galt (aus der Sicht der Engländer) gewöhnlich soviel wie drei Franzosen, aber nicht wie diese Franzosen. Was hatte sie verändert? Gilbert und seine drei Freunde hatten wahrscheinlich genauso starke politische Überzeugungen wie ein revolutionärer Seemann in Bonapartes Marine. Lag es an der Führung? Er zuckte die Schultern, weil er keine Ahnung hatte; so war es jedenfalls, und das war im Augenblick alles, was zählte.

Das Kanu des Lotsen war nur einhundert Yards entfernt, und Ramage ging zum Oberlicht zurück, um Gilbert und Auguste zu warnen, aber er erhielt keine Antwort, und einen Augenblick später sah er, wie sie sich zu Louis und Albert gesellten, die auf der Gangway standen.

Ramage zog seinen Rock aus und nahm die Halsbinde ab, bündelte beides mit seinem Hut zusammen und schob das Ganze unter eine der Kanonen.

»Mr. Aitken ... Mr. Southwick ...« Er deutete an, was er gerade getan hatte, und beide legten ebenfalls Hut, Rock und Halstuch ab.

Den Navigator, dessen weißes Haar sofort vom Wind gezaust wurde, hätte man jetzt ohne weiteres als ländlichen Dekan ansehen können, auch als freundlichen Lebensmittelhändler oder einen Gutspächter, der jetzt die schwere Arbeit seinen Söhnen überließ ...

»Sie sehen immer noch nicht wie ein Republikaner aus, Sir«, sagte Southwick zweifelnd. »Vielleicht das Haar? Zu ordentlich?«

Ramage brachte es mit den Fingern etwas durcheinander. »In dieser Hinsicht sind Sie mir voraus, das muß ich schon zugeben«, sagte er sarkastisch.

»Und die Kniebundhosen und Seidenstrümpfe, Sir?« sagte Southwick, immer noch Zweifel in der Stimme. »Vergessen Sie nicht diese, wie nennen sie sich doch, die ›sans cullars‹.«

»›Sans culottes‹. Nein, aber machen Sie sich deswegen keine Gedanken, wir brauchen nicht auf den Finknetzen herumzutanzen!«

Damit ließ Ramage Aitken und Southwick auf dem Achterdeck zurück und ging zur Eingangspforte hinunter, wo Auguste stand und das Kanu beobachtete, das jetzt beizudrehen begann, um längsseit zu kommen; einer der Männer warf die Schot los und preßte den Wind aus dem Segel, indem er aufstand und es an die Brust drückte, während er nach dem Mast griff. Die anderen beiden Schwarzen ergriffen Paddel und begannen in dem ruhigen Wasser, das im Windschatten der *Calypso* herrschte, auf das Schiff zuzupaddeln.

Ramage gab Auguste ein Zeichen, der daraufhin das Teleskop ergriff, das Ramage ihm entgegenstreckte. Während er es unter den Arm klemmte und die Schultern straffte, sagte der Franzose grinsend: »Ich werde Schwierigkeiten haben, mich wieder an das Leben eines einfachen Matrosen zu gewöhnen, Sir.«

Ramage ging ein paar Schritte zur Seite und stellte sich neben eine Kanone, während Auguste zur Eingangspforte zurückging, wo sich Gilbert, Louis und Albert dicht neben ihm aufpflanzten.

Jetzt hörte man einen schwachen Ruf vom Kanu, und Albert ging mit der in Buchten aufgeschossenen Leine ein Stück nach vorne. Oben vom Finknetz warf er ein Ende zum Kanu hinunter, und einer der Schwarzen ergriff es und machte es fest. Das Kanu war fast auf der Höhe der Eingangspforte, als der Lotse aufzustehen begann.

Auguste lehnte sich über die Bordwand und rief ihm zu: »M'sieu, hören Sie genau zu. Diese Fregatte und die andere, die achteraus liegt, kommen aus Brest; eine dritte müßte jeden Tag eintreffen – wir haben den Kontakt zu ihr verloren.«

»Gut, Kapitän«, antwortete der Lotse. »Es gibt hier genug Platz zum Ankern. Sie bringen uns viele Gefangene, eh?«

»Wir bringen Ihnen möglicherweise Krankheit und Tod«, sagte Auguste traurig. »In Brest wütet die Pest. Am Tage nach unserer Abfahrt verloren wir fünf Mann. Die andere Fregatte«, damit deutete er achteraus, »hat neun verloren. Ich wage mir nicht auszumalen, was mit der dritten passiert ist. Ich fürchte, wir haben Sie deswegen aus den Augen verloren, weil sie so viele Kranke an Bord hatte ...«

»Die Pest? Brest ist ein Pesthafen? Neun – nein, vierzehn – Tote?

Quarantäne! Sie müssen hier vor Anker liegenbleiben! Niemand darf an Land. Sechs Wochen nach dem letzten Krankheitsfall. He du, wirf los!« fuhr er den Seemann mit der Leine an, der sie sofort fahren ließ, als hielte er eine Giftschlange in der Hand. Während das Kanu wegtrieb, stand der Lotse auf und rief: »Ich werde dem Gouverneur Meldung machen, aber sechs Wochen bleiben Sie ...«

Auguste und Gilbert brüllten zurück, es sei eine Ungerechtigkeit, er mache sich über ihr Schicksal lustig, ihnen gingen die Medikamente und der Proviant aus ...

Louis und Albert mischten sich jetzt ebenfalls ein. Sie hätten keinen Wein mehr und nur noch wenig Wasser. Jetzt würden sie außer der Pest auch noch Gelbfieber bekommen, und außerdem, welches Recht hätte der Lotse, ihnen solche Vorschriften zu machen?

»Ich werd's Ihnen zeigen!« kreischte der Lotse mit weißem Gesicht, während das Kanu davontrieb. »Niemand darf sich der Küste nähern; alle bleiben an Bord. Sagen Sie das der zweiten Fregatte und auch der dritten, wenn sie kommt, denn ich werde sechs Wochen lang nicht mehr hier erscheinen. Ich weiß, daß der Gouverneur seinen Posten befehlen wird, jeden zu erschießen, der sich der Küste nähert. Das ist ein Befehl; dazu habe ich die Autorität!«

»Meuchelmörder, Hahnrei, Päderast, royalistischer Verräter!« brüllte Auguste und trat beiseite, um auch den anderen eine Chance zu geben, während er sich neue Beleidigungen ausdachte.

»Warten Sie nur, bis der Marineminister davon erfährt!« brüllte Gilbert. »Dann werden Sie kein Lotse mehr sein, sondern einer der Gefangenen!«

Der Lotse wußte, daß er inzwischen so weit entfernt war, daß er kaum noch gegen den Wind anschreien konnte, aber er holte trotzdem noch einmal tief Luft. »Vielleicht – wenn Sie lange genug am Leben bleiben, um eine Nachricht nach Brest zu schicken. Aber die Gebeine von Ihnen allen wird man dort drüben am Strand finden.«

»Deine Mutter war eine sorglose Hure!« schrie Auguste, schüttelte dann aber den Kopf. »Reine Verschwendung«, knurrte er, »er ist schon zu weit weg.« Er gab Ramage das Fernrohr zurück. »War das eine befriedigende Vorstellung, Sir?«

Ramage lächelte und klopfte ihm auf den Rücken. »Perfekt. Als ich Sie alle so beobachtete, wurde mir klar, daß es auf der *Calypso* mindestens vier Kapitäne geben müsse.«

»Sir«, rief Aitken besorgt, »wir haben kaum noch genug Seeraum!«

»Drehen Sie ab und ankern Sie, sobald alles bereit ist!« rief Ramage und eilte auf das Achterdeck zurück, wobei ihm Southwick begegnete, der sich auf dem Wege zur Back befand. Der Lotse hatte inzwischen ein Viertel des Weges zu einem Anleger zurückgelegt, der gerade an der Südseite der Ile Royale in Sicht kam.

Als er die Treppen zum Achterdeck hinaufstieg, war Ramage dankbar, daß seine Idee wirkungsvoll dafür gesorgt hatte, daß niemand zu den vor Anker liegenden Schiffen hinauskommen würde, wenn er auch wünschte, der Lotse hätte nicht so schnell die Flucht ergriffen, denn Auguste war nicht mehr dazu gekommen, ihm zu sagen, er solle getrost im Boot bleiben und ihnen den Weg zum Ankerplatz zeigen.

Aitken rief dem in den Rüsten stehenden Lotgasten zu, eine Lotung vorzunehmen. Dann gab er den Befehl, die Rah anzubrassen und die Vormarssegelschoten anzuholen, so daß die *Calypso* herumkam, um die letzten wenigen hundert Yards bis zum Ankerplatz zurückzulegen.

Der Lotgast meldete: »Sechs Faden, weicher Schlamm.«

Ramage hatte Aitken bereits erklärt, wie wichtig es sei, die *Calypso* genau am richtigen Platz vor Anker zu legen, damit die *La Robuste* sich danach ausrichten konnte, und er ließ beide Marssegel etwas killen, um der *Calypso* gerade nur so viel Fahrt zu verleihen, daß sie steuerfähig blieb.

Ramage beobachtete die Luvkanten der Segel und mit halbem Auge auch den Steuermann, der sofort ein Zeichen geben würde, wenn die *Calypso* so langsam wurde, daß das Ruder nicht mehr ansprach. Er sah nach achtern und stellte fest, daß Wagstaffe sein Schiff perfekt handhabte.

»Fünf Faden ... fünf Faden ...« Der Singsang des Lotgasten war monoton, aber deutlich. Er warf das Blei voraus, so daß es ins Wasser fiel und den Boden genau erreichte, wenn die Großrüsten über es hinwegglitten. Ein schneller Zug an der Leine gab ihm die Bestätigung, daß das Gewicht tatsächlich auf Grund war, und nach dem Gefühl der Leder oder Stoffstücke, die beim Einholen der Leine durch seine Hand glitten, sang er die Wassertiefe in Faden und Fuß aus.

Die *Calypso* trieb jetzt seitlich auf die nicht markierte Stelle zu, wo Ramage zu ankern gedachte, und Southwicks hochgestreckter Arm deutete an, daß auf der Back alles klar war. Der Anker, der während der Fahrt hoch und parallel zum Deck gestaut war, hing inzwischen fast im Wasser. Ramage warf noch einen Blick auf die Luvkanten der Segel, sah zu den Rudergängern hinüber und sagte: »Nieder das Ruder!«

Hatte er zu lange gewartet? Machte die *Calypso* jetzt zuwenig Fahrt, als daß das Ruder noch Wirkung zeigen konnte, oder hatte der Steuermann (vernünftigerweise) den Befehl schon ein paar Sekunden früher gegeben? Tatsächlich konnten sie den Anker jetzt fallen lassen und sich, sobald er gefaßt hatte, vor der Trosse in den Wind legen. Effektiv, aber nicht besonders seemännisch, und die unter dem Schiffsboden entlangfahrende Trosse konnte sehr wohl die Kupferbeplattung beschädigen.

Aber der Bug der *Calypso* kam langsam herum, ein Strich, zwei, drei, wurde jetzt schneller, sechs, sieben, acht, vierzehn, fünfzehn, sechzehn. Und als jetzt das Ruder wieder mittschiffs und das Vormarssegel back standen, weil die Rah nicht herumgeholt worden war, um die Drehung auszugleichen, kam die *Calypso* fast zum Stillstand.

Ramage ging zu einer Stückpforte und blickte über die Seite. Das Wasser war schlammig-trübe und Stücke von Palmblättern und Ästen schwammen auf der Oberfläche. Aber sie trieben nicht weg; die *Calypso* lag ohne Fahrt im Wasser. Dann begannen diese Stücke zum Bug hin wegzudriften, die Fregatte begann, Fahrt über den Achtersteven aufzunehmen.

Ramage gab Southwick ein Zeichen und hörte gleich darauf das Platschen des Ankers und das polternde Getöse der durch die Klüse fahrenden Ankertrosse. Und ja, dann kam der übliche Geruch nach etwas Verbranntem, als die Trosse, die nach wochenlanger Lagerung in der Taulast endlich wieder trocken war, sich und das Holz der Klüse beim Ausrauschen versengte.

Nach einem schnellen Befehl an die Toppsgasten wurden das Großmarssegel und das Besanmarssegel geborgen; jetzt wartete Ramage nur noch auf das Signal von Southwick, das ihm anzeigen würde, daß das Vormarssegel, durch dessen Schub die *Calypso* inzwischen achteraus getrieben wurde, auch für das Eingraben des Ankers gesorgt hatte.

Er beobachtete wieder die auf dem Wasser schwimmenden Pflanzenteile. Schließlich wurden die vorbeifließenden Palmenblätter und Aststücke langsamer und blieben schließlich an der gleichen Stelle längsseit stehen. Er blickte zu einem

Felsen auf der Ile Royale hinüber, der in einer Linie mit einer Landspitze auf der Ile du Diable lag. Beide blieben in einer Linie. Wäre der Felsen seitlich ausgewandert, wäre das ein Beweis gewesen, daß der Anker schlierte und daß die Palmblätter in einer Strömung trieben, die sich mit der gleichen Geschwindigkeit bewegte wie die Fregatte.

Ramage stieg dann auf den Verschluß einer Kanone, um die *La Robuste* vor Anker gehen zu sehen. Sie nahm genau die ausgemachte Position ein, und als ihr Anker fiel, sah Ramage, daß das Kanu des Lotsen gerade am Landungssteg angekommen war.

»Sie haben es eilig«, bemerkte Aitken.

»Das überrascht mich nicht; der Lotse hatte dem Gouverneur sicher noch nie einen so erschreckenden Bericht zu geben«, sagte Ramage.

»Und was machen wir jetzt?«

»Wir setzen alle Boote aus und warten«, erwiderte Ramage. »Wir warten und üben.«

17

Sergeant Ferris war gewöhnlich ein geduldiger Mann. Er hatte es sich zur Regel gemacht, einem Seesoldaten oder Seemann eine Sache dreimal zu erklären, wenn er ihn für intelligent hielt, einem Dummkopf jedoch viermal. Aber niemand, der auf seinen Stolz, seinen gesunden Verstand oder seine Trommelfelle Wert legte, würde riskieren, eine fünfte Erklärung zu verlangen. Wenn er auch nur ein bißchen Verstand hatte, würde er sich so verhalten wie Seesoldat Hart.

Hart ersetzte durch Körpergröße und die Lautstärke seiner Stimme, was er an Intelligenz vermissen ließ, und das führte dazu, daß er bei einer Größe von sechs Fuß und zwei Zoll und einem Gewicht von sechzehn Stone (was gut zwei Zentnern entsprach), der größte aller Seesoldaten an Bord der *Calypso* war, mit einer Stimme, die sich anhörte wie die eines Bullen mit Frühlingsgefühlen.

Ferris, der jetzt die Abteilung der Seesoldaten auf der *La Robuste* führte, war dankbar, daß Hart ein umgänglicher Mann war. Das war weniger auf sein Naturell als auf die Tatsache zurückzuführen, daß es fast unmöglich war, ihn zu beleidigen. Wenn er jemand unabsichtlich auf den Fuß trat, und prompt als »verdammter, riesengroßer Trampel« bezeichnet wurde, dann grinste Hart nur und sagte stolz: »Ich bin ganz schön groß, nicht wahr?« Hart war schon über ein Jahr bei den Seesoldaten, bevor ihm aufging, daß das Wort Trampel keine besonders respektvolle Benennung war.

»Noch einmal, Männer«, sagte Ferris, obwohl er wußte, daß die zwanzig Seesoldaten in seiner Abteilung verstanden, daß er »Männer« anstatt »Hart« sagte, weil der Mann dazu neigte einzuschnappen, wenn er glaubte, man hätte es auf ihn abgesehen. Hart, der dazu noch Linkshänder war, war weder schwierig noch gefährlich, wenn er schmollte, aber es war dann so ähnlich, wie Mr. Rennick einmal bemerkte, als habe man einen betäubten Elefanten am Fuße der Treppe liegen.

»Die Idee ist folgende: Wir haben einhundertsechzig Seesoldaten und Seeleute, und dabei haben wir jeden Mann eingerechnet, der ein Entermesser handhaben oder eine Pistole abfeuern kann.«

Für Sergeant Ferris war ein Entermesser immer ein Entermescher, wie oft er die richtige Aussprache auch von Mr. Renwick und den anderen Offizieren der *Calypso* gehört hatte. Bei einer Gelegenheit hatte Renwick ihn beiseite genommen und ihm erklärt, daß es doch der Disziplin nicht zuträglich sei, wenn die Soldaten so ein einfaches Wort falsch ausgesprochen hörten. Ferris, der fest an geschniegelte Uniformen und Disziplin glaubte, stimmte aus vollem Herzen zu.

»Also«, sagte Renwick, indem er prompt in die linguistische Bresche sprang, »es wird ›Entermesser‹ ausgesprochen.«

»Genau, Sir«, stimmte Ferris zu, »Entermescher, so sag ich's auch immer.«

Ferris blickte seine Männer der Reihe nach an, wobei er darauf achtete, Hart nicht anzustarren. »Nun ist der Captain der Meinung, daß achtzig Männer – das ist die Hälfte von allen, die wir haben: eine Hälfte auf der einen, die andere auf der anderen Seite – zu viel Leute sind, um h'als disziplinierte Gruppe zu h'agieren.«

Jeder, der unter Ferris gedient hatte – außer Hart – wußte, daß der Sergeant in Streßsituationen (außer natürlich im Gefecht) dazu neigte, seine Sätze einmal mit zuviel, einmal mit zu wenig ›H-Lauten‹ zu würzen. Es kam ihm nicht darauf an, wo er sie hinsetzte, aber ein Wort, das mit einem Vokal anfing, war immer ein geeigneter Platz.

»H'also h'ist beschlossen worden, die gesamte Truppe, einhundertsechzig Seesoldaten und Seeleute, h'in acht Gruppen von je zwanzig Mann einzuteilen. Na, wie h'ist es, Hart, haben Sie das verstanden?«

»Jawoll, Sergeant«, sagte Hart, wobei er mit dem Kopf nickte, wie ein Bär, der versucht, herumschwirrende Fliegen zu verscheuchen.

»Gut. Nun, jede Gruppe wird ihr h'eigenes h'Angriffsziel haben.«

Hart war nicht der einzige, der versuchte, in die seltsame Verteilung der Hs Ordnung zu bringen.

»Unseres ist die Steuerbord-Gangway. Wir säubern sie. H'ich wünsche nicht«, hierbei machte er eine Pause hinter jedem Wort und betonte es, »daß h'irgend h'einer der Feinde auf der Steuerbord-Gangway am Leben bleibt.«

»Was ist mit der Back, Sergeant?« fragte Hart kummervoll.

»Die geht Sie nichts an, lieber Mann; Sie beschränken h'ihre h'Aktivitäten auf die Steuerbord-Gangway.«

Hart verdaute das einen Augenblick und fragte dann: »Was ist denn mit dem Achterdeck, Sergeant?«

Ferris holte tief Luft. Er hatte da einen Haufen guter Leute, das mußte er zugeben. Sie stritten sich nicht untereinander und versuchten auch nicht, sich vor dem Postenstehen in den beengteren Räumen des Schiffes zu drücken, und sie waren sich alle darüber einig, daß Hart, wann immer möglich, als Posten am Wasserfaß an Deck eingesetzt werden sollte und nicht vor der Kajüte des Kapitäns, wo die Stehhöhe fünf Fuß vier Zoll betrug und man Hart um gut zehn Zoll hätte verkleinern müssen. Aber warum Hart? Was hatte er, Ferris, bloß verbrochen, fragte er sich, daß man ihn mit einem Hart gestraft hatte?

»Das geht Sie nichts an, lieber Mann«, wiederholte er mit fester Stimme, »Sie beschränken h'Ihre h'Aktivitäten auf die Steuerbord-Gangway.«

»Aber Sergeant, was machen wir, wenn wir die auf der Steuerbord-Gangway alle erledigt haben? Es scheint mir nicht fair, daß die auf der Back und dem Achterdeck und alle andern mehr abbekommen sollen als wir. Wir sind doch schließlich Seesoldaten.«

Das war zu Abwechslung mal eine gute Frage von Hart. Wenn sie erst einmal die Gangway freigekämpft hatten, sollten sie dann einfach dort stehenbleiben? Gefallene über Bord werfen? Oder was? Jedenfalls gab ihm das eine Gelegenheit, Hart etwas zu ermutigen.

»Das ist eine durchaus ›pertinente‹ – sachdienliche – Frage, und ich werde sie bei Mr. Wagstaffe zur Sprache bringen.«

»Oh, Sergeant«, sagte Hart hastig, »ich wollte keineswegs pertinent sein; es schien mir nur, wir würden diskrimbuliert.«

Keineswegs pertinent? Ferris runzelte die Stirn. Er hatte Hart nie so kleinlaut erlebt. Was stimmte nicht mit pertinent? Es war ein Wort, das Sergeanten gern im Munde führten, ebenso wie auch den Ausdruck mein guter Mann. Plötzlich kam ihm die Erleuchtung; er fügte zwei Buchstaben hinzu und sah den Grund für Harts Entschuldigung.

»H' o nein, pertinent und impertinent sind zwei ganz verschiedene Wörter. Pertinent bedeutet – nun ja, das ist eine gute Frage. Aber impertinent ist, wenn jemand unverschämt zu einem Vorgesetzten ist, wie einem Sergeanten oder einem Leutnant.«

Blieb noch diskrimbuliert. Wer würde es wagen, Sergeant Ferris Gruppe zu diskrimbulieren? Er würde sich eine Auspeitschung einhandeln. Zumindest hörte sich das Wort so an, als führte es dazu. Aber ... nun, das Wort klang ein bißchen fragwürdig. Dann seufzte Ferris.

»Hart, mein guter Mann, Sie meinen bestimmt diskriminieren. Glauben Sie mir, niemand hier an Bord hat die Absicht, uns zu diskriminieren. Mr. Renwick war zugegen, als Mr. Ramage eine Zeichnung vom Deck des Schiffes h'auf einem Blatt Papier machte, und er teilte es h'auf in Back, Hauptdeck, Steuerbord- und Backbord-Gangway, Achterdeck und Unterdeck. Es ist klar, daß sich die meisten Leute auf dem Hauptdeck aufhalten werden, daher gehen vier Gruppen da hin, eine auf die Back, eine auf das Achterdeck und eine auf jede Gangway: acht Gruppen, einhundertsechzig Mann, plus ein paar Leute unter Fähnrich Orsini, um die Royalisten zu befreien.«

»Ganz, wie Sie meinen, Sergeant«, sagte Hart. Er verstand nicht, er war nicht überzeugt, und dieser große Ochse – davon war nun Ferris seinerseits völlig überzeugt – wollte auch nicht überzeugt werden. Wie ein Bulle, der gelegentlich aus keinem besonderen Grund und keineswegs aus Übellaunigkeit ein großes Gebrüll losläßt, hatte auch Hart von Zeit zu Zeit diese leichten Anfälle.

An Bord der *Calypso* schrieb Ramage die letzten Zeilen der täglichen Eintragung in das Schiffstagebuch. Er hatte ein seltsames Gefühl dabei, so als führe jemand anders die Feder, als er die Position der *Calypso* in der Spalte ›Peilungen und Abstände am Mittag‹ wie folgt eintrug: »Westliche Spitze der Ile Royale peilt Nord zu Ost 3/4 Ost, fünf Kabellängen.« Auch kam es nicht oft vor, daß man so genaue Angaben machen konnte, aber hier, in Lee der Inseln, waren die See ruhig und der Wind stetig, und da das französische Segelhandbuch die genaue Höhe der drei Inseln angab, war Paolo beauftragt worden, mit Hilfe eines Sextanten und der entsprechenden Tabellen, die Distanzen zu berechnen. Wollte man seinen ersten beiden Versuchen trauen, lag die Ile Royale elf und dann sieben Meilen entfernt, aber nach der fünften Sextantenablesung und einer Reihe von Berechnungen stimmte sein Ergebnis mit dem von Southwick überein.

Ramage ließ die Spalte »Besondere Beobachtungen und Vorkommnisse« gewöhnlich leer, und die heutigen Ereignisse des ersten vollen Tages nach ihrer Ankunft und dem Vor-Anker-gehen waren bislang ziemlich unbedeutend, doch wenn es ein Kriegsgerichtsverfahren geben sollte, könnte der Nachweis wichtig werden. Daher machte er eine kurze Eintragung:

»Kanu des französischen Lotsen kam nachmittags längsseit und fragte nach der Anzahl der Verbannten an Bord beider Fregatten. Sagte, es wären zweiundsechzig und weitere auf der dritten Fregatte. Hörte, daß Gouverneur angeordnet habe, daß beide Fregatten sowie dritte nach Ankunft, sechs Wochen nach dem letzten Todesfall oder der vollständigen Wiederherstellung des letzten Cholerakranken vor Anker in Quarantäne bleiben sollen. Leutnante Martin und Kenton bis zur Ankunft der *L'Espoir* wieder an Bord. Besatzungen mit üblichem Tagesdienst beschäftigt.«

Es war nicht nötig, im einzelnen zu beschreiben, was damit gemeint war: Deckschrubben, Arbeiten am stehenden und laufenden Gut, Segelflicken und alle die vielfältigen Arbeiten, die ein Seemann auf einem Kriegsschiff (oder, was das anbetraf, auch auf irgendeinem anderen Schiff) zu erledigen hatte. Und die plötzlichen, sintflutartigen Regenfälle, die in dreistündigen Abständen aus einem ziemlich klaren Himmel herabkamen, hatten dazu geführt, daß man das Regenwasser mit Hilfe des Sonnensegels sammelte. Wenn sie die Fässer weiter mit dieser Geschwindigkeit voll bekamen, würde jeder Mann rund eine Gallone Frischwasser pro Tag zur Verfügung haben – soviel, wie er nie zuvor gehabt hatte. Er konnte soviel trinken, wie er wollte; und, was vielleicht noch wichtiger war, er konnte seine Kleider richtig in Süßwasser spülen. Der in Fässern gesammelte Urin lieferte genug Ammoniak, um Kleider zu bleichen, aber das Spülen im Salzwasser bedeutete immer, daß das endlich getrocknete Zeug bei hoher Luftfeuchtigkeit ebenfalls schnell wieder feucht wurde.

Bald würde es nötig werden, des Nachts ein Boot an Land zu schicken; der Zahlmeister beklagte sich, daß nur noch neunzehn »Kränze« von Zweigen zum Anmachen der Kombüsenfeuer vorhanden wären, und es war auch kaum noch Brennholz da. Es würde also ein Holzmachertrupp ausgeschickt werden müssen. Und für grünes Holz brauchte man mehr Zweige, damit es ordentlich brannte. Seltsam, wie dieser Plan zur Rettung des Grafen von Rennes auf Zweigkränzen aufbaute ... »Kranz« war ein absurder Begriff, aber in der Admiralitätsliste der »Tonnage in bezug auf die Verstauung« wurde das Gewicht von vierzig Zweigkränzen mit einer Tonne angegeben. Aus Neugierde suchte Ramage in seinen Schubladen und fand die Liste schließlich: 6 Krüge Öl, vierzig Scheffel Hafermehl, 252 Gallonen Wein, 1800 Pfund Käse in Fässern, 450 Stück Rindfleisch, 900 Stück Schweinefleisch, 200 leere Säcke, hölzerne Reifen für 420 Oxhoftfässer oder 600 Fäßchen von 82 Litern, 240 Gallonen Essig, 40 Zweigkränze. Jeder Artikel wog eine Tonne. Kränze – nannten die Zigeuner sie auch so, wenn sie in den Städten von Tür zu Tür gingen und Anmachholz verkauften?

Er sah auf die Uhr. Inzwischen warteten die Einsatzgruppen der *Calypso* sicher auf dem Unterdeck. Wagstaffe war gerade von der *La Robuste* herübergekommen, und Aitken, Kenton, Martin und Renwick würden bereit sein. Nun gut! »Aux armes, citoyens!«

Es war heiß im Unterdeck, aber die achtzig Seeleute und Seesoldaten nahmen nach einem Befehl Aitkens stramme Haltung an, als Ramage den Niedergang herabkam, jetzt wieder in seinen französischen Fischerhosen und in einem weißen Hemd. Mit einem starken Glas hatte man vom Hügel der Ile Royale das ganze Deck des Schiffes im Blickfeld; daher konnten weder die Seesoldaten noch die Offiziere keine andere Kleidung tragen, als es an Bord eines französischen Kriegsschiffes üblich war. Ramage war entzückt, daß seine Strümpfe, Kniebundhosen und der Uniformrock wieder im Koffer verschwunden waren, und Silkin nähte jetzt emsig leichtes, weißes Segeltuch, das er vom Zahlmeister gekauft hatte, zu Hemden und Hosen zusammen. Es sei nicht schicklich, hatte sich Silkin beklagt, daß der Captain Hosen trüge, die aus dem gewöhnlichen Segeltuch zusammengeflickt seien, das der Zahlmeister üblicherweise zu diesem Zweck verkaufte.

Ramage blickte in die Runde und sah, daß die meisten Gesichter zu einem Grinsen verzogen waren. Nie zuvor hatte er eine so große Gruppe im Unterdeck antreten lassen, und die Gegenwart aller Leutnants sowie die derzeitige Position des Schiffes erklärten die Atmosphäre der Erregung, die so berauschend war wie der Geruch von Hopfen in Lee einer Brauerei.

»Offiziere wegtreten«, sagte Ramage »und ihr anderen, rührt euch und macht es euch bequem.« Da er von Sergeant Ferris' Problem nichts ahnte, fügte er hinzu: »Ich werde alles einmal erläutern. Dann kann jeder, der etwas nicht verstanden hat, Fragen stellen.«

Er blickte wieder in die Runde und fuhr mit ruhiger Stimme fort: »Was ist der Unterschied zwischen einer Axt und einem Hammer? Nehmen wir an, der Kopf von beiden ist ein Metallklotz von acht Pfund. Wenn ihr mit dem Hammer auf eine Planke schlagt, gibt es eine kleine Vertiefung im Holz. Aber wenn ihr mit der Axt auf eine Planke schlagt, gibt es einen tiefen Einschnitt von der Länge des Blattes. Warum nur eine kleine Vertiefung mit dem Hammer und einen tiefen Einschnitt mit der Axt? Nun, ihr werdet erraten haben, daß das Gewicht des Hammers, wenn es die Planke trifft, über eine Fläche des Kopfes verteilt ist, die kaum zweimal so groß ist wie eine Guinee. Aber die acht Pfund der Axt sind auf die Schneide konzentriert, sagen wir vier Zoll lang und so breit wie ein sehr dünnes Stück Papier. Daher benutzt man eine Axt und keinen Hammer, um einen Baum zu fällen. Andererseits würde man auch nicht versuchen, mit der Schneide einer Axt einen Nagel einzuschlagen; da möchte man, daß sich die Energie über die flache Stirnfläche verteilt.«

Er sah in die Gesichter seiner Leute. Ja, der Vergleich leuchtete ihnen ein, selbst wenn sie etwas verwundert waren, weil der Captain plötzlich zu einem Sermon ansetzte wie einer von Mr. Wesleys Leuten.

»Nun nehmen wir einmal an, ihr wollt eine Holzplanke in kleine Holzscheite zerschlagen. Ihr könnt dazu einen 8-Pfund-Hammer oder eine 8-Pfund-Axt benutzen – ihr habt die Wahl. Aber ihr könnt auch acht 1-Pfund-Hämmer oder Äxte haben. Angenommen, ihr habt es eilig; statt einer Stunde habt ihr nur fünf Minuten, um diese Planke zu Kleinholz zu machen. Wärt ihr nicht besser dran, die acht Pfund Gewicht auf acht 1-Pfund-Äxte zu verteilen, statt mit einer 8-Pfund-Axt zu arbeiten?«

Mehrere Männer sagten sofort »ja«, und die übrigen murmelten zustimmend.

Ramage blickte in die Runde und sah Stafford. Er zeigte auf den Cockney. »Warum wären wir denn mit acht kleineren Äxten besser dran, Stafford?«

»Na ja, ist doch klar: acht Äxte, die an acht verschiedenen Stellen draufschlagen, sind besser als eine große Axt, wenn man Anmachholz haben will.«

»Richtig. Und um einen Baum zu fällen?«

»Natürlich die große Axt, Sir.«

»Gut. Ihr habt alle gehört, daß ich von einer Planke rede, nicht von einem Baum. Wenn es sich um einen Baum handelte, würden wir die große Axt nehmen und immer auf die gleiche Stelle schlagen; weil es aber eine Planke ist, die wir zu Kleinholz machen wollen, verwenden wir acht kleine Äxte und bearbeiten sie an acht verschiedenen Stellen.«

Die meisten Männer nickten, sie kamen Ramage wie ein Schwarm Tauben vor. Die Methode, Parabeln zur Erläuterung zu verwenden, schien ihm, in diesem Zusammenhang jedenfalls, angebracht. Und alles, was in der Hitze des Gefechts eine gewisse Disziplin aufrecht zu erhalten vermochte, war nur gut. Er selbst fand es schwierig, im Lärm, Rauch, Feuer und Gebrüll eines Seegefechts die Kontrolle zu behalten, und daher konnte er seine Leute nicht tadeln, wenn sie den Kampf an Bord eines feindlichen Schiffes als den Einsatz einer starken Gruppe von Männern ansahen, die eine Reihe von Mann-gegen-Mann-Kämpfen bestehen mußten, Entermesser gegen Entermesser, Enterpike gegen Pistole, Beil gegen Muskete. Das war die Hammermethode, und sie funktionierte auch meistens; der Besitzer eines nicht bekannten Gesichts wurde getötet oder gefangengenommen.

»Gut, die Planke, die wir uns mit Hilfe der 8-Äxte-Methode vornehmen wollen ist, hoffe ich, die französische Fregatte *L'Espoir*, sobald sie hier aufkreuzt.«

Den zufriedenen »Ahs« und der Art, wie sich die Männer zurechträkelten, um es sich noch bequemer zu machen, als bereiteten sie sich auf eine längere Sitzung vor, entnahm Ramage, daß nur eine Handvoll Männer so weit gedacht hatten.

»Nun, die Eroberung der *L'Espoir* – vorausgesetzt sie kommt hier an und vorausgesetzt wir sind noch immer hier, um sie in Empfang zu nehmen – wird das Schwierigste sein, was wir je gemacht haben. Nicht das Gefährlichste, nur das Schwierigste. Ihr habt gesehen, wie der Trick mit der Pest gewirkt hat, und vielleicht erinnert ihr euch, daß Mr. Orsini einmal etwas ähnliches im Mittelmeer versucht hat. Ihr wart alle dabei, als wir die Abtrünnigen vor der Insel Trinidade erledigten. Aber dieses Mal wird jeder von uns mit einer auf dem Rücken festgebundenen Hand kämpfen müssen.

An Bord der *L'Espoir* befinden sich fünfzig Gefangene, die wir befreien sollen. Wir werden nicht wissen, wo man diese Gefangenen an Bord untergebracht hat; wir wissen nicht einmal, ob der Kapitän entschlossen genug sein wird, mit ihrer

Ermordung zu drohen, wenn wir sein Schiff nicht in Ruhe lassen. Natürlich können wir unsere großen Geschütze nicht einsetzen, weil wir befürchten müßten, die Gefangenen zu töten. Hört jetzt mal genau zu.«

Schnell legte er ihnen seinen Plan auseinander und erklärte, wie jede Gruppe von zwanzig Mann ihren eigenen Anführer und ihre eigene Aufgabe haben würde. »Ihr seht also«, schloß er, »die Fregatte ist wie eine Holzplanke, und die acht Gruppen sind wie die kleinen Äxte. Hat irgend jemand noch eine Frage?«

Jackson erhob sich. »Jawohl, Sir. Wann können wir die *L'Espoir* erwarten?«

Die Fähnrichsmesse der *Calypso*, die den achteren Teil des Unterdecks einnahm, lag gerade weit genug vor dem Ende der Ruderpinne, daß diese – auf den Zug der Leine reagierend, die von der Trommel des Steuerrads hinabführte – in einem großen Kreisbogen von einer Seite auf die andere schwenken konnte; allerdings nicht weit genug, so daß man dort das durchdringende Quietschen der Fingerlinge des Ruders vernommen hätte, die sich in den Gatchen rieben, in denen sie aufgehängt waren. Wenn die *Calypso* Fahrt machte, war das Ruder dauernd in Bewegung, aber die Geräusche, die es hervorbrachte, gingen fast unter in der Symphonie des rauschenden Wassers, das an der Bordwand entlangströmte, und in dem Knarren des ganzen arbeitenden Schiffskörpers, der sich wie ein Baum bei starkem Wind hin und her bog, um über die Täler und Kämme der Wellen hinwegzureiten.

Die Fähnrichsmesse war ein offener Raum zwischen vier großen Kästen auf der einen Seite und drei auf der anderen. Diese Kästen waren tatsächlich Kammern, die von drei Wänden gebildet wurden, die aus bemaltem und straff über Latten gespanntem Segeltuch bestanden, während die Schiffsseite als vierte Wand diente. Jede hatte eine Tür, und jede Tür eine Milchglasscheibe in der oberen Hälfte. Über jeder Tür war ein Schild mit dem sorgfältig gemalten Rang des jeweiligen Bewohners – Schiffsarzt, Erster Offizier und Zweiter Leutnant auf der Steuerbordseite, Hauptmann der Seesoldaten, Dritter Leutnant, Navigator und Vierter Leutnant auf der Backbordseite.

Ein Tisch und die Bänke füllten den restlichen Platz fast aus, wenn da am achteren Ende auch noch ein Objekt wie ein dicker Baum stand, bei dem es sich um den Besanmast handelte, während die Luke an der Backbordseite zwischen dem Tisch und der Kammer des Navigators, an der sich jeder mindestens einmal pro Woche die Zehen anstieß, zum Pulvermagazin führte, eine Erinnerung, falls diese nötig war, daß die Offiziere des Schiffes über mehreren Tonnen Schießpulver hausten.

Vor der Fähnrichsmesse waren zwei kleinere Kammern an Steuerbordseite für den Stückmeister und den Schiffszimmermann und zwei an Backbordseite, für den Zahlmeister und den Bootsmann. Eine große Kammer vor der des Bootsmanns war für die Fähnriche bestimmt, die zwischen vierzehn oder fünfzehn und fünfzig Jahre alt sein konnten. Dort ließen sich zwar bis zu einem Dutzend Fähnriche unterbringen, aber im Augenblick war der einzige Bewohner Paolo Orsini, der auf diese Weise mehr Platz für sich hatte als irgend jemand sonst auf dem Schiff, mit Ausnahme des Captains.

Vor diesen Kammern hatten die Seesoldaten ihre Tische und Bänke, und nachts hängten sie dort ihre Hängematten auf; und noch weiter vorn lag das Mannschaftsdeck, das ›messdeck‹, weil hier die den Rest der Besatzung bildenden Seeleute lebten; sie saßen jeweils zu sechs oder acht Mann an einer Back oder ›mess‹ und spannten nachts im Deck ihre Hängematten auf.

Ganz vorne im Bug, die meiste Zeit in Eisen gelegt, befand sich die eine Hälfte der Gefangenen, die man von der *La Robuste* herübergeschafft hatte und die von zwei Seesoldaten mit Musketen bewacht wurden. Morgens wurden sie zwei Stunden freigelassen, damit sie sich etwas Bewegung verschaffen konnten, aber es war, wie Ramage zu Renwick sagte, höchst unwahrscheinlich, daß sie länger als ein paar Tage an Bord bleiben würden; daher brauchte man sich wegen des In-Eisen-Legens keine Gedanken zu machen.

In der Fähnrichsmesse saßen die Leutnants in ihren Kammern oder an dem großen Tisch. Die Arbeit des Tages war erledigt, und nur noch die Ankerwache, die Ausgucks und die Bewacher der Gefangenen waren auf Posten.

Die Kammern waren winzig und stickig. Es gab nur Platz für die Koje, eine Segeltuch- oder Metallschüssel zum Waschen, einen Koffer, gewöhnlich hochkant gestellt, einen fleckigen Spiegel, der so angebracht war, daß er ein bißchen von dem Licht abbekam, das durch das Oberlicht unter dem Halbdeck fiel, und einen wackligen Klappstuhl, der gewöhnlich zusammenbrach, wenn das Schiff anfing zu rollen und den Besitzer nötigte, auf einer der Bänke Platz zu nehmen, die an Deck festgeschraubt waren.

Kenton, der rothaarige und sommersprossige Dritte Leutnant, war der kleinste der Offiziere; sein Stuhl war kürzlich völlig zusammengebrochen, und er hatte großes Glück gehabt, daß seine Finger nicht zerquetscht wurden. Während er jetzt darauf wartete, daß ihm der Zimmermannsmaat einen neuen Stuhl anfertigte, war er gezwungen, mit einer Bank vorlieb zu nehmen, und so kaute er auf dem letzten Stück ›fruit cake‹ herum, einem schweren englischen Kuchen mit Nüssen, getrockneten Früchten, Korinthen, Zitronat und allen möglichen Gewürzen, den er von zu Hause mitgebracht hatte und der nur eßbar war, nachdem er eine dicke Schicht Schimmel abgekratzt hatte.

William Martin, der Vierte Leutnant und Sohn des Schiffbaumeisters in Chatham, war in seiner Kammer, die hinter der Kentons lag, und spielte Flöte. Kenton war nicht besonders angetan von der Melodie, die Blower, wie sie ihn nannten, spielte. Er rief zu Aitken hinüber, der in seiner Kammer saß und Proviantmeldungen ausfüllte, die der Kommandantenschreiber schon letzte Woche hätte bekommen sollen: »Wann rechnet der Captain damit, daß die *L'Espoir* ankommt?«

Er rieb sich die Nase, während er auf die Antwort wartete. Wie Renwick wurde Kenton nie braun, und in den Tropen war sein Gesicht immer krebsrot, und gewöhnlich schälte sich die Haut. Er hatte versucht, sie mit Butter, Gänseschmalz (was schrecklich war; seine Kleider rochen tagelang danach) und Seife einzureiben, aber nichts half.

»Der Captain weiß nichts Genaues. Er ist genauso auf Vermutungen angewiesen wie Sie oder ich. Er hofft natürlich, daß es nicht mehr allzulange dauert, aber er versucht, sich nicht durch die Tatsache beeinflussen zu lassen, daß einer der Gefangenen ein enger Freund von ihm ist.«

»Was ist mit ihm?«

»Ich dachte, Sie wüßten Bescheid.« Aitken war immer sorgfältig darauf bedacht, Informationen, die die Offiziere erfahren sollten, vom Klatsch zu trennen. Manchmal war die Trennlinie kaum zu erkennen.

»Nein. Ich habe nur gehört, was Southwick gesagt hat.«

»Na ja, der Captain und Lady Sarah waren auf ihrer Hochzeitsreise und besuchten diesen Freund, den Grafen von Rennes, als der britische Gesandte Paris verließ. Bonapartes Polizei verhaftete viele Royalisten, bevor diese überhaupt erfuhren, daß der Krieg wieder ausgebrochen war.«

»Warum haben sie denn den Captain und Lady Sarah nicht ebenfalls verhaftet?«

»Oh, deswegen haben wir ja diese vier Franzosen an Bord. Gilbert gelang es, den Captain und seine Frau zu verstecken; dann haben sie zusammen mit den drei anderen Bundesgenossen die *Murex* zurückerobert.«

»Ja, ich habe gehört, wie einige der Seeleute erzählten, daß ihre Ladyschaft einen Franzosen erschossen hat.«

»Stimmt. Und sie hat ihnen allen damit wahrscheinlich das Leben gerettet, denke ich.«

Kenton seufzte; es war ein tiefer Seufzer, der sich wie eine Gegenstimme zu Martins Flöte hinzuziehen schien. »Was für eine wunderschöne Lady sie doch ist. Ich dachte immer, die Marchesa wäre die schönste Frau, die ich je sah, bis Lady Sarah aufgetaucht ist. Ich bin froh, daß ich nicht zwischen beiden zu wählen hatte.«

»Dämpfen Sie Ihre Stimme. Es ist nicht nötig, daß Orsini Sie über seine Tante reden hört.«

»Sie ist doch nach Italien zurückgegangen, nicht wahr? Hey!« Kenton setzte sich plötzlich aufrecht hin. »Glauben Sie, daß die Franzosen sie ebenfalls gefangengenommen haben?«

»Gefangengenommen oder ermordet«, sagte Aitken bitter. »Noch weiß niemand etwas Genaues. Sie ging nach Paris und reiste von da nach Volterra weiter, aber es gibt keinen Beweis, daß sie in Italien je angekommen ist.«

»Er gefällt mir nicht, dieser Krieg gegen Frauen.«

»Aber wenigstens führen einige Frauen Krieg gegen die Franzosen«, sagte Aitken. »Denken Sie nur an Lady Sarah!«

»Stimmt. Es tut mir leid, daß wir nicht dabei sein konnten. Es ist das erste Mal seit langer Zeit, daß der Captain in einen Kampf verwickelt wurde, ohne daß wir dabei waren.«

»Ha, eine lange Zeit!« kam jetzt Southwicks polternde Stimme aus seiner Kammer, wo er ausgestreckt auf seiner Koje lag: »Sie sind ja neu an Bord! Ich war schon mit ihm zusammen, als er sein erstes Kommando erhielt!«

»Das war der Kutter *Cathleen*, nicht wahr?« sagte Kenton. »Erzählen Sie uns davon, wie er zum erstenmal an Bord kam und was Sie von ihm dachten.«

»Korsika, das war in Korsika«, sagte Southwick in nostalgischem Tonfall. »Bastia. Netter Hafen, mit all diesen Befestigungswerken. Kommodore Nelson, damals war er noch Kommodore, gab den Befehl, daß ...«

Lautes Hämmern an der Decke ließ alle Offiziere nach den Degen und Pistolen greifen, die in den Halterungen über den Türen steckten, und zum Niedergang eilen, wobei Kenton vor sich hin murmelte: »Ich meine doch, ich hätte einen Ruf gehört!«

18

Die Sonne war im Begriff unterzugehen, und in einer halben Stunde würde sie hinter den Mangrovensümpfen und den fernen Bergen, die das Festland säumten, verschwunden sein. Die Ile Royale und die Ile St. Joseph schienen bereits ihre Form verändert zu haben, da die Schatten länger wurden und herumwanderten und die Sonne die Spitzen neuer Hügel beleuchtete, während die Täler bereits im Schatten versanken.

Der Captain war an Deck; sie alle wußten das, denn als er eine Weile allein an Deck hin und her gehen wollte, hatte er Martin, der als wachhabender Offizier eingeteilt war, angewiesen, er könne für eine Stunde verschwinden.

Sie alle blickten den Kommandanten fragend an, als sie auf das Achterdeck kamen, und er deutete in Richtung See.

Dort, wie ein grauer Schwan auf der fernen Seite eines Sees, kam gerade eine Fregatte in Sicht, welche die Spitze der Ile Royale rundete.

»Sie sieht aus, als wäre sie in Frankreich gebaut«, sagte Ramage und befahl Orsini: »Gehen Sie mit einem Glas in die Takelage und versuchen Sie herauszubekommen, um wen es sich handelt. Kenton und Martin, Sie begeben sich besser wieder auf die *La Robuste*.«

Erneut blickte Ramage auf das herankommende Schiff, auf die Ile Royale, ein graues, schwarzgestreiftes Monster, das in ihrer Nähe kauerte, und auf die *La Robuste*, die querab vor Anker lag. Aus seinen kürzlichen Wanderungen über das

Achterdeck wußte er, daß der Wind stetig und mit einer Stärke von zehn bis fünfzehn Knoten aus Südost wehte.

Geschwindigkeiten und Distanzen. Jetzt, da die Fregatte hinter der Ile Royale hervorgekommen war, sah er, daß sie nur noch drei Meilen bis zu dem Punkt zurückzulegen hatte, wo sie vermutlich das Kanu des Lotsen erwartete.

Ich kommandiere die *L'Espoir*, versuchte sich Ramage in die Lage des Gegners zu versetzen, und ich bin am Ende einer langen und ziemlich gefährlichen Reise über den Atlantik. Mein Segelhandbuch sagt mir, wo ich ankern soll, nämlich dort, wo zwei Fregatten bereits vor Anker liegen, und daß ich den Lotsen am westlichen Ende der Ile Royale treffen werde. Es ist jedoch kein Lotse da. Ich fluche, weil – abgesehen von allem anderen – die Sonne zu tief steht, um mir Riffe und Felsen unter Wasser zu zeigen, und die See in Lee der Insel zu glatt ist, um sich an etwaigen Felsen zu brechen. Und bald wird es ganz dunkel sein. Was mache ich also?

Wahrscheinlich nehme ich an, daß die beiden vor Anker liegenden Fregatten mich kommen sahen. Das Segelhandbuch sagt mir, wo die Barre gefährlicher Felsen ist, und die beiden Fregatten sagen mir, wo der Ankergrund ist. Einer oder beide Kommandanten dieser Fregatten werden bemerken, daß mir kein Lotse entgegengekommen ist, und wenn ich versuche, den Ankerplatz zu erreichen, werden sie Vorbereitungen getroffen haben, um Warnschüsse abzufeuern. Also werde ich unter Marssegeln langsam hereinkommen, und wenn ich mich den gefährlichen Felsen nähere, werden mich die Kanonen der Fregatten warnen, und wenn es zu flach wird, wird mich mein Lotgast warnen.

Ja, sagte sich Ramage, genau das würde er selbst denken und dementsprechend handeln, und er war sich verdammt sicher, daß auch der französische Kapitän so denken und handeln würde. Der Franzose würde sich zunächst auf die außerhalb liegenden Felsen und Riffe konzentrieren und dann auf die Untiefen mit weichem, schlammigen Untergrund. Und im

Hinterkopf hätte er sicher immer die Vorstellung von einem guten Abendessen im Hause des Gouverneurs, mit frischem Fleisch anstelle des elenden Salzfleisches sowie frischen Früchten und frischem Gemüse.

Aitken richtete sein Teleskop auf die *La Robuste*. »Ich kann Wagstaffe erkennen, der das Schiff beobachtet. An Deck sind ein paar Männer, und sie sehen sehr französisch aus.« Er schob das Teleskop zusammen, sah in die Takelage und dann nach vorn über das Deck der *Calypso*. »Genau das tun wir auch, Sir.« Er schniefte fast so ausdrucksvoll wie Southwick. »Ich kann es kaum erwarten, die Männer wieder mit Ziegelstaub alle Messingbeschläge putzen zu lassen. Die sind inzwischen so grün geworden, daß das Schiff allmählich aussieht wie die Kupferdächer in Kopenhagen.«

»Ich wußte gar nicht, daß sie jemals dort gewesen sind.«

»Kopenhagen, Elsinor, Christiania, Malmö, Stockholm. Ja, ich kenne das Kattegat und das Skagerrak, Sir. Seitdem denke ich immer an Kopenhagen, wenn ich verwittertes Kupfer oder Messing sehe. Diese Kirchtumspitzen und Türme machen es zu einer herrlichen Stadt. Sie kennen Kopenhagen, Sir?«

Ramage nickte, und beiden Männern war klar, daß sie diese alberne Unterhaltung nur führten, um die Zeit totzuschlagen. Als sie wieder zur *L'Espoir* hinübersahen, schien diese ihre Fahrt zu verlangsamen, aber sie wußten, daß sich in Wirklichkeit nur ihre eigenen Reaktionen beschleunigten.

Von neuem zog Ramage das Teleskop auseinander, stellte sorgfältig den Fokussierring mittels der eingefeilten Kerben ein und blickte zum Hügel an der Westspitze der Ile Royale hinüber. Die Kirche stand schon im Schatten, und die große, nach Westen gehende Tür war geschlossen. Der Flaggenstock war nackt, und es waren keine Menschen zu sehen.

Offensichtlich hatte sich der Garnisonskommandeur oder Präfekt den Bericht des Lotsen zu Herzen genommen, daß in Brest die Pest herrsche, daß die beiden bereits angekommenen Fregatten zwar nur wenige Leute verloren hätten, eine dritte Fregatte jedoch wesentlich schlimmer dran war. Der Garnisonskommandeur würde annehmen, daß es sich bei der ankommenden Fregatte um die dritte handelte und daß sie, dringlicher noch als die anderen beiden, daran gehindert werden mußte, die Pest auf den drei Inseln einzuschleppen, die voll von Strafgefangenen und Verbannten waren. Nur ein Krankenhaus gab es dort, wie das Handbuch berichtete, und Ramage konnte es sich genau vorstellen: ein kleines Haus aus Stein, kleine Fenster, ein oder vielleicht auch zwei Krankenzimmer mit je vier Betten, in der Nähe eines Friedhofes, der an einer Stelle angelegt worden war, wo der Fels von einer ausreichenden Erdschicht bedeckt wurde. Und sowohl das Krankenhaus als auch der Friedhof waren nicht weit von der Kirche entfernt. Auf der Breite von 5 Grad Nord ging man nicht gerne lange Strekken, und die Toten wurden innerhalb von vierundzwanzig Stunden begraben.

Begräbnisse! Manchmal hatten seine Phantasien wirklich etwas Makabres an sich. Ah, *L'Espoir* barg die Untersegel! Ganz unbewußt begann Ramage, die Sekunden zu zählen, die zu Minuten wurden, und schließlich streckte er die Finger aus, um die Übersicht zu behalten. Endlich waren beide Untersegel geborgen, und er wandte sich um und sah, daß Aitken ihn angrinste.

»Nicht genug Toppsgasten, nicht genug Maate, oder haben sie es einfach nicht eilig, Sir? Ich sah, daß Sie mitgezählt haben.«

»Es sind einfach nur Franzosen«, sagte Ramage. »Bei lateinischen Völkern gehen die Uhren anders!«

Die *L'Espoir* hatte jetzt das westliche Ende der Ile Royale erreicht und begann, in einem eleganten Bogen in den Wind zu gehen. Wenig später lag sie beigedreht an der Stelle, an der das Lotsenboot gewartet hatte, als die *Calypso* und die *La Robuste* angekommen waren. Jetzt markierten dort nur noch einige wenige wassergetränkte Holzstücke den Standort von Fischkörben.

Ramage sah auf seine Uhr und blickte dann auf die Sonne, die als perfekte rote Kugel einen Sonnendurchmesser hoch über dem Horizont hing. Der französische Kapitän hatte rund fünfzehn Minuten, um zu begreifen, daß der Lotse nicht kommen würde, und die Entscheidung zu treffen, den Ankerplatz anzulaufen ...

Genau fünf Minuten später wurde das Vormarssegel angebraßt, und *L'Espoir* nahm Kurs auf die *Calypso* und die *La Robuste*.

»Lassen Sie die Einsatzgruppen auf Station gehen, Mr. Aitken«, sagte Ramage ruhig und ging in seine Kajüte hinunter, um seine Pistolen zu holen und sich den Tragegurt eines Entermessers über die rechte Schulter zu hängen.

Zurück an Deck, stützte Ramage das Teleskop am Rigg ab und beobachtete die *L'Espoir*, ein elegantes, wenn auch vom Wetter arg mitgenommenes Schiff. Er hatte nicht den geringsten Zweifel, daß es sich um die *L'Espoir* handelte; er hatte schon in Brest bemerkt, daß sie, ungewöhnlicherweise, in einem matten Rotbraun gemalt war, einem Rotbraun, das nahezu der Farbe von Rost entsprach. Und als die letzten Sonnenstrahlen voll auf ihre Seite fielen, verstand Ramage plötzlich, warum man diese Farbe gewählt hatte: Roststreifen von Dutzenden von Schrauben bedeckten ihre Bordwand, als hätte man ihr die Schwänze von dunkelroten Kühen an die Seite genagelt. Die Farbe verbarg die Streifen beinahe, aber für das Auge eines Seemanns waren sie so offenkundig wie die Schluchzer, die zu hören waren, nachdem eine weinende Frau ihre Augen getrocknet hatte.

Ramage ging an die Heckreling und sah hinunter. Drei von den Booten der *Calypso* hatten achtern mit ihren Vorleinen festgemacht, und das vierte machte gerade am Ende der Backspiere fest, nachdem es Kenton und Martin zur *La Robuste* hinübergebracht hatte. Eine Strickleiter, die dort bis zum Wasser hinunterhing, gestattete den Männern, vom Boot auf die Backspiere zu klettern; eine Leine, die oberhalb der Spiere zur Bordwand führte, fungierte als Handlauf.

Ramage hatte sich über den Anblick vieler Besatzungsmitglieder amüsiert, die auf dem Hauptdeck saßen und mit »Gebetbüchern« (den kleinen Blöcken aus Portlandstein, die zum Schrubben des Decks verwendet wurden) ihre Entermesser und die dreikantigen Spitzen der Enterpiken schärften. Er hatte ihnen verboten, den großen Schleifstein an Deck zu hieven, weil er zuviel Krach machte, und da kein Mann der Versuchung widerstehen konnte, seinem Messer auf dem großen Stein den letzten Schliff zu geben, wie scharf sein Entermesser auch immer sein mochte, würde dieses unverkennbare Geräusch bis zur Ile Royale und der Ile St. Joseph tragen und einige Leute stutzig machen.

Oder vielleicht auch nicht? War er übervorsichtig? Könnte irgend jemand auf den drei Inseln jemals vermuten, daß die beiden in der Nähe vor Anker liegenden Fregatten Briten waren? Glücklicherweise wurde auf dem Flaggenmast in der seewärtigen Festung nie die Trikolore gehißt. Ramage hatte schon vor längerer Zeit festgestellt, daß es im revolutionären Frankreich zwar sehr populär war, die Trikolore zu schwenken und revolutionäre Parolen zu brüllen, daß jedoch nur im royalistischen Britannien und an Bord britischer Schiffe die Flagge zu bestimmten Zeiten gehißt und niedergeholt wurde.

Hätten die *Calypso* und die *L'Espoir* eine britische Insel angelaufen, die ihren eigenen Gouverneur hatte, würden sie Salut geschossen haben, und die Festung hätte diesen Salut erwidert. Vielleicht hatte Bonaparte spezielle Tage festgelegt, an denen seine Armee und seine Marine Salut schießen mußten? Bei der Royal Navy, mit ihrer langen Tradition, gab es nur sechs solcher Tage – drei für den König (Geburtstag, Thronbesteigung und Krönung) und die anderen für den Geburtstag der Königin, den Jahrestag der Restauration von Charles II. und den Tag der Pulververschwörung, den 5. November. Die *L'Espoir* schoß jedenfalls keinen Salut, also wurde Salutschießen offensichtlich als Verschwendung revolutionären Schießpulvers angesehen.

Dann hatte sich der Kapitän der *L'Espoir* wohl entschieden, wo er vor Anker gehen wollte, und die Fregatte kam in einem weiten Bogen herum, der ihr eine Wende ersparen würde. Ramage sah nach vorn zu Southwick und Aitken, die das Geschehen vom vorderen Ende des Achterdecks aus beobachteten. Er nickte und lächelte.

Der dunkelrote Rumpf der *L'Espoir* schien jetzt fast schwarz, als die Sonne endgültig hinter dem Horizont verschwand, und Ramage war dankbar, daß das Zwielicht in den Tropen nur kurz war. Er ging nach vorne zur Achterdeckreling, und Aitken, in langen Hosen und einem locker sitzenden Kittel, der ihm zusammen mit seinem schmalen und ernsthaften Gesicht das Aussehen eines Revolutionärs verlieh, bemerkte: »Er hat den Zeitpunkt seiner Ankunft perfekt berechnet!«

»Zu unserem Vorteil, ja! Wäre er eine Stunde früher gekommen, hätte er Zeit gehabt, sich zur Ile Royale rudern zu lassen, um dem Gouverneur seine Aufwartung zu machen, und wenn dann die französischen Posten das Feuer eröffneten, hätte er vielleicht das Betrugsmanöver entdeckt. Eine halbe Stunde später, und er würde die Nacht über an der Lotsenstation geblieben sein und bis zum Morgen gewartet haben. Dann hätte er auf jeden Fall versucht, sich auf die Insel rudern zu lassen.«

»So wie es ist, könnte er sehr wohl hier bei uns auftauchen, um sich zum Abendessen einzuladen«, sagte Southwick.

»Oh, ich bin sicher, daß er heute abend bei uns speisen wird. Was schlagen Sie vor, sollen wir ihm anbieten? Das letzte Huhn hat schon vor einigen Tagen seinen Kopf verloren.«

»Pulversuppe, eine Scheibe von einer Kanonenkugel, ein Kartätschenkompott. Klingt das nicht einladend, Sir?«

In diesem Augenblick ließ sie das Schlagen von Segeln zur *L'Espoir* hinübersehen, die dabei war aufzudrehen, Vormarssegel back stehend, ungefähr auf halbem Wege zwischen der *Calypso* und *La Robuste*. Ihr Achterdeck lag vielleicht hundert Yards entfernt, und Ramage sah einen Mann, offensichtlich den Kommandanten, den Hut abnehmen und zum Gruß schwenken.

Ramage winkte zurück, ebenso winkten Southwick und Aitken, und die *L'Espoir* kam zum Halt und machte nach kurzer Zeit Fahrt über den Achtersteven, als der Wind gegen die Vorderseite des Vormarssegels drückte. Ein Anker klatschte ins Wasser, und Ramage hob wieder das Fernrohr ans Auge.

Genügend Leute auf der Back für das Ankermanöver; genügend Toppsgasten, die darauf warteten, in die Takelage zu gehen, um die Segel aufzutuchen. Genügend, aber doch weniger als die *L'Espoir* haben würde, wäre sie nicht ›en flute‹ bewaffnet.

Der Winkel, den die Ankertrosse der *L'Espoir* mit dem Wasser bildete, wurde kleiner und kleiner, als sie achteraus trieb und mehr und mehr Trosse gesteckt wurde. Schließlich kam sie zum Stopp, die Kurve in der Trosse verschwand, da sie durch das jetzt an ihr hängende Gewicht des Schiffes gestrafft wurde, und ihr Kommandant schien endlich überzeugt, daß sich der Anker gut eingegraben hatte. Beide Marssegel waren geborgen, und während die Toppsgasten noch mit letzten Handgriffen beschäftigt waren, drängte sich der Rest der Besatzung an der Reling und starrte auf die anderen beiden Fregatten, die Inseln und die entfernte Küste.

»Ihr erster Blick auf die Tropen«, bemerkte Southwick. »Eine Reihe Mangroven und drei große Felsbrocken mit anspruchsvollen Namen.«

»Nicht für die Gefangenen«, erinnerte ihn Ramage. »Als sie merkten, daß sich das Schiff in ruhigeren Gewässern befand, und dann den Anker fallen hörten ... Sie wissen, daß es nur die Teufelsinsel sein kann. Ohne Zweifel erwarten nicht wenige von ihnen, daß sie hier begraben werden.«

Es wurde jetzt schnell dunkel; schon kamen etwa ein Dutzend der helleren Sterne und Planeten heraus, als hätten sie Hemmungen, irgend jemanden wissen zu lassen, daß sie schon die ganze Zeit dagewesen, vom Schein der Sonne aber überstrahlt worden waren.

»Ich gehe jetzt und mache mich bereit, Sir«, entschuldigte sich Southwick und zog sich in seine Kammer zurück.

»Dieses Schwert, Sir«, sagte Aitken, »ist es ein Familienerbstück oder so etwas ähnliches? Ich habe noch nie jemanden gesehen, der ein zweihändiges Schwert benutzt!«

»Zweihändig und zweischneidig«, sagte Ramage. »Man stößt oder schlägt nicht damit; man wirbelt herum wie ein Tänzer, der eine Sense schwingt. Mit seinen fliegenden weißen Haaren und dem Gebrüll eines wilden Bullen wirkt der Mann so furchterregend, daß es nichts gibt, was das Deck eines feindlichen Schiffes schneller freimachen könnte!«

Er sah auf seine Uhr, die er hochhalten mußte, um das letzte Licht einzufangen. »Gerade sieben. Hoffen wir, daß Wagstaffe seine Leute bereit hat.«

»Ihre Befehle waren deutlich genug, Sir. Eine Stunde nach Sonnenuntergang, wenn sie am Abend hereinkäme.«

Ramage ging auf die Backbordseite und sah durch die Pforte.

Die Konturen der etwas vorlicher als querab liegenden Ile Royale verschwammen langsam, der dunkler werdende Himmel bildete einen ausgleichenden Hintergrund für die ansonsten harte Silhouette. Die *La Robuste* war vor den entfernten Mangroven kaum noch auszumachen, und die braunrote *L'Espoir* schien in Schlaf gesunken zu sein, als habe sie der kurze Ausbruch der Aktivität beim Segelbergen und Ankern erschöpft.

An Bord der *Calypso* wurden die üblichen Ankerlichter gesetzt, als wäre dies eine Nacht wie jede andere. Ein scharfäugiger Beobachter hätte sich vielleicht gewundert, daß keine Laterne an der Eingangspforte brannte, aber, so mochte er sich fragen, wer sollte denn jetzt noch an Bord kommen?

»Wir können anfangen, Mr. Aitken«, sagte Ramage schließlich. »Lassen Sie erst einmal die Boote an die Backspiere verholen.«

Nahezu die ganze Besatzung der *Calypso* befand sich jetzt auf dem Hauptdeck und sammelte sich in Gruppen zu je zwanzig Mann um die Offiziere. Ein kleine Gruppe hatte sich am Großmast versammelt, die Ramage bei sich »Paolos Trupp« nannte.

Paolo stand vor den vier Franzosen und inspizierte sie. Es war nun ganz dunkel, und die Männer waren fast unsichtbar; wie Paolo und alle anderen auf dem Schiff hatten sie das Gesicht, den Hals, die Hände und die nackten Füße mit Ruß eingerieben, und jeder Mann hatte einen breiten Streifen weißen Segeltuchs um die Stirn gewickelt, der hinter dem Kopf verknotet war, so daß die Enden herunterhingen.

»Haltet die Hände von den Stirnbändern fern«, ermahnte Paolo sie auf Französisch. »Sie sind das einzige, was euch von den Franzosen dort drüben unterscheidet; denkt daran, unsere Männer auf der *La Robuste* und alle hier auf diesem Schiff haben Befehl, jeden zu töten oder gefangenzunehmen, der kein Stirnband trägt – mit Ausnahme der Verbannten natürlich.«

»Wir verstehen, M'sieu«, sagte Auguste. »Wir folgen Ihnen.«

Ramage stand an der Backspier. »Mr. Renwick, Ihre Leute können ins Boot gehen.«

Renwick, der kaum von einem Kochsmaat zu unterscheiden war, der die letzte Stunde damit verbracht hatte, die Kupferkessel der Kombüse zu reinigen, ging an Ramage vorbei auf die Backspier, gefolgt von seinen zwanzig Leuten, und Ramage fiel auf, wie weit die weißen Stirnbänder zu sehen waren. Renwick hatte jetzt das Ende der Spiere erreicht und begann, die Strickleiter hinabzuentern, aber sein sich auf und ab bewegender Kopf war deutlich auszumachen.

»Jetzt Mr. Southwick, achten Sie auf Ihr Hackmesser!«

Ramage fühlte mehr, als er es sehen konnte, wie der Navigator seine Hand drückte und sie schüttelte. »Danke, daß Sie mich mitmachen lassen«, murmelte der alte Mann. »Mein Schwert wurde schon ganz rostig!«

Ramage konnte gerade noch erkennen, wie Renwicks Boot ablegte und achteraus driftete und die Männer die Riemen aus der Stauposition nahmen und einlegten. Das Umwickeln all dieser verdammten Riemen mit alten Tüchern, Stücken von gebrauchtem Segeltuch und schließlich neuem, dünnen Segeltuch, hatte mehr Umstände gemacht als alles andere. Das Segeltuch für die Stirnbänder und die Riemen – Ramage wurde schon beim Gedanken daran ärgerlich. Der verdammte Zahlmeister hatte doch tatsächlich gefragt, wem er das in Rechnung stellen sollte! Zugegeben, der Zahlmeister würde dafür aufkommen müssen, es sei denn, er bekam eine schriftliche Genehmigung vom Kommandanten, das Zeug auszugeben, aber das war wohl kaum der Augenblick, jedermann mit Bürokratie zu belasten. Wahrscheinlich wollte der elende Kerl noch die Unterschrift auf dem Papier, bevor der Captain das Schiff verließ, falls er nicht mehr lebendig zurückkam! Jedenfalls hatte Southwick dafür gesorgt, daß dieser Tropf mit heiler Haut davonkam, indem er laut erklärte, es bestünde ein großes Risiko, daß viele Yards sowohl dünnes als auch schweres Segeltuch, einige Tische und Bänke aus dem Mannschaftsdeck, zwei Dutzend abgenutzter Pistolen und doppelt so viele Musketen, zusammen mit rund fünfzig Entermessern, deren Schneiden inzwischen so zerfressen seien, daß man sie besser als Sägen verwenden könne, als »beschädigt oder im Kampf verlorengegangen« abgeschrieben werden müßten.

Achtzehn, neunzehn, zwanzig. Das war Southwicks Gruppe.

»Mr. Aitken ...« Der Erste Offizier, der – dachte Ramage – so hager und hungrig aussah wie nur je ein Cassius mit geschwärztem Gesicht, führte seine Leute auf die Backspier hinaus, als Southwicks Boot achteraus trieb, genau auf das von Renwick zu.

Wieder zählte Ramage. Ja, das waren jetzt alle von Aitkens Gruppe.

»Orsini ...« Der Fähnrich führte seine vier Leute auf die Backspier.

»Jackson ...« Der Bootssteuerer tauchte aus der Dunkelheit auf. »Ins Boot.« Ja, da erkannte er die Silhouette von Stafford. Ein gemurmeltes »Buona fortuna, commandante« kam von Rossi. Neun, elf, fünfzehn, zwanzig.

Dann war Ramage allein, mit Ausnahme einer schattenhaften Figur. »Nun Bootsmann, das ist das erste Mal, daß Sie das Kommando über eine Fregatte haben! Passen Sie auf sie auf, bis ich zurückkomme!«

»Viel Glück, Sir«, sagte der Bootsmann. »Ich hätte es vorgezogen, mit Ihnen zu gehen.«

»Das weiß ich, aber heute nacht müssen Sie sich um die *Calypso* kümmern.«

Als Ramage auf die Backspier hinausging und unter sich die kleinen Wellen an die Bordwand klatschen hörte, verfluchte er seine Weichherzigkeit. Der Mann, den er hätte zurücklassen sollen, war der Stückmeister, ein elender, willensschwacher Mann, den Ramage schon seit über einem Jahr gerne durch einen anderen ersetzt hätte, aber die Aussicht auf einen langen Kampf mit der Artillerieinspektion und dem Marineministerium ließ ihn den Kerl behalten. Man erzählte sich, daß Southwick seit über einem Jahr nicht mehr mit dem Mann gesprochen habe.

Er schob das Entermesser auf den Rücken und die beiden Pistolen fest in den Gürtel und stieg dann die Strickleiter hinunter. Über verschiedene Fußpaare steigend, erreichte er die achtere Sitzbank, wo er Paolo und die vier Franzosen vorfand; der Rest seiner eigenen Gruppe saß weiter vorn. Jackson rief dem Mann im Bug leise etwas zu, worauf dieser die Vorleine durch den Block zog und das Boot frei vom Schiff wegdriftete. Die große schwarze Masse, die auf der einen Seite die Sterne verdeckte, war die *Calypso*; die drei kleineren Schatten in der Nähe waren die anderen Boote. Dort drüben lag die Ile Royale, welche, wie die *Calypso*, nur durch ihre Silhouette gegen den Sternenhimmel zu identifizieren war.

19

Ramage war sich nie richtig sicher, ob es mehr einem Zischen oder einem Schnurren ähnelte, aber das Geräusch des durch ruhiges Wasser gleitenden Vorstevens war ausgesprochen erholsam, fast so, als ob man sich an Bord eines Schiffes zur Ruhe legte, während kleine Wellen gluckernd die Bordwand kitzelten. Die Männer atmeten leicht, weil sie in gemächlichem Tempo ruderten, und die Riemen stöhnten nur leise in den Dollen, anstatt wie sonst zu quietschen und zu knacken; die Umwickelungen mit Stoffstreifen und die Labsalbe aus den Kesseln des Kochs, die man in die offenen, viereckigen Dollen gerieben hatte, taten ihre Wirkung.

Als sie von der *Calypso* klar waren, konnte Ramage die *L'Espoir* zum erstenmal von Meereshöhe aus betrachten. Sie schien riesig, schwarz und bedrohlich. Nein, vielleicht nicht bedrohlich – da gab es schließlich verschiedene Laternen, die gelbliche Lichtkegel an Deck warfen und auch die Unterseiten der Rahen beleuchteten, die über dem Schiff in der Luft hingen wie riesige Adler, die nur darauf warteten, sich hinunterzustürzen.

Dahinter konnte er in der Ferne gerade noch die *La Robuste* ausmachen; kleine Lichtpunkte zeigten ihre Position an. Genau in diesem Augenblick sollte sich Wagstaffe ebenfalls mit vier Booten der *L'Espoir* nähern. Ramage machte sich keine großen Gedanken darüber, ob die beiden Gruppen von Booten gleichzeitig ankommen würden, denn falls eine vor der anderen angriff, würden die Franzosen sich darauf konzentrieren, die erste Gruppe abzuwehren, um dann von der zweiten überrumpelt zu werden. Hoffnungen und Befürchtungen: In Zeiten wie diesen sprangen sie einem durch den Kopf wie ein Paar verspielte Kätzchen.

In England würde es jetzt fast Mitternacht sein. Sarah läge sicher im Bett. Ob sie schon schlief? Wahrscheinlich, aber vielleicht lag sie auch noch wach und dachte an ihn. Wenn sie wach war, dann dachte sie auch an ihn, da war er sich sicher. Das war keine Illusion. Das wäre es wohl gewesen, wenn er vor der Hochzeitsreise so gedacht hätte, aber seitdem hatte er festgestellt, daß sie ihn genauso brauchte wie er sie und daß er die wichtigste Rolle in ihrem Leben spielte, genauso wie sie in seinem, jedenfalls in dem Teil, der ihm blieb, nachdem er die Ansprüche der Marine erfüllt hatte. Einsamkeit war ein Gefühl – das war ihm inzwischen klargeworden –, das kein Junggeselle wirklich verstand. Einsamkeit war, wenn ein glücklich verheirateter Mann (oder eine glücklich verheiratete Frau) alleine schlafen mußte, es resultierte aus der Abwesenheit des oder der Geliebten. Und Gianna! In Volterra war es gegen ein Uhr dreißig am Morgen. Die ersten Stunden des morgigen Tages, von diesem Ende der Welt gesehen. Was machte sie jetzt? Wie ging es ihr? Wo war sie? Lebte sie? Er versuchte den Gedanken zu verscheuchen. Dachte Paolo, der neben ihm auf der Bank saß, ebenfalls an sie, die seine Tante war? Fragte er sich, ob Bonapartes Geheimpolizei sie ermordet oder eingesperrt hatte, was für eine Frau wie sie eine Art Tod bedeuten würde –

»Qui va là?«

Der Anruf vom Deck der *L'Espoir* war lässig; die Stimme des Postens verriet keine Aufregung. Sie verriet nur freundliche Erwartung, begriff Ramage, als sich, nach dem ersten Schock des Anrufs – der ihn aus Volterra, London, warmen Nächten mit Sarah in Jean-Jaques' Chateau in die Gegenwart zurückbrachte –, seine Nerven wieder entspannten.

Und genauso lässig, mit einer beruhigenden und selbstsicheren Zwanglosigkeit kam Augustes freundliche Antwort, sein bretonischer Akzent war bewußt noch ausgeprägter als gewöhnlich.

»Unser Kapitän will eurem Kapitän einen Besuch abstatten, Bürger. Hattet ihr eine gute Reise von Brest?«

In der Ferne regten sich einige Nachtvögel auf, und Ramage erkannte den heiseren Schrei des Nachtreihers. Und noch einer gab Laut. Sie flogen sicher von der Ile Royale zu den Mangroven an der Küste. Und diese etwas quieksenden Stimmen – waren das Austernfischer? Vielleicht. Was war mit diesem verdammten Posten? Noch zwanzig Yards. Würde der nur dieses eine Boot beobachten, das er zuerst gesichtet hatte? Oder würde er sich weiter umsehen und drei weitere entdecken, die, so dumm er auch sein mochte, Augustes Antwort Lügen strafen würde?

»Ein Sturm und fünf Tage bekalmt. Welches Schiff?«

»Wir kommen von der *L'Intrépide*, und das da hinten ist *La Robuste.*«

»Der Name eures Kapitäns, Bürger?«

Ramage zischte: »Weiterrudern; bringt uns längsseit, was auch geschieht.«

»Bürger Camus, und wen besucht er?«

»Wen er besucht?« fragte der Posten verdutzt. »Nun, Sie sagten doch, daß er unseren Kapitän besuchen will, Bürger.«

»Und wie lautet der Name eures Kapitäns, Sie Maulesel?« fragte Auguste ärgerlich.

»Magon«, sagte eine tiefere Stimme. »Ich bin der Kommandant der *L'Espoir.* Aber hören Sie doch auf zu rudern.« Die Stimme klang scharf, aber unsicher. »*L'Intrépide*, sagen Sie? Das war aber nicht die *L'Intrépide*, die ich gesehen habe. Und Camus – den Namen kenne ich nicht.«

Würde Auguste es schaffen, ihn noch ein paar Minuten hinzuhalten? »Tun Sie so, als wären Sie der Kapitän!« zischte er Gilbert zu. »Unterbrechen Sie ihn gleich!«

»Das erwarte ich auch nicht; wir sind auf dem Weg nach Brest von Batavia«, sagte Auguste, indem er wiederholte, was Ramage ihm vorher eingegeben hatte.

»Aber selbst dann«, sagte die zweifelnde Stimme vom Deck der *L'Espoir*, »ich kann mich nicht einmal an einen Camus als Leutnant erinnern.«

»Merde!« schrie Gilbert ärgerlich, so als wäre er der besagte Camus und als wäre seine Geduld jetzt erschöpft. »Ich habe auch nie von einem Magon gehört, und die *L'Espoir* hat sich auch nicht direkt hervorgetan, nicht wahr; wahrscheinlich haben Sie den letzten Krieg unbehelligt im blokkierten Brest verbracht. War wohl ein Friedensabkommen nötig, um Sie rauszulocken, eh? Jetzt, wo Sie wieder auf See sind«, Gilbert hielt einen Moment inne und lauschte, und auch Ramage dachte, er hätte einen Ruf von der anderen Seite des Schiffes gehört, »haben Sie Ihre Manieren vergessen. Gute Nacht, Bürger. Ich sitze doch nicht länger hier in meinem Boot und höre mir diese Art von Willkommen an, wenn ich einen Besuch machen möchte!«

»Nein, nein, Sie mißverstehen mich, Bürger«, sagte Magon hastig, »es ist ...«

Er brach ab, als an Deck der Fregatte zwei Pistolenschüsse krachten; in der Ferne hörte Ramage die Nachtreiher aufgeschreckt schreien.

»Längsseit«, schrie er. »Klar zum Entern, Leute!«

Es schien nur Sekunden zu dauern, bis die Männer die Riemen einnahmen und der Kutter gegen die Bordwand der Fregatte prallte, und plötzlich stieg Ramage der feuchte, beinahe widerwärtige Geruch des Bewuchses in die Nase, der sich längs der Wasserlinie am Rumpf festgesetzt hatte. Dazu kam noch der Gestank von Knoblauch, der sich selbst hier unten bemerkbar machte.

Ramage sprang auf die Leisten der Außentreppe und hörte, sowohl von vorn als auch achteraus, laute Rufe auf Englisch und das dumpfe Tock, Tock, Tock, mit dem die spitzen Enden der Enterbeile in die Bordwand getrieben wurden und so den Männern als Stufen dienten.

Laut brüllend kletterte er hinauf, die Finger um die Leisten der Außentreppe gekrallt, die Füße seitlich gegen die Bordwand gepreßt, während ihn die Beine nach oben stemmten. Unvermittelt stand er auf dem Deck der *L'Espoir*, und ein Mann, den er für Kapitän Magon hielt, war dabei, dem Posten seine Muskete zu entwinden, da dieser durch das Schreien und Schießen, welches die Ruhe der tropischen Nacht rüde unterbrochen hatte, wie gelähmt schien.

Ramage zog eine Pistole aus dem Hosenbund und spannte sie, während er auf Magon zielte, aber bevor er noch schießen konnte, ertönte das Krachen eines Schusses neben ihm, und der Kapitän fiel vornüber an Deck. In dem schwachen Licht der in den Wanten hängenden Laterne sah Ramage nur noch, daß der Mann einen Bart trug, bevor er, nach seinen Männern rufend, zum Achterdeck rannte.

Auf dem Kompaßhäuschen brannte eine Laterne; als er, das Entermesser in seiner rechten, eine Pistole in der linken Hand, den Niedergang hinaufeilte und auf das Achterdeck stürmte, sah er einen Mann auf sich zukommen, wahrscheinlich den Offizier, der die Ankerwache hatte, der ein Entermesser über dem Kopf schwang, dessen Klinge im schwachen Licht glänzte. Der Mann schrie beinahe hysterisch und ließ, als er auf drei Fuß herangekommen war, das Messer mit voller Wucht herabsausen.

Ramage parierte den Schlag mit einer Quinte, und der Mann heulte auf, trat einen Schritt zurück und hob die Klinge, um von neuem zuzuschlagen. Er muß Schlachter gewesen sein, bevor er zu See ging, dachte Ramage und sah, daß der Mann seine rechte Seite entblößt hatte. Ein schneller Ausfall, ein gurgelndes Geräusch, und Ramage stand über dem leblosen Körper zu seinen Füßen und bemühte sich verzweifelt, sein Entermesser aus dem Körper zu ziehen. Wie oft hatte er seinen Leuten bei der Ausbildung zugerufen, daß ein

Entermesser eine Hiebwaffe sei, keine Stichwaffe. Wenn man mit dem Messer zustach, ging man das Risiko ein, selbst niedergeschlagen zu werden, während man versuchte, das Messer aus einem Körper zu ziehen, der sich unweigerlich an der Klinge festzusaugen schien.

Jackson, Rossi, Stafford und mehr als ein Dutzend anderer Männer standen jetzt um ihn herum, aber abgesehen von dem leblosen Körper zu seinen Füßen waren keine Franzosen auf dem Achterdeck.

»Die Fähnrichsmesse!« rief Ramage und führte seine Männer die Niedergangstreppe hinunter, die sie zunächst zur Tür der Kapitänskajüte bringen würde; daneben lag dann der zweite Niedergang zur Fähnrichsmesse.

Aitken und Renwicks Boote waren etwas früher dagewesen als Ramages Kutter, und der Erste Offizier, wilde schottische Kampfrufe ausstoßend, schwang sich von der Gangway auf das Hauptdeck, auf dem sich die französischen Seeleute, die vom Unterdeck heraufgestürmt waren, wo sie gerade ihr Abendessen eingenommen hatten, unvermutet in erbittertem Kampf fanden.

Renwicks Leute sprangen weiter vorn auf das Hauptdeck, gerade als Aitken, der erkannte, daß im Dunkeln schlecht kämpfen war, eine Laterne ergriff und sie in die Höhe hielt; dann begann das schreckliche Versteckspiel zwischen den Kanonen.

Paolo und seine vier Franzosen, die auf der Backbord-Gangway ganz nach vorn gelaufen waren, hatten sich hinter zwei Kanonen versteckt, als Dutzende von schreienden Franzosen den Niedergang durch die Vorschiffsluke heraufkamen, wobei einige von ihnen – Paolo vermutete, daß es sich um Unteroffiziere handelte – bei Waffenkisten Halt machten und Entermesser an Deck warfen, mit denen sich die Männer bewaffneten.

Der Captain hatte ihn sehr ausführlich eingewiesen, und daher war Paolo bereit, sich mit Auguste hinter einer Kanone zu verstecken, während Gilbert, Albert und Louis sich unter dem Lauf der nächsten, weiter vorn, verbargen.

»Orsini«, hatte der Captain gesagt, und Paolo hatte die Worte noch jetzt im Ohr, »Sie dürfen sich nicht in den Kampf verwickeln lassen. Ich habe genug Leute, die kämpfen; ich brauche Leute die reden!«

Aber es war trotzdem schwer, hier zu hocken und zuzusehen, wie dort Entermesser ausgegeben wurden. Zu fünft konnten – aber nein, der Captain hatte das wirklich sehr nachdrücklich gesagt.

Er hörte einen schrecklichen Schrei, der von achtern aus dem Kampfgetümmel von einem Dutzend Leuten herüberschallte, die in Englisch und Französisch durcheinanderbrüllten. Pistolenschüsse, das Klingen gegeneinanderschlagender Entermesser – ›accidenti‹, der schlimmste Lärm kam aus der Fähnrichsmesse: Alle Offiziere und Decksoffiziere mußten dort überrascht worden sein; und Paolo wußte nur zu gut, daß sie ihre Pistolen und Degen in Halterungen über ihren Türen bereit hielten. Aber angesichts all dieser Kerle, die von unten an Deck strömten und sich Entermesser griffen – ging es nicht darum, den Kopf der Schlange abzuschlagen …

Southwick war an Steuerbord mit Hilfe von zweien seiner Leute über den Bug geklettert, dankbar, daß die Ankertrosse dick war, denn es war sehr mühsam, auf die Back zu kommen. Ein französischer Seemann kam aus dem Abort heraus und protestierte lauthals wegen der Störung, aber er wurde umgehend niedergemacht und über Bord geworfen.

Der Navigator war gerade im Begriff, seine Männer in einem schwungvollen Angriff gegen eine Gruppe von Männern zu führen, die dort standen, wo die Gangway auf die Back trifft, als das Licht einer der Laternen auf ein weißes Stirnband fiel.

»*Calypso*!« brüllte Southwick und hörte einen verdrossenen Sergeant Ferris sagen: »Kann keine verdammten Franzmänner mehr finden, Sir! Die Steuerbord-Gangway ist sauber.«

»*Calypso*!« kam jetzt ein Ruf von der anderen Seite, und Southwick entdeckte Leutnant Martin, der sich beschwerte, daß es für ihn auf der Backbord-Gangway nichts mehr zu tun gäbe und daß er glaube, Mr. Ramage wäre entweder achtern auf dem Hauptdeck oder unten im Unterdeck.

»*Calypso*!« brüllte Southwick, von plötzlicher Furcht ergriffen; der Furcht, daß irgendwo ein guter Kampf stattfände und er wäre nicht mit von der Partie. »Mir nach!« Er stürmte die Steuerbord-Gangway nach achtern, hielt einen Moment inne, um einen Blick auf das Hauptdeck zu werfen und eine Strickleiter zu finden, um daran hinunterzuklettern, aber Martin und Ferris kamen ihm zuvor, indem sie einfach hinuntersprangen.

Es gab viele Männer, die sich dort an Deck krümmten, aber nur wenig Licht. Southwick sah zwei Laternen an den Decksbalken hängen und dann, durch ein tanzendes Licht aufmerksam geworden, sah er einen grinsenden Aitken, der mit einer Hand eine Laterne hochhielt und mit dem Entermesser in der anderen um sich schlug.

Southwick ging ein paar Schritte vorwärts, sein Schwert fest in beiden Händen, verharrte kurz, um den Kopf des Mannes in Augenschein zu nehmen, der in sein Blickfeld kam, sah, daß er kein weißes Stirnband trug, und holte aus. Nach dem harten Zusammenprall von Stahl und Knochen war der Kampf für den Empfänger zu Ende und Southwick wandte sich dem nächsten Mann zu.

Wagstaffe rief seinen Männern zu, zur Hauptluke zu laufen, aber der Lärm übertönte seine Stimme. Wagstaffe wurde zu spät klar, daß er und Kenton einen Fehler gemacht hatten. Sofort nachdem sie die Steuerbord-Gangway vom Feind frei gemacht hatten, hätten sie die Vor-, Haupt- und Achterluke besetzen und die Besatzung niederschlagen müssen, während sie unbewaffnet auf das Hauptdeck strömten. Inzwischen befanden sich Dutzende von Franzosen auf dem Hauptdeck und griffen sich Entermesser aus den Waffenkisten. Wagstaffe führte seine Leute auf die andere Seite des Schiffes.

Großer Gott, der Lärm in der Fähnrichsmesse!

Der Kampf spielte sich inzwischen fast ausschließlich auf dem Hauptdeck ab, wobei Southwick, Ferris und Martin sich auf der Steuerbordseite nach achtern durchschlugen, um sich mit Aitken und seinen Männern zu vereinigen, die sich nach vorne kämpften, und Wagstaffe, Kenton und Renwick den Feind auf der Backbordseite aufzurollen versuchten. Ein Deck unter ihnen kämpften sich Ramage und seine Männer durch die Fähnrichsmesse, in der wenig Platz war, um ein Entermesser zu schwingen, das einzige, was ihnen blieb, denn die Pistolen waren leergeschossen. Ramage sah auf die hin und her schaukelnde Laterne. Die restlichen Franzosen hätten sich retten können, wenn sie sie abgeschnitten hätten, aber anscheinend fürchteten sie die Dunkelheit.

Paolo beobachtete die Vorschiffsluke. Seit ungefähr drei Minuten war niemand mehr herausgekommen.

»Andiamo!« sagte er zu den vier Franzosen und merkte dann, daß er in der Aufregung ins Italienische verfallen war. »Los, gehen wir!« korrigierte er sich, fügte ein sehr englisches »Damnation!« hinzu und sagte dann: »Allons, messieurs!«

Das Unterdeck war gut beleuchtet. Auf den Tischen flakkerten Kerzen, aber er mußte trotzdem noch einmal genau hinschauen, um zu erkennen, daß es sich bei den seltsam harten Schatten an Deck um umgeworfene Bänke handelte. Von weiter achteraus, wo sich die Fähnrichsmesse befand, hörte er eine Menge Geschrei und den metallischen Klang aufeinandertreffender Entermesser, aber in seinem Kopf hörte Paolo die Stimme des Kommandanten, die ihm strikte Befehle erteilte.

Er wandte sich nach vorn, ergriff eine Laterne und ging, gefolgt von den vier Franzosen, an den Tischen vorbei.

»Verbannte!« rief er laut, und Gilbert begann mit erregter und vor Gemütsbewegung fast überkippender Stimme zu schreien: »M'sieu le Comte! Hier ist Gilbert! Bitte, sind Sie da?«

Paolo hielt die Laterne höher. Da waren sie wirklich, Reihe an Reihe, Männer neben Frauen, alle durch Fußeisen an Deck festgehalten, und ziemlich weit hinten begann ein Mann zu winken, offensichtlich zu sehr vom Gefühl überwältigt, um ein Wort herauszubringen.

Paolo ergriff Gilberts Arm, gab ihm die Laterne und deutete auf den Mann, und mit einem Seufzer der Erleichterung stolperte der Franzose vorwärts, weil er gelegentlich mit seinen Füßen an den Füßen der Verbannten, den Augbolzen und den Eisenstangen, mit denen die Fußeisen verbunden waren, hängenblieb. Inzwischen schienen alle Gefangenen gleichzeitig loszubrüllen, aber auch wirklich alle, und das so laut jeder konnte. Es war absurd; dessen war sich Paolo sicher. Es war völlig unseemännisch. Keineswegs eines Gentleman oder einer Lady würdig.

»Ruhe!« schrie er. »Silence! Silence!«

Er hielt inne, um Luft zu holen. Dann hatte er Ruhe hier unten, abgesehen vom Rauschen des Blutes in seinen Ohren, aber achtern und auf dem Deck über ihm war mehr Geschrei und ein lauteres Aufeinanderschlagen von Entermessern zu hören, als er jemals zuvor wahrgenommen hatte.

»Ladies und Gentlemen!« sagte er, um das Schweigen, das er diesem Teil des Schiffes gebracht hatte, noch zu konsolidieren. Dann wußte er jedoch nicht mehr weiter. Fünfzig weiße Gesichter oder mehr starrten zu ihm hinauf; hundert Augen oder mehr glitzerten im Kerzenlicht, als Auguste eine weitere Laterne herbeischaffte. Mamma mia, was würde der Captain zu diesen Menschen sagen, wenn er jetzt hier stünde?

»Ladies und Gentlemen, ich bitte Sie, den Lärm zu entschuldigen.«

Eine Frau begann zu lachen, ein Lachen, welches höher und höher wurde und plötzlich abbrach, als sich jemand zu ihr hinüberneigte und ihr eine Ohrfeige gab, um den hysterischen Anfall zu stoppen.

»Ich bin von der *Calypso*, einer Fregatte Seiner britannischen Majestät, die unter dem Kommando von Kapitän Ramage steht, und ...«

»Graf Orsini, vermute ich!« kam eine Stimme aus dem Hintergrund.

»Zu Ihren Diensten«, sagte Paolo vorsichtig, ganz ein italienischer Graf, der vermutete, er spräche mit einem französischen Grafen, der aber entschlossen war, nicht an Boden zu verlieren. »Sie sind mir gegenüber im Vorteil, M'sieu.«

»Ich bin Rennes. Captain Ramage hat mir von Ihnen erzählt.«

Dann erinnerte sich Paolo an den Rest seiner Befehle. »Entschuldigen Sie mich einen Moment. Nun, Ladies und Gentlemen, sobald wir die Schlüssel gefunden haben, werden wir Sie von Ihren Fesseln befreien, aber bleiben Sie bitte hier, bis Kapitän Ramage kommt und Ihnen gestattet, umherzugehen. Sie könnten getötet werden, wenn Sie nicht eins dieser weißen Stirnbänder tragen!«

Am anderen Ende des Unterdecks fluchte Ramage fließend auf Italienisch, während Jackson und Stafford ihm mit obszönem Englisch sekundierten. Am achteren Ende der Fähnrichsmesse befand sich eine kleine Tür, und den fünf Franzosen (Ramage war sich nicht sicher, ob es sich um Offiziere oder Matrosen handelte, die versucht hatten, aus dem Mannschaftsdeck zu fliehen) war es, mit Degen und Entermessern wild um sich schlagend, gelungen, sich durch diese Tür zu retten und im Dunkel dahinter zu verschwinden. Es war der Rudermaschinenraum, so breit wie das Schiff, in dem der große hölzerne Arm des Ruders von einer Seite auf die andere schwenkte, je nachdem, wie das Steuerrad an Deck gedreht wurde. Und jeder, der jetzt durch jenes schwarze Loch hindurchging, lief Gefahr, von den Männern niedergemacht zu werden, die sich hinter dem Schott verbergen konnten.

Fünf Männer: Das hatte keine Bedeutung. Da ihr Kapitän nicht mehr lebte, würden sie sich bald ergeben.

»Ihr Männer«, damit deutete er auf fünf seiner Gruppe, »bleibt hier und paßt auf, daß diese Kerle nicht herauskommen. Was noch wichtiger ist«, damit deutete er auf den dikken hölzernen Lukendeckel, »das ist die Luke zum Pulvermagazin, bewacht sie gut!«

Damit rannte er den Niedergang zum Hauptdeck hinauf und kam gerade zurecht, um etwa zwanzig Franzosen vor Southwick, Ferris und Martin zurückweichen zu sehen. Aber sie kämpften Rücken an Rücken mit weiteren zwanzig, die Aitken, der weniger als ein Dutzend Leute um sich hatte, langsam gegen das Spill zurückdrängten.

Aitken schlug nach wie vor heftig mit seinem Entermesser um sich, doch als er sich einen Augenblick abwandte, um seinen Männern irgendwelche Ermutigungen zuzurufen, die Ramage nicht hören konnte, kam einer der Franzosen aus der Gruppe heraus und rannte auf Aitken zu, wobei er sein Entermesser wie eine Lanze vor sich hielt.

Es war keine Zeit mehr für einen Warnruf, außerdem würde Aitken ihn gar nicht hören, und Ramage warf sein Entermesser nach dem Mann, wobei er der durch die Luft wirbelnden Waffe nachrannte. Der Griff traf den Franzosen am Kopf, er taumelte, und einen Augenblick später hatte Ramage ihm seinen Arm um den Hals geschlungen, und beide taumelten durch die Gegend, während Aitken, der immer noch nicht gemerkt hatte, daß er beinahe niedergestochen worden wäre, das Entermesser eines anderen Angreifers beiseite schlug.

Der Franzose war stämmig, zwei oder drei Zoll größer als Ramage, und er trug kein Hemd. Sein Körper war naß von Schweiß, aber jetzt, als die Betäubung wich, gelang es ihm,

Ramages Umklammerung zu lösen, indem er ihm ins Gesicht schlug; dann trat er einen Schritt zurück und hob das Entermesser zu einem Schlag, der, wie Ramage wußte, seinen Schädel spalten würde, aber im Augenblick war er zu benommen, um irgend etwas tun zu können.

Die Klinge hob sich, nur die scharfe Schneide glänzte. Ramage registrierte schwerfällig, daß die Klinge verrostet und nur die Schneide sauber war. Immer höher hob sich die Klinge, und die Augen des Franzosen ließen die seinen nicht los: Der Kopf war das Ziel, und der Franzose würde sich nicht davon abbringen lassen.

Die Muskeln im Gesicht des Franzosen zogen sich leicht zusammen, der Körper bog sich, und die rechte Schulter drehte sich etwas nach vorn, als die Muskeln den Arm nach vorne zogen. Ramage konnte es zwar nicht sehen, aber er spürte, daß keiner seiner Leute in der Nähe war und niemand sein einsames und einseitiges Duell mitbekommen hatte.

Der Franzose grinste; vorn im Unterkiefer fehlten ihm zwei Zähne. Er war unrasiert. Jetzt kam der Arm herunter. Sarah. Jean-Jaques. So eine Verschwendung, aber kein Schmerz –

Doch der Arm war immer noch oben, und der Franzose sah hinauf und zog. Ramage wurde sofort klar, daß der Mann das Messer zu senkrecht gehalten hatte, als er es zum entscheidenden Schlag hob und die Spitze sich in die Decke gebohrt hatte. Während er sich noch bemühte, das Messer herauszureißen, sprang Ramage zwei Schritte auf ihn zu, gab ihm einen Fußtritt in den Unterleib und nahm sein eigenes Entermesser vom Deck auf. Damit waren es sieben.

Er wandte sich Aitken zu und merkte, daß sich seine Leute in den kurzen Augenblicken dieses seltsamen Duells, das ihm allerdings wie eine Ewigkeit vorgekommen war, denen des Ersten Offiziers angeschlossen und die Franzosen wieder nach vorn getrieben hatten, Southwicks Gruppe entgegen.

Ramage sprang auf den Spillkopf und nahm eine gebückte Haltung ein, um nicht an die Deckenbalken zu stoßen. Von hier aus ließ sich das Hauptdeck leichter überblicken. Zwei, vier, acht, zwölf, dreizehn, sechzehn. Alle übrigen trugen weiße Stirnbänder. Und hier kamen Southwick, Ferris und Martin die Steuerbordseite entlang, ihre Gesichter zu einem Grinsen verzogen.

»Wollen nur Aitken ein bißchen unterstützen!« sagte Southwick und stürzte sich ins Getümmel.

So, abgesehen von ein paar unverwundeten Franzosen, die dabei waren, sich zu ergeben, war das Hauptdeck plötzlich unter Kontrolle. Aber die Verbannten? Einen Augenblick hatte er das Bild von fünfzig in Eisen gelegte Menschen vor Augen, die, von einem fanatischen Revolutionär gemeuchelt, mit durchschnittenen Kehlen ganz vorn im Unterdeck lagen.

Jackson tauchte jetzt neben ihm auf, zusammen mit Stafford und Rossi.

»Hab' Sie einen Augenblick aus den Augen verloren, Sir«, sagte der Amerikaner.

»Es war ein langer Augenblick«, sagte Ramage, »aber kommt jetzt!«

Er sprang vom Spill herunter und schnappte sich eine Laterne, die auf der Seite lag, öffnete das Türchen und bog den Docht gerade. Glücklicherweise war sie wohl gerade eben erst umgeworfen worden, denn das Wachs war noch nicht zerlaufen. Er machte das Türchen wieder zu, lief den Niedergang hinunter und stand wieder vor der Fähnrichsmesse. Was zum Kuckuck hatte ihn bewogen, auf das Hauptdeck zu gehen, nachdem er die fünf Männer als Wache zurückgelassen hatte? Der alleinige Grund für diese ganze Reise und diesen Angriff wartete am vorderen Ende des Unterdecks, und ihm war plötzlich fast schlecht vor Angst, als ihm zum Bewußtsein kam, daß weder Paolo noch Gilbert oder Auguste sich bei ihm gemeldet hatten.

Ramage hatte die Achterluke passiert; da, wie ein riesiger Baumstamm, ragte der Großmast empor. An der Hauptluke und an drei Bänken vorbei, die umgekippt an Deck lagen, ein

Indiz, wie sehr die Franzosen überrascht worden waren, rannte er weiter. Kerzen standen auf den Tischen. Da war eine Laterne, zwei Laternen, die sich genau vor ihm hin und her bewegten, und jetzt konnte er auch eine Masse von Körpern sehen, die an Deck lagen. Und zwei, drei Männer, die zwischen ihnen herumgingen – mordlustige Republikaner, die den Verbannten die Kehlen durchschnitten?

Er konzentrierte sich so sorgfältig darauf, im Halbdunkel nicht zu stolpern, daß er fast mitten unter den »abgeschlachteten« Verbannten stand, bevor er es merkte, und er blickte auf, das Entermesser zum Schlag erhoben, und entdeckte, daß der ihm am nächsten stehende republikanische Mörder mit der Laterne in Wirklichkeit Paolo war.

»Ihr Freund ist in der letzten Reihe, Sir«, sagte Paolo ruhig, ohne sich bewußt zu sein, wie nahe er dem Tode gewesen war. »Ich höre, daß der Schlüssel, die diese Eisen aufschließen, im Besitz des Kapitäns ist. Ein Kapitän Magon, glaube ich.«

Ramage stieg vorsichtig über die Liegenden hinweg, bis zu dem Platz, wo Gilbert kniete. Dort lag, von einem Fußeisen an das Deck gefesselt, Jean-Jaques, der zu ihm aufsah und lächelnd sagte: »Ich hatte kaum erwartet, dich hier wiederzusehen. Ist Sarah auch mitgekommen?«

20

Ramage stieg auf den Anlegesteg, wo die Gruppe der überlebenden Franzosen mit einer weißen Fahne stand, und der Wind zerrte an einer ähnlichen weißen Fahne, die im Bug des Kutters an einem Stock hochgehalten wurde. Gilbert und Paolo folgten ihm, und als Jackson ebenfalls aufstand, hob ein französischer Offizier abwehrend die Hand und sagte auf Französisch: »Nur ein Mann; der Kapitän.«

Ramage blieb stehen. »Wo ist der Inselgouverneur?«

»Er erwartet Sie in der Festung.«

»In meinem Brief, mit dem ich Ihnen einen Waffenstillstand vorschlug, hieß es, daß wir uns auf diesem Steg treffen und auch hier verhandeln.«

Der französische Offizier zuckte die Schultern. »Das geht mich nichts an. Meine Befehle lauteten, Sie zur Festung zu geleiten.«

Ramage drehte sich zu seinen Leuten um. »Wir gehen zum Schiff zurück.« Dann sagte er zu dem französischen Offizier: »Ich werde in einer halben Stunde zurückkehren. Wenn der Gouverneur dann nicht hier ist, wird die *L'Espoir* in die Luft gejagt.«

»Und die Besatzung?«

Ramage hob die Augenbrauen und starrte dem Offizier mit einem, wie er hoffte, kalten und gefühllosen Blick in die Augen. »Was ist mit ihr?«

»Sie werden dabei alle das Leben verlieren!«

»Ja, die Überlebenden. Viele wurden letzte Nacht getötet, der Rest – nun, das hängt vom Gouverneur ab. Also: eine halbe Stunde. Wenn er nicht da ist, werden wir sofort lossegeln, und die *L'Espoir* wird wenige Minuten später verschwinden.« Er warf einen Blick über den Ankerplatz und lachte. »Vielleicht ist verschwinden nicht der richtige Ausdruck; Sie werden eine Menge Rauch sehen und eine Fülle von Schiffstrümmern!«

»Einen Augenblick«, sagte der Offizier eilig, »wir können uns doch sicher gütlich einigen.«

»Ich versichere Ihnen, daß wir das nicht können«, sagte Ramage steif. »Ich rede nur mit dem Gouverneur. Niemand auf der Ile Royale oder der Ile St. Joseph – oder in Cayenne – erweist mir irgendeinen Gefallen. Ich biete ihm die Leben von vierundsechzig französischen Seeleuten von der *L'Espoir* an. Sie haben die Verbannten so schändlich behandelt, daß England sie nie austauschen wird. Die Verwundeten werden die Reise ohnehin nicht überleben«, er hielt inne und schickte sich zu einem weiteren kalten Lachen an. Es gelang ihm recht gut, nach dem Ausdruck auf Jacksons Gesicht zu urteilen. »Und ich habe ernsthafte Zweifel, was die Nichtverwundeten angeht. Meine Männer haben kein Mitleid.«

Er zuckte vielsagend die Schultern und machte eine ausdrucksvolle Armbewegung in Richtung auf den weiten Atlantik jenseits der Inseln, eine Geste, die, wie er unschwer feststellen konnte, ihren Zweck erfüllte, indem sie den Franzosen das Bild von heranschießenden Haifischflossen vorgaukelte.

Der Franzose deutete auf das seewärtige Ende des Anlegers. »M'sieu, Sie sprechen französisch wie ein Franzose. Gehen Sie mit mir ein paar Schritte.«

»Sagen Sie Ihren Leuten, sie sollen am Boot bleiben«, sagte Ramage, als er sah, daß zwei Leutnants sich ihnen anschließen wollten.

Der Offizier gab den beiden einen kurzen Befehl, der die

Männer erstarren ließ. Lots Frau, dachte Ramage und betrachtete den Offizier neugierig. Er erkannte die Uniform des Mannes nicht, die aus grünem Tuch und sehr gut geschnitten war. Sie hatte schwarze Knöpfe mit irgendeinem Muster oder vielleicht auch Initialen darauf. Wenn er im Range eines Hauptmanns oder Majors war, würde man erwartet haben ... Ramages Gedanken wurden unterbrochen, als der Mann sich bemühte zu lächeln und andeutete, daß sie sich ein paar Schritte bis zum Ende des Anlegestegs entfernen sollten, wo sie außer Hörweite sein würden.

Als sie am Ende des Stegs Halt machten, wandte sich Ramage dem Mann zu und erriet die Antwort, bevor er noch fragte: »Nun?«

»Es ist nicht nötig, daß wir uns zur Festung begeben; wir können hier verhandeln.«

»Sie befehligen die Garnison?«

»Ich habe den Befehl über alle drei Inseln.«

»Und wer sind Sie?

»General Beaupré.«

»Beweisen Sie es.«

Er war ein kräftig gebauter Mann mit einem herabhängenden schwarzen Schnurrbart und braunen Augen, die Freundlichkeit verrieten. Durchaus nicht das, was man von einem Gefängniswärter erwartet, dachte Ramage.

»Leutnant Miot!« rief Beaupré.

»Oui, mon général?«

Ramage nickte. »In Ordnung. Sie sind ein General. Wir verhandeln. Ich habe drei französische Fregatten, nein, zwei – die beiden, die am weitesten entfernt vor Anker liegen, kaperte ich erst vor kurzer Zeit, die eine letzte Nacht, die andere letzte Woche. Die Fregatte, die uns am nächsten liegt, kaperte ich vor zwei Jahren, und sie ist jetzt bei der Royal Navy in Dienst gestellt.«

»Sie wollen etwas für die beiden Fregatten haben?« fragte General Beaupré ungläubig.

»Nein, ich wollte Sie nur mit der Situation bekanntmachen. *L'Espoir*, die Fregatte, die letzte Nacht einlief, brachte Ihnen über fünfzig Verbannte.«

»Ja. Das vermutete ich.« Man würde sie auf die andere Insel bringen. Er zeigte hinüber. »Die Ile du Diable ist für die Verbannten, die natürlich politische Gefangene sind. Die Kriminellen befinden sich auf der Ile St. Joseph und natürlich hier auf der Ile Royale.«

»An den Kriminellen bin ich nicht interessiert«, sagte Ramage. »Ich möchte meine Gefangenen, die Besatzung der *L'Espoir* und der *La Robuste* gegen alle Verbannten austauschen, die Sie auf der Ile du Diable haben.«

Der General machte ein langes Gesicht. »Aber ich habe gar keine Verbannten!«

»Wo sind sie den hingekommen?« fragte Ramage.

»Mit dem Friedensschluß, der den Krieg beendete, wurden sie alle nach Frankreich zurückgeschickt. Warum sollten wir sie denn im Frieden hierbehalten? Ich habe jetzt nur noch die Kriminellen. Und was für Leute das sind! Keiner von denen, ob Mann oder Frau, macht sich das geringste daraus, jemanden umzubringen! Aber Verbannte. Jetzt! Der Gedanke ist einfach absurd.«

»Weil wir ja im Frieden leben, nicht wahr?«

»Ja, natürlich«, sagte der General. »Als Sie eben Verbannte auf der *L'Espoir* erwähnten, da haben Sie sich doch sicher versprochen, nicht wahr? Sie meinten Strafgefangene.«

Ramage schüttelte langsam den Kopf, ärgerlich mit sich selbst, weil er nicht früher daran gedacht hatte. In dem Schreiben, das er vorher an Land geschickt hatte, war nur davon die Rede gewesen, daß es in Wirklichkeit gar keine Pest an Bord gegeben habe und daß die Schießerei und das Geschrei durch die Kaperung der *L'Espoir* durch Männer der Royal Navy verursacht worden seien. Ramage hatte eine Waffenruhe vorgeschlagen, damit man sich darüber verständigen könne, was mit den französischen Verwundeten und

Gefangenen geschehen solle; dabei hatte er jedoch die wichtigste Neuigkeit vergessen.

»Nein, ich meinte Verbannte. Der Krieg ist wieder ausgebrochen.«

Der General wurde blaß. »Krieg«, murmelte er. »Ich dachte, es wäre ein Akt der Piraterie. Krieg! Ich vermute, die *L'Espoir* brachte mir auch entsprechende Nachrichten.«

»Das vermute ich auch«, sagte Ramage. »Wir haben die Papiere noch nicht durchgesehen. Aber was ist nun mit dem Austausch?«

Der General sah Ramage offen an. »Ich habe keine Verbannten. Wenn Sie wünschen, besuchen wir die drei Inseln, und Sie können fragen, wen Sie wollen. Strafgefangene – ja, jede Menge, und von mir aus können Sie alle haben. Die Verbannten auf der *L'Espoir* wären seit einem Jahr die ersten gewesen, und die Gebäude auf der Ile du Diable fallen bereits in sich zusammen – Termiten, der Regen. Nichts hält sich hier, weder Gebäude noch Menschen. Termiten oder das Gelbfieber«, sagte er verzweifelt. »Wir leben hier alle im Exil, die Verbrecher sind nachts hinter Gittern. Aber sind die Wärter frei?«

Er schüttelte plötzlich den Kopf, anscheinend überrascht, daß er sich einem Manne anvertraut hatte, der nicht nur ein Fremder, sondern jetzt anscheinend auch noch ein Feind war.

Er sagte: »Sollen wir diese Insel zuerst besichtigen und dann nach Diable und St. Joseph gehen? Sobald die Sonne am Himmel steht ...«

Sobald die Sonne am Himmel steht, dachte Ramage, zählen diese Inseln sicher zu den heißesten, unangenehmsten und ungesündesten Plätzen auf der ganzen Welt. Aber das war nicht der Grund, weswegen er den Kopf schüttelte. Der General hatte offensichtlich die Wahrheit gesagt, was die Verbannten anging, und wenn er gerade in seinem kurzen Selbstgespräch seine Gedanken offenbart hatte, so war das deswegen geschehen, weil er wußte, daß ein neuer Krieg seinen Aufenthalt auf diesen Inseln nur verlängern würde, wo die Sonne, die See, die Fieberanfälle und die Sümpfe dafür sorgten, daß die Bewacher genau sosehr Gefangene waren wie die Gefangenen selbst.

»Ihr Wort genügt mir«, sagte Ramage. »Unsere Boote werden die französischen Verwundeten an Land bringen, sobald ich an Bord zurückgekehrt bin und den Befehl dazu gebe. Dann bringen wir die französischen Seeleute an Land, die wir als Gefangene festhalten, zuerst die von der *La Robuste*, dann die von der *L'Espoir*. All das unter der Parlamentärflagge, nicht wahr?«

»Unter der Parlamentärflagge«, wiederholte der General. »Sie sind großzügig«, sagte er, »denn ich habe nichts, was ich Ihnen als Gegenleistung geben könnte.«

Ramage gedachte nicht, ihm zu erzählen, daß Gefangene auf einem Kriegsschiff eine verdammte Plage waren. »Gut, dann sind wir uns also einig.«

»Ihr Name«, sagte der General. »Ich kenne ihn aus Ihrem Brief. Sie wissen natürlich, daß es auch ein französisches Wort ist. Aber ich habe auch viel von Ihnen gehört. Ich kann nur hoffen, daß Sie heil wieder La Manche, den Kanal, erreichen, meine Landsleute würden Sie in Martinique oder Guadeloupe nicht willkommen heißen.«

Ramage erhob sich hinter seinem Schreibtisch und lächelte Aitken und Wagstaffe zu. »Also gut, jede Fregatte hält bei Tage zwei Kabellängen Abstand, und bei Nacht eine, und der Treffpunkt ist Carlisle Bay, Barbados.«

»Danke, Sir«, sagte Aitken. »Die Kommandierung als zeitweiliger Erster Offizier auf der *L'Espoir* wird für Kenton eine gute Erfahrung sein.«

Southwick, der mit Ramage auf der *Calypso* blieb, lachte und sagte zu Wagstaffe: »Und der junge Orsini wird als Ihr Zweiter und Dritter Leutnant eine Menge lernen!«

Ramage sagte zu Wagstaffe: »Kommen Sie mit Martin und

Orsini aus? Der Wind kann einige Male umschlagen, bis wir in Trinidade sind.«

»Wir kommen schon klar, Sir. Glauben Sie, daß der dortige Admiral sie für seine Flotte ankaufen wird?«

»Zwei Fregatten in gutem Zustand und ohne Beschädigungen – abgesehen von ein paar Dellen durch Pistolenkugeln in der einen? Ich glaube, da greift er nicht ungern zu. Sie werden alle zu reichen Männern werden!«

»Schlecht ist es für Sie bisher auch nicht gelaufen«, sagte Southwick. »Genug in der Kasse, um sich als als ›Knights of the shire‹[1] zur Ruhe zu setzen!«

»Und Sie selbst?« rief Wagstaffe aus. »Seit Sie begannen, unter Mr. Ramage zu dienen, haben Sie genug an Prisengeldern verdient, um zehn Gasthäuser zu kaufen, dazu noch zehn Brauereien, um sie zu beliefern!«

»Ich beklage mich auch gar nicht«, sagte Southwick und wandte sich dann, ernster werdend, an Wagstaffe: »Sie könnten dem jungen Orsini gegenüber andeuten, daß wir uns bei der Standortberechnung ganz auf ihn verlassen.«

Wagstaffe nickte. »Ich werde ihn im Glauben lassen, daß er die Stütze unserer Navigation ist, aber ich vermute, er wird uns mit ein paar Angaben kommen, nach denen wir in der Mitte eines Zuckerrohrfeldes in Demerara stehen!«

Als die beiden Leutnants zusammen mit Southwick die Kajüte verlassen hatten, ging Ramage in den Tagesraum, in dem ein Franzose eifrig mit Schreiben beschäftigt war.

»Jean-Jaques, wir lichten bald den Anker. Nach der Geschwindigkeit zu urteilen, mit der du den Gänsekiel handhabst, hast du dich genug erholt, um mir zu erzählen, was passiert ist, nachdem man dich in Brest verhaftete.«

»Ja, ja«, sagte der Franzose zustimmend. »Aber zuerst mußt du mir sagen, wie hoch die, wie sagt man, die Schlachterrechnung ist?«

[1] Repräsentanten der Grafschaft im Parlament (Anm. d. Ü.)

»Das ist leider keine lustige Geschichte. Die *L'Espoir* hatte 127 Offiziere und Mannschaften an Bord, als sie hier letzte Nacht vor Anker ging, dazu noch 54 Verbannte. Der Kapitän und zwei der drei Leutnants wurden beim Angriff getötet, dazu 27 Unteroffiziere und Mannschaften. Weitere 33 Männer wurden verwundet.«

»Über die Hälfte gefallen oder verwundet«, sagte Jean-Jaques. »Sie haben erbittert gekämpft.«

Ramage schwieg. Die Franzosen hatten erbittert gekämpft, aber sie wußten auch, daß es um ihr Leben ging. Die meisten Männer versuchten davonzukommen. Die wahre Tapferkeit zeigte sich eben erst, wenn man sein Leben riskierte, um andere zu retten, oder wenn man Befehlen gehorchte. Jean-Jaques sah zu Ramage auf.

»Weil wir Verbannten im Grunde dafür verantwortlich sind, wage ich kaum, nach euren Verlusten zu fragen; das ist fast so, als frage man einen Mann, wie viele seiner eigenen Familie gerade den Tod gefunden haben.«

»Acht getötet und neunzehn verwundet. Drei der Verwundeten werden den Sonnenuntergang nicht mehr erleben, aber die anderen werden schon wieder auf Wache ziehen, bevor wir euch alle in Portsmouth an Land setzen.«

»Sarah. Du sagtest in der letzten Nacht, sie wäre gesund und wohlauf. Ich habe gebetet, daß sie unter meinem Dach nicht zu Schaden kommen möge.«

»Gilbert und Louis ...«

»Ja, sie folgten meinen Anweisungen. Die anderen beiden, Auguste und Albert, erzähl mir von ihnen. Ich war zu aufgeregt und zu erschöpft, um das mit dem Schiff *Murex* zu verstehen. Eine britische Brigg, sagte Gilbert; und Sarah habe den Mann, der sie kommandierte, erschossen? Sag mir eins«, fügte er besorgt hinzu, »war das nicht, nun, ziemlich drastisch?«

FINISTÈRRE
Pointe de Corsen
CHENAL DU FOUR
Le Conquet
Abtei
St. Mathieu
Pointe
St.Mathieu
Pierres Noires
(Black Rocks)
Bucht von
Bertheaume
Fort du
Toulbroch
Fort Mengam
The Lion Battery
Fort de Délec
St. Pier
Por
Le Goul
(The G
Les Fillettes
Pointe
Espag
Cornouaille
Bucht von
Camaret
Camaret
Halbinse
Camaret
Bucht von Dinan
Cap de la
Chèvre
ENGLAND
Dover
Calais
Plymouth
Portsmouth
Boulogne
DER KANAL
Kanal-
inseln
Cherbourg
Amiens
Golf von
St. Malo
Caen
Rouen
Seine
Paris
Falaise
Ushant
Brest
Landerneau
Finisterre
FRANKREICH
Île de
Sein
Douarnenez
St. Malo
Rennes
Orléans
L'Orient
Angers
Loire
Nantes
Tours
Poitiers
Meilen
0
50
La Rochelle

BREST
Kerhuon
Kirche von St. Louis
Schloß
Laninon
Halbinsel von Plougastel
REEDE VON BREST
Bucht von Daoulas
Bucht von Fret
Bucht von Poulmic
FINISTÈRRE
Crozon
N
W
O
S
BUCHT VON DOUARNENEZ
Meilen
0 1 2 3 4 5
Douarnenez

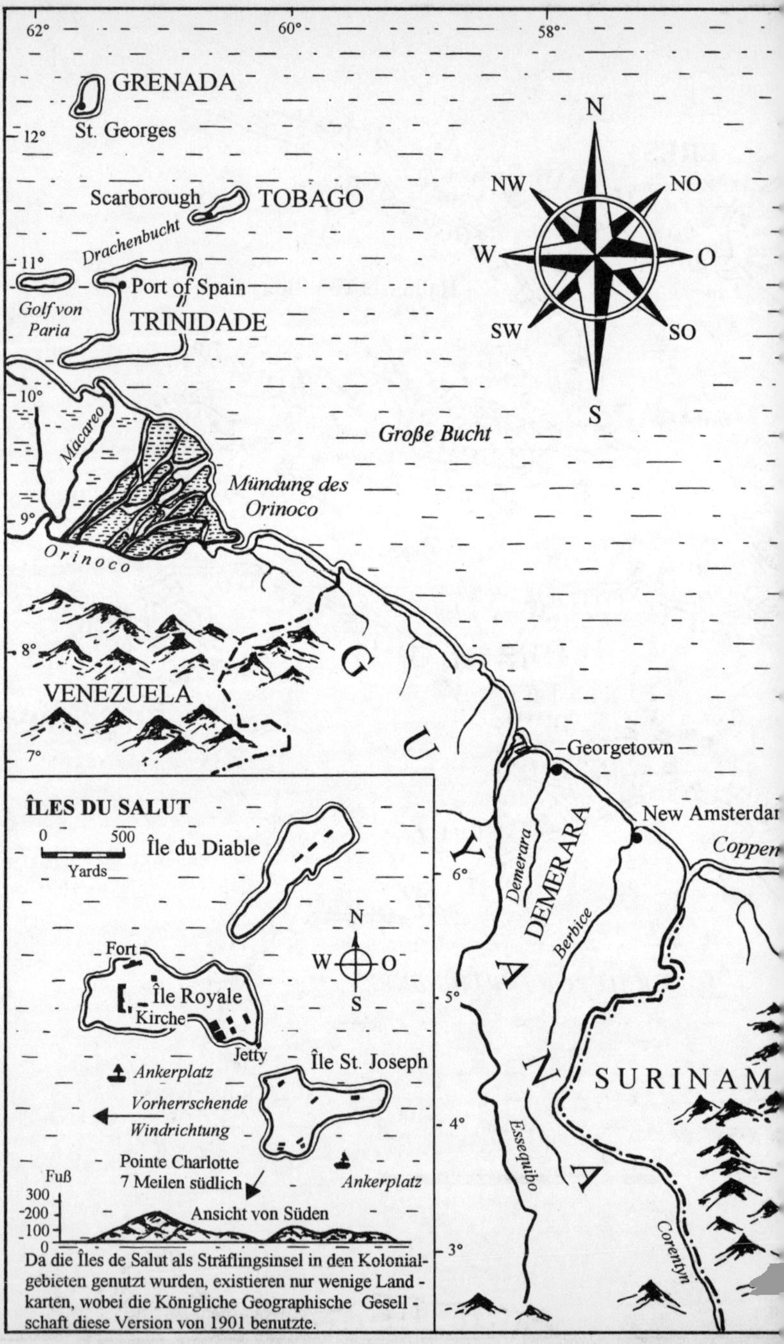

62°
60°
58°
GRENADA
St. Georges
12°
Scarborough
TOBAGO
Drachenbucht
11°
Port of Spain
Golf von Paria
TRINIDADE
N
NW
NO
W
O
SW
SO
S
10°
Macareo
Große Bucht
Mündung des Orinoco
9°
Orinoco
8°
G
VENEZUELA
U
7°
Georgetown
ÎLES DU SALUT
0
500
Yards
Île du Diable
Y
New Amsterdam
Coppen
6°
Demerara
DEMERARA
Berbice
N
W
O
S
Fort
Île Royale
Kirche
A
5°
Jetty
Île St. Joseph
Ankerplatz
N
SURINAM
Vorherrschende
Windrichtung
4°
Essequibo
Pointe Charlotte
7 Meilen südlich
Fuß
Ankerplatz
A
300
200
100
0
Ansicht von Süden
3°
Corentyn
Da die Îles de Salut als Sträflingsinsel in den Kolonialgebieten genutzt wurden, existieren nur wenige Landkarten, wobei die Königliche Geographische Gesellschaft diese Version von 1901 benutzte.

L 'Enfant Perdu
52° 15′
N
W
O
S
ÎLES RÉMIRE
Le Malingre
Bucht von
Montabo
CAYENNE
Le Père
La Mère
Les Mamelles
Bucht von
Rémire
Pte.
Macouria
MACOURIA
ÎLE
DE
CAYENNE
Montsinéry
Cayenne
(Flußmündung)
Mahury
Meilen
0 1 2 3
FRANZÖSISCH-
GUYANA
54°
52°
50°
A T L A N T I K
Meilen
0 50 100
Vorherrschende Windrichtung
Paramaribo
Pte. Charlotte
ÎLES DU SALUT
Cayenne (Flußmündung)
Kourou
Cayenne
Mahury
Approuague
Surinam
Maroni
Kourou
KAW-
GEBIRGE
Gran
Cabo Orange
FRANZÖSISCH-
GUYANA
Cyapock
BRASILIEN
Mündung de
Amazonas